Nina Lealie
Heartdance

Über die Autorin

Nina Lealie, 1995 geboren, wuchs im Herzen Bayerns auf, wo sie 2013 die Schule abschloss und niemals im Matheunterricht einschlief. Im Herbst desselben Jahres begann sie, ihre Liebe zu Büchern auszuweiten und Geschichten im Internet zu veröffentlichen, aus denen sich »Heartdance – Nur mit dir« entwickelte.

Nina Lealie

Heart dance

Nur mit dir

BASTEI ENTERTAINMENT ■■■■▶

BASTEI ENTERTAINMENT

Vollständige ePub-to-Print-Ausgabe
des in der Bastei Lübbe AG erschienenen E-Books
Heartdance von Nina Lealie

Bastei Entertainment in der Bastei Lübbe AG
Copyright © 2016 by Bastei Lübbe AG, Köln

Textredaktion: Anita Hirtreiter
Lektorat/Projektmanagement: Mirka Uhrmacher
Covergestaltung: Manuela Städele-Monverde
unter Verwendung von Motiven
© shutterstock/Klowreed, © shutterstock/Marina99
Satz: readbox publishing, Dortmund
Druck: BoD, Hamburg

ISBN 978-3-7413-0001-1

www.bastei-entertainment.de

www.lesejury.de

 Prolog

Sam atmete langsam tief und geübt ein und aus.

Ihr Herzschlag hatte sich vor Anstrengung verdoppelt, aber sie atmete trotzdem ruhig. Sie hatte die Augen geschlossen und nahm ihren Körper ganz bewusst wahr. Der Beat der Musik ließ den edlen Parkettboden erzittern und durchflutete sie wie flüssige Lebensenergie.

Das war Tanzen für sie. Pures Leben. Leidenschaft. Energie. Liebe.

Bedacht atmete Sam die Luft, die sie kurz angehalten hatte, wieder aus und öffnete die Augen. Sie blickte sich selbst im Spiegel an, der die ganze Wand des geräumigen Fitnessraums einnahm. Sie hob das Kinn und wippte leicht mit dem Fuß im Takt der Musik.

Die Ideen wirbelten durch ihren Kopf, und sie kam überhaupt nicht damit hinterher, sie in Tanzschritte umzusetzen.

Wenn Sam tanzte, blieb die Welt um sie herum stehen, als würde sie alle Bewegungen, die es gab, allein auf sich konzentrieren. Nichts konnte ihr mehr etwas anhaben. All der Stress, die Sorgen und der Kummer schmolzen dahin wie Eis im Sonnenlicht.

»Das gefällt mir … Ja, das ist gut …«, murmelte sie konzentriert vor sich hin, lief zur Stereoanlage und ließ den Song wieder von vorne ablaufen. Sie wiederholte das, was von der gerade in ihrem Kopf entstandenen Choreografie noch hängen geblieben war, und prägte sich jeden einzelnen Move genau ein.

Und noch mal tanzte sie den Refrain. Und noch einmal. Und noch einmal. Bis er perfekt saß und sie ihn im Schlaf hätte tanzen können.

Choreografien zu entwickeln war so einfach. Alles ergab sich von alleine. Die Bewegungen und Abläufe waren praktisch schon im Lied enthalten, man musste sie nur noch umsetzen. Wenn es nach Sam gegangen wäre, hätte sie am liebsten ausschließlich vom Tanzen gelebt. Tja, wenn das doch nur so einfach wäre.

Nachdem Sam die Choreografie auf einem Video festgehalten hatte, griff sie nach ihrem Handy, wählte eine Nummer und wartete, bis am anderen Ende abgehoben wurde.

»Hey, hast du grad Zeit? Hab was Neues entwickelt«, begrüßte sie ihre Freundin Ilona aufgeregt.

»Cool! Bin in zehn Minuten bei dir!«, ertönte die begeisterte Antwort, und Ilona hatte schon aufgelegt, ehe Sam noch »Bis gleich« sagen konnte.

Sam und Ilona kannten sich, seit sie in ihrer ersten Hip-Hop-Stunde nebeneinander in dem großen Tanzstudio gestanden hatten. Niemand tanzte so synchron wie sie. Beide waren damals elf gewesen, was bedeutete, dass sie inzwischen seit mehr als einem Jahrzehnt jede Woche mehrmals stundenlang zusammen vor dem Spiegel standen und tanzten. Mal im Studio, wo sie beide unterrichteten, mal bei Sam im Keller, in dem sich ein Fitnessraum befand, und mal in Ilonas Wohnung. Nichts und niemand konnte die beiden auseinanderbringen.

»Ich glaube, das passt voll gut zu unserer Crew!«, sprudelte Sam gleich los, als sie Ilona die schwere Haustür öffnete. »Wir könnten erst eins der Mädels anfangen lassen. Eine nach der anderen steigt dann ein, daraufhin tanzen die Jungs, später alle gemeinsam, und zum Schluss folgt so eine Art Paartanz ...«

»Okay, okay, jetzt hol mal Luft, und lass mich erst einmal rein«, lachte Ilona und wuschelte Sam durch ihre schwarzen Locken, die genauso elektrisiert waren wie sie selbst.

Unten im Fitnessraum des Mietshauses, in dem sich ihre Wohnung befand, angekommen, fing Sam sofort an, die Choreografie zu wiederholen. Ilona setzte sich mit dem Rücken gegen den Spiegel gelehnt auf den Boden und sah ihr mit lässig übereinandergeschlagenen Beinen ganz genau zu. Sie erkannte sofort, dass Sam sehr viele Passagen eingebaut hatte, in denen einzelne Crewmitglieder gegeneinander wie in einem Wettkampf antreten mussten. Das gefiel ihr. Es war dynamisch, explosiv, verwegen und ganz schön sexy. Die Choreo trug eindeutig Sams Handschrift.

»Ich frage mich immer, wie man in so kurzer Zeit so eine ausgefeilte Choreo auf die Beine stellen kann!«, rief Ilona begeistert, als Sam die Musik abschaltete und sich, gespannt auf die Reaktion ihrer Freundin, wieder umdrehte. »Ehrlich, du solltest für die ganz großen Stars arbeiten, Sam!«

Sam lächelte nur. Das Thema hatten sie schon oft genug besprochen. Natürlich wollte sie tanzen. Gott, sie wollte nichts anderes tun als tanzen! Aber das war nun einmal nicht so einfach. Die tollen, gut bezahlten Jobs für professionelle Tänzer fielen schließlich nicht vom Himmel. Und die Ausbildungsplätze dafür auch nicht. Und der Mumm, das alles dann auch noch durchzuziehen, erst recht nicht. Leider.

»Wenn wir die nächsten«, Ilona sah prüfend auf ihre Armbanduhr, »zwei bis drei Stunden damit verbringen, dass du mir die Choreo beibringst, können wir sie beim nächsten Training morgen schon mit den anderen anfangen.« Voller Tatendrang band sie sich ihre wasserstoffblonde Mähne zu einem hohen Pferdeschwanz zusammen. Sie klatschte einmal in die Hände und sah ihre langjährige Freundin auffordernd an.

Sam grinste zurück und drehte die Musik bis zum Anschlag auf.

Dafür liebte sie Ilona. Sie teilte ihre Liebe fürs Tanzen zu einhundert Prozent.

1

Gestresst schlug Sam die Autotür hinter sich zu.

»Sam, jetzt komm endlich!«, rief ihre Cousine Jana aufgeregt, die schon einige Meter vorausgelaufen war, und sprang auf der Stelle auf und ab.

»Ja, ist ja gut«, gab Sam ein wenig gezwungen zurück und sperrte ihr Auto ab. Sie folgte ihrer Cousine den geteerten Weg in Richtung Olympiahalle.

Oh Mann, worauf hatte sie sich da nur eingelassen? Inzwischen bereute sie ihre Entscheidung fast, Jana den, wie sie sich ausgedrückt hatte, größten Gefallen ever zu tun.

Ihre fünfzehnjährige Cousine war einer der größten Fans, die Secret Light, eine der zurzeit erfolgreichsten Popbands, auf der ganzen Welt je gesehen hatte. Es war schon ein wenig gruselig, wenn man die Höhle betrat, die sie ihr Zimmer nannte: Jede noch so kleine Stelle ihres Zimmers war mit den fünf britischen Jungs beklebt, selbst die Decke war komplett mit Postern von Hale, James & Co. zugepflastert. Sie hatte sogar Pappaufsteller von ihnen, die ihre Tür bewachten, und Becher mit ihren Gesichtern darauf, aus denen sie morgens ihren Tee trank.

Sam hingegen konnte sich nichts weniger vorstellen, als ein Fan von Secret Light zu sein. Sie ließ sich zwar von der Musik, die sie machten, berieseln, wenn nichts anderes im Radio lief, doch ansonsten konnte sie herzlich wenig mit dieser Band anfangen. Sam liebte und tanzte Hip-Hop mit ganzer Seele, und da passte dieser oftmals sehr romantische Pop nicht wirklich rein. Außerdem war sie schon lange aus dem Alter raus, in dem man irgendwelche Musiker anhimmelte. Aber Gott sei Dank musste sie Jana auch nicht auf das heutige Konzert begleiten – dafür hatte ihre Cousine nämlich keine Karten mehr bekommen –, sondern nur vor die Halle, wo Jana hoffte, wenigstens einen Blick auf ihre Idole erhaschen zu können.

Dass das unter diesen Umständen gar nicht so leicht bis ziemlich unmöglich werden würde, erkannte Sam allerdings noch, bevor sie den Vorplatz des Osteingangs der Halle betraten. Offensichtlich war nicht nur Jana auf die glorreiche Idee gekommen, die Band vor dem Konzert noch abfangen zu wollen, sondern Hunderte weitere Mädchen hatten sich ungeachtet des ungemütlichen Nieselregens bereits versammelt und warteten aufgeregt. Das Gekreische und Stimmengewirr war ohrenbetäubend, obwohl die fünf Helden noch nicht einmal im Entferntesten irgendwo zu sehen waren.

»Bleib bloß bei mir, ich will dich später nicht irgendwo einsammeln müssen!«, mahnte Sam, die jetzt schon befürchtete, dass Jana schneller in dem Getümmel verschwunden sein würde, als sie gucken konnte. Doch Jana nickte nur geistesabwesend und schob sich durch die Menge auf den Eingang zu, ohne auf ihre große Cousine zu achten. Sam verdrehte stöhnend die Augen und schickte sich an, Janas hüpfendem Pferdeschwanz zu folgen, um ihn nicht aus den Augen zu verlieren.

Jana war felsenfest davon überzeugt, dass der Osteingang der richtige war. Hier würden Secret Light sicher auftauchen. Es gab ja nicht noch etwa zwanzig andere Eingänge rund um die Halle. Jana hatte sich das so in den Kopf gesetzt, und nichts auf der Welt würde sie von dieser Vermutung abbringen können. Sam hatte sich daher zurückgehalten und nichts von ihren Bedenken geäußert, um ihrer Cousine nicht die Freude zu verderben. Jetzt hatte sie allerdings ein schlechtes Gewissen, weil Jana wahrscheinlich ganz umsonst bei diesem fiesen Wetter ausharren würde – und sie zwangsläufig mit ihr.

Was für eine wundervolle Beschäftigung für einen verregneten Samstagnachmittag!

Die Hauptsache war jedoch, dass Sam heute Abend um zehn vor sechs im Studio stand, um ihre Tanzstunde mit Ilona zu geben. Und solange sie das zeitlich schaffte, konnte sie hier auch mit ihrer Cousine stehen.

Sam gab in einer Hip-Hop-Tanzschule Unterricht, seit sie sechzehn war. Damals hatte ein Bekannter diese Schule eigentlich aus Jux und Tollerei gegründet. Erstaunlicherweise war der Andrang von Anfang an aber so groß, dass er alle ins Boot geholt hatte, die er kannte und die tanzen konnten. Sie hatte daraufhin eine sechsmonatige Ausbildung zur Tanzlehrerin gemacht. Seitdem verbrachte Sam manchmal mehr Zeit im Studio als zu Hause.

Sie wusste, dass auf sie gezählt wurde, deswegen konnte sie heute Abend nicht zu spät kommen. Das war in den letzten fünfeinhalb Jahren kein einziges Mal vorgekommen!

Sie sah zu ihrer Cousine hinüber und musste unwillkürlich lächeln. Man konnte behaupten, was man wollte, Janas Begeisterung war es trotz allem wert, mit ihr hier zu sein. Ihre graublauen Augen strahlten, ihre Wangen waren leicht gerötet, und sie fuhr sich ständig nervös durch ihren Pony, dem der Regen bereits übel mitgespielt hatte. Dabei wanderte ihr Blick rastlos umher, immer auf der Suche nach ihren fünf Helden. Wäre es doch bloß nicht so nass, kalt und vor allem laut, hätte sich Sam glatt mit dem Umstand versöhnen können, hier als Anstandsdame den Altersdurchschnitt zu heben.

Der Summton einer eingehenden Nachricht unterbrach Sam in ihren Betrachtungen. Sie zog ihr Handy aus der Tasche.

Hey Chica! Kannst du mich mal anrufen, wenn du Zeit hast? Wir müssen was besprechen ;)

Sie grinste, als sie Ilonas WhatsApp-Nachricht las. Wahrscheinlich heckte sie wieder etwas Besonderes für später aus.

Sam tippte ihrer Cousine von hinten auf die Schulter, um ihre Aufmerksamkeit für ein paar Sekunden zu ergattern. »Schätzchen, ich muss mal kurz telefonieren.«

»Yep, okay«, murmelte Jana kurz angebunden, doch dann drehte sie sich plötzlich um und umarmte Sam überschwänglich. »Ich hab dich so lieb, Sammy. Danke, dass du mit mir hierhergefahren bist. Du bist so toll, wirklich.«

Sie strahlte jetzt sogar noch mehr als vorhin schon, falls das überhaupt möglich war, und Sam musste ihre Meinung korrigieren. Schon allein für dieses Lächeln hatte es sich eindeutig gelohnt, mit Jana hierherzukommen.

»Gern geschehen«, setzte Sam an, aber ihre Cousine war bereits wieder dabei, die Umgebung nach Tourbussen oder sonstigen Hinweisen auf die Band abzuscannen. Na ja, sie würde sich schon nicht vom Fleck bewegen, bis Sam wiederkam. Sie könnte ja etwas verpassen. Oder jemanden!

Sam schob sich langsam durch die Menge aufgeregter, schnatternder Teenager, die ebenfalls auf alles Mögliche achteten, nur nicht darauf, wem sie vielleicht im Weg standen. Was traute sich Sam auch, den heiligen Ort verlassen zu wollen, an dem Secret Light bald auftauchen würden!

Von allen Seiten wurde sie angemurrt und schräg angeschaut. Zwei Mädchen, die höchstens dreizehn oder vierzehn sein konnten, deuteten sogar mit dem Finger auf sie und fingen an zu flüstern. Doch das entlockte Sam nur ein müdes, nachsichtiges Lächeln.

Endlich am Rand des Platzes angekommen, sah Sam sich nach einem ruhigeren Platz zum Telefonieren um, aber da konnte sie lange suchen. Überall auf der angrenzenden Wiese standen Mädchen in mehr oder weniger großen Gruppen herum, die zusammengenommen einen ungeheuren Lärm veranstalteten. Wie sollte man denn so ungestört ein Gespräch führen?

Notgedrungen musste Sam sich noch weiter von der Halle entfernen, bis die Fanbesiedelung sich auf ein erträglicheres Maß reduziert hatte.

Ein wenig ziellos lief sie umher, bis sie an der Einfahrt zu einer Tiefgarage stand, die sich so geschickt in einen der grasbewachsenen Hügel schlängelte, dass sie von weiter hinten gar nicht zu erkennen gewesen war.

Perfekt, dachte sie sich, hier war sie wenigstens ungestört und konnte in Ruhe mit Ilona telefonieren und sich anhören, wo es jetzt wieder brannte. Ilona brütete immer wieder neue Ideen für ihre gemeinsame Tanzcrew aus, die sie dann jedes Mal umgehend mit Sam besprechen musste.

Sam grübelte schon, was für einen Plan Ilona ihr diesmal in atemberaubendem Tempo ins Ohr quasseln würde, und wollte gerade auf den Anrufbutton tippen, als plötzlich jemand wie aus dem Nichts mit Karacho in sie hineinrannte.

Bumm. Einfach so.

»Woah!«, konnte sie gerade noch ausrufen, ehe sie das Gleichgewicht verlor, ihre Knie einknickten und sie drohte wie ein nasser Sack zu Boden zu fallen. Erst im letzten Moment legten sich zwei Hände um ihre Taille und zogen sie wieder nach oben.

Puh, das war knapp!

Mühsam rappelte sie sich auf und versuchte, die fremden Hände abzuschütteln, die sie noch immer hielten. Wütend sah sie auf, um dem Verursacher dieses Unfalls die Meinung zu geigen – ganz egal, ob er sie nun im letzten Moment noch aufgefangen hatte oder nicht –, als die Welt um sie herum stehen blieb.

Sam hatte nie an Liebe auf den ersten Blick geglaubt.

Wie sollte man sich auch in jemanden verlieben, den man gar nicht kannte? Das ging nicht, das war lächerlich.

Doch als die Zeit plötzlich stillzustehen schien und alles um sie herum verschwand, da wurde sie eines Besseren belehrt.

Das Einzige, was sie noch wahrnahm, waren diese intensiv grünen Augen in dem Gesicht des schönsten Menschen der Welt.

Sie hatte noch nie zuvor jemanden als »schön« bezeichnet, aber für den Mann, der ihr jetzt gegenüberstand, war jedes andere Wort zu ausdruckslos.

Seine dunkelbraunen Locken fielen ihm in die Stirn, und Sam musste dem ganz unvermittelt aufkommenden Drang widerstehen, sie sanft zurückzustreichen. Seine Augen waren grün wie ihre, jedoch nicht so hell wie Sams Augen, die an die einer Katze erinnerten, sondern von einem beruhigenden, dunklen Grün, das eher der Farbe des Meeres glich. Seine Wangenknochen sahen aus wie von Künstlerhand geschaffen, und seine Wimpern waren für einen Mann verboten lang. Ein leichter Dreitagebart zeichnete sich auf seinen Wangen ab.

Sam kannte sein Gesicht aus Zeitschriften und aus dem Fernsehen, aber ihr wurde jetzt klar, dass sie es noch nie so genau betrachtet hatte.

Sie starrte ihn an, ohne zu blinzeln – sie konnte einfach nicht anders. Und komischerweise schien es ihm genauso zu gehen. Auch er schaute ihr in die Augen und löste weder seinen Blick von ihrem Gesicht noch seine Hände von ihrer Taille.

Sam konnte keinen klaren Gedanken mehr fassen. Es schien ihr unmöglich zu beschreiben, was gerade in ihr vorging. Sie war hoffnungslos überfordert und bekam vor lauter Aufregung kein Wort heraus.

Und nur ganz langsam dämmerte ihr, dass sie in diesem Moment wirklich und wahrhaftig Hale Silver, dem Frontmann von Secret Light, gegenüberstand – oder besser gesagt: dass Hale Silver, der Frontmann von Secret Light, sie ansah und ihre Taille umklammert hielt, als wäre sie sein sicherer Hafen bei stürmischer See.

Seine perfekten Lippen verzogen sich zu einem Lächeln, das bis zu seinen Augen reichte. Unwillkürlich erwiderte sie es, und all die Wut und auch die Standpauke, die ihr schon auf der Zunge gelegen hatte, waren verpufft wie eine Rauchwolke.

»Ähm, hi«, sagte er, »tut mir wirklich leid, irgendwie habe ich dich total übersehen.« Sein Londoner Akzent ließ sie unwillkürlich erzittern. Als hätte er jetzt erst gemerkt, was er tat, löste er seine Hände von ihr, ganz langsam, als würde es ihm widerstreben, sie loszulassen.

»Halb so wild?«, erwiderte Sam noch immer verwirrt und ließ den Satz wie eine Frage klingen, ohne es zu wollen. Als es ihr auffiel, zuckte sie noch schnell nachträglich mit den Schultern, was das Ganze aber nur noch seltsamer wirken ließ.

Um Himmels willen, sie war ja völlig durch den Wind, und ihr Herz schlug wie verrückt.

»Was machst du denn hier unten, solltest du nicht lieber draußen vor einem der zwanzig Eingänge stehen und auf diese Band mit dem kitschigen Namen warten?«, fragte ihr Gegenüber mit einem spitzbübischen Grinsen und strich sich lässig durch seine dunkelbraunen Haare, die sich perfekt um sein Gesicht schmiegten. Ihm schien nicht entgangen zu sein, dass sie etwas durcheinander war.

Sam lachte verlegen. »Nein, ich bin hier gelandet, weil ich eigentlich kurz telefonieren wollte.«

Wie zum Beweis für ihre Worte hielt sie ihm ihr Handy unter die Nase, das sie noch immer in der Hand hielt und das Gott sei Dank ebenso wenig Bekanntschaft mit dem Betonboden gemacht hatte wie sie selbst.

»Oh, also bist du kein Fan?«, fragte er gespielt traurig und tat so, als würde er schmollen, indem er seine perfekte Unterlippe nach vorne schob – wovon sie nur noch mehr Herzklopfen bekam.

»Von dieser britischen Band?. Na ja, so halb«, gab Sam zu und unterstrich ihre Aussage mit einer wegwerfenden Handbewegung, die aber nicht ganz so lässig rüberkam, wie sie sich das erhofft hatte. Vielmehr wirkte ihre Bewegung fehl am Platz und ein wenig unbeholfen.

»Halb? Wie geht das denn? Und wieso bist du dann überhaupt hier?«

Sam strich sich eine schwarze Locke aus dem Gesicht, nur um irgendetwas mit ihren nervösen Händen zu tun. Das Handy allein gab ihr nicht genug Halt, und sie wollte sich nicht vor Hale Silver blamieren.

»Meine fünfzehnjährige Cousine hat mich hierhergeschleppt. Sie steht bei ›einem der zwanzig Eingänge‹ und will unbedingt Hale Silver sehen. Was für sie da drüben allerdings schwierig werden könnte ...«

Sam versuchte sich an einem vorwurfsvollen Blick, konnte diesen aber nicht lange aufrechterhalten, denn ein Grinsen stahl sich auf ihr Gesicht. Sie schlug die Augen nieder, als es ihr auffiel, nur um gleich darauf wieder aufzusehen und zu erkennen, dass Hale seinen Blick nicht von ihr abgewandt hatte. Röte schoss ihr in die Wangen. Was stellte dieser Kerl bloß mit ihr an? Sie hatte immer gedacht, sie sei immun gegen so etwas, und nun verhielt sie sich wie ein schmachtender Teenager!

Reiß dich mal zusammen, Sam! Hör auf, ihn anzustarren!

Doch die kleine Stimme in ihrem Kopf hatte keine besonders große Überzeugungskraft. Das Grün seiner Augen war viel zu intensiv, viel zu warm und vor allem viel zu nah, um wegzuschauen, um nicht darin zu versinken, um ...

»Hale! Komm endlich!«, drang plötzlich eine Stimme aus den Tiefen der Garage empor und ruinierte den Augenblick.

15

Beide zuckten schuldbewusst zusammen, als hätte man sie bei etwas erwischt, und mussten sofort lachen, als sie bemerkten, wie versunken sie in ihrer eigenen kleinen Welt gewesen waren.

Sam räusperte sich ein wenig verlegen und trat einen Schritt zurück.

»Ich komme!«, rief Hale über die Schulter, aber sein Blick ruhte weiterhin auf ihrem Gesicht, sanft und durchdringend zugleich. Der Moment dehnte sich, schien nie mehr enden zu wollen. Langsam, beinahe bedächtig streckte er die Hand aus, legte sie sachte an ihre Wange und kam den Schritt näher, den sie gerade zurückgewichen war. Er stand jetzt unmittelbar vor ihr. Ihre Lippen waren nur wenige Zentimeter voneinander entfernt.

Sie war sich seiner Nähe mit einem Mal so bewusst, dass ihre Knie ganz weich wurden. Sie müsste sich nur ein ganz kleines bisschen vorbeugen, und ihre Lippen würden sich berühren.

»Geht es nur mir so oder spürst du das auch?«, flüsterte er. Sein Blick wanderte von ihren Augen hinunter zu ihrem Mund.

Sam konnte gar nicht fassen, was hier gerade passierte. Wollte er sie etwa …? Wollte er etwa wirklich …? Er konnte sie doch nicht einfach …!

Sein warmer Atem strich sanft über ihre Haut.

Sie konnte es nicht glauben.

Spürst du das auch?

Sollte das etwa heißen, dass es ihm genauso ging wie ihr? Träumte sie diese verrückte Situation eigentlich nur? War sie vielleicht doch gestürzt und hatte sich den Kopf angestoßen, sodass sie jetzt halluzinierte oder gar bewusstlos war?

Hale musste die Verwirrung in ihrem Blick gelesen haben, denn er setzte an, noch etwas zu sagen – aber wieder wurde sein Name gerufen. Und es klang ziemlich gestresst und sauer.

»Du solltest nun wirklich gehen, nicht dass du noch Probleme kriegst.«

»Ich kann dich jetzt aber doch nicht einfach so hier stehen lassen«, sagte er so leise, dass sie beinahe dachte, sie hätte es sich eingebildet. Ihr Blick wanderte kurz von seinen Augen zu seinen Lippen und wieder zurück.

»Bist du später auf dem Konzert?«, fragte er.

Sie schüttelte den Kopf. »Nein, leider nicht, wir haben keine Karten mehr gekriegt, weil wir im Urlaub waren, als der Kartenvorverkauf losging.«

Was das für ein Drama für Jana gewesen war, behielt sie besser für sich, denn zum ersten Mal war sie auch selbst traurig, dass sie keine Karten bekommen hatten.

Er sah sie aus seinen intensiv grünen Augen an, und sie meinte darin tatsächlich so etwas wie Enttäuschung zu erkennen. Gerührt legte sie eine Hand auf seine Brust und konnte seinen Herzschlag an ihrer Handfläche spüren. Wie gebannt folgte sein Blick ihrer Bewegung. Und als er wieder aufsah, umspielte ein leichtes, kaum merkliches Lächeln seine Lippen.

Das schönste Lächeln, das sie je gesehen hatte.

»Das ist schade. Ich würde dich nämlich gerne wiedersehen«, sagte er, was ihr Herz höherschlagen ließ. Sam wusste nicht, was sie darauf sagen sollte.

Er strich ihr mit seiner warmen Hand eine Haarsträhne hinters Ohr, die der Wind ihr ins Gesicht geweht hatte. Diese unschuldige und so einfache Geste ließ sie am ganzen Körper erschauern. Sie hatte ja keine Ahnung gehabt, dass eine so kurze Berührung ein so starkes Gefühl auslösen konnte.

»Wie darf ich das wunderschöne Mädchen, das vor mir steht, eigentlich nennen?«, fragte er lächelnd.

Erst da wurde ihr bewusst, dass sie ihm noch nicht einmal ihren Namen verraten hatte. Dazu war sie bisher irgendwie ... noch nicht gekommen. Das ganze Anstarren und Lächeln hatte sie wohl etwas abgelenkt.

»Sam. Ich heiße Sam«, sagte sie leise.

»Sam ...«, wiederholte er sanft und ließ ihren Namen wie Musik klingen.

»HALE SILVER, VERDAMMT NOCH MAL, ICH BIN NICHT DEIN KINDERMÄDCHEN!«, klang es schon wieder aus der Tiefgarage nach oben, jetzt noch lauter. Sie zuckten beide zusammen.

»Nun geh schon«, murmelte sie widerstrebend und wollte sich bereits von ihm losmachen, doch er fasste ihr sanft unters Kinn und hob ihren Kopf an, sodass sie gar nicht anders konnte, als wieder in seine grünen Augen zu blicken.

Eine unausgesprochene Frage lastete schwer zwischen ihnen.

Was jetzt?

Aber im Gegensatz zu Sam schien Hale auf diese Frage eine Antwort zu kennen, denn er kam wieder ein Stück näher. Sein Körper berührte den ihren, und ihr wurde beinahe schwindelig von der Intensität all der Gefühle, die durch ihre Adern schossen.

»Sam, warte am Osteingang auf mich, ich komme in einer halben Stunde dorthin, in Ordnung? Bis gleich!«

Mit diesen Worten löste er sich blitzschnell von ihr, streifte mit seinen Lippen federleicht ihre Stirn, drehte sich um und verschwand in der Dunkelheit der Tiefgarage. Sie hatte nicht einmal mehr die Möglichkeit, noch irgendetwas zu antworten, so schnell war alles gegangen.

»Bis gleich«, flüsterte sie daher nur leise und wie zu sich selbst. Ihre Finger wanderten zu der Stelle, an der sie seine Lippen kurz zuvor berührt hatten. Eine Berührung, die so vorsichtig gewesen war, als wäre Sam etwas Kostbares und Verletzliches, das er nicht erschrecken wollte.

Sie konnte später nicht sagen, wie lange sie dort noch so gestanden und in die leere Dunkelheit gestarrt hatte, doch irgendwann holte sie ihr Handy wieder auf den Boden der Realität zurück. Sie seufzte und schaute auf ihr Display:

Samboy, bist du in Ohnmacht gefallen, weil die Superhelden jetzt da sind? Komm schon, bitte ruf mich endlich an!

Erst jetzt fiel ihr wieder ein, wieso sie überhaupt hierhergekommen war. Mist! Schnell wählte sie Ilonas Nummer und telefonierte ein paar Minuten mit ihr. Es ging natürlich um die heutige Trainingsstunde. Sam hörte ihrer Freundin geduldig zu, während sie sich einen Weg zurück zum Osteingang bahnte. Von ihrem Aufeinandertreffen mit Hale erzählte sie nichts.

»Ja, ist in Ordnung, dann machen wir das so. Bringst du die Musik dazu mit?«, fragte sie, und es war überdeutlich, dass sie Ilonas Redeschwall endlich abwürgen wollte.

»Ich bringe die Musik mit, und du bringst allen die neue Choreo bei, du Genie!«, erklärte Ilona ihr den Deal, und Sam seufzte.

»Klar, ich darf wieder die ganze Arbeit machen.«

»Du hast es ja auch eindeutig mehr drauf von uns beiden!«, begründete Ilona lachend, und sie verabschiedeten sich voneinander.

Sam legte auf, verstaute ihr Handy in ihrer Hosentasche und konzentrierte sich darauf, ihre Cousine unter den Tausenden Fans wiederzufinden. Die Stimmung hatte sich in der Zwischenzeit eindeutig gewandelt.

Misstrauisch lief sie durch die Menschenmenge. Irgendetwas war hier anders. Es war alles viel ruhiger als vorher, als würden die Leute auf etwas warten.

Erst jetzt sah sie den Typen, der direkt vor der großen Eingangstür zur Halle auf einem Plastikstuhl stand und gerade anfing, durch ein Megafon zu den Fans zu sprechen.

»Hallo, darf ich um Ihre Aufmerksamkeit bitten! Ich muss alle Anwesenden ohne gültiges Ticket für das heutige Secret–Light-Konzert bitten, sich umgehend vom Gelände zu entfernen, damit wir mit dem regulären Einlass beginnen können!«

Sofort buhten die Fans ihn aus, und der Lärm schwoll wieder an. Wutentbrannt schrien die Mädchen wüst durcheinander, doch die Ordner auf dem Platz waren bereits zur Stelle und sorgten dafür, dass alles in geregelten Bahnen verlief.

Endlich fand Sam Jana wieder, die mit finsterem Blick den Typen mit dem Megafon ansah.

»Hey, Jana, da bin ich wieder. Was ist denn hier los?«

»Na, wir sollen uns entfernen«, knurrte Jana und warf dem Megafon und seinem Besitzer einen vernichtenden Blick zu.

Sam geriet in Panik. Sie konnte jetzt nicht gehen. Das ging nicht. Das war nicht möglich! Sie musste hierbleiben und Hale wiedersehen! In weniger als zwanzig Minuten würde er hier auftauchen, das hatte er ihr versprochen!

»Sam, lass uns gehen. Ich habe keinen Bock, meine Zeit hier noch weiter zu verschwenden. Und diese Ordner sind immer so unfreundlich«, schimpfte Jana und zog ihre Cousine am Ärmel ihrer Lederjacke weg vom Eingang.

Sam folgte Jana wie in Trance. Sie wusste überhaupt nicht mehr, was sie noch denken sollte. Oder eher: was sie jetzt tun sollte! Sie war doch nur eine unter Millionen, wie sollte sie ihm jemals wiederbegegnen? Ständig drehte sie sich zu dem Platz um, doch es gab kein Zurück mehr, dafür sorgten Absperrungen, die nun aufgebaut wurden.

»Sam, ist alles okay bei dir?«, fragte Jana besorgt und sah ihre Cousine prüfend an. Als Sam nicht antwortete, bildete sich auf Janas Stirn eine tiefe Sorgenfalte. »Sam, ich habe dich etwas gefragt!«

»Ich habe ihn getroffen«, sagte Sam tonlos.

»Du hast wen getroffen?«, hakte Jana verwundert nach.

Sie waren jetzt bei Sams Auto angekommen und stiegen ein. Sam war aber nicht in der Lage loszufahren. Sie starrte vor sich auf das Lenkrad.

»Saaham!« Jana zog an ihrem Ärmel, um ihre Aufmerksamkeit auf sich zu ziehen. »Verdammt, was ist los mit dir?«

Langsam wanderte Sams Blick hinüber zum Beifahrersitz. Sie war ganz blass.

»Ich habe Hale getroffen. Und jetzt werde ich ihn nie wiedersehen.«

2

Krass, einfach nur krass!«

Sam konnte nicht mehr sagen, wie oft Jana das schon von sich gegeben hatte.

»Ich glaub's einfach nicht, Sam! Hale Silver!« Sie war vollkommen aus dem Häuschen. Doch als sie merkte, dass ihre Cousine nicht im Geringsten so begeistert dreinschaute wie sie, runzelte sie verwirrt die Stirn. »Sammy, was ist denn los?«

Sam lachte auf, aber es klang eher sarkastisch als belustigt. »Jana, hast du schon mal daran gedacht, wie bescheuert das jetzt für mich ist? Ich wäre ihm wirklich lieber nicht begegnet.«

»Was?« Jana sah sie komplett entgeistert an.

»Ja, ist doch wahr! Wie soll ich ihn denn wiedersehen? Ich kann ja schlecht twittern: ›Hey, Hale. Ich bin's, Sam! Kannst du dich noch an mich erinnern?‹ Er kriegt doch Tausende von Tweets täglich, nein, wahrscheinlich stündlich! Und selbst wenn ich wüsste, in welchem Hotel er abgestiegen ist, könnte ich wohl schlecht zur Rezeption gehen und nach seiner Zimmernummer fragen.« Resigniert zuckte Sam mit den Schultern und strich sich ein paar wirre Locken aus dem Gesicht. »Aber es ist nicht schlimm, es ist eher besser so. Was soll ich denn mit einem Musiker? Die sind doch eh ständig nur unterwegs und haben kein Privatleben.«

Jana verzog ihr Gesicht zu einer Schnute, was wirklich niedlich anzusehen war. Sie hatte sich offenbar richtig für Sam gefreut. Oder vielleicht auch nur über die Aussicht, Hale durch ihre Cousine persönlich kennenzulernen? Trotz allem musste Sam schmunzeln, als sie darüber nachdachte, wie selbstlos Jana reagiert hatte. Teenager waren immerhin unberechenbar, und Jana hätte ihrer Cousine auch eine eifersüchtige Szene machen können! Aber nun gab es eh nichts, auf das sie hätte eifersüchtig sein können.

Noch bevor überhaupt irgendetwas richtig begonnen hatte, war es auch schon wieder vorbei. So war das wohl mit Musikern. Heute hier und morgen fort. Unwillkürlich schüttelte sie den Kopf und war insgeheim wirklich froh drüber, dass man sie vorhin einfach des Olympiageländes verwiesen hatte.

Jana schien zwar mit ihrer Antwort nicht so ganz zufrieden, war aber klug genug, nicht nachzubohren, und so fuhren sie schweigend weiter, bis Sam die Einfahrt neben Janas Elternhaus erreichte und ihre Cousine aus dem Auto stieg.

»Danke noch mal, dass du mitgekommen bist. Auch wenn du eindeutig mehr zu sehen bekommen hast als alle anderen zusammen.« Jana zwinkerte ihr bei dem kleinen Seitenhieb zu, und Sam musste lachen.

»Gerne, Cousinchen. Richte liebe Grüße daheim aus!«

Jana nickte, warf die Autotür zu und winkte noch einmal, als Sam aus der Einfahrt fuhr und um die Straßenecke verschwand.

Auf dem Weg zum Tanzunterricht schloss sie wie immer ihr Handy an die Anlage im Auto an und drückte auf »zufällige Wiedergabe«. Sie hatte über tausend Songs auf dem Handy. Ein-tausend! Doch als die ersten Töne des zufällig gewählten Lieds ertönten, konnte Sam das nur für einen schlechten Scherz halten.

Ausgerechnet einer der vier oder fünf Songs von *Secret Light*, die sie auf ihrem Handy hatte. Wirklich?

Eine warme Stimme ertönte aus den Lautsprechern, die sie vor Kurzem noch ganz nah an ihrem Ohr gehört hatte. Sie seufzte. Sie hatte seine Stimme schon immer gemocht.

Geht es nur mir so oder spürst du das auch?

Seine Worte hallten durch ihren Kopf. Er hatte das tatsächlich zu ihr gesagt.

Ja klar, als ob, schalt sie sich selbst und versuchte, wieder in die Wirklichkeit zurückzukehren.

Wahrscheinlich tat er so etwas ständig, ohne sich darum zu kümmern, wen er damit völlig durcheinanderbrachte. Bestimmt war das so eine Art Hobby von ihm und er lachte sich hinterher mit seinen Jungs darüber schlapp, wenn ihm wieder einmal irgendein dummes Mädchen seine ach so romantischen Worte abgekauft hatte.

Und trotzdem nahm sie ihr Handy zur Hand, drückte auf »Repeat« und ließ sich von seiner Stimme auf dem Weg zum Studio begleiten.

Als sie nach einer anstrengenden Streetdance-Tanzstunde in die Tiefgarage fuhr und auf ihrem sündhaft teuren Stellplatz parkte, war sie immer noch – bisher ziemlich erfolglos – damit beschäftigt, Hale aus ihrem Kopf zu verbannen. Sie stapfte die vier Stockwerke vom Keller in den dritten Stock nach oben, wo sich ihre und Caros gemeinsame Wohnung befand. Caro war Sams beste Freundin seit gut zehn Jahren und die beste Mitbewohnerin, die man sich nur wünschen konnte. Im Moment war sie jedoch nicht zu Hause.

Unter der Dusche ließ Sam den ganzen verrückten Tag noch einmal Revue passieren, ehe sie sich in Jogginghose und weitem Kuschelpulli aufs Bett fallen ließ. Ein Blinken an ihrem Handy machte sie auf neue Nachrichten aufmerksam, die sie unmotiviert durchging, bis ihr eine Meldung ins Auge stach. Facebook erinnerte sie an eine Veranstaltung.

Welcome–back–Party! Ich freu mich auf euch! :P

Heute war die Willkommensparty von Nico, ihrem Freund.

Na ja, Noch-Freund.

Fast-Exfreund.

So-gut-wie-Exfreund.

Sie hatte völlig verdrängt, dass er ja wieder nach München zurückkommen würde und sie das zwischen ihnen noch klären musste.

Shit!

Nico und sie waren vor knapp eineinhalb Jahren ein Paar geworden, und zu Beginn war alles wundervoll gewesen. Doch dann war er letzten September für ein Jahr nach Texas gegangen, wo er anscheinend sehr viel Spaß gehabt hatte. Zu viel Spaß, wenn es nach Sam ging. Zumindest den Fotos nach zu urteilen, auf denen er in sämtlichen sozialen Netzwerken markiert wurde und die ihn in recht eindeutigen Posen mit verschiedenen fremden Frauen zeigten. Seit diese Bilder vor einem halben Jahr aufgetaucht waren, hatte Sam den Kontakt zu ihm abgebrochen.

Das war zwar möglicherweise kindisch, aber Sam war zu wütend und enttäuscht, um ein offenes Gespräch auch nur in Betracht zu ziehen. Und er hatte sich ebenfalls nicht gerührt, so als wäre es ihm entweder egal oder sogar sehr recht, dass Funkstille herrschte. Innerlich hatte sie die Beziehung daher schon lange beendet, nur offiziell noch nicht. Und sie hatte, wenn sie ehrlich war, auch keinen Gedanken mehr daran verschwendet, bis gerade eben diese Einladung in ihr Postfach bei Facebook geflattert war.

Dass er sie überhaupt bei seiner Welcome-back-Party dabeihaben wollte, war ihr anfangs schon beinahe wie ein Wunder vorgekommen, bis sie gesehen hatte, dass die Einladung an seine komplette Freundesliste gegangen sein musste. Schlappe 873 Leute. So viel dazu.

Und nun erinnerte sie diese gnadenlose Funktion daran, dass sie bis heute keine Entscheidung getroffen hatte, ob sie wirklich hingehen sollte oder nicht. Der Tag konnte zwar kaum noch beschissener werden, aber ihr Glück herausfordern wollte sie jetzt auch nicht unbedingt.

Natürlich konnte sie es auf der einen Seite gar nicht erwarten, ihm vor allen Anwesenden den Laufpass zu geben, auch wenn das eigentlich nicht ihre Art war. Aber gleichzeitig war Nico schon so sehr aus ihrem Kopf und aus ihrem Leben verschwunden, dass sie wenig Lust verspürte, alte Wunden wieder aufreißen zu lassen.

Seufzend ließ sie ihr Handy neben sich auf das Kopfkissen fallen und starrte an die Decke. Nein, in ihrem Kopf war gerade tatsächlich nur Platz für einen.

Wie konnte man nur so perfekt sein? Und wieso war ihr das früher nie aufgefallen, als sie ihn nur aus Videos oder von Fotos aus den Magazinen ihrer Cousine her kannte? Wie es ihm im Moment wohl ging? Ob er auch an sie dachte?

Wahrscheinlich nicht. Er hat mich sicher schon wieder vergessen.

Er war bestimmt längst mit irgendetwas Wichtigerem beschäftigt. Sam schnaubte verdrießlich. Sie durfte sich von diesem einen Zusammentreffen nicht restlos die Laune verhageln lassen.

Sie begann, die verschiedenen Apps auf ihrem Handy durchzugehen, um sich abzulenken und zu sehen, was sie sonst noch Weltbewegendes in der Zeit verpasst hatte, die sie nicht online gewesen war.

Facebook – hm, nichts Interessantes.

Instagram – ein paar neue Follower, ziemlich viele Likes für ein aktuelles Bild, das sie nach dem gestrigen Tanztraining mit Ilona aufgenommen hatte. Sie sah verschwitzt und abgekämpft aus – aber auch glücklich und zufrieden. Sie liebte diesen Zustand der Erschöpfung, der der Beweis dafür war, dass sie viel getan, sich selbst richtig herausgefordert hatte. Doch auch wenn das Bild erst einen Tag alt war, wusste Sam vom Unterricht heute, dass ihr gerade nicht mal das Tanzen dabei helfen konnte, den Kopf freizubekommen. Sie war unkonzentriert gewesen, hatte Fehler gemacht, sich heimlich darüber geärgert und schlussendlich noch schlechtere Laune bekommen als ohnehin schon. Zum Glück war es Ilona nicht aufgefallen, oder aber sie hatte geflissentlich darüber hinweggesehen und einfach nichts gesagt.

Weiter zu Twitter. Sie scrollte lustlos durch einige Meldungen von Freunden und Bekannten, Stars und Sternchen, ohne genau zu wissen, wonach sie suchte.

Plötzlich blieb ihr Blick an einem Tweet hängen.

Vor Schreck rutschte ihr das Handy aus der Hand und landete, da sie auf dem Rücken lag, fast in ihrem Gesicht. Hastig klaubte sie es von der Bettdecke wieder auf und starrte mit weit aufgerissenen Augen auf das, was da stand.

Es war nur ein Buchstabe.

S.

Der Tweet kam von Hale. Er hatte ihn vor einer Stunde veröffentlicht.

Im Bruchteil einer Sekunde redete ihr ihr Gehirn ein, sich darauf auf keinen Fall etwas einzubilden, dass es unendlich viele Möglichkeiten gäbe, was dieser eine Buchstabe bedeuten könnte, aber ihr beschleunigter Herzschlag verriet sie doch.

Stand dieses »S.« tatsächlich für sie?

Sie klickte auf sein Profil – und schnappte nach Luft.

Es gab noch einen zweiten Beitrag. Er war zwanzig Minuten alt.

Ich werde dich finden. Egal, was es kostet.

Entgeistert starrte Sam auf ihr Handy. Konnte das etwa wirklich bedeuten, dass …?

Plötzlich wurde ihr Bildschirm schwarz, und ein Bild von Jana erschien. Es dauerte ein wenig, bis Sam begriff, dass sie gerade angerufen wurde.

»Warst du auf Twitter?!«, fragte sie ihre Cousine unumwunden und mit heiserer Stimme, ehe Jana noch zu Wort kommen konnte.

»Ja! Oh Gott! Deswegen rufe ich an! Und jetzt?« Sie war total aufgeregt.

Und Sam wurde sofort klar, wie albern das alles war. Wirklich daran zu glauben, dass diese beiden Meldungen auf sie bezogen waren, würde bedeuten, dass sie ernsthaft davon ausging, jemand wie Hale hätte Interesse an ihr. Und das war vollkommen abwegig.

Wenn sie sich das nur oft genug sagte, dann würde sie es sicher auch irgendwann glauben. Sie atmete einmal tief durch.

»Es gibt kein ›und jetzt‹, Jana. ›Und jetzt‹ ist: Sam wird Hale vergessen, und Hale wird Sam vergessen. Oder er hat es schon längst. Ende der Geschichte.«

Aber Jana war da ganz anderer Meinung. »Spinnst du, du kannst doch nicht einfach kampflos aufgeben! Ich werde jedes verdammte Hotel in München abklappern, bis ich ihn finde!«

Sam musste widerwillig bei ihrer drastischen Wortwahl lachen. »Bis du alle Hotels durchhast, sind sie schon längst wieder zu Hause in England oder in Amerika oder wohin auch immer sie anschließend fliegen.«

»London, aber erst nach den EMAs, das schaffe ich schon!«

Ach ja, die EMAs waren ja nächste Woche. Sam hatte nur am Rande mitbekommen, dass die Preisverleihung dieses Jahr in ihrer Heimatstadt stattfinden würde. Sie interessierte sich nicht wirklich für solche Veranstaltungen.

»Gut, mach das, und sag Bescheid, wenn es Neuigkeiten gibt.« Sams Stimme war deutlich anzuhören, dass sie nichts von dem meinte, was sie sagte, aber sie wollte gerade einfach nicht diskutieren. Und ihr war auch nicht nach den verrückten Plänen ihrer kleinen Cousine zumute, die sie schon zur Genüge kannte und die eindeutig mit Vorsicht zu genießen waren.

»Okay, ich überleg mir was. Wirklich. Darauf kannst du dich verlassen! Bis dann!«

Irritiert schaute Sam auf ihr Handy. Jana hatte aufgelegt. Was heckte sie nur wieder aus? Aber Sam konnte es eigentlich egal sein, weit würde ihre Cousine eh nicht kommen. Sie war zu jung, um um diese Uhrzeit von ihren Eltern noch aus dem Haus gelassen zu werden, damit sie Hotels abklappern konnte. Und sollte sie an irgendwelchen Rezeptionen anrufen, würde man sie nur auslachen. Morgen war der ganze Spuk vorbei, Jana würde das Interesse verlieren, und Sam könnte wieder ihr ganz normales Leben leben. Und bis es so weit war, würde sie sich mit einem großen Teller Nudeln ins Bett verkriechen und möglichst wenig darüber nachdenken.

Sie nickte, beglückwünschte sich selbst zu dieser weisen Entscheidung und ging in die Küche, um den ersten Teil des Plans in Form von Spaghetti Carbonara in die Tat umzusetzen.

Während die Nudeln im Wasser köchelten, holte Sam aus reiner Gewohnheit ihr Handy wieder hervor und landete, ehe es ihr noch so ganz bewusst war, erneut auf Twitter. Möglichst wenig darüber nachdenken funktionierte ja schon mal einwandfrei – nicht.

Ich werde dich finden.

Wie wollte er das denn bitte anstellen? Natürlich könnte sie auf seinen Tweet reagieren, aber würde sie damit nicht Gefahr laufen, sich lächerlich zu machen, wenn er gar nicht sie gemeint hatte? Würde er es überhaupt mitkriegen, bei der

Flut an Nachrichten, die ihn erreichte? Und noch viel wichtiger: Wollte sie überhaupt, dass es um sie ging? Eigentlich war das alles doch ein bis zwei Nummern zu groß für ihren Geschmack.

Während sie weiter hin und her überlegte, wie sie vorgehen sollte, klingelte ihr Handy erneut. Himmel, was war denn heute los, dass sie ständig angerufen wurde?

Es war Caro, und der Grund für ihren Anruf konnte nur eins sein: Nicos dämliche Party.

Sam stöhnte auf, ehe sie abhob, und fragte sich, wieso ihr Leben gerade eigentlich so kompliziert sein musste.

»Hi!«, flötete Caro gut gelaunt. »Bist du inzwischen wieder zu Hause?«

»Ja«, antwortete Sam mit dem Telefon zwischen Wange und Schulter, während sie die Spaghetti umrührte und sich bereits im Kopf eine Ausrede zurechtlegte, warum sie ganz bestimmt nicht zu dieser Party gehen würde. »Wieso, was ist los?«

»Nun, ich stehe vor dem Haus, aber habe meinen Schlüssel nicht dabei. Und die Klingel ist wohl mal wieder kaputt.« Das dumme Ding hatte einen Wackelkontakt. Wenn man es wusste, konnte man ihn ganz leicht beheben, doch dafür musste auch jemand Bescheid sagen, dass die Klingel nicht funktionierte, sonst fiel es einem eben nicht oder zu spät auf.

Sam ließ den Löffel sinken und atmete resigniert aus. Eigentlich hatte Caro angekündigt, den ganzen Abend auf einer Familienfeier zu sein, aber daraus war wohl nichts geworden.

»Okay, ich mach dir auf.«

»Das ist der Hammer. Wie im Film!«

Caro starrte Sam aus ihren haselnussbraunen Augen nun schon über eine Viertelstunde lang an, und ihre Gabel schwebte ebenso lange schon über ihrem Teller. Der Rest ihrer Nudeln war mittlerweile bestimmt kalt.

Sie saßen am Küchentisch, und Sam hatte die Spaghetti serviert, von denen sie, offenbar in weiser Voraussicht, viel zu viel gemacht hatte.

Es gab eine besondere Verbindung zwischen den beiden jungen Frauen, und Gedankenübertragung in Bezug auf Essen war nicht selten ein Bestandteil davon, was natürlich nützlich war, wenn man zusammen in einer Wohnung wohnte. Seit dem Moment, als Sam sich damals in der fünften Klasse neben das picklige Mädchen mit der Zahnspange gesetzt hatte, waren die beiden unzertrennlich und wussten oft, was die andere dachte, noch bevor diese es aussprechen konnte.

Von dem kleinen pickeligen Mädchen war heute allerdings nichts mehr zu sehen, Caro war zu einer bildhübschen Frau geworden, mit blonden, schulterlangen Haaren, einer reinen Haut und geradezu unverschämt gleichmäßigen Zähnen. Die Zahnspange hatte ganze Arbeit geleistet.

»Ja, das weiß ich auch, Caro, aber ...«

»Wie im Film!« Caro hörte sich an wie eine gesprungene Schallplatte, die nicht mehr von der Stelle kam.

»Nur leider ohne Happy End.«

»Ach, so ein Unsinn! Jetzt hör mal auf, Trübsal zu blasen!« Caros Zuversicht war schon immer unerschütterlich gewesen. »Erst mal eins nach dem anderen. Bevor wir uns den Wahnsinnskerl angeln können, müssen wir zuerst den Idioten loswerden.«

Sam verdrehte die Augen. »Ich will da heute nicht hin. Wirklich nicht. Ich will mich in mein Bett verziehen und niemanden mehr sehen.«

»Kommt überhaupt nicht infrage, ich glaube, Sie spinnen, Frau Ferroni!«, schimpfte Caro mit spielerisch erhobenem Zeigefinger. »Wer ist denn hier die Italienerin und besitzt so viel Temperament, dass man damit eine ganze Fußballmannschaft ausstaffieren könnte? Du kommst mit, so einfach ist das.«

An ihrem Blick konnte Sam erkennen, dass es ihrer besten Freundin sehr ernst damit war, aber sie wollte sich nicht geschlagen geben.

»Der Tag war schon turbulent genug. Ich möchte wenigstens den Abend ohne weitere Vorfälle überstehen. Okay?«, bat sie Caro und sah sie mit dem herzerweichendsten Hundeblick an, den sie auf ihr Gesicht zaubern konnte.

Caro öffnete den Mund, doch Sam kam ihr zuvor und erklärte noch genauer: »Es geht ja nicht nur um Nico, ich habe auch keine Lust, den anderen Pappnasen zu begegnen. Du weißt, wer alles da sein wird.«

Als Sam das erwähnte, rümpfte Caro nur die Nase. Das war wohl ein schlagendes Argument gewesen. Einige der Mädels, die Nico und seine Freunde immer um sich herum versammelten, konnte sie auf den Tod nicht ausstehen. Und da Caro natürlich nur das Beste für Sam wollte, lenkte sie jetzt doch noch ein, allerdings nicht, ohne vorher noch einmal theatralisch zu seufzen.

»Na gut. Aber lange kommst du mir nicht davon! Ich will, dass das mit dem Typen endlich ein für alle Mal geklärt wird!«

»Ja, Mama«, gab Sam grinsend zurück und erntete dafür eine herausgestreckte Zunge von Caro.

Die beiden Freundinnen einigten sich auf einen gemütlichen DVD-Abend in Sams King-size-Bett inklusive Unmengen von Eiscreme und Popcorn. Was gab es Schöneres?

Mitten in der Nacht wurde Sam plötzlich geweckt.

»Sam«, flüsterte eine Stimme. »Sam, wach auf! Ich bin hier!«

Sie schlug die Augen auf und sah sich irritiert um. Erst als sie sich an die Dunkelheit gewöhnt hatten, konnte sie den Menschen erkennen, der auf ihrer Bettkante saß. Sie traute ihren Augen nicht.

»Hale? Was machst du hier? Wie kommst du hierher?«

Er lächelte sein wunderschönes Lächeln, und total süße Grübchen erschienen auf seinen Wangen.

»Ich habe dich gefunden! Ich kann es gar nicht glauben!«, flüsterte er und beugte sich ihr entgegen.

Ihr Herz fing an, schneller zu schlagen, und ihr Blick wanderte zu seinen perfekten Lippen. Sie streckte die Hand aus, um sie an seine Wange zu legen, um sich davon zu überzeugen, dass er echt war und wirklich vor ihr saß, doch als ihre Finger sein Gesicht hätten berühren müssen – war er plötzlich verschwunden.

3

Sam schreckte hoch und sah sich hektisch und mit weit aufgerissenen Augen in ihrem taghellen Zimmer um.

Nichts.

Nach ein paar Sekunden ließ sie sich zurück in ihre Kissen sinken und stöhnte gequält auf.

Das Ganze war nur ein Traum. Hale war nie hier gewesen. Natürlich nicht.

Wahrscheinlich waren diese beiden Tweets nicht einmal für sie gewesen, sondern er hatte gestern das Konzert gegeben, danach gefeiert und konnte sich nun nicht einmal mehr an sie erinnern. Sie musste ihn irgendwie aus ihrem Kopf kriegen!

Um sich abzulenken, drehte sie sich auf die Seite und griff nach ihrem Handy. Es war ja schon fast Mittag!

Und sie hatte dreizehn Anrufe verpasst. Dreizehn! Was war denn da los?

Sie tippte auf das kleine Symbol des Telefons und seufzte. Jana. Wehe, sie kam ihr jetzt mit irgendeinem Plan, wie sie das Hotel finden konnten, in dem *Secret Light* abgestiegen waren.

Doch haargenau damit kam sie, aber anders, als Sam gedacht hatte, denn in dem Moment, in dem sie ihre Cousine zurückrufen wollte, wurde die Tür aufgerissen und mit einem lauten Knall ebenso schwungvoll wieder zugeworfen. Sam schrak so heftig zusammen, dass ihr Handy im hohen Bogen durch ihr Zimmer flog.

»Du hast mich zu Tode erschreckt!«, keuchte sie. Das war wirklich zu viel, so kurz nach dem Wachwerden.

»Guten Morgen!«, strahlte Jana, die sich davon nicht aus dem Konzept bringen ließ, gut gelaunt und ließ sich einfach auf das Bett und auch halb auf Sam fallen.

Sam versuchte, sie von sich herunterzurollen. »Was willst du denn hier?« Gequält schob sie sich an ihrer Cousine vorbei aus dem Bett und trottete in Richtung Badezimmer. Jana flatterte ihr hinterher wie ein frisch geschlüpftes aufgeregtes Küken.

Im Gang trafen sie auf Caro, die ebenfalls noch im Schlafanzug unterwegs war, die blonden Haare zu einem unordentlichen Pferdeschwanz zusammengebunden. Sie arbeitete in den Semesterferien in einem Café und nutzte den Sonntag immer aus, um richtig lang zu schlafen und danach ausgiebig zu frühstücken.

»Guten Morgen. Ich habe den kleinen Wirbelwind reingelassen, nachdem er Sturm geklingelt hat. Sorry.«

Grummelnd setzte Sam ihren Weg Richtung Badezimmer fort. Sie wollte eigentlich direkt die Tür hinter sich zuwerfen und Jana so aussperren, doch die war flink wie ein Wiesel um ihre Cousine herumgehuscht.

»Gut geschlafen?«, fragte Jana und setzte sich auf den Badewannenrand.

»Was hat dich hierher verschlagen?«, fragte Sam zurück, ohne ihre Frage zu beantworten.

»Ich hab dich ein paar Mal angerufen …«

»Ein paar Mal? Das ist ja wohl die Untertreibung des Jahrhunderts«, unterbrach Sam sie, Jana ließ sich allerdings davon nicht beirren.

»… aber du bist nicht drangegangen, also dachte ich mir, komm ich doch einfach gleich selbst vorbei! Ich wollte dir nämlich was erzählen!«

»Aha«, machte Sam nur mäßig interessiert und nahm ungerührt ihre Zahnbürste aus dem Zahnputzbecher. Jana würde eh gleich von alleine mit der Sprache rausrücken, es war also nur eine Frage von ein paar Sekunden.

Während sie begann, sich die Zähne zu putzen, zählte sie daher im Kopf langsam bis zehn. Komischerweise hatte

Jana bis dahin aber noch immer nichts gesagt, sondern saß weiterhin zwar verschlagen grinsend, aber stumm auf dem Badewannenrand und beobachtete sie.

Okay, dachte sie seufzend, Jana wollte also, dass sie nachfragte. Dabei war Sam sich sicher, dass sie sowieso schon wusste, worum es ging. Und dass sie davon garantiert nichts hören wollte. Sam wollte nicht nach ihm suchen. Und wenn sie ehrlich zu sich selbst war, dann wollte sie nicht einmal gefunden werden. Aber das auffordernde Grinsen ihrer Cousine, das sie im Spiegel sehen konnte, ging ihr so auf die Nerven, dass sie schließlich nachgab.

»Jetzt schieß schon los.«

Janas Grinsen wurde tatsächlich noch ein bisschen breiter.

»Wir gehen heute auf Hale-Jagd!«

»Vergiss es«, versuchte Sam sie auf den Badezimmerteppich zurückzuholen, doch Jana verdrehte nur die Augen und wischte ihren Einwand mit einer lässigen Handbewegung weg.

»Pff, nichts da, wir werden ihn suchen fahren!«

»Jana, wir werden ihn aber nicht finden.« Sam betonte jedes einzelne Wort, als würde sie mit einem Kleinkind sprechen.

»Ach ja? Was wetten wir, dass wir ihn wohl finden?« Jana verschränkte herausfordernd die Arme vor der Brust. Sie wirkte ungemein siegessicher, was Sam ein wenig beunruhigte.

»Gar nichts«, erwiderte sie schroff, »sonst weinst du am Ende, wenn du deine Wettschulden bei mir einlösen musst.«

»Tja, aber ich weiß zufällig, in welchem Hotel sie sind. Ganz zufällig, weißt du.«

Sam fiel vor Schreck beinahe die Zahnbürste aus dem Mund. Hastig spülte sie sich den Mund aus.

»Natürlich. Und diese Information ist auch bestimmt korrekt, weil sie mit Sicherheit *ganz zufällig* im Internet stand, und bekanntlich ist ja immer alles wahr, was im Internet steht. Können wir das Thema also bitte endlich abhaken?«

Doch so, wie Jana dreinblickte, hatte sie noch ein Ass im Ärmel und sich das Beste bis zum Schluss aufgehoben.

»Klar können wir das. Ich habe die Informationen zwar aus erster Hand, aber wenn du es nicht wissen willst ...«, begann sie betont desinteressiert und legte eine Kunstpause ein, um Sam auf die Folter zu spannen.

»Woher um alles in der Welt willst du bitte schön aus erster Hand wissen, wo die Band ist?«

Jana lachte. »Korbinian hat es mir erzählt.«

»Der Korbinian, der früher neben uns gewohnt hat?«

Jana nickte. »Der, der so wahnsinnig in dich verknallt war. Ich habe ihn heute Morgen in der Fußgängerzone getroffen – ich konnte leider nicht flüchten, sonst hätte ich das getan. Also war ich gezwungen, mit ihm zu reden. Er hat mich ausgequetscht, und ich habe höflich, wie ich bin, zurückgefragt, was er denn so macht. Und er hat mir erzählt, dass er momentan für so ein hippes Musikmagazin arbeitet! Da kommt er wohl an alle möglichen Infos, an die wir nie rankommen würden. Ich konnte ein paar spannende Details aus ihm herauskitzeln, indem ich ihm versprochen habe, dich ganz lieb von ihm zu grüßen.« Jana blickte so stolz drein, als habe sie gerade ein jahrhundertealtes Rätsel der Wissenschaft gelöst.

Sam sah sie nur ungläubig an. Sie brauchte einen Moment, um das soeben Gehörte zu verarbeiten.

»Und wie heißt das Hotel?«, fragte sie schließlich skeptisch.

»Keine Ahnung«, meinte Jana lapidar. »Hab mir den Namen nicht gemerkt. Aber du willst ja eh nicht hin, also ist das wohl nicht so schlimm.« Jana genoss es sichtlich, ihre Cousine so vorzuführen. Sam nämlich traten beinahe die

Augen aus dem Kopf, als sie hören musste, dass ihre Cousine den Namen des Hotels *vergessen* hatte. Wie konnte sie nur …?

Jana lachte. »Du müsstest dein Gesicht sehen!« Sie hielt sich den Bauch und wäre beinahe rückwärts in die Badewanne gefallen. »Als würde ich das vergessen, jetzt mal ehrlich!« Sie kramte einen zerknitterten Zettel aus der Hosentasche hervor und wedelte damit vor Sams Nase herum. »Ich hab es natürlich aufgeschrieben.«

Sam hätte ihr am liebsten umgehend den Hals umgedreht. »Das ist gar nicht witzig!«, schimpfte sie und riss ihrer Cousine das Blatt Papier aus der Hand. Wie gebannt starrte sie auf die krakelige Schrift.

Oh mein Gott.

Sie könnte ihn finden. Aber hatte sie nicht noch vor ein paar Minuten beteuert, dass sie ihn gar nicht wiedersehen wollte? Und selbst wenn, was wollte er dann überhaupt mit ihr? Sie würden nicht einmal genug Zeit finden, um sich richtig kennenzulernen, bevor er auch schon wieder irgendwohin fliegen würde!

Sie musste ihn sich einfach möglichst schnell aus dem Kopf schlagen.

»Also?«, riss Janas Stimme sie aus ihren Gedanken. »Wann fahren wir los?«

»Gar nicht«, sagte Sam. »Kannst du mich denn nicht verstehen, wieso ich das nicht will? Kannst du dir nicht vorstellen, wie absurd es wäre? Ich mit einem berühmten Musiker? Das macht doch alles gar keinen Sinn. Und ich will das auch gar nicht. Viel zu viel Trubel, daran habe ich kein Interesse.« Dass Sam sich gerade selber in die Tasche log, musste sie Jana ja nicht auf die Nase binden.

Doch Jana sah sie nur einen Moment lang ruhig an und sagte dann etwas, auf das Sam nicht vorbereitet gewesen war. Sie klang dabei so erwachsen, dass ihre Worte gewichtiger wurden. »Woher willst du das wissen, ohne es je probiert zu haben?«

»Das ändert nichts an der Tatsache«, erwiderte Sam, obwohl sie sich eingestehen musste, dass etwas Wahres an Janas Einwand war. Aber sie war noch nicht so weit, offen zuzugeben, dass sie dieser ganzen verrückten Sache liebend gerne eine Chance geben würde – wenn sie nur nicht so viel Angst hätte, furchtbar enttäuscht zu werden.

»Doch, das ändert alles. Du weißt es nicht. Und solange das so ist, wie willst du dir da sicher sein?«

»Ich … ich muss mir einfach sicher sein, Jana. Du verstehst das noch nicht. Manchmal muss man etwas lassen, obwohl man es gern tun würde. Einfach, weil es vernünftiger ist.«

»Hörst du dir gerade eigentlich selbst zu?« Jana schüttelte ungläubig den Kopf. »Das ist doch nicht meine Cousine da vor mir, die sich so feige eine Chance durch die Lappen gehen lässt! Was ist los mit dir, Sam? Du bist doch die Letzte, die sich von so etwas einschüchtern lassen würde! Du wirst es nie wissen, wenn wir da nicht hinfahren.«

Ob sie wohl recht hatte? Würde Sam sich immer wieder fragen, was hätte passieren können, wenn sie jetzt einfach so mutig wäre, wie sie es sonst immer war? Niedergeschlagen setzte sie sich neben Jana auf den Badewannenrand und seufzte tief.

Wahrscheinlich würde es genau so sein. Sie würde sich immer fragen, was gewesen wäre, wenn sie sich getraut hätte. Und noch wahrscheinlicher war, dass sie die Sache nie ganz würde abhaken können, wenn sie sich nicht selbst davon überzeugte, sich das Ganze nur eingebildet zu haben.

»Vielleicht«, begann sie zögerlich, »vielleicht hast du recht.«

Jana nickte feierlich. »Halleluja, sie hat es eingesehen! Natürlich habe ich recht!«, sagte sie ungewöhnlich ruhig, holte dann tief Luft und platzte lautstark heraus: »Also schnapp dir den Kerl, verdammt noch mal!«

Sam schnaubte grinsend. »Na gut. Dann lass uns fahren.«

4

Hier jetzt links«, dirigierte Jana hochkonzentriert. Sie lief neben Sam her und schaute auf eine Straßenkarte auf ihrem Handy. Bald standen sie vor dem Hotel, in dem sich *Secret Light* angeblich aufhalten sollten.

Ziemlich unscheinbar, das Gebäude, aber womöglich war das durchaus so beabsichtigt.

»So, Frau Superschlau, und wie geht es jetzt weiter?«, fragte Sam an ihre Cousine gewandt.

Doch deren Gesichtsausdruck nach zu urteilen, hatte sie daran wohl auch noch nicht gedacht. »Ich habe keine Ahnung«, gab Jana zerknirscht zu, und beide sahen sich betroffen an.

»… schon in München, gleich fängt die Pressekonferenz an. Ja, um halb zwei. Ja … genau … nein, weiß ich nicht. Wird wohl um ihr neues Album gehen.«

Sie drehten sich beide gleichzeitig um.

An ihnen lief ein Mann in Anzug vorbei, das Handy zwischen Schulter und Ohr eingeklemmt. Er sah sehr, sehr geschäftig aus und würdigte seine Umgebung keines Blickes, sondern ging geradewegs durch die gläserne Drehtür des Hotels.

Jana sah ihre Cousine strahlend an, doch Sam gab ihr keine Gelegenheit, in irgendeinen Freudentanz auszubrechen.

»Ja super, um halb zwei haben sie eine Pressekonferenz. Herzlichen Glückwunsch. Jetzt kann ich glücklich sterben, da ich diese Information habe. Jana, hör auf so zu grinsen, das nützt uns gar nichts!«

»Gehen wir einfach mal rein«, schlug Jana vor und zuckte mit den Schultern. »Dann können wir ja weitersehen.«

»Wir können da doch nicht einfach reinspazieren!«, entgegnete Sam entgeistert, aber ihre Cousine zuckte nur abermals mit den Schultern.

»Du hast doch grad gesehen, dass der Anzugtyp auch einfach da reinspazieren konnte!« Mit diesen Worten drehte Jana sich um und lief mit festen Schritten auf die gläserne Drehtür zu. Sam folgte ihrer kleinen Cousine hastig.

Und war dann ganz erstaunt, dass sie wirklich einfach so in das Hotel reingehen konnten. Betont desinteressiert sahen sie sich in der Eingangshalle um, lächelten die Empfangsdame höflich an und gingen dann eine Treppe nach oben, die sich rechts von der Rezeption in die Höhe schraubte.

»Wo gehen wir jetzt hin, Miss?«, fragte Sam leise und sah sich verstohlen um. Sie waren jetzt im ersten Stock auf einer Galerie. Links von ihnen ging es in einen langen Gang.

»Keine Ahnung. Setzen wir uns doch einfach mal hier hin und spielen Mäuschen«, schlug Jana vor und machte es sich auf einem silberfarbenen Sofa bequem, das an der Wand neben dem Treppengeländer stand. Von dort aus hatte man einen Überblick sowohl über den Gang wie auch über die Eingangshalle weiter unten. Sam setzte sich an den Rand des Sofas und behielt beides abwechselnd im Auge. Sie hatte wirklich keine Lust darauf, dass irgendwelche Sicherheitsleute sie hinauswarfen.

»Super Idee«, sagte Sam nach fünf Minuten ereignislosen Schweigens. »Nichts hat sich gerührt. Hier laufen nicht einmal Leute herum! Findest du das nicht ein bisschen komisch?«

Aber Jana hörte ihr gar nicht zu. Sie sah nämlich gerade auf ihr Handy und flüsterte aufgeregt: »Oh Gott, es ist 13:26 Uhr! In vier Minuten geht die Pressekonferenz los!«

»Jana, hast du mir zugehört? Und wieso flüsterst du jetzt überhaupt?«, fragte Sam genervt. Sie bereute es gerade zutiefst, sich auf dieses Hirngespinst ihrer kleinen Cousine eingelassen zu haben. Schön, die Pressekonferenz ging in vier Minuten los. Ja und? Deswegen würden sicher nicht ausgerechnet hier Pressemenschen oder weltweit bekannte Musiker herumlaufen. Wer wusste schon, in welchem Teil des riesigen Hotels die Konferenz war?

Wie aufs Stichwort strömten in diesem Augenblick einige Menschen aus einem Raum unterhalb der beiden Mädchen in die Haupthalle und kurz darauf die Treppe empor, die vom Empfang aus nach oben führte. Es musste sich um Journalisten handeln, die zur Pressekonferenz wollten, denn unter ihnen war auch der Mann im Anzug, der vorhin an ihnen vorbeigehetzt war. Sie passierten den Flur und gingen auf eine große Holztür am Ende des Ganges zu, die soeben geöffnet wurde. In dem Raum dahinter konnte Sam viele Stühle und ein Podest mit fünf Mikrofonen ausmachen.

Oh Gott, Sam, was machst du hier nur!

»Scheiße, das wird verdammt schwer, bei all den Anzugträgern nicht aufzufallen«, murmelte Jana und betrachtete den Weg zwischen dem Sofa, auf dem sie saßen, und der heiligen Tür, als plötzlich jede Menge Leute neben ihnen aus einem Fahrstuhl traten, den die beiden bislang gar nicht zur Kenntnis genommen hatten. Zum Glück schien niemand Notiz von ihnen zu nehmen, denn die Gruppe lief ebenfalls zielstrebig auf die große Tür zu und verschwand im dahinterliegenden Raum.

Zwei Männer, offensichtlich von einem Sicherheitsdienst, lösten sich von der Gruppe und bezogen rechts und links von der Tür Stellung.

Verdammt, da würden sie so schnell nicht ungesehen hineinkommen.

»Jana, mir gefällt das Ganze nicht. Diese beiden Typen da vorne sehen nicht besonders vertrauenser-«

»He, was macht ihr da?«, erklang da auch schon eine laute Stimme von der anderen Seite des Flurs, und Sam schreckte auf. Einer der beiden Sicherheitsleute kam auf sie zu.

Mist, das musste ja so kommen! Was jetzt?

Sie mussten es einsehen, das Spiel war vorbei. Diese beiden Männer würden sie hier nicht weiter herumstromern lassen. Sam seufzte und gab Jana einen Wink, keine Dummheiten zu machen. Sie hatten es versucht, waren ein gutes Stück weit gekommen, aber nun war der Ausflug zu Ende.

»Was soll der Unsinn, Mädels?«, fragte der Sicherheitsbeamte, als er bei den Mädchen angekommen war.

»Wir haben doch überhaupt nichts gemacht«, verteidigte Sam sich und hob das Kinn in die Höhe. »Wir dürfen uns hier ja wohl aufhalten?«

»Pass auf, Mädchen, sonst setzt's was!«, knurrte der Typ und sah sie finster an. »Hier hält sich niemand auf. Ihr fahrt jetzt nach unten, und dann verlasst ihr dieses Hotel, okay? Oder soll ich die Polizei rufen, damit sie euch nach Hause bringt?«, drohte er ihnen.

»Nein. Ist in Ordnung. Tut uns leid«, bekam Sam steif heraus. Am liebsten hätte sie dem Typen gegen das Schienbein getreten, sie wusste allerdings, dass sie das in echte Schwierigkeiten bringen würde. Aber war es denn so schwierig, ein wenig freundlicher zu sein?

Schicksalsergeben wartete sie mit Jana auf den Fahrstuhl, während der Sicherheitsbeamte weiter auf sie einredete, was ihnen denn einfallen würde, hier einfach so herumzulungern. Keine von beiden hörte ihm noch zu.

»Vielleicht sollte ich doch lieber die Polizei holen«, überlegte er jetzt laut, und Sam, die mit dem Rücken zu ihm stand, verdrehte nur die Augen.

In was für einen Schlamassel hast du mich da nur gebracht, Hale?

Als der Aufzug ankam, bugsierte er sie hinein und drückte auf die Null. Sams Herz sank. Ob er wirklich noch die Polizei rufen würde?

Betroffen sah sie zu Jana, doch die machte plötzlich ganz große Augen und zeigte hektisch in Richtung Flur. Sam runzelte die Stirn, und ihr Blick folgte Janas Geste, um sehen zu können, was ihre Cousine meinte – und wurde fast vom Schlag getroffen.

Ihnen gegenüber hatte sich soeben erneut eine Tür geöffnet. Weitere Sicherheitsleute traten in den Gang, und in ihrer Mitte gingen fünf junge Männer.

Sam musste sich an der Aufzugwand festhalten und unterdrückte ein Keuchen.

Sie kannte diese fünf. Bestens.

Der Aufzug ruckelte ein wenig, und die Türen begannen sich zu schließen.

Er lief in der Mitte der Gruppe und sah zu Boden.

Unaufhaltsam schoben sich die Aufzugtüren aufeinander zu. Sam wollte etwas rufen oder nach vorne stürzen, doch genau in dem Moment sah er auf und ihr direkt in die Augen. Grün traf auf Grün. Und die Zeit blieb stehen.

Im letzten Moment öffnete er seinen Mund, so als wollte er etwas rufen.

Aber dann, ein leises Klicken.

Und die Türen schlossen sich.

Er war fort.

Wieder.

Das konnte doch einfach nicht wahr sein!

Sams Gedanken überschlugen sich. Sie hatte keine Ahnung, was sie jetzt machen sollte, aber sie war verdammt wütend.

Sie spürte Janas Blick, doch sah nicht zu ihr hinüber. Sie überlegte fieberhaft, wie sie weiter vorgehen konnte, und die Aufzugfahrt kam ihr wie eine Ewigkeit vor.

Im Foyer drehte sich Sam noch einmal um und sah zur Galerie hoch, in der Hoffnung, Hale könnte dort oben am Geländer stehen und zu ihr herunterschauen oder die Treppe hinabgestürmt kommen, um sie in seine Arme zu reißen und das ganze Missverständnis aufzuklären, doch nichts geschah. Schweigend verließen sie das Hotel ohne weitere Zwischenfälle.

Die Empfangsdame wünschte ihnen lächelnd einen schönen Tag, Sam konnte allerdings nichts erwidern. Er hatte sie gesehen, er hatte etwas sagen wollen, aber mehr auch nicht. Er hatte nichts, aber auch rein gar nichts unternommen.

Resigniert fuhren Jana und Sam zurück zu Sams Wohnung, immer noch ohne zu reden. Sie wussten beide nicht, was sie von diesem Ereignis halten sollten.

Sam ließ sich zu Hause auf ihr Bett fallen, verschränkte die Arme hinter dem Kopf und schloss die Augen. Sofort sah sie ihn wieder vor sich. Wie er sie angesehen hatte, als er sie erkannte. Als er den Mund öffnete, um nach ihr zu rufen – und als sich die Aufzugtüren erbarmungslos schlossen und sie voneinander trennten.

»Ich kann's nicht glauben«, murmelte Jana. Sie hatte sich ebenfalls auf Sams Bett plumpsen lassen und grummelte jetzt vor sich hin. »Das war echt wie in einem schlechten Kinofilm. Genau dann kommt er aus der Tür raus!«

»Mein Schicksal scheint mich zu hassen …«, seufzte Sam. »Das ist nicht fair.«

»Guten Tag, die Damen«, erklang es von der Tür aus. Caro hatte die Ankunft der beiden wohl gehört und war aus ihrem Zimmer gekommen. Sam warf ihrer besten Freundin nur einen stummen Blick zu.

»Oh. Was ist denn passiert?«, erkundigte Caro sich vorsichtig und ließ sich an Sams Bettende nieder. Jana fasste etwas einsilbig ihren turbulenten Ausflug zusammen.

»Wow.« Mehr fiel Caro dazu auch nicht ein. »Wow.«

»Wenn ich nur wüsste, was wir noch machen könnten«, meinte Jana hilflos, aber Sam war die Lust auf die Einfälle ihrer Cousine wirklich vergangen.

»Dich nach Hause fahren, schätze ich«, schlug Sam vor und rappelte sich auf. Sie streckte Jana die Hand hin, um sie von ihrem Bett hochzuziehen, und griff dann nach ihrem Autoschlüssel. Die Hände in den Hosentaschen vergraben und düsteren Gedanken nachhängend, stapften sie die Treppen nach unten.

Es soll wohl einfach nicht sein.

5

Als Star plätscherte das Leben einfach so an einem vorbei. Man fing irgendwann an, nichts mehr wahrzunehmen.

Hales Leben verlief wie ein immer gleiches Kaleidoskop. Alles verschwamm ineinander, verlor an Schärfe und drehte sich ewig in derselben Geschwindigkeit im Kreis.

Er hörte das Geschrei der Fans nicht mehr, er sah keine Personen hinter dem Blitzlichtgewitter, er nahm keine Gesichter mehr wahr. Niemanden. Er merkte sich keine Interviewer, keine Fans, keine Ton- oder Lichttechniker oder Veranstalter oder sonst wen. Nicht einmal die nett lächelnden Zimmermädchen in den Hotels blieben in seinem Gedächtnis hängen. Es verschwamm alles nur noch zu einem einzigen rotierenden Muster. Er fühlte sich nicht mehr lebendig.

Und dann war *sie* aufgetaucht.

Hale verstand nicht, wie das möglich gewesen war. Auf einmal hatte dieses wunderschöne Mädchen – Sam – vor ihm gestanden, und die Welt hatte sich plötzlich in eine andere Richtung gedreht.

Nein, das stimmte so nicht. Erst einmal war sie mit einem lauten Knall stehen geblieben, und dann hatte sie sich mit einem Ruck wieder in Bewegung gesetzt. Und jetzt wusste er gar nicht mehr, wo ihm überhaupt noch der Kopf stand.

Sam.

Mehr als ihren Namen hatte er nicht. Er wusste nicht, wo sie wohnte, wie alt sie war oder was sie arbeitete. Wie das Schicksal nun einmal war – nämlich nicht sonderlich nett –, hatte sich die Situation so entwickelt, dass er sie nicht hatte wiedersehen, nicht hatte danach fragen können.

Er hatte sie nur ein einziges Mal getroffen. Ein einziges verdammtes Mal. Und das war viel zu kurz gewesen.

Doch all das würde bald schon wieder egal sein. Sam würde wie jeder andere auch von Hales persönlichem Kaleidoskop verschlungen werden, und er würde sie nicht erreichen können. Es war einfach immer das Gleiche.

Ob sie wohl seine Tweets gelesen hatte? Er war so verzweifelt gewesen. Was sie wohl von ihm hielt? Sie kannte ihn ja sicher aus der Presse. Er war schließlich eine immer lächelnde und funktionierende Blitzlichtgewitter-Puppe. Ohne Privatleben, ohne Freizeit und manchmal auch ohne Gefühle, denn anders konnte man sich in diesem Business nicht über Wasser halten. Das konnte einen Außenstehenden sicher ganz schön abstoßen.

Frustriert stützte er die Ellbogen auf die Knie und vergrub das Gesicht in seinen Händen.

Der schicke schwarze Van, in dem die Band gerade saß und zu einem Pressetermin gefahren wurde, ruckelte heftig, als er über eine Schwelle auf der Straße fuhr. Die Scheiben waren verdunkelt, daher konnte Hale nicht sehen, wo sie sich eigentlich befanden. Aber was machte es auch schon für einen Unterschied, in welchem Land, in welcher Stadt sie waren? Sie bewegten sich ja doch nur in diesem dunklen Käfig von einem austauschbaren Ort zum nächsten, beantworteten die immer gleichen, belanglosen Interviewfragen und wurden danach wieder in den Wagen gesperrt. Sosehr er sein Leben auch liebte, so dankbar er auch für all die aufregenden Chancen war, die er ergreifen durfte – manchmal hasste er es.

Wieso musste er immer so ein Pech haben?

Vor seinem inneren Auge sah er noch einmal ihr Gesicht, und sein Herz zog sich schmerzhaft zusammen. Noch nie hatte er sich so gefühlt, wenn er jemandem das erste Mal begegnet war! Normalerweise fühlte er generell kaum irgendetwas. Er ließ seine Gefühle lieber auf Sparflamme, da es gefährlich war, irgendetwas oder irgendwen zu nah an sich heranzulassen. Noch bevor man sich richtig an etwas – oder jemanden – gewöhnen konnte, musste man schon wieder fort.

Doch Sam war einfach um die Ecke gekommen und hatte seine Schutzmauern niedergerissen, als wären sie nichts weiter als eine Wand aus Styropor. Wie war das möglich?

»Können wir später zu McDonalds fahren?«, riss ihn James' laute Stimme links neben ihm aus seinen Gedanken.

»Schon wieder?«, kam als Antwort nur vom Fahrersitz. An öffentlichen Orten zu essen war für sie beinahe unmöglich, daher hatte ein Teil der Band eine große Liebe zu Drive-in-Restaurants entwickelt, die Hale nicht im Geringsten teilte. Ihm hing der immer gleiche Fast-Food-Fraß zum Halse raus.

Der Van blieb mit einem Ruck stehen, und die Schiebetür öffnete sich einen Moment später. Ethan verließ als Erster den Wagen. Die anderen Jungs folgten ihm direkt. Das war eine der ersten Dinge, die man als Bandmitglied lernte: Immer nah hinter den anderen bleiben. Bloß nicht zu weit voneinander entfernt herumlaufen. Das schadete dem Image, denn es könnte ja auf interne Streitigkeiten hindeuten und man könnte sich ja trennen.

Was die Presse sich immer alles einfallen ließ …

Trotz der goldenen Immer-Aufschließen-Regel trottete Hale langsam und mit einem größeren Abstand als vorgesehen hinter den anderen her. Sie waren am Hintereingang des Hotels, in das sie umquartiert worden waren. Gestern hatten die Fans das andere Hotel gestürmt.

Ob sie die Jungs jetzt in dem neuen Hotel nicht finden würden, war wohl eher zweifelhaft, aber wenn das Management entschied, dass sie umzuziehen hatten, dann hatten sie umzuziehen und fertig.

»Alles okay bei dir?«

Hale sah auf und begegnete dem besorgten Blick aus Rileys braunen Augen. Er hatte sich zurückfallen lassen, um mit seinem Freund zu sprechen.

Hale zuckte als Antwort nur mit den Schultern und sah hinunter auf den dunkelblauen Teppichboden des Hotelflurs, den sie soeben erreicht hatten.

Was sollte er schon groß darauf antworten? Sie wussten alle, dass sie für den Moment lebten und nur das Hier und Jetzt zählte. Er dachte nicht dran, was gestern war. Es war nur wichtig, was er im nächsten Interview zu sagen hatte, welche Termine anstanden. Das war alles, was in seinem Kopf sein sollte. Solange er funktionierte, war alles in Ordnung.

Hale musste sich ein verächtliches Schnauben verkneifen. Er hatte seinen Job noch nie so sehr infrage gestellt, wie er es momentan tat.

»Du wirst sie schon wiedersehen, da bin ich mir sicher«, redete Riley ihm gut zu, während sie die geschwungene Treppe in den ersten Stock des Hotels hinaufgingen. Hale war klar, dass er es nur gut meinte und ihn aufbauen wollte, aber es war das Letzte, das er jetzt hören wollte.

»Ehrlich. Ich meine, du weißt, dass …«

»Ja, ich weiß, Riley«, unterbrach Hale ihn mit schleppender Stimme, obwohl er eigentlich überhaupt nicht wusste, was er anscheinend wissen sollte. »Ich weiß.«

»Okay …« Riley öffnete noch einmal den Mund, um etwas hinzuzufügen, aber er sah Hale wohl an, dass ihm nicht nach Reden zumute war. Er zuckte deswegen nur mit den Schultern, klopfte seinem Bandkollegen mitfühlend auf den Rücken und schloss zu den anderen auf, die soeben einen luxuriös eingerichteten Raum betraten, den man ihnen zugewiesen hatte, um auf den Beginn der Pressekonferenz zu warten.

James lümmelte bereits auf einem der silberfarbenen Sofas herum, die hier überall standen. Hale trottete lustlos hinterher und ließ die schwere Holztür hinter sich ins Schloss fallen.

Riley hatte unrecht, was auch immer er gemeint hatte. Hale war sich sicher, dass er ihr nicht wieder begegnen würde. Wie denn auch?

Aber auch das war egal. Sie hatte sicher kein Interesse an jemandem wie ihm. Er konnte sich vorstellen, dass sie nicht sonderlich viel von dem oberflächlichen Leben hielt, das er führte. Sam gehörte bestimmt zu den Menschen, die viel zu bodenständig waren, um sich von berühmten Persönlichkeiten beeindrucken zu lassen.

Er lehnte sich gegen die Wand und stieß mit dem Hinterkopf leicht dagegen, als er an die Decke starrte und versuchte, an etwas anderes zu denken. Aber es funktionierte nicht. Seine Gedanken wanderten immer zu dem unbekannten schwarzhaarigen Mädchen zurück, zu seinen funkelnden grünen Augen und seinem offenen, ehrlichen Lächeln. Wie selten ihn heutzutage noch jemand so ansah, wurde ihm erst jetzt wirklich bewusst.

Er atmete laut aus, senkte den Kopf und sah wieder geradeaus. Dabei blickte er in vier Augenpaare direkt vor sich, die ihn alle fixierten.

»Du kriegst das hin.«

»Ja, auf jeden Fall.«

»Wir stehen dir natürlich zur Seite, Bro.«

»Komm schon, du bist Hale Silver! Sie kann gar nicht anders, als dir zu verfallen!«

»Jetzt mach nicht so ein langes Gesicht, Silver!«

»Mensch, du bemitleidest dich ja mehr als ein dreizehnjähriges Mädchen, dessen lebensgroßes Hale-Silver-Poster von der Wand gefallen ist!«

Seine vier Bandmitstreiter redeten alle durcheinander auf ihn ein. Sie wuschelten ihm durch seine dunkelbraunen Locken, kniffen ihn in die Wange wie alte Tanten und boxten ihm leicht in die Magengegend, bis er nicht mehr anders konnte, als mit ihnen zu lachen. Seine Grübchen traten dabei deutlich hervor. Es tat gut, mit ihnen zu scherzen, und ihre Zuversicht war ansteckend.

»Na, siehst du! So gefällst du mir doch gleich viel besser!«, krähte Alfie und tätschelte ihm ein wenig zu fest die Wange.

»Und jetzt kommt, wir müssen zur Pressekonferenz. Die geht gleich los, es ist schon fast halb zwei!«, trieb Riley sie mit einem Blick auf die große goldene Uhr, die über ihnen an der Wand hing, zur Eile an.

Ihr Tourmanager Rick hatte sich das Geschehen nur mit einem Kopfschütteln angesehen. Er und ein paar Sicherheitsleute warteten schon an der großen Tür auf die fünf jungen Männer, die sich jetzt aufrappelten, um sich von den Journalisten löchern zu lassen.

Hale folgte seinen Freunden und versuchte, sich zu sammeln. Sie hatten recht. Er durfte sich nicht so hängen lassen. Er würde alles dafür tun, dass er Sam wiederfand. Und sie kennenlernte. Und sie von sich überzeugte, falls sie nicht viel von berühmten Musikern hielt.

Riley zog ihn am Ärmel nach vorne, und Hale stolperte zwischen ihn und Ethan. Er stand nun in der Mitte der fünf Jungs von *Secret Light* und war wild entschlossen. Kurz schloss er die Augen und atmete noch einmal tief durch. Auch wenn sie alle schon Hunderte von Pressekonferenzen gegeben hatten, war er doch jedes Mal aufs Neue ein wenig nervös.

Die Tür wurde für sie geöffnet, und sie betraten eine lange, helle Galerie oberhalb des Hotelfoyers.

Im ersten Moment schien alles ganz normal, als sie nach rechts gelotst wurden, wo sich anscheinend der Saal für die Pressekonferenz befand.

Aber genau in dem Moment, als Hale das erste Mal wirklich vom polierten Holzboden aufsah und den Flur wahrnahm, durch den sie jetzt gingen, sah er zwei Mädchen, die am anderen Ende von einem Sicherheitstypen festgehalten und in den Aufzug bugsiert wurden.

Er sah eine wilde schwarze Mähne aufblitzen, und seine Welt schlingerte. Der Anblick warf ihn völlig aus der Bahn.

Das konnte nicht wahr sein. Hale konnte nicht glauben, was er da sah. Oder eher: *wen* er da sah.

Das war Sam! Oder? Das war doch Sam?

Nicht? Oder doch?

Spielten ihm seine Sinne gerade einen Streich?

Nein, das war Sam, das war sie. Ganz sicher. Er hätte sie überall erkannt. Und sie sah ihn direkt an.

Er war so perplex, dass er sie einfach nur anstarrte, während er weiterlief und mit den anderen auf den Konferenzsaal zusteuerte. Sie erwiderte seinen Blick, und Hale öffnete den Mund, um etwas zu sagen, aber kein Ton kam heraus. Er wollte am liebsten nach ihr rufen! Sie musste dableiben! Sie durfte jetzt nicht wieder verschwinden! Jetzt, da sie sich gefunden hatten!

Doch nichts von alldem kam über seine erstarrten Lippen. Alles ging so schnell!

Wie ferngesteuert lief er einfach weiter, verdrehte sich beinahe den Kopf, rempelte gegen Ethan, weil er nicht in der Lage war, den Blick von ihren hellgrünen Augen abzuwenden.

Auch sie wirkte wie versteinert. Erkannte sie ihn überhaupt? Hatte sie gerade ihre Hand bewegt? Wollte sie ihm ein Zeichen geben? Oder bildete er sich das nur ein? Was machte sie überhaupt hier? Und konnte er nicht endlich verdammt noch mal stehen bleiben und etwas sagen?

Sein Herz klopfte wie verrückt, und er konnte kaum noch atmen, so sehr überrollte ihn die Tatsache, dass Sam wirklich hier war. Hale nahm all seine Konzentration zusammen und befahl seinem Körper, endlich auf die Signale seines Gehirns zu reagieren, Worte mit seinen noch immer geöffneten Lippen zu formen, stehen zu bleiben oder zu ihr hinzurennen, Hauptsache, *irgendetwas* zu tun – als sich die Aufzugtüren schlossen und sie verschluckten. Sie war verschwunden. Schon wieder.

Frustriert atmete er hektisch ein und aus und bekam überhaupt nicht mehr mit, was um ihn herum passierte. Er wurde auf seinen Platz auf der kleinen Bühne geleitet, von den Blitzlichtern geblendet, und atmete einfach nur.

Einfach atmen, Hale.

Das sagte er sich immer wieder selbst. Einfach atmen. Lächeln. Atmen. Lächeln. Atmen. Funktionieren.

Du schaffst das.

Sie war hier. Hier gewesen.

Er hatte sie gesehen.

Das Lächeln in seinem Gesicht wurde breiter, wurde endlich einmal wieder echt und nicht bloß aufgesetzt.

Sie war wirklich hier gewesen.

Wie konnte das sein? Wieso war sie hier? Und wieso …

Oh.

Nun verstand er es. Sie hatte sich gemeinsam mit dem anderen Mädchen hier hineingeschlichen. Und es war wohl nicht gut für sie ausgegangen. Obwohl er sich Sorgen darüber machte, ob sie jetzt wohl Ärger mit dem Sicherheitsdienst des Hotels bekam, konnte nichts an dem Lächeln in seinem Gesicht etwas ändern. Sie hatte ihn gesucht. Ganz offensichtlich.

»Mister Silver?«

»Hm?«, antwortete er absolut geistreich und stellte sein Sichtfeld wieder scharf.

Er hatte noch keine einzige Frage der Pressekonferenz mitbekommen. Alle Augen im Raum waren auf ihn gerichtet. Er lächelte weiterhin und suchte nach der Person, die ihm anscheinend eine Frage gestellt hatte.

Endlich hatte er es erkannt.

Sam schien doch nicht so abgeneigt von ihm zu sein, wie er gedacht hatte.

Er nahm es seelenruhig hin, dass er sich gerade vor den Journalisten und ihren Kameras und somit vor der ganzen Welt blamierte, weil er offenkundig nicht aufgepasst hatte. Nichts konnte ihn jetzt mehr erschüttern.

6

Der nächste Tag begann mit Kopfschmerzen. Sam seufzte und rieb sich die Augen, ehe sie einen schlaftrunkenen Blick auf die Uhr warf – und schlagartig hellwach wurde. Es war viel zu spät!

Sie sprang wie von der Tarantel gestochen aus dem Bett. Das durfte einfach nicht wahr sein! Es war halb elf, und sie hätte genau jetzt bei ihrer Mutter Alessandra im Sender sein sollen. Caro war schon seit heute früh arbeiten, weswegen nicht einmal diese sie hätte wecken können. Verdammt, verdammt, verdammt!

Lauthals fluchend polterte sie ins Badezimmer, aber der Blick in den Spiegel ließ ihre Laune nicht gerade besser werden. So konnte sie unmöglich aus dem Haus gehen. Ihre Haare sahen aus, als hätte ein Storchenpaar während der Nacht darin gebrütet, und ihre Augen waren verquollen und sie bekam sie nicht einmal ganz auf. Es half also alles nichts, sie musste, so schnell es ging, unter die Dusche.

In Windeseile föhnte sie sich danach die Haare halbwegs trocken und drapierte sie wenig kunstvoll zu einem riesigen Dutt. Dann schmiss sie sich in ihre Klamotten, schminkte sich und sprintete in die Küche, um sich einen Müsliriegel als Frühstück zu holen. Noch auf dem Weg zur S-Bahn-Station kaute sie darauf herum und erreichte die Haltestelle wie durch ein Wunder exakt im gleichen Augenblick wie die Bahn. Immerhin etwas, das heute zu funktionieren schien. Sam setzte sich und wartete darauf, dass sich ihr Puls wieder beruhigte.

Die Arbeit als Assistentin für ihre Mutter beim Radiosender war ein echter Glückstreffer gewesen. Zum einen konnte sie dort die Semesterferien über jobben und sich die Miete finanzieren, zum anderen hatte sie schon den einen oder anderen coolen Beitrag machen dürfen. Interviews, Kurzfilme für die Website, Livekonzerte – es gab wirklich nichts, um das sich der Sender nicht kümmerte. Die Aufrufe der Webseite lagen täglich im fünfstelligen Bereich, was Sam noch mehr anspornte, in ihrer Arbeit aufzugehen. Sie hatte zwar eigentlich keine Ausbildung in dieser Richtung, aber ihre Mutter hatte beim Senderchef ein gutes Wort für sie eingelegt, und wie es mit Vitamin B nun einmal war, hatte es auch geklappt und sie war als Werksstudentin eingestellt worden. Da sie Anglistik – inzwischen im fünften Semester – studierte und mit den Gästen im Sender viel Englisch reden musste, passte es auch eigentlich ganz gut. Außerdem schrieb sie gern Artikel für die Website, und natürlich liebte sie Musik. Alles in allem also ein Volltreffer.

Auch ihr älterer Bruder Leo war beim Sender beschäftigt, er und Sam wechselten sich immer in wöchentlichem Rhythmus ab. Und unter normalen Umständen war Sam vollkommen zuverlässig und überpünktlich! Hoffentlich hatte es nicht zu viel durcheinandergebracht, dass sie so verschlafen hatte … Sie konnte sich aber auch beim besten Willen nicht daran erinnern, welcher Gast eigentlich heute im Studio sein würde. Auf ihr Gedächtnis war seit Kurzem einfach überhaupt kein Verlass mehr, stellte sie schnaubend fest.

Als die S-Bahn an der richtigen Haltestelle zum Stehen kam, hastete Sam hinaus und auf ein riesiges Bürogebäude zu. Im Vorbeigehen grüßte sie die Empfangsdame flüchtig, die hinter ihrem Mahagonitresen in der großen Eingangshalle etwas verloren wirkte, ehe sie sich von einem schicken Glasaufzug in den zwölften Stock fahren ließ.

Nachdem sich die Aufzugtüren lautlos geöffnet und hinter ihr wieder geschlossen hatten, ging Sam zielstrebig auf ihren Schreibtisch zu, der im Vorraum zum Büro ihrer Mutter stand, und warf ihre Tasche auf den Drehstuhl. Es lag bereits ein Haufen Papiere auf ihrem Platz, und ihr Telefon blinkte ebenfalls hektisch und zeigte ihr einige entgangene Anrufe an. Das war gar nicht gut.

Aber ehe sie sich mit dem Papierkram befassen konnte, musste sie zumindest kurz bei ihrer Mutter im Studio vorbeischauen und ihr sagen, dass sie jetzt da wäre – pünktlich kurz vor der Mittagszeit und damit immerhin noch vor der Ausstrahlung. Das »ON-AIR«-Schild leuchtete nicht, also konnte sie gefahrlos eintreten.

Sam straffte die Schultern, strich sich noch eine widerspenstige Haarsträhne hinters Ohr und öffnete mit ihrem allseits bekannten Schwung, ohne anzuklopfen, die Tür zum Aufnahmestudio.

»Es tut mir echt leid, aber ich …«, begann sie, doch weiter kam sie nicht.

Sie blieb wie angewurzelt stehen.

Und starrte mit offenem Mund in Richtung des Sendepults.

Allerdings nicht etwa auf ihre Mutter.

Sie starrte auf das, was sie hinter den Mikrofonen sah.

Und was dort eigentlich noch gar nicht hätte sitzen dürfen, solange die Vorbereitungen noch in vollem Gange waren.

Vielleicht hätte sie doch noch schnell einen Blick auf den Sendeplan werfen sollen. Und anklopfen!

Ich glaube, mich trifft der Schlag.

»Sam! Schön, dass du jetzt auch da bist«, begrüßte ihre Mutter sie auf Englisch. Sie wirkte zum Glück nicht sonderlich verärgert, aber das nahm Sam sowieso nur am Rande wahr, denn sie starrte weiterhin fassungslos geradeaus, als hätte sie einen Geist gesehen. Oder besser gesagt fünf Geister, um genau zu sein. Nur mit äußerster Willensanstrengung schaffte sie es, ihren Mund wieder zuzuklappen.

»Wir wollten gerade anfangen«, sagte Alessandra nun. »Gentlemen, das hier ist Samantha, meine Tochter und persönliche Assistentin. Und das ist ...« Sie deutete auf die Gruppe von Besuchern, die auf den hohen Stühlen vor den Mikrofonen Platz genommen hatten. »Na ja, ich glaube, dazu muss ich nicht viel sagen.«

Nein, das musste sie wirklich nicht. Sam wusste sehr genau, wer sich da gerade alles zu ihr umdrehte, um den Grund für die Störung in Augenschein zu nehmen.

Secret Light.

Höchstpersönlich.

Riley, James, Ethan, Alfie – und Hale.

Hale.

Sam sah mit Sicherheit ziemlich dämlich aus, wie sie so dastand, die eine Hand immer noch auf der Türklinke, zur Salzsäule erstarrt, den Ausdruck völliger Verwirrung auf dem Gesicht.

Langsam wanderte ihr Blick über jedes einzelne der Gesichter, bis er schließlich an Hale hängen blieb. Und auch auf seinen Zügen wechselten sich Überraschung, Verwunderung und Freude in rascher Folge ab. Doch noch während Sam ihn ansah, sich förmlich in seinen Augen verlor, gewann bei Hale eine Emotion ganz eindeutig die Oberhand, und ein strahlendes Lächeln wischte jegliches andere Mienenspiel fort. Für Sam war es, als würde die Sonne aufgehen.

Reiß dich zusammen!

Sie musste irgendetwas tun! Irgendetwas sagen! Sie konnte doch hier nicht einfach so rumstehen und den Eindruck erwecken, als hätte sie nicht mehr alle Tassen im Schrank!

Also ließ sie endlich die Tür los, strich sich einige imaginäre Falten an ihrem Rock glatt und nickte den fünf jungen Männern lächelnd zu. »Nein, ich weiß natürlich, dass das *One Direction* sind. Freut mich sehr.«

Sieben Gesichtszüge – die der Jungs ebenso wie die von Sams Mutter und einem weiteren Mann, der wohl der Bandmanager sein musste – entgleisten binnen einer Zehntelsekunde, doch Sam hielt ihr falsches Zahnpastalächeln weiterhin aufrecht. Göttlich! Man hätte diesen Augenblick filmen müssen!

Alfie lachte als Erster. Und Sam hatte schon fast befürchtet, niemand hätte ihren offensichtlichen und zugegebenermaßen ziemlich lahmen Witz verstanden! Erleichtert atmete sie aus. Die angespannte Stimmung verflog, als nun endlich die anderen in das befreiende Lachen mit einstimmten. Auch Hale lachte, und es klang in Sams Ohren zu schön, um wahr zu sein.

Beflügelt von ihrem erfolgreichen Scherz setzte Sam sich endlich in Bewegung und trat auf die Besucher zu, um ihnen die Hand zu schütteln. Sie wollte schließlich nicht unhöflich sein. Gleichzeitig aber schlug ihr das Herz so wild in der Brust, dass sie hätte schwören können, auch alle anderen außer ihr mussten es hören. Wieso hatte sie denn bitte schön keine Ahnung von diesem Auftritt gehabt? Sie hätte doch niemals den Besuch ausgerechnet dieser Band im Sender verschlafen!

Endlich näherte sie sich dem letzten der sechs Besucher. Und als sich ihre Blicke erneut trafen und seine Hand sich um die ihre schloss, da kam es Sam so vor, als stünde sie unmittelbar unter Strom. Das Gefühl war berauschend, verzehrend und beängstigend zugleich.

»Nette Tweets übrigens«, murmelte Sam und biss sich dann von innen auf die Lippen. Hatte sie das gerade wirklich laut ausgesprochen? Verdammt, nie konnte sie ihre Klappe halten!

Doch Hale hatte ihren Kommentar wohl nicht falsch aufgenommen. Er grinste sie an und blickte ihr dabei tief in die Augen. Immerhin wusste er nun, dass sie seine Nachrichten gelesen hatte.

»Die Herrschaften sind vorbeigekommen, um uns ein Interview zu geben«, erklärte ihre Mutter und unterbrach den kleinen Moment zwischen den beiden. Sam ließ Hales Hand los, räusperte sich leise und trat jetzt wieder einen Schritt zurück. »Das Ganze war heute Morgen erst fix. Wir beginnen gleich mit der Aufnahme von drei Songs, die sie hier live einspielen werden. Im Verlauf der Sendung werden wir sie dann ausstrahlen.«

Während die Tontechniker alles für die Aufnahmen vorbereiteten und die Bandmitglieder mit Kopfhörern ausstatteten, zog Alessandra ihre Tochter beiseite.

»Drüben auf meinem Schreibtisch liegt ein Blatt mit den Interviewfragen. Die neue Praktikantin hat sie sich überlegt, aber ich bin nicht sonderlich zufrieden damit, um ehrlich zu sein. Du hast doch ein Händchen für Interviews, Sam, kannst du dich bitte darum kümmern?«

Noch immer ganz perplex nickte Sam. »Klar, mache ich.«

Sie sah sich ein letztes Mal um, aber Hale war so mit den Tontechnikern beschäftigt, dass er ihren Blick gar nicht bemerkte. Also ging sie zum Schreibtisch ihrer Mutter und holte sich den Zettel mit den Fragen.

Nachdem sie sie schnell überflogen hatte, zog sie die Stirn kraus. Na, sonderlich kreativ waren sie wirklich nicht. Nur Standardfragen zum kommenden Album und den Nominierungen für die EMAs. Natürlich war es beeindruckend, in wie vielen Kategorien sie die Chance auf eine Auszeichnung hatten, aber das war nichts Neues, nichts, das man nicht überall sonst auch nachlesen konnte.

In Windeseile kritzelte sie neue Fragenvorschläge auf die Rückseite des Blattes. Ihre schweißnassen Hände hinterließen sofort einen Abdruck auf dem Papier, was ein überdeutlicher Beweis ihrer Nervosität war. Peinlich berührt versuchte sie verstohlen, das Blatt wieder glatt zu streichen.

Er war wirklich hier! Und er saß dort vor ihr, lächelte höflich, trank sein Wasser und tat so, als wäre nichts geschehen!

Zugegeben, es war ja auch nichts geschehen. Aber nur, weil dieser dämliche Platz hatte geräumt werden müssen! Ob er das wusste? Ob er wusste, dass sie deswegen weg gewesen war, bevor er sie hatte suchen können? Ob er überhaupt auf sie gewartet hatte?

Sie musste es unbedingt erfahren! Ob sie eine der Interviewfragen geschickt so formulieren konnte, dass er ihr darauf eine Antwort geben musste?

Nachdenklich legte sie den Kopf schief. Ja, das könnte klappen!

Als sie fertig war, gab sie den Zettel an ihre Mutter weiter.

»Du wirst mein Gekritzel ja hoffentlich lesen können«, grinste sie und setzte sich dann in den Schatten hinter die Scheinwerfer, um die Songs und das Interview in Ruhe zu verfolgen. Beides wurde per Livestream auch auf die Webseite übertragen.

Sam beobachtete, wie der Bandmanager ihnen ein paar letzte Anweisungen gab, was sie zu ihrem neuen Album, das in ein paar Wochen veröffentlicht wurde, auf jeden Fall sagen mussten. Er stellte sich danach mit verschränkten Armen an die Wand und beobachtete das Interview von dort aus mit Argusaugen. Er erschien Sam ganz schön respekteinflößend. Kein Wunder, dass die fünf Bandmitglieder immer auf ihn zu hören schienen.

Sam hatte vorsichtshalber einen Block und einen Stift auf dem Schoß, denn sie war sich nicht sicher, ob sie heute noch einen Artikel über den Besuch von *Secret Light* verfassen sollte. Außerdem vermittelten ihr die beiden vertrauten Gegenstände eine gewisse Sicherheit, da sie sich daran festhalten konnte und nicht bloß nutzlos herumsaß.

Nach der Hälfte des ersten Songs musste sie zugeben, dass die Band nur mit akustischer Gitarre gar nicht so schlecht klang. Immer noch nicht ihr Musikgeschmack, aber es war durchaus annehmbar.

Die ganze Zeit über starrte sie Hale an, als hätte er sie hypnotisiert. Er hingegen hatte seine Augen geschlossen und gab sich mit ganzer Seele dem Song hin, der von einer verlorenen Liebe und dem darauffolgenden seelischen Schmerz handelte. Es war … wunderschön. Sie hing förmlich an seinen Lippen. Seinen perfekt geschwungenen zarten Lippen, die vor Kurzem noch ihre Stirn gestreift hatten.

Als die drei Songs vorbei waren, hatte Sam das Gefühl, sie würde aus einem Traum erwachen. Die Lieder waren nicht nur annehmbar. Sie waren akustisch richtig schön, und die fünf hatten wirklich super Stimmen. Himmel, wieso war bisher an ihr vorbeigegangen, dass die Jungs eigentlich wirklich singen konnten? All das Gefühl, die Leidenschaft und vor allem ihr stimmlich harmonisches Zusammenspiel hörte man bei ihren Studioversionen gar nicht so sehr raus.

Wenn es nach Sam gegangen wäre, hatten sie noch ewig weiterspielen können, aber die Sendung musste weitergehen, und Alessandra stellte jetzt die von Sam formulierten Fragen, die die Jungs mit Witz und Charme beantworteten.

Je näher sie der Frage kamen, die Sam extra für Hale geschrieben hatte, desto schneller schlug Sams Herz. Noch zwei. Noch eine. Jetzt!

»Hale, in vielen eurer Texte geht es ja um die Liebe. Wurdest du selbst schon einmal von einem Mädchen versetzt? Und wenn ja, was wärst du bereit zu tun, um es doch noch für dich zu gewinnen?«

Sam wollte am liebsten sang- und klanglos vom Hocker rutschen und im Erdboden versinken. Nun, da ihre Frage laut vorgelesen worden war, kam sie ihr unsagbar dämlich und durchschaubar vor. Hatte sie denn wirklich angenommen, dass er auf so einen simplen Trick reinfallen würde? Was hatte sie sich nur dabei gedacht! Wahrscheinlich war sie gerade rot wie eine Tomate, und jeder im Aufnahmestudio würde sie gleich anstarren!

»Tatsächlich habe ich schon einmal vergebens auf ein Mädchen gewartet. Aber das war nicht seine Schuld. Es waren einfach ... ungünstige Umstände.«

Sam hielt die Luft an. Da die Band mit den Scheinwerfern angeleuchtet wurde und Sam im Dunkeln saß, konnte Hale sie wahrscheinlich nicht sehen. Oder er würdigte sie extra keines Blickes.

Meinte er denn wirklich sie?

»Aber ich habe ihr deutlich gesagt, dass ich alles tun würde, um sie wiederzusehen, und das meinte ich auch so. Für ein besonderes Mädchen sollte man immer bereit sein, alles zu geben. Und dann muss man seinem Schicksal vertrauen und darauf hoffen, dass es einen erhört.«

Sam fiel vor Schreck beinahe von ihrem Stuhl, als jemand wie ein Geist neben ihr erschien und sie in die Seite pikste.

»Leo, verdammt, musst du mich so erschrecken?«, fuhr sie ihren Bruder leise an. Ausgerechnet jetzt! Hatte Hale noch irgendetwas gesagt? Hatte sie etwas verpasst? Hatte er sie kurz angesehen? War sie gemeint oder bildete sie sich nur irgendetwas ein?

Leo grinste breit und hielt ihr seinen Coffee to go hin, als wäre das die Entschädigung für seinen blöden Scherz. Dann drückte er seiner jüngeren Schwester einen Kuss auf die Wange und legte einen Arm um ihre Schulter. Einer der Tontechniker sah die beiden böse an, denn eigentlich war es ihnen nicht erlaubt, auch nur einen Mucks von sich zu geben.

»Was machst du hier?« Sam sprach so leise wie möglich. Hatte sie sich vertan? War Leo diese Woche dran, und sie hätte gar nicht arbeiten müssen?

Leo beugte sich ganz nah zu Sams Ohr und murmelte: »Wenn so eine angesagte und megabekannte Band schon mal hier ist, dachte ich mir, muss ich mir das doch ansehen! Aber was machst du hier?«

»Ich dachte, das wäre meine Schicht. Und jetzt lass mich los, Leo!«, flüsterte Sam genervt und versuchte, sich von ihm loszumachen, konnte sich aber aus seinem Schraubstockgriff nicht befreien. Leos Lieblingshobby war es, seine Schwester zu ärgern, bis sie ausflippte. Und darin war er Weltmeister. Aber gerade jetzt wollte sie nicht, dass er so dicht bei ihr stand und mit ihr tuschelte. Immerhin saß dort vorne der wahrscheinlich attraktivste Mann der Welt und konnte jederzeit zu ihr schauen!

»Leo, ich muss zuhören«, zischte sie bestimmt und sah ihren Bruder böse an.

»Kannst du doch? Ich halte dir ja nicht die Ohren zu«, grinste er, und Sam musste sich zusammenreißen, um nicht laut loszupoltern. Leo tippte ihr provozierend mit dem Zeigefinger auf die Nase und wuschelte ihr dann über den Dutt. Er wusste genau, dass darauf die Todesstrafe stand.

Sam seufzte genervt und lenkte ihre Aufmerksamkeit wieder auf das Interview. Sie musste wirklich zuhören! Immerhin war das hier nicht irgendeine Band! Und immerhin saß dort drüben nicht irgendein Typ! Sondern dort saß Hale, und der drehte sich gerade in ihre Richtung, weil ein Song spielte und es eine kurze Pause gab ... und er sah sie direkt an! Also konnte er sie trotz der Dunkelheit erkennen?

Oh mein Gott.

An seinem Gesicht konnte Sam ablesen, dass er das Bild, das sich ihm bot, gerade völlig falsch interpretierte. Die Erkenntnis durchfuhr sie wie ein Blitz: Er wusste ja nicht, dass Leo, der noch immer den Arm um ihre Schulter geschlungen hatte, nur ihr Bruder war!

Ach du heilige ...

Sein Blick war unbeschreiblich. Er ging Sam durch Mark und Bein, und ihr Herz setzte einen Schlag lang aus.

Sie versuchte panisch, ihm zu signalisieren, dass Leo nur einen dummen Scherz machte, doch anscheinend verstand er genau das Gegenteil, denn er schüttelte kaum wahrnehmbar den Kopf und schlug demonstrativ die Augen nieder. Dann stand er abrupt auf, entschuldigte sich kurz und verließ den Raum, ohne Sam noch einmal anzusehen.

Alessandra sah ein wenig verstört drein, als Hale einfach den Raum verließ, und gab hektisch Zeichen, das Interview länger zu unterbrechen und mit weiteren Liedern die Wartezeit zu überbrücken.

Sam aber wand sich jetzt endlich mit Nachdruck aus Leos aufgezwungener Umarmung. »Verschwinde bloß!«, raunte sie wütend in seine Richtung, während sie von ihrem Barhocker aufstand. Leo zuckte nur verständnislos mit den Schultern.

»Ist eh langweilig hier«, sagte er und schlenderte unbekümmert wieder durch die Seitentür hinaus in den Flur, als wäre nichts vorgefallen.

Keiner kann dich hier brauchen!

Sam kochte innerlich, versuchte aber, sich nichts anmerken zu lassen. Sie sah zu den anderen Bandmitgliedern hinüber, die immer noch vor ihrer Mom saßen.

Wenn aus Hales Blick schon Unverständnis gesprochen hatte, so schlug ihr nun eine Welle der Missbilligung entgegen. Ihr aufgesetztes Lächeln gefror ihr im Gesicht. Alle vier sahen sie mit versteinerten Mienen an, und keiner von ihnen sagte ein Wort.

Hatte Hale ihnen etwa von ihrem Aufeinandertreffen erzählt? Sam musste hier so schnell wie möglich raus und nach ihm suchen!

Hastig legte sie Block und Stift auf den Stuhl und entschuldigte sich dann unter dem Vorwand, sich jetzt um den

Papierkram kümmern zu müssen. Ihre Mutter entließ sie leicht irritiert, da sie sich nicht ganz sicher zu sein schien, ob sie auf Hale warten oder einfach ohne ihn weitermachen sollte. Aber immerhin stellte sie keine Fragen.

Sam musste sich zusammenreißen, um nicht einfach aus dem Raum zu stürzen, sondern gemäßigten Schrittes zur Tür zu gehen. Doch als sie das Aufnahmestudio endlich hinter sich gelassen hatte, hastete sie geradezu durch die Flure.

Wo war er hin?

Die Tür, die zum Hauptflur des Gebäudes führte, stand einen Spaltbreit offen. Er war also wirklich hinausgegangen. Doch wenn er wieder zurück ins Studio gelangen wollte, dann musste er wohl oder übel den Glaskorridor entlang und damit unweigerlich auch an Sams Schreibtisch vorbei. Ihr blieb also nichts anderes übrig, als zurückzugehen und darauf zu hoffen, dass er wiederkam und sie das Missverständnis aufklären konnte.

Um sich abzulenken – und auch um endlich mal etwas von dem zu tun, für das sie hier eigentlich bezahlt wurde –, widmete sie sich den E-Mails in ihrem Postfach und bearbeitete Höreranfragen und Rechercheaufträge anderer Redakteure für die Website.

Sie hatte sich gerade grummelnd in die wirren Probleme einer langen und undurchsichtigen E-Mail-Korrespondenz vertieft, als die Tür aufging. Überrascht schreckte sie hoch – und sah niemand anderes als Hale vor sich, der sie durch die Scheibe beobachtete. Sie bekam ganz weiche Knie.

»Hale …«, setzte sie an und stand auf, doch er drehte sich weg und steuerte mit großen Schritten direkt auf die Tür zum Studio zu.

»Hale, warte!« Aber bevor sie noch weitersprechen konnte, war er bereits nach drinnen verschwunden. Sam starrte hilflos auf die geschlossene Tür.

Ich brauche einen Plan!

Einen Plan, wie er erfuhr, dass Leo bloß ihr Bruder war, ohne dass sie es ihm da drinnen vor versammelter Mannschaft erklären musste!

Okay, ganz ruhig, Sam. Geh erst einmal wieder rein.

Sie öffnete leise die Tür, die Hale hinter sich geschlossen hatte, und ging hinein. Alessandra stand kurz davor, das Interview wieder aufzunehmen, daher musste Sam still sein. Als wäre überhaupt nichts Ungewöhnliches passiert, setzte sich ihre Mutter die Kopfhörer wieder auf und nahm die Fragen zur Hand, um an dem Punkt weiterzumachen, an dem Hale vorhin den Raum verlassen hatte.

Professionell, wie sie alle waren, merkte man natürlich keinen Unterschied zu vorher. Sie lachten und scherzten und waren so sympathisch und perfekt wie vor wenigen Minuten. Das stieß Sam ein wenig auf, denn sie hielt von diesem aufgesetzten Verhalten und der Fassade, die man als Musiker haben musste, nicht sonderlich viel.

Anstatt zu ihrem Stuhl in der Ecke zu gehen, blieb sie jetzt an der Tür stehen, da sie Hale so besser sehen konnte. Sie versuchte, Blickkontakt mit dem grünäugigen Bandmitglied herzustellen, doch er ignorierte sie völlig.

Es gelang ihr auch nicht mehr, ihre Aufmerksamkeit auf das Interview zu lenken. Sie würde sich die Aufzeichnungen ansehen müssen, um daraus dann eine Zusammenfassung zu schreiben.

Kurz bevor die Sendung vorbei war, ging die Tür neben ihr ein weiteres Mal leise auf und Leo kam sehr zu ihrer Überraschung wieder herein. Ach, war es ihm etwa doch nicht zu langweilig?

Als Sam sah, dass er auf einer Nussecke herumkaute, war ihr klar, wieso er vorhin gegangen war. Er hatte wohl etwas zu essen geholt.

Sie legte warnend den Zeigefinger auf die Lippen und mahnte ihn so, dieses Mal bloß still zu bleiben. Er nickte mit vollem Mund und kaute vergnügt und unbeschwert weiter. Am liebsten hätte Sam ihm den Hals umgedreht. Er hatte ja keine Ahnung, was er mit seinem Auftauchen hier angestellt hatte!

Wenn doch nur das Interview endlich vorbei wäre und sie mit Hale reden könnte!

Doch sie musste sich noch fast eine halbe Stunde gedulden, bis die Sendung vorbei war und Alessandra von ihrem Stuhl aufstand.

»Danke, das war ganz wunderbar«, sagte sie zu der Band.

»Stimmt, das war ein echt cooles Interview!«, stimmte Riley ihr zu. »Die Fragen waren wirklich originell!«

»Ja, das finde ich auch. Mal etwas anderes, nicht immer diese Standardfragen zu unserem kommenden Album und ob wir eine Freundin haben oder nicht«, fügte James lachend hinzu.

Alessandra wies hinüber zu Sam, die sofort hochrot anlief. »Bedankt euch für die Fragen bei meiner Tochter, sie kamen von ihr.«

»Ach wirklich?« Hale zog bedeutungsvoll die Augenbrauen hoch, doch Sam war die Situation so peinlich, dass sie verlegen wegsah. Jetzt wusste er ohne jeden Zweifel, worauf diese eine spezielle Frage abgezielt hatte.

»Oh, und fast hätte ich vergessen, euch diesen reizenden jungen Herrn hier vorzustellen, der während der letzten Minuten in die Aufnahme geschmatzt hat.« Sie lachte. »Mein Sohn Leo. Er hat ein paar Snacks geholt, falls ihr hungrig seid.«

Man konnte sehen, wie es in den fünf Köpfen zu arbeiten begann.

Alfie war der Erste, der begriff. »Ah ... ihr seid Geschwister?«

Leo nickte und ließ ein großspuriges »Man kann es sich nicht aussuchen, was?« verlauten, während Sams Herz einen Hüpfer machte und sie hoffnungsvoll zu Hale hinübersah. Na, das hatte wohl gesessen. Er schaute mit großen Augen von ihr zu Leo und wieder zurück. Sie fing seinen Blick ein und zuckte mit den Schultern, als wollte sie sagen: »Du wolltest mir ja vorhin nicht zuhören.« Versöhnlich hob er die Hände und lächelte. Das allein reichte schon, dass Sam wieder ganz weiche Knie bekam.

»Gut«, schaltete sich jetzt der Bandmanager ein und löste sich von der Wand, an der er die ganze Zeit gelehnt hatte. »Danke für das Interview, Frau Ferroni, es war wirklich sehr nett.«

»Wir haben zu danken, Rick, dass es so kurzfristig geklappt hat.« Alessandra schüttelte dem Manager die Hand.

Aber was jetzt? Würde Hale wieder aus der Tür hinausspazieren und einfach so verschwinden? Das musste sie unbedingt verhindern!

Ihr Blick suchte den seinen, um ihm irgendeine stumme Botschaft zu übermitteln, doch die allgemeine Aufbruchsstimmung machte ihr einen Strich durch die Rechnung, denn auch die anderen waren bereits aufgestanden und schnappten sich noch schnell einige Nussecken, die Tontechniker sammelten die Kopfhörer ein, und der Kameramann für den Livestream baute seine Kameras ab.

Ob sie ihm vielleicht irgendetwas zuraunen könnte, wenn sie sich verabschiedeten? Einfach quer durchs Studio rufen konnte sie ja schließlich nicht! Aber was sollte sie sagen? Fragen, ob sie sich wiedersehen würden? Was das überhaupt alles sollte? Wieso sich das so verrückt anfühlte? Es gab so viel, was sie wissen musste und nicht verstand! In Sams Kopf arbeitete es fieberhaft, doch ihre Gedanken überschlugen sich nur, statt eine brauchbare Antwort auszuspucken.

Und die Jungs waren bereits auf dem Weg zur Tür! Ihr Manager trieb sie zur Eile an, damit sie beim nächsten Termin keine Verzögerung hätten, und schob sie regelrecht aus dem Studio.

Nein, wartet, ich muss doch noch …!

»War nett, dich und deinen Bruder kennengelernt zu haben«, rief Alfie noch über die Schulter, und dann waren sie auch schon aus dem Raum und steuerten auf den Fahrstuhl zu.

Sam öffnete den Mund und wollte Hale noch etwas hinterherrufen – irgendetwas! -, aber genau in dem Moment schloss sich die Aufzugtür.

Himmel, zog sie diese verdammten Fahrstuhldinger etwa magisch an? Wollte ihr Schicksal ihr vielleicht etwas mitteilen, oder machte es sich einfach nur über sie lustig?

Noch nie in ihrem Leben war sie Hale Silver über den Weg gelaufen – und dann traf sie ihn gleich drei Mal in nicht einmal achtundvierzig Stunden und war keinen Schritt weiter als zuvor!

Frustriert fuhr sie sich mit der Hand über die Stirn und machte ein Gesicht wie sieben Tage Regenwetter.

»Liebes, was ist denn los?«, fragte ihre Mutter hinter ihr irritiert. »Habe ich irgendetwas verpasst?«

Sam sah sie mit großen Augen an und fühlte sich plötzlich wieder so unsicher wie ein Teenager. Konnte sie ihrer Mutter wirklich erzählen, was vorgefallen war? Das musste sich doch völlig verrückt für sie anhören! Sam glaubte es ja selbst nicht und wollte eigentlich auch nur damit abschließen, anstatt sich unsinnigen und vor allem unrealistischen Hoffnungen hinzugeben.

Gleichzeitig erinnerte sie sich aber daran, dass ihre Mom sie nie wegen etwas verurteilt hatte, und es würde guttun, sich ihr anzuvertrauen. Alessandra war immerhin die beste Zuhörerin, die sie kannte, selbst wenn sie viel arbeitete und deswegen so wenig Zeit hatte. Für ihre Kinder war sie immer da gewesen. Das hatte sich auch nicht geändert, als Sam ausgezogen war.

Sam seufzte und fasste sich ein Herz. Sie berichtete zunächst stockend, doch irgendwann sprudelte es nur so aus ihr heraus. Ihre Mutter unterbrach sie kein einziges Mal, nicht einmal dann, als Sam erzählte, dass sie sich mit Jana in das Hotel geschmuggelt und dort von einem Sicherheitsbeamten des Gebäudes verwiesen worden war.

Als sie endlich fertig war, blickte sie unsicher auf. Würde sie jetzt wegen ihrer Naivität ausgelacht werden?

Doch ihre Mutter belehrte sie eines Besseren. Sam sah nur Verständnis in ihren Augen, als Alessandra knapp zusammenfasste: »… und heute war er wieder hier und ist abermals von jetzt auf gleich verschwunden.« Ihre Mutter seufzte und strich Sam ein paar Haarsträhnen aus dem Gesicht. »Weißt du was, wir gehen jetzt erst einmal schön Mittag essen, und dann überlegen wir, was du tun kannst, in Ordnung?«

Sam nickte dankbar. Erst jetzt bemerkte sie, wie hungrig sie mittlerweile war. Der Müsliriegel auf dem Weg zur Bahn hatte nicht sonderlich lange vorgehalten. Sie holte ihre Tasche vom Platz, warf sich ihren Mantel über und wartete beim Fahrstuhl auf ihre Mutter.

»Italienisch?«, rief diese aus ihrem Büro herüber, und Sam musste sich ein Grinsen verkneifen. »Italienisch« war schon immer ihr Codewort für Frauengespräche gewesen, und das nicht nur, weil ihre Mutter Italienerin war und Sam offenkundig ihr Temperament und ihre Emotionalität geerbt hatte.

Der Begriff hatte sich eingebürgert, weil in der Nähe ihres Elternhauses ein hervorragendes italienisches Restaurant war, in das sie früher immer gegangen waren, wenn sie ungestört von Ehemann und Bruder über wichtige Dinge hatten reden wollen. Manchmal taten sie es sogar tatsächlich auf Italienisch, immerhin hatte Sam diese Sprache von ihren Eltern schon als kleines Kind gelernt.

Irgendwann hatte sich die Redensart so verselbstständigt, dass ihr Vater die beiden fragte, ob sie wieder Italienisch redeten, sobald es um etwas ging, was er als Mann nicht verstand. Im Hause Ferroni kamen einem die Dinge demnach nicht spanisch, sondern italienisch vor.

Sie waren lange nicht mehr italienisch essen gegangen, fiel Sam auf. Nicht einmal während der Sache mit Nico, die sie mit sich selbst ausgemacht hatte, weil sie dachte, sie sei nun erwachsen und müsse da alleine durch.

Doch jetzt wurde ihr klar, dass sie ihre Mutter brauchte, und dafür wurde man nie zu alt – und heute fühlte es sich so an, als sei es wichtiger denn je.

7

Da muss ich Caro wirklich zustimmen – wie in einem Kinofilm!«, seufzte ihre Mutter schwärmerisch.

»Mom!« Sam klang alles andere als begeistert und wollte ihre Mutter lieber wieder auf den Boden der Tatsachen zurückholen. »Wenn es wie in einem Film wäre, dann würde er jetzt hier auftauchen, mir seine Liebe gestehen, und dann käme der Abspann.«

»Tja, das Leben ist aber nicht Hollywood. Also musst du deinem Schicksal eben etwas nachhelfen.«

Sam stöhnte auf und vergrub ihr Gesicht in ihren Händen. »Was meinst du denn, wie gerne ich das machen würde! Aber hast du schon mal daran gedacht, dass wir hier von einem Superstar sprechen? Da kann ich ja nicht hingehen und Sturm klingeln.«

»Ja, da hast du wohl recht«, stimmte ihre Mutter ihr geknickt zu, während sie sich wieder ihren Nudeln widmete und Sam lustlos in ihrem Salat herumstocherte.

»Ich soll dich übrigens von Papa grüßen, mit dem habe ich vorhin kurz, also bei ihm heute Morgen, telefoniert«, sagte Alessandra, um ein neues Thema anzuschneiden.

»Danke«, antwortete Sam wortkarg. Ihr Vater lebte seit über einem Jahr in New York. Sein Chef hatte ihm einen Job angeboten, den er nicht hatte ablehnen können. Die Familie war zwar zuerst durch eine schwere, von Auseinandersetzungen geprägte Zeit gegangen, doch inzwischen hatten sie sich gut arrangiert.

Nach ein paar Minuten des Schweigens entschuldigte sich Alessandra kurz, um sich frisch zu machen, und Sam tippte aus Langeweile auf die Twitter-App auf ihrem Handy.

Sie scrollte durch belanglose Nachrichten und redete sich dabei erfolgreich ein, dass sie keinerlei Hintergedanken hegte. Sie wollte einfach nur die Zeit überbrücken, bis ihre Mutter wiederkommen würde. Doch dann sprang ihr ein unscheinbarer Tweet ins Auge. Den Namen des Absenders hätte sie überall entdeckt.

Der Beitrag mochte für die meisten Leser nicht viel Sinn ergeben, aber Sams Herz ließ er so laut pochen, dass sie das Blut in ihren Ohren rauschen hören konnte.

Sie keuchte auf. Jetzt immer noch daran festhalten zu wollen, dass ihr das alles eigentlich gleichgültig war, erschien vollkommen absurd.

»Was ist los?«, fragte ihre Mutter neugierig und alarmiert zugleich, als sie zum Tisch zurückkehrte und das versteinerte Gesicht ihrer Tochter sah.

Sam hob langsam den Kopf und starrte sie nur wortlos an, während sie ihr das Display entgegenhielt.

S: Heute, halb sieben, selber Ort.

»Meint er damit etwa ...?« Ihre Mutter war fast genauso sprachlos wie Sam, die als Antwort nur stumm nicken konnte.

»Na, wie gut, dass dich das alles gar nicht interessiert, was?« Ihre Mutter zwinkerte schelmisch.

»Ich ... aber ...« Sam erwachte schwerfällig aus ihrer Starre. Sie konnte es kaum glauben. Gerade noch war es ihr fester Wille gewesen, die ganze Sache einfach zu vergessen und hinter sich zu lassen, und nun saß sie hier und war nicht einmal mehr dazu in der Lage, auch nur einen einzigen zusammenhängenden Satz herauszubringen.

»Okay, du hast heute sowieso frei. Du fährst jetzt also heim und machst dich fertig. Tu erst gar nicht so, als würdest du nicht wollen. Ich bin deine Mutter, ich erkenne ja wohl noch, was in meiner eigenen Tochter vorgeht. Also los. Ab mit dir!«

Sam nickte benommen und erhob sich vom Tisch. »Ja, okay, ich … geh dann mal … Ähm … Mom?«, stammelte sie unsicher.

»Ja, Schatz?«

»Hilfe?«

Ihre Mutter lachte. »Jetzt musst du dir wohl selbst helfen, Liebes. Abmarsch!«

Verwirrt fuhr Sam mit der S-Bahn nach Hause. Je mehr Zeit verging, desto klarer wurde ihr, was dieser kleine Tweet zu bedeuten hatte. Ihre Nervosität stieg stetig, und sie konnte nichts dagegen tun. Sie war schlichtweg machtlos.

Als sie ganz in Gedanken zur großen gläsernen Haustür ging, sah sie erst im letzten Moment eine Gestalt auf den Stufen sitzen. Abrupt blieb sie stehen.

»Nico?«

Er saß da und grinste sie schief an, als würde er erwarten, dass sie ihm um den Hals fallen und sich über seinen Anblick freuen würde. Dabei war dieser aktuell wirklich nicht sehr erbaulich. Seine blonden Haare standen in alle Richtungen ab, und er sah ziemlich lächerlich aus. Früher hatte Sam das noch süß gefunden und selbst mit der Hand durch seine Haare gestrubbelt, aber das lag in einer Vergangenheit, an die sie sich lieber nicht erinnern wollte.

Sam hatte ihn so viele Monate nicht mehr gesehen, und sie hatte auch jetzt kein gesteigertes Interesse daran. Wenn es nach ihr gegangen wäre, hätte er bleiben können, wo der Pfeffer wächst. Oder sogar noch weiter weg.

»Wärst du so freundlich und würdest gehen.« Sie ließ es nicht wie eine Frage klingen, denn es war auch keine.

Nico ignorierte Sams Worte und stand lässig auf. »Babe, ich hab dich so vermisst!«

Er hatte monatelang kein Wort mehr mit ihr gewechselt, und jetzt nannte er sie *Babe*? Hatte er sie noch alle?

»Ich bin nicht dein *Babe*, mein Lieber, und das schon seit einem halben Jahr nicht mehr«, informierte sie ihn sachlich und wollte sich an ihm vorbei zur Haustür drücken, um einem Streit zu entgehen, für den sie nun wirklich keine Nerven hatte. Doch sie kam nicht weit, denn er griff nach ihrem Handgelenk und hielt sie fest.

»Aua!«, rief sie erschrocken aus, aber das interessierte ihn herzlich wenig. Er ließ ihren Arm nicht los.

»Lass uns reden, Sam. Wieso warst du nicht auf meiner Party?«

Sam versuchte, sich zu wehren und ihn abzuschütteln, doch sein Griff war einfach zu stark. »Lass mich sofort los! Es gibt nichts zu reden!«

»Sam, bitte!« Sein Griff wurde noch fester, sein Blick verzweifelter. Körperlich hatte sie nicht die geringste Chance gegen ihn. Er war groß, gut zwei Meter, und kräftig. Er hatte schon immer Football gespielt und in dem Jahr im Ausland viel trainiert. Sie hatte auf Facebook gesehen, dass er in Texas im Footballteam seiner Uni gespielt hatte.

Seine freie Hand legte sich jetzt auf ihre Hüfte, und er gab sich alle Mühe, sie gegen ihren Widerstand in eine Umarmung zu ziehen. Sam dachte fieberhaft und panisch nach, was sie tun konnte, sonderlich viel fiel ihr aber nicht ein. Der Geistesblitz ließ noch auf sich warten.

»Du hast mir gefehlt«, versuchte er es erneut, doch Sam sträubte sich gegen seine Annäherungsversuche und wurde jetzt zunehmend immer wütender.

»Ja, sicher, und deswegen bist du mit einer Cheerleaderin nach der anderen ins Bett gestiegen, stimmt's? Vor lauter Heimweh!«, zischte sie durch zusammengebissene Zähne.

Ihre Aussage ließ ihn innehalten. Er sah sie erst irritiert, dann versöhnlich an und ließ endlich ihr Handgelenk los, um in einer unschuldigen Geste die Hände zu heben. Schnell zog Sam ihre Hand weg und rieb sich über die schmerzende Haut.

»Ach, Sam, das war doch nichts Ernstes. Du warst so weit weg und ich so einsam ... aber jetzt bin ich ja wieder zurück bei meiner Prinzessin.«

Nun reichte es Sam endgültig. Das konnte doch nicht wahr sein! »Deine Prinzessin? Deine PRINZESSIN?!«, schrie sie schon fast und stieß ihn mit aller Kraft von sich.

Nico hatte mit einer solch heftigen Reaktion ganz offensichtlich nicht gerechnet, denn er stolperte nach hinten, verlor das Gleichgewicht und fiel die Stufe hinunter.

Sam baute sich über ihm auf und sah auf ihn herab. »Ich glaube, du spinnst wohl! Weißt du, wie ich mir die Augen aus dem Kopf geheult habe, als diese Scheißfotos von dir und diesen ganzen Weibern aufgetaucht sind?«

Am liebsten hätte sie ihm ins Gesicht gespuckt. All ihre Wut und Enttäuschung, die sie seit einem halben Jahr zu unterdrücken geschafft hatte, wallten nun in ihr hoch wie ein Tsunami. Er wirkte so erbärmlich, wie er da auf dem Rücken lag und verständnislos zu ihr aufblickte. Er war so perplex, dass er nicht einmal versuchte, wieder aufzustehen.

»Hast du wirklich gedacht, ich gehe für ein Jahr nach Texas und rühr keine an?«, fragte er, als wäre sie nicht ganz bei Trost.

»Ja, stell dir vor, das habe ich gedacht!«, fuhr sie ihn an, wandte sich von dem traurigen Anblick ab, den der am Boden liegende Nico bot, und rammte wütend den Schlüssel ins Schloss. »Ach, und falls du es immer noch nicht begriffen hast«, zischte sie ihm noch über die Schulter hinweg zu, »wir sind nicht mehr zusammen. Such dir eine andere, die deinen Scheiß mitmacht. Auf Nimmerwiedersehen!« Und damit knallte sie die Tür hinter sich zu. Sie konnte gar nicht glauben, dass Nico sich wirklich hierhergewagt hatte. Nach allem, was passiert war. Ihre Aufregung und ihre ganze Vorfreude wegen Hales Tweet waren mit einem Mal wie eine kleine Rauchwolke verpufft. Es blieben nur gähnende Leere und ein komisches Gefühl, das Sam nicht ganz zuordnen konnte.

Sam starrte ihn finster durch die Glastür an und drehte ihm dann demonstrativ den Rücken zu. Sie stapfte die Treppe nach oben zu Caros und ihrer Wohnung.

Als ihr Handy klingelte, hatte sie nicht übel Lust, es einfach zu ignorieren. Sie wollte jetzt nicht reden. Doch am Klingelton erkannte sie, dass es Caro war, und die würde sie eh nicht so leicht abschütteln können. Also fügte sie sich in das Unvermeidliche und hob ab, während sie mit der anderen Hand die Wohnungstür aufschloss.

»Hey, Sam, alles okay bei dir?«

»Mir geht's gut«, murmelte sie, aber ihre beste Freundin durchschaute die Lüge natürlich sofort.

»Das kannst du deiner Oma erzählen, ich hör doch schon an deiner Stimme, dass etwas nicht stimmt«, bohrte Caro nach.

Sam seufzte. »Ja, okay«, sagte sie tonlos. »Nico war gerade hier.«

»Wie bitte? Wo ist hier, wo bist du?«

»Zu Hause.«

»Gut. Ich habe jetzt Feierabend, bin in ein paar Minuten daheim«, hörte Sam sie noch schnell sagen, bevor es auch schon in der Leitung tutete. Caro hatte einfach aufgelegt, ohne sich zu verabschieden. Sie hatte es offenbar wirklich eilig, nach Hause zu kommen und sich um ihre beste Freundin zu kümmern.

Als Caro wie angekündigt kurze Zeit darauf in ihrer gemeinsamen Wohnung eintrudelte, hielt sie sich ebenfalls nicht mit langen Höflichkeiten auf, sondern schob Sam nur zur Seite und stiefelte schnurstracks in die Küche. Noch während sie sich an den Esstisch setzte, begann sie bereits, Sam auszufragen, die wortlos hinter ihr hergetrottet war und sich jetzt ebenfalls auf einen Stuhl ihr gegenüber niederließ.

»Also, schieß los, wann war er hier? Warum? Was hat er gesagt? Was hast du gesagt? Du hast ihn doch nicht reingelassen, oder, Sam? Du hast ihm doch wohl hoffentlich die Meinung gegeigt und ihm eine gescheuert oder so?«

Sam hob beschwichtigend die Hand, um den Redefluss ihrer Freundin zu stoppen. »Langsam, ich erzähl ja schon!«

Sie redeten lange. Obwohl Nico natürlich eines ihrer Standardthemen war, hatte die Situation gerade viel in Sam aufgewühlt, und auch wenn sie geglaubt hatte, nicht darüber reden zu wollen, so strömte es auf einmal aus ihr heraus, als wäre ein Damm gebrochen. Die ganzen Monate lang hatte sie zwar Zeit gehabt, sich damit abzufinden, dass sie belogen, hintergangen und betrogen worden war, doch jetzt, wo auch Nico wusste, dass es endgültig aus war, fühlte es sich noch einmal anders an. Endgültiger, aber auch befreiend.

Als Sam fertig war, funkelten Caros Augen wütend. »Was für ein Mistkerl, was erlaubt der sich?«

Sam zuckte nur mit den Schultern. »Ich hoffe bloß, dass ich ihm nicht so schnell wieder über den Weg laufe. Und dass er es kapiert hat.« Sie sah auf die Uhr und sprang plötzlich hektisch auf. »Ach du meine Güte, schon so spät!«

Caro sah sie irritiert an. »Wieso, hast du noch was vor?«

Erst da fiel Sam ein, dass sie noch gar nichts von dem Treffen mit Hale und von seinem Tweet erzählt hatte. Wie hatte sie das nur vergessen können!

»Na ja, heute ist noch etwas passiert …« Sams Laune besserte sich schlagartig, als sie ihrer Freundin von den spektakulären Ereignissen im Sender erzählte, und was sie beschrieb, verfehlte nicht seine Wirkung. Caro starrte sie einen kurzen Moment lang einfach nur ungläubig an, doch dann sprang sie plötzlich auf, zog Sam vom Stuhl hoch in eine feste Umarmung und hielt sie anschließend an den Schultern fest.

»Das ist ja der Wahnsinn!«, strahlte sie und schüttelte Sam leicht.

Die erwiderte ihr Lächeln und konnte gar nicht beschreiben, wie aufgeregt sie plötzlich war. Sam realisierte erst in diesem Moment, was sie im Begriff war zu tun. Sämtliche Schmetterlinge dieser Welt spielten wie auf Kommando in ihrem Bauch verrückt.

Sie würde ihn wiedersehen.

In gut zwei Stunden.

Am liebsten hätte sie eine Zeitmaschine gehabt, um diese zwei Stunden einfach zu überspringen.

»Was ziehst du an?«

Caros Frage erwischte sie eiskalt. Darüber hatte sie sich ja noch gar keine Gedanken gemacht!

»Ähm, also …«, begann sie, doch Caro stemmte bereits ihre Hände in die Hüften und schüttelte energisch den Kopf.

»Was würdest du nur ohne mich machen?«

Sie schleifte eine verdutzte Sam an der Hand hinter sich her und verwandelte innerhalb der nächsten Stunde das Storchennest auf deren Kopf in eine Frisur und wechselte das Bürooutfit gegen einen perfekten Herbstlook.

Für solche Aktionen liebte Sam sie. Wann immer sie selbst zu durcheinander, aufgeregt oder unentschlossen war, um einen konkreten Plan auszuarbeiten, übernahm ihre beste Freundin einfach das Ruder und schubste sie sanft, aber bestimmt in die richtige Richtung. Sie war einfach die Beste und würde es immer sein.

»So kannst du vor die Tür gehen.« Caro schien zufrieden mit ihrem Werk, und auch Sam gefiel das Ergebnis. Sie sah hübsch aus, aber nicht aufgetakelt.

»Ich muss noch mal los, mein Vater hat wieder mal das Internet zerstört und behauptet, das wäre von ganz allein passiert. Wenigstens hat er nicht wieder behauptet, er hätte es komplett gelöscht!« Caro seufzte theatralisch, schlüpfte in ihren Mantel und kramte nach ihrem Autoschlüssel. »Sam, du rufst mich *sofort* an, wenn du nach Hause fährst, okay? Ich weiß nicht, ob ich dann schon wieder hier bin, deswegen rufst du mich nicht erst an, wenn du zu Hause bist, sondern bevor du losfährst, verstanden? Sonst springe ich dir an die Gurgel!«

Sam umarmte ihre beste Freundin und nickte dann feierlich. »Verstanden, Sir!«

»Okay, also wir hören später voneinander. Ich denke an dich und drücke dir die Daumen.«

Sam schloss hinter Caro die Tür. Sie hatte noch eine halbe Stunde, bevor sie losfahren musste. Was sollte sie mit dieser ganzen Zeit nur anfangen? Statt vor Vorfreude zu vergehen, hatte sie irgendwie ein mulmiges Gefühl. Wie sollte sie reagieren, wenn sie ihm gegenüberstand? Wie würde er reagieren? Würde er sie einfach umarmen oder sofort stürmisch küssen oder sich zurückhalten?

Sie wusste nicht, wo ihr der Kopf stand. Ziellos wanderte sie in der Wohnung umher, rückte hier eine Vase zurecht und zupfte dort an einem Kissen. Aber es gab nicht wirklich etwas zu tun, daher ging sie in die Küche, schloss ihr Handy an die Anlage an und drückte auf »zufällige Wiedergabe«. Sofort erklang seine Stimme, und sie musste lachen.

»Hale, du verfolgst mich. Langsam wird's wirklich gruselig«, sagte sie grinsend zu sich selbst.

Noch eine Viertelstunde.

Die nächsten zehn Minuten verbrachte sie damit, wie hypnotisiert auf die Uhr zu starren. Sam hätte schwören können, dass sie ihr einen Streich spielte und rückwärtslief. Nach neun Minuten und achtundfünfzig Sekunden riss ihr der Geduldsfaden. Sie musste jetzt einfach los. Ob sie nun fünf Minuten hier wartete oder an dem Tiefgarageneingang, war auch schon egal.

Also griff sie nach ihrer Tasche, die bereits auf sie wartete, schnappte sich den Autoschlüssel und ging hinunter zum Wagen.

Sie atmete tief durch, als sie eingestiegen war. Sie war so aufgeregt, als hätte sie ein lebenswichtiges Meeting vor sich.

Und, nun ja, irgendwie stimmte das ja auch.

Also gut, los geht's.

Endlich.

8

Es war 18:19 Uhr. Perfekt.

Sam stieg aus, schloss ihr Auto ab – und blieb erst einmal wie angewurzelt stehen.

Ach. Du. Scheiße.

Sie schlug sich mit der flachen Hand gegen die Stirn. Das konnte doch nicht wahr sein! Wieso hatte sie vorher nicht daran gedacht?

Suchend drehte sie sich langsam einmal um die eigene Achse. Doch als sie wieder bei ihrem Ausgangspunkt angekommen war, war sie genauso schlau wie vorher. Sie musste es sich eingestehen: Sie hatte keinen blassen Schimmer mehr, wo sich der Eingang zu dieser Tiefgarage befand.

Und jetzt?

Denk nach, Samantha.

Sie starrte mit gerunzelter Stirn in die Dämmerung hinaus und versuchte, einen klaren Gedanken zu fassen. Am besten … am besten ging sie einfach zu dem Eingang zurück, an dem Jana und sie zunächst gestanden hatten. Schließlich war sie von dort aus irgendwie zu dieser Tiefgarage gekommen.

Sie folgte dem Fußgängerweg über das Gelände. Alles lag wie ausgestorben da, nicht einmal ein Jogger war zu sehen. Es war beinahe unheimlich.

An einer Weggabelung blieb sie stehen. Mist, waren sie links herum oder rechts herum gegangen? Sie entschied sich für links und redete sich ein, einige Stellen wiederzuerkennen, an denen sie mit Jana vorbeigekommen war, aber ihr Herz fing trotzdem an, beunruhigt schneller zu schlagen. War sie wirklich richtig?

Als sie endlich den Eingang zur Halle vor sich sah, atmete sie erleichtert auf. Von hier aus musste sie nur noch den Weg rekapitulieren, den sie gegangen war, um in Ruhe telefonieren zu können.

Sie drehte sich um und suchte das Gelände ab. Es sah hier so anders aus, ohne Hunderte von kreischenden Fans und im trüben Licht der Dämmerung. Verwirrt ließ sie ihren Blick hin und her schweifen.

Warum hatte sie auch die ganze Zeit auf ihr Handy schauen müssen, während sie lief? Kein Wunder, dass sie jetzt nicht mehr wusste, wo sie langgegangen war. Aber apropos!

Sie kramte nach besagtem Teufelsgerät und öffnete die Navigations-App. Auf die Idee hätte sie auch vorher schon kommen können! Wenige Sekunden später hatte das GPS sie geortet und zeigte ihr an, was sie schon wusste: Sie befand sich an der Olympiahalle.

Sie fuhr mit dem Finger über das Display und verschob die Karte mal hierhin, mal dorthin in der Hoffnung, irgendeine Markierung zu finden, die ihr anzeigte, wo sich noch Tiefgaragen oder andere Eingänge befanden. Auch wenn sie in Wirklichkeit keine großen Hoffnungen hegte, denn wo wäre schließlich der Sinn einer diskreten Künstlereinfahrt, wenn man sie auf jeder Karte im Netz finden konnte? Trotzdem verschwendete sie wertvolle Minuten darauf, die Umgebung auf der Karte zu studieren.

Sie musste an einen Spruch denken, den sie einmal gehört hatte: »Irgendwann läuft dein Traumprinz an dir vorbei, aber du siehst ihn nicht, weil du auf dein Handy starrst.«

Nur musste man den Satz in ihrem Fall ein wenig ändern: »Du dumme Pute hast auf dein Handy gestarrt, während du deinem Traumprinzen in die Arme gelaufen bist, sodass du dich nicht mehr an den Weg erinnerst, der dich jetzt zu ihm führen würde.«

Am liebsten hätte sie sich selbst geohrfeigt.

Sie überprüfte die Uhrzeit.

18:29 Uhr.

Verdammt!

Sie hatte keine Zeit mehr, um sich zu orientieren. Hektisch verstaute sie ihr Handy in ihrer Tasche, wählte auf gut Glück eine Richtung aus und lief Hals über Kopf los.

Was, wenn sie diese Tiefgarage nicht wiederfinden würde? Was sollte sie dann tun? Sie sah nirgends etwas, das auch nur im Entferntesten an einen Eingang oder etwas Ähnliches erinnerte, und das eh schon spärliche Licht verblasste unbarmherzig immer schneller.

18:36 Uhr.

Sie lief hektisch und ziellos weiter.

18:42 Uhr.

Es war inzwischen fast komplett dunkel. Sam kroch die Angst langsam, aber sicher den Rücken hinauf und schickte eine kalte Gänsehaut nach der anderen bis zu ihren Zehen hinunter. Sie hatte sich offensichtlich völlig verlaufen und war bereits fast eine Viertelstunde zu spät. Ob er warten würde?

Sie holte ihr Handy wieder heraus und tippte wie in Trance auf das Zeichen der Twitter-App, scrollte einmal mit dem Finger ganz nach oben. Plötzlich machte es *plopp,* und ein ganz neuer Tweet segelte herein.

Sie bekam beinahe einen Herzinfarkt.

Wo bist du? Ich warte auf dich …

Ihr wurde plötzlich ganz schlecht, und sie bekam fast keine Luft mehr. Das war doch einfach zu bescheuert! Da standen sie wahrscheinlich nur ein paar Meter voneinander entfernt und sahen sich nicht!

Hektisch tippte sie auf den Tweet und begann zu schreiben:

@Hale_Silver, ich bin's, SAM! Ich finde den Weg nicht mehr!
SAM

Sie tippte auf »Antworten«. Hoffentlich sah er ihre Antwort. Sie hatte ihren Namen extra in Großbuchstaben und zwei Mal geschrieben, damit er ihm vielleicht unter der Masse von Kommentaren ins Auge sprang, wenn er seine Benachrichtigungen überflog. Wahrscheinlich würden es binnen weniger Sekunden Hunderte, wenn nicht sogar Tausende sein.

Entmutigt ließ sie sich auf einen großen Stein sinken, der am Wegesrand stand, und starrte wie gebannt auf ihr Display. Alle zwei Sekunden aktualisierte sie die Seite – aber nichts passierte. Es war mittlerweile 18:45 Uhr.

Genau eine Viertelstunde später.

Sie aktualisierte abermals, aber außer Fankommentaren tat sich nichts. Sam seufzte. Hale würde ewig brauchen, um unter den ganzen Liebesschwüren ihre Nachricht zu entdecken.

Ich bin hier @Hale_Silver! Bitte RT!
HALE ICH LIEBE DICH BITTE LIES DAS ICH KOMME ZU DIR WANN IMMER DU WILLST!
Wo bist du, ich warte auch auf dich!

Nachdem sie bestimmt einhundert weitere Kommentare dieser Art gelesen hatte und sekündlich ein Dutzend neue dazukamen, war sie sich sicher, dass er ihre Nachricht niemals finden würde. Ein letztes Mal aktualisierte sie ihren Twitter-Feed.

Und ihr Herz blieb stehen.

Das war nicht möglich.

Sie aktualisierte noch mal.

Und noch mal.

Einfach nicht möglich.
Es gab einen neuen Tweet.

Vergiss es.

Den anderen Tweet hatte er gelöscht.
Einfach so.
Er hatte aufgegeben.
Ungläubig hielt sie ihr Handy in der Hand und starrte es an wie einen Gegenstand, den sie noch nie in ihrem Leben gesehen hatte und dessen Funktionsweise und Sinn ihr gänzlich fremd waren.
Verdammt, verdammt, verdammt!
Wütend sprang sie auf, drehte sich nach rechts und links, versuchte, in der Dunkelheit irgendetwas zu erkennen. Nichts. Niemand.
»Hale!« Sie schrie aus Leibeskräften. Es war ihr egal, dass sie wahrscheinlich wie eine Irre aussah.
»HALE!«
Aber es kam keine Antwort. Sie hatte nur ein paar Vögel in ihrer Nachtruhe aufgeschreckt, die jetzt eilig davonflatterten.
Sie stellte sich sogar auf den Stein, in der Hoffnung, irgendwo den dunklen Umriss einer Person ausmachen zu können, doch das Gelände war viel zu hügelig und die Beleuchtung zu schwach.
Irgendwann gab sie es auf. Sie konnte hier noch die halbe Nacht lang rumschreien und sich zum Deppen machen, es würde nichts ändern. Er hatte sie abgeschrieben. Mit einem lapidaren Satz. Wenn sie noch einen Beweis gebraucht hatte, dass es keinen Sinn machte, sich mit einem Star einzulassen, dann hatte sie ihn jetzt schwarz auf weiß präsentiert bekommen.
Hätte ihm das hier etwas bedeutet, dann hätte er niemals so schnell die Flinte ins Korn geworfen. Und er hätte ge-

wusst, wie brutal dieser eine Satz war, wie vernichtend. Wahrscheinlich hatte er nur ein bisschen Unterhaltung bis zu den EMAs gesucht, um sich die Zeit zu vertreiben.

Sie verfluchte sich für ihre Naivität, öffnete erneut die Karte und ließ sich zurück zu ihrem Auto navigieren. Immerhin das funktionierte.

Wieso hatte sie auch gedacht, er wäre anders? Sie waren doch alle gleich in diesem Business, selbstverliebt, arrogant und dachten nur an sich. Und sie trampelten auf anderen herum, wenn sie nicht sofort nach ihrer Pfeife tanzten.

Oder sie stahlen einem das Herz und gaben es nicht wieder zurück.

Sie schlug die Autotür hinter sich zu und lehnte erst einmal den Kopf gegen die Nackenstütze. Sie hatte keine Lust, jetzt alleine in der Wohnung rumhängen zu müssen, weil Caro bestimmt noch daheim bei ihren Eltern war. Also entschloss sie sich spontan, ebenfalls nach Hause zu ihrer Mutter zu fahren.

Auf dem Weg rief sie Caro an, um ihr kurz angebunden zu erzählen, was passiert – oder besser gesagt nicht passiert – war. Es fiel ihr schwer, ihre Enttäuschung zu unterdrücken.

Nicht nur auf sich selbst war sie sauer, weil sie so unachtsam gewesen war und den Weg nicht wiedergefunden hatte, sondern auch auf Hale, der so mir nichts, dir nichts das ganze Unterfangen kaltschnäuzig für beendet erklärt hatte. Dabei konnte er sich doch denken, dass es nicht ganz so einfach war, zu ihm Kontakt aufzunehmen! Wieso postete er denn auch erst die blöde Nachricht und reagierte dann so schroff, ohne vorher alle Antworten durchzugehen? Auch wenn es halt Hunderte waren! Da sollte er doch wirklich aufhören herumzumotzen!

Als sie merkte, dass ihr vor lauter Zorn Tränen in die Augen traten, fühlte sie sich noch miserabler. Dass sie nun auch noch wegen so eines Idioten weinen würde, könnte ihm wohl so passen! Das war er gar nicht wert!

Unwirsch wischte sie die verräterischen Tränen fort, startete den Motor und trat aufs Gas.

Als sie zu Hause zur Tür hereinkam, saß ihre Mutter in der Küche auf einem der Barhocker und starrte mit nachdenklicher Miene vor sich auf die Tischplatte.

»Hi, Mom«, sagte sie leise, um sie nicht zu erschrecken. »Ist irgendwas?«

Ihre Mutter zuckte trotzdem heftig zusammen und ließ ihre Teetasse fallen, die mit einem lauten Klirren auf dem Boden zerschellte.

»Ach Mensch, auch das noch!«

»Wieso, Scherben bringen doch Glück«, versuchte Sam, sie aufzumuntern, obwohl sie sich selbst so elend fühlte. Schnell holte sie Kehrblech und Besen hinter der Tür hervor.

Ihre Mutter sah wirklich schlecht aus.

»Alles okay bei dir?«, fragte Sam erneut, während sie die Scherben zusammenkehrte.

»Der Senderchef ist ein Idiot«, seufzte ihre Mutter niedergeschlagen. »Diese Band von heute Morgen, *Secret Light*, hat dem Sender mitteilen lassen, sie hätten das Interview so nett gefunden, dass sie mir eine Presseakkreditierung für den roten Teppich *und* die After-Show-Party der EMAs am Donnerstag zukommen lassen wollen. Das ist eine großartige Chance für mich und die Sendung, aber da ist dieser Außenbericht, der schon seit einer Ewigkeit geplant ist, und mein Chef will niemand anderes hinschicken! Die Akkreditierung ist aber nun einmal ausdrücklich nur auf ›Frau Ferroni‹ ausgestellt! Doch er versteht nicht, was für eine große Sache das ist, und würdigt meine Arbeit nicht im Geringsten!«

Sam schluckte. Eine Akkreditierung für die EMAs? Von *Secret Light* höchstpersönlich? Wie dämlich musste man denn sein, um nicht zu erkennen, wie wichtig das für den Sender war‽

Ihre Mutter kämpfte schon so lange um Anerkennung bei ihrem Chef, der einfach ein bornierter Vollidiot war, dass es Sam schier das Herz brach, sie nun erneut so unter seiner Ignoranz leiden zu sehen.

Sie räumte die Scherben in den Mülleimer und ließ sich dann gegenüber ihrer Mutter auf einen Barhocker sinken. Auch wenn ihr selbst die Ereignisse des Abends unter den Nägeln brannten, ihre Geschichte konnte warten.

»Für ihn ist das alles neumodischer Quatsch, hm‽«, fragte sie mitfühlend, und ihre Mutter nickte. Alles, womit sich der Senderchef nicht auskannte, war neumodischer Quatsch. Kein Wunder also, dass er so etwas wie die EMAs für Zeitverschwendung hielt. Aber nicht nur das: Ihre Mutter versuchte gemeinsam mit den Redakteuren schon lange, die Themen und Berichte des Senders etwas jünger und frischer zu gestalten, doch sie scheiterte immer wieder an dem Unverständnis ihres Bosses. Es war zum Verrücktwerden. Er ließ seinen Mitarbeitern kaum Freiheiten, mal etwas Neues auszuprobieren. Wenn Sam nur an den Typen dachte, schwoll ihr Hals an und ihre Nasenflügel blähten sich auf. Ihre Mom war auf einem guten Weg, etwas ganz Neues zu gestalten, aber dieser Lackaffe musste ihr ständig einen Strich durch die Rechnung machen!

»Er denkt außerdem, ich würde mich zu wichtig nehmen. Dabei würde ich ja auch einen Kollegen hingehen lassen, ich bin dafür ja eigentlich eh zu alt. Aber der Presseausweis ist schließlich nun mal personalisiert und nicht übertragbar!« Hilflos hob sie die Hände und schüttelte niedergeschlagen den Kopf. »Er kapiert es einfach nicht.«

»Warte mal …« Sam hatte sich plötzlich kerzengerade aufgesetzt. Ein Funkeln war in ihre Augen getreten. »Personalisiert sagst du‽«

»Ja!«, schnaubte ihre Mutter. »Er ist auf meinen Nachnamen ausgestellt. Wir haben da schon nachgefragt, das lässt sich nicht ändern.«

»Aber sagtest du nicht gerade, er sei ausschließlich für ›Frau Ferroni‹ bestimmt?«

Ihre Mutter sah sie verständnislos an. »Ja, genau das habe ich gerade doch gesagt. Wieso strahlst du denn dabei so? Ich finde das gar nicht so amüsant, um ehrlich zu sein.«

Sam musste unwillkürlich ein wenig kichern. Ihre Mutter würde das Offensichtlichste manchmal selbst dann nicht sehen, wenn es direkt vor ihr lag, auffällig in Neonfarben blinkte und laut quietschte.

»Na, es gibt doch hier noch eine Frau Ferroni, oder sehe ich das etwa falsch?« Sam grinste breit.

Jetzt endlich ging auch ihrer Mutter ein Licht auf, und sie riss im nächsten Moment die Augen vor Überraschung weit auf. »Oh Gott, natürlich! Ich blöde Kuh, es geht hier gar nicht um mich! Der Ausweis ist für dich bestimmt! Da hat dein Hale sicher seine Finger im Spiel!«

Alessandra war freudestrahlend aufgesprungen und kam nun um den Frühstückstresen herum auf Sam zu. »Schatz, du bist großartig! Ich wäre da nie draufgekommen.«

Noch ehe Sam reagieren konnte, hatte ihre Mutter sie in eine feste Umarmung gezogen und riss sie damit wortwörtlich vom Hocker. Beide Frauen lachten laut und stolperten übermütig durch die Küche.

»Ich nehme mich wirklich zu wichtig, da hat der Lackaffe ausnahmsweise mal recht. Dein Herzblatt hat das für dich getan, um sicherzugehen, dass ihr euch wiederseht! Und du hast wirklich an ihm gezweifelt. Hat er denn davon gerade gar nichts gesagt, als ihr euch getroffen habt? Ich hatte mich schon gewundert, wieso es hieß, der Ausweis sei schon so gut wie zugestellt. Hatte er ihn nicht mit?«

Jetzt war es an Sam, gequält das Gesicht zu verziehen. »Na ja, es ist … gewissermaßen etwas dazwischengekommen.«

Sofort hörte ihre Mutter auf, Sam anzustrahlen, und blickte wieder ernst drein. »Wieso, was ist passiert?«, fragte sie besorgt.

Sam seufzte tief und ließ sich wieder auf den Barhocker plumpsen, um zu erzählen, wie desaströs der Abend verlaufen war.

»Ich habe also den Treffpunkt nicht wiedergefunden, und er hat es einfach abgehakt«, schloss sie ihren Bericht schließlich niedergeschlagen ab. »Kannst du dir das vorstellen? Ich habe den Orientierungssinn von einem Stück Brot!«

Ihre Mutter streichelte ihr tröstend über die Schulter und verzog mitfühlend den Mund. »Bestimmt wollte er dir den Ausweis geben und dich damit überraschen.«

»Klar, und wieso schreibt er dann, dass ich es vergessen soll? Wieso gibt er so schnell auf?« Sam versuchte zwar, tapfer zu bleiben, aber dieser ganze Tag war so übervoll mit Emotionen gewesen, dass es ihr schwerfiel, die Fassung zu wahren. Sie spürte, dass sie erneut feuchte Augen bekam, und blinzelte die Tränen wütend fort. Zitternd atmete sie tief durch.

»Ich weiß es nicht, Schatz. Aber sieh es mal so, du wirst ihn wahrscheinlich sehr bald selbst danach fragen können, wenn du ihn am roten Teppich interviewst.«

»Meinst du wirklich, ich soll da hingehen, Mom? Bei den EMAs als Reporterin auftauchen? Ich kann das gar nicht, ich hab so was doch noch nie gemacht!«

»Dann wird es jetzt höchste Zeit«, gab Alessandra überzeugt zurück und nickte einmal.

Sam konnte es nicht fassen. Bei dem Gedanken daran, den Weltstars das Mikrofon unter die Nase zu halten, schnürte sich ihr die Kehle vor Aufregung zu. Ob sie überhaupt ein Wort rausbringen würde vor lauter Nervosität?

Doch eigentlich war das nicht die dringlichste Frage, die sie sich stellen musste. Wirklich relevant war: Wollte sie all diese Aufregung, all diesen Wirbel in ihrem Leben? Wollte sie an etwas glauben, das so aberwitzig und so unwahrscheinlich war wie diese Situation gerade? Wollte sie sich selbst dem Risiko aussetzen, furchtbar verletzt zu werden?

Oder hoffte sie insgeheim immer noch darauf, dass sich alles nur als eine dumme Schwärmerei entpuppte, die sie schnell wieder würde vergessen können?

Oder, zusammengefasst: Wollte sie ihn nach dieser miesen Aktion heute überhaupt wiedersehen?

»Meinst du wirklich, ich kann das?« Unsicher warf Sam ihrer Mutter einen Blick zu und kaute auf ihrer Unterlippe herum.

»Bist du nervös? Du hast doch schon so oft unsere Gäste im Sender betreut, du kennst dich doch mit Prominenten bestens aus. Also wenn du das nicht hinkriegst, dann weiß ich nicht, wer es sonst hinkriegen sollte, Sam!«

»Ja, deswegen mache ich mir auch weniger Gedanken.«

»Es ist wegen dieses jungen Mannes, nicht wahr?«

Sam nickte und grummelte. »Ja. Ich weiß wirklich nicht, wie ich mich ihm gegenüber verhalten soll. Ich will mir diese einmalige Chance, zu den EMAs gehen zu dürfen, nicht dadurch vermasseln, dass ich seinetwegen total durch den Wind bin und dann nichts auf die Reihe kriege. Auf der anderen Seite habe ich diese Chance nur durch ihn überhaupt erst bekommen, also kann ich schlecht so tun, als wäre er Luft für mich. Aber ich bin mir nicht sicher, ob ich das alles überhaupt will. Oh Gott, Mom! Was mache ich denn nur?«

Ihre Mutter lächelte verständnisvoll und auch ein wenig traurig, wie Sam fand, und strich ihr ein paar Haarsträhnen aus dem Gesicht. »Das verstehe ich gut. Aber ich an deiner Stelle würde ihn noch nicht ganz abschreiben.«

Sam sah stirnrunzelnd auf. »Wie meinst du das?«

Alessandra zuckte mit den Schultern. »Man sollte seine Entscheidungen einfach nicht voreilig treffen.«

Sam wusste nicht genau, was sie ihr damit sagen wollte, also schwieg sie eine Weile und dachte darüber nach, während ihre Mutter, gesegnet mit der hellseherischen Gabe für die richtigen Heißgetränke, Teewasser aufzusetzen begann. Das Vertraute an dieser Situation und auch an dem eingetretenen, nicht unangenehmen Schweigen beruhigte Sam. Ihre Mutter wusste einfach, wann sie ihrer Tochter Zeit zum Nachdenken geben musste. Trotzdem hatte Sam das Bedürfnis, die Situation noch weiter auszuschlachten. Sie fühlte sich hoffnungslos überfordert, weswegen sie die weisen Kommentare ihrer Mutter so dringend brauchte.

»Mom«, unterbrach Sam die Stille deswegen ein paar Minuten später, »falls er oder der Bandmanager im Sender anrufen sollte, um nach mir zu fragen, dann sag ihnen bitte, dass ich nicht zu erreichen bin, okay? Ich brauche einfach mehr Zeit, um mir darüber klar zu werden, was ich eigentlich will.«

»Okay, geht in Ordnung.« Sie stellte keine weiteren Fragen.

Sam wickelte sich eine Haarsträhne um den Finger und betrachtete sie eingehend. Sie wusste sehr genau, dass sie sich etwas vormachte, und genau das war das Problem. Sie war sich durchaus im Klaren darüber, dass sie ihn nicht vergessen wollte, auf gar keinen Fall. Sie war nur noch nicht bereit dazu, sich einzugestehen, wie sehr sie jetzt schon an ihm hing, wie sehr sie sich wünschte, dass es für sie eine Zukunft – oder auch nur eine kleine Aussicht auf Glück – gab.

Sie war noch nicht dazu bereit, wieder Gefahr zu laufen, verletzt zu werden. Denn wenn sie sich weiter in diese Sache hineinziehen ließe und den Gefühlen, die sich in ihr aufstauten, nachgab, dann würde sie vielleicht einem Mann verfallen, von dem sie nicht wusste, wie sie ihn jemals würde halten können. Und wahrscheinlich – nein, eigentlich ganz sicher – würde sie daraus nicht mehr heil herauskommen.

Aber auch die Vorstellung, es nicht einmal zu probieren, war furchtbar. Die ewigen quälenden Fragen nach dem Was-wäre-wenn, niemals zu wissen, ob es nicht doch ganz anders gekommen wäre, wenn sie sich nur getraut hätte, wenn sie nur nicht vor ihrem eigenen Glück davongelaufen wäre …

Egal, wozu sie sich entschloss, egal, was sie tun würde, beide Möglichkeiten machten ihr schreckliche Angst, und sie wusste wirklich nicht, wie es nun weitergehen sollte.

»Es ist ein Teufelskreis«, sagte sie leise wie zu sich selbst und verzog traurig den Mund. »Egal, was ich mache, es endet bestimmt in einem völligen Chaos.«

»Ich kann dir deine Entscheidung nicht abnehmen, Maus. Das musst du selbst wissen.« Alessandra stellte eine dampfende Tasse Tee vor Sam ab und sah ihre Tochter durchdringend an. »Auch wenn es ein altbackener Spruch ist: Hör auf dein Herz. Anders wird man nicht glücklich. Der Verstand sagt einem nur, was man machen soll, damit man möglichst wenig Schaden davonträgt. Aber der Verstand ist auch nicht allwissend. Er weiß nicht, ob es das Risiko vielleicht doch wert ist und man am Ende glücklicher wird, als man es je war. Es gibt kein Rezept zum Glücklichsein, Sam. Manchmal muss man seine eigenen Grenzen überschreiten, um Größeres zu erreichen.«

Ihre Worte rieselten langsam durch Sams Geist und schlichen sich bis in ihr Herz, das aufgeregt nur auf das reagierte, was es hören wollte. Und das war gewiss nicht der Teil, in dem es darum ging, möglichst wenig Schaden zu nehmen.

… ob es das Risiko vielleicht doch wert ist …

… manchmal muss man seine eigenen Grenzen überschreiten …

Sam kaute nachdenklich mit gerunzelter Stirn auf ihrer Unterlippe herum. Natürlich hatte ihre Mutter recht, doch ihre angeborene Vorsicht warnte sie trotzdem davor, etwas zu überstürzen und sich auf Dinge einzulassen, die einfach zu groß für sie waren. Und auch die Skepsis meldete sich prompt und erinnerte sie daran, dass sie noch nicht einmal wirklich wusste, was *er* überhaupt von *ihr* wollte! Immerhin konnte sie kaum davon ausgehen, dass er sich dieselben Gedanken machte, sich ebenso sehr den Kopf zerbrach wie sie.

Vielleicht vertrieb er sich so auch nur die Zeit auf Tour, gab ihr Misstrauen zu bedenken und stürzte sie vollends in ein gedankliches Chaos.

Das alles führte sie keinen Schritt weiter! Sie musste einfach abwarten, was bei den EMAs passierte, und dann würde sie weitersehen. Die Entscheidung war gefallen.

Sie seufzte und hob den Kopf. »Ich werde es wohl einfach auf mich zukommen lassen müssen, oder?«

Ihre Mutter lächelte milde. »Ich befürchte, ja. Im Leben gibt es keine Garantien. Keine Gebrauchsanleitung. Und erst recht nicht in der Liebe.«

Sam nickte. Liebe. Was für ein ungeheuer großes Wort für ein so kleines und ängstliches Herz.

Auch als Sam wieder zu Hause in ihrer Wohnung angekommen war, wusste sie noch immer nicht, was sie von der ganzen Sache halten sollte. Natürlich war es eine großartige Gelegenheit, bei den EMAs die Stars zu interviewen – immerhin arbeitete sie nun schon längere Zeit beim Sender und war fasziniert vom Journalismus. Aber sie würde auch *ihm* begegnen müssen. Von Angesicht zu Angesicht. Und sie würde sich nicht verstecken können.

Sie hatte Angst.

Und zwar verdammt große.

In den wenigen Stunden zwischen der ernüchternden Erkenntnis, wie schnell er aufgegeben hatte, und dem Freudentaumel, als ihr aufgegangen war, dass der Presseausweis für sie gedacht war, waren so viele widersprüchliche Gefühle durch sie geflutet, dass sie sich am liebsten nur noch in ihrem Bett verkrochen hätte und erst wieder rausgekommen wäre, wenn sie sich über alles im Klaren war.

Das war alles zu viel für sie. Jemanden finden und jemanden gernhaben sollte nicht so verdammt schwierig sein, wie es sich jetzt gerade gestaltete. Und ob sie die Kraft für eine solch komplizierte und nervenaufreibende Bekanntschaft hatte – nach all den Tränen, die sie schon wegen Nico vergossen hatte –, war ihr überhaupt nicht klar.

Sie hörte, wie sich der Schlüssel im Schloss drehte. Einen Moment später kam ihre beste Freundin in ihre Küche. Noch bevor Caro überhaupt Hallo sagen konnte, sagte Sam schon mit tonloser Stimme: »Ich gehe zu den EMAs. Ich muss vollkommen verrückt geworden sein.«

Caro ließ sich mit großen Augen, ohne Jacke oder Schuhe auszuziehen, auf den Stuhl neben Sam plumpsen. »Schieß los.«

9

Und sie war echt nicht da?«

Hale schloss für einen Moment die Augen und atmete tief durch. Wenn James es wagte, diese Frage noch einmal zu stellen …

»Jetzt hör doch mal auf, du machst es damit nicht besser, James«, fuhr Alfie ihn an und verdrehte genervt die Augen.

»Nein, sie war *nicht* da«, knurrte Hale und pfefferte den Presseausweis für die EMAs auf die Kommode von Ethans Hotelzimmer, in dem die Band sich gerade befand. Dann ließ er sich in den Sessel am Fenster sinken und starrte nach draußen in die Dunkelheit.

Kalte Enttäuschung durchflutete ihn. Niedergeschlagen strich er sich ein paar Locken aus der Stirn und lehnte sich zurück. Was hatte er sich auch dabei gedacht? Dass sie wirklich kommen würde? Dass sie wirklich Interesse hatte?

Sie hatte im Radiosender sicher schon mit genug bekannten Musikern zu tun gehabt, und die waren ja nicht immer die Freundlichsten. Hatte sie deswegen keine Lust gehabt aufzutauchen, weil sie ihn auch für so einen Idioten hielt?

Er sollte das Ganze einfach vergessen. Niemandem würde es nutzen, wenn er an etwas festhielt, das sowieso niemals Realität werden würde, sondern sich nur in seinem Kopf abspielte. Er musste sich auf seine Karriere konzentrieren, die ihn vierundzwanzig Stunden an sieben Tagen die Woche beschäftigte. Er konnte sich keine Ablenkungen leisten. Auch wenn sie die schönste Ablenkung war, die er sich vorstellen konnte …

»Lässt du sie trotzdem auf der Presseliste stehen?«, hörte er eine Stimme neben sich.

Hale zuckte nur mit den Schultern und gab keine Antwort auf Rileys Frage. Darüber hatte er sich bisher keine Gedanken gemacht, und ehrlich gesagt wollte er sich darüber auch keine Gedanken machen. Tat ja eh nichts zur Sache.

»Also ich würde sie drauflassen. Dann kann sie immer noch selbst entscheiden, ob sie kommt. Und wenn sie kommt, ist es super, und wenn sie nicht kommt, dann ist sie …«

»Riley«, warnte Ethan ihn. Die Jungs standen jetzt alle direkt hinter dem Sessel, auf dem Hale wie ein Häufchen Elend saß, und unterhielten sich über sein – nicht wirklich vorhandenes – Liebesleben. Wenn sie sonst keine Probleme hatten …

»Hale, Trübsal blasen bringt dir auch nichts«, mischte sich Alfie wieder ein. »Entweder du wartest jetzt ab, was sich auf den EMAs ergibt, oder du vergisst die Sache wieder und hörst auf durchzudrehen.«

»Ich drehe überhaupt nicht durch«, brummte Hale, aber er wusste genau, dass Alfie den Nagel auf den Kopf getroffen hatte.

Wieder musste er daran denken, wie er in der Dunkelheit auf dem Olympiagelände gestanden und auf Sam gewartet hatte. Er war so aufgeregt gewesen wie ein kleiner Junge an Weihnachten. Die ganze Zeit über hatte er gehofft, dass sie kommen würde. Doch als er dort so alleine in der Kälte rumstand und nichts geschah, da hatte ihn die Enttäuschung übermannt. Nie im Leben hätte er gedacht, dass es ihn so treffen würde, versetzt zu werden. Nie im Leben – das musste er sich eingestehen – hatte er auch nur die Möglichkeit in Betracht gezogen, *dass* ihn jemand versetzen könnte! Er wusste nicht, wie er mit dieser Situation umgehen sollte. Und anstatt ruhig zu bleiben und weiter zu warten oder aber das Ganze einfach auf sich beruhen zu lassen, hatte er seinen unfreundlichen Tweet veröffentlicht.

Vergiss es.

War das wirklich nötig gewesen? Hatte er vielleicht nicht doch ein wenig voreilig gehandelt mit diesen harschen Worten?

Kurzerhand zog Hale sein Handy aus der Hosentasche und löschte die Meldung. Er hatte, ohne groß nachzudenken, einfach etwas von sich gegeben, das er nun bereute. Nur leider würde das Entfernen des Tweets nicht rückgängig machen, dass Sam ihn sicher gesehen hatte. Sie hatte ihm ja im Sender zu verstehen gegeben, seine Beiträge bei Twitter zu verfolgen.

Momentan machte er aber auch wirklich alles falsch, was er auch nur falsch machen konnte. Frustrierend.

»Wir wollen jetzt noch irgendwo feiern gehen, bisschen die Seele baumeln lassen, in Ruhe was trinken. Hast du Lust mitzukommen?«

»Nein«, gab Hale monoton zurück und starrte weiter in die Dunkelheit. Sich unter Leute mischen war das Letzte, auf das er im Moment Lust hatte. Seine Fassade bröckelte gerade zu sehr, als dass er sie in der Öffentlichkeit aufrechterhalten konnte. Das wollte er nicht riskieren.

»Sicher?«

Hale stieß einen Schwall Luft aus und biss die Zähne fest aufeinander. Wenn ihn noch einer von seinen Bandkollegen weiter so provokant reizen würde, würde er bald die Nerven verlieren und so sehr explodieren, dass danach nicht mehr viel von München übrig sein würde!

Nach einer weiteren Viertelstunde verließen sie endlich das Hotelzimmer. Hale griff nach dem Presseausweis auf der Kommode, den er ihr hatte geben wollen, und folgte ihnen den Gang hinunter, denn dort lag seine Suite. Er verabschiedete sich von den anderen und schloss sich dann in seinem geräumigen Zimmer ein.

Er konnte Sams grüne Augen regelrecht vor sich sehen und ließ sich seufzend rücklings auf sein Bett fallen. Wieso

konnte nie etwas in seinem Privatleben hinhauen? Karriere-
mäßig lief alles wie geschmiert, besser konnte es gar nicht
sein, aber in Sachen Liebe trat er auf der Stelle. Es war eben
nicht so einfach, jemanden zu finden, der es auch ernst mit
einem meinte.

Klar, es gab genug Frauen, die an ihm interessiert waren
und ihn umschwärmten, doch die meisten wurden nur von
seinem Ruhm und seinem Geld angezogen.

Verbittert verzog Hale das Gesicht. Er hatte oft das Gefühl, dass er eine Sammelfigur oder eine Trophäe war. Ein
Foto mit ihm oder eine Nacht mit ihm waren für manche
mehr wert als wahre Gefühle und Vertrauen. Und genau das
hatte er satt.

Er konnte sich nicht vorstellen, dass Sam sich auf etwas
so Oberflächliches einlassen würde. Er kannte sie nicht, aber
sie wirkte wie eine Frau, die wusste, was sie wollte und was
nicht. Doch ob er es war, den sie wollte, das wusste er nicht.

Oh Gott, er musste aufhören, an sie zu denken, sonst
würde er wirklich noch den Verstand verlieren. Wenn es
dazu nicht schon längst zu spät war …

Am einfachsten wäre es, wenn er die Akkreditierung zu-
rückzog und so verhinderte, dass sie sich wiedersehen würden. Es wäre zwar schmerzhaft, aber er würde sowieso nie
erfahren, ob sie überhaupt gekommen wäre oder nicht. Und
am nächsten Morgen würde er in den Flieger steigen und
alles hinter sich lassen.

Abrupt richtete er sich auf und starrte in die Schwärze um
ihn herum, ohne irgendetwas wahrzunehmen. Das Gefühl,
das ihn bei seinen letzten Gedanken durchzuckt hatte, ließ
ihn so hochschrecken. Es fühlte sich einfach vollkommen
falsch an, auch nur in Erwägung zu ziehen, sie nicht wiederzusehen! Alles in ihm rebellierte gegen diese Möglichkeit.
Nachdenklich ließ er den Ausweis, den er immer noch in den
Händen hielt, zwischen seinen Fingern hin und her wandern.

Er musste hoffen, dass sie auf die EMAs kommen würde. Er konnte sie nicht aufgeben! Ein deutlicheres Zeichen hätte er nicht bekommen können.

Nachdem er diese Entscheidung getroffen hatte, steckte er voller Energie.

Wann hatte er sich das letzte Mal so lebendig gefühlt? Er konnte sich nicht daran erinnern. Sam hatte tief in seinem Inneren etwas berührt, ohne dass sie davon wusste. Er konnte nicht einmal genau benennen, was mit ihm geschah. Er war sich auch nicht sicher, ob er es gut fand.

Aber das war jetzt egal, denn er befand sich mittendrin. Und er wollte bis zuletzt kämpfen. Er war Hale Silver, da sollte er es wohl auf die Reihe kriegen, die Frau wiederzufinden, die sein Herz berührt hatte!

Wild entschlossen sprang er auf und tigerte in dem Zimmer auf und ab. Er musste sichergehen, dass sie kam! Aber wie sollte er sie nur erreichen? Seine Gedanken wirbelten so durcheinander, dass er nicht wusste, wo ihm der Kopf stand.

Und dann kam ihm die Erleuchtung. Grummelnd schlug er sich mit der flachen Hand gegen die Stirn und blieb stehen.

Natürlich! Er konnte einfach beim Sender anrufen und mit ihr sprechen! Hinfahren war etwas schwierig bei dem straffen Zeitplan der Band, doch für ein Telefonat würde er sicher ein paar ruhige Minuten finden.

Seine Mundwinkel verzogen sich zu einem leichten Lächeln, das immer breiter und strahlender wurde. Er würde sie nicht aufgeben. Niemals.

Gleich morgen würde er anrufen und ihre Stimme hören.

Er würde nicht aufgeben. Nein, diesmal nicht. Irgendetwas in ihm sagte ihm, dass es sich zu kämpfen lohnte, auch wenn er wusste, wie viel auf dem Spiel stand.

Sie war es wert. Sie war es mehr als wert.

10

Unbarmherzig kreischte der Wecker seine schrille Melodie in Sams Träume hinein und riss sie unsanft aus dem Schlaf. Genervt schlug sie blind nach dem blöden Ding, haute sich erst einmal den Ellbogen an, ergab sich dann und öffnete die Augen.

Mit einem Seufzer schlug sie die Decke zurück und stand gequält auf. Es gab heute viel zu tun, und sie konnte nicht ewig im Bett rumlungern und sich wegen ihrer komplizierten Situation selbst bemitleiden. Außerdem war noch etwas Zeit, ehe Caro zur Arbeit fahren würde, und sie wollte sich zu ihr zum Frühstück gesellen.

Sam schlurfte ins Bad, aus dem ihr bereits seltsame Geräusche entgegenschlugen. Caro legte gerade eine ihrer wunderbaren Gesangdarbietungen hin, während sie sich die Zähne putzte, und hätte sie nicht mit dem Radio um die Wette gesungen, wäre Sam niemals darauf gekommen, welchen Song sie da gerade so unbarmherzig und quietschvergnügt misshandelte. Mit Zahnbürste im Mund singen gehörte eindeutig nicht zu ihren Stärken, aber Sam wusste, wie egal das Caro war. Sie hatte ihren Spaß, und das war alles, was für sie zählte.

»Gu-en Mo-eeeen!«, nuschelte sie fröhlich und wollte Sam antanzen, die wich allerdings vor dem ganzen Zahnpastaschaum vor Caros Mund zurück.

»Morgen. Lass mich«, gab sie nur grummelnd von sich und hielt ihre beste Freundin auf Abstand. Sie war einfach kein Morgenmensch, ganz im Gegenteil zu Caro. Nach dem gestrigen Abend war es nicht verwunderlich, dass Sam sich so kurz angebunden gab. Das verstand Caro sofort und machte daher schnell das Bad frei.

Sam putzte sich nun die Zähne, kämmte sich einmal notdürftig durch ihre schwarzen Locken, die in alle Richtungen abstanden, und tigerte dann im Schlafanzug in die Küche. Duschen konnte sie auch nach dem Frühstück noch.

Caro hatte schon den Tisch gedeckt und kochte jetzt summend den Tee. Sam ließ sich auf ihrem Stammplatz nieder und verfolgte jede Bewegung ihrer besten Freundin.

»Wieso genau bist du so gut drauf?«, erkundigte sie sich misstrauisch, als sie die Unwissenheit nicht mehr aushielt. Caro drehte sich breit grinsend zu ihr um, und Sam zog fragend die Augenbrauen hoch. Diesen Blick ihrer besten Freundin kannte sie. Der verhieß nichts Gutes, im Gegenteil.

»Caro, jetzt rück raus mit der Sprache«, seufzte Sam und stützte das Kinn in die Hand.

»Ich weiß, dass du gerade andere Sorgen hast, aber du musst mir einen Gefallen tun.«

Aha, hatte sie es doch gewusst!

»Oh Gott«, war alles, was Sam darauf einfiel. Sie rechnete mit dem Schlimmsten, wenn sie Caros Blick sah.

»Ich habe jemanden kennengelernt.«

Im nächsten Moment war Sam aufgesprungen und strahlte Caro an. »Und das erzählst du mir erst jetzt?«, rief sie aus und schüttelte ihre beste Freundin durch. Caro lachte nur und biss sich ein wenig verlegen auf die Unterlippe.

»Na ja, wir haben gestern das erste Mal miteinander gesprochen, und ich wollte dich damit nicht nerven, weil du schon so sehr mit dem arroganten Superstar eingespannt warst …«

»Jetzt erzähl!«, unterbrach Sam sie aufgeregt.

Caro berichtete ihr von einem jungen Mann, der seit ein paar Wochen montags und freitags kam und lächelnd Nussschnecken bei ihr im Café kaufte. Er hieß Christopher, und es klang so, als wäre er ein wahrer Märchenprinz, was Sam sofort ein wenig komisch vorkam. Aber es sollte ja auch möglich sein, dass Männer einfach nur nett waren, oder?

»Und deswegen müssen wir heute Abend auf eine Party, weil er da nämlich auch hingeht. Ich habe mir extra morgen freigenommen. Und du brauchst auch dringend Ablenkung!«, schloss Caro ihre Erzählung und schenkte Sam den besten Hundeblick, den sie auf Lager hatte.

Ergeben stimmte Sam zu, konnte sich ein weiteres Lächeln allerdings nicht verkneifen. Es war so schön, die beste Freundin aufgeregt und glücklich zu sehen!

Den restlichen Vormittag verbrachte Sam damit, sich im Netz über die Stargäste der EMAs schlauzumachen und sich den Kopf darüber zu zerbrechen, was sie am roten Teppich fragen sollte. Sie konnte ja schließlich nicht unvorbereitet und ohne ihre typischen originellen Fragen dort auftauchen. Ihre Mutter hatte ihr zudem einen zeitlichen Ablauf per E-Mail zugeschickt, den sie vom Manager von *Secret Light* bekommen hatte.

Die klare Taktung beruhigte Sam irgendwie. Auch wenn sie keine Ahnung hatte, wie solche Großveranstaltungen vonstattengingen, irgendjemand hatte sich im Vorfeld ganz offensichtlich Gedanken gemacht, und alles würde reibungslos ablaufen.

Die Uhrzeit verlor sie bei ihren Recherchen völlig aus dem Blick, sodass sie nach einer ganzen Weile erschrocken feststellen musste, dass sie sich längst fürs Training hätte fertig machen sollen. Hektisch sprang sie auf, wirbelte dabei ihre Aufzeichnungen und Notizen durcheinander und klaubte fluchend alles wieder zusammen. Ausgerechnet in diesem Moment klingelte nun auch noch ihr Handy. Es war ihr Bruder.

»Ich bin spät dran, Leo. Was gibt's denn?«

»Hey, dir auch einen wunderbaren guten Tag, Schwesterherz!« Er klang amüsiert über ihre Gereiztheit. »Wenn du gerade keine Zeit hast, dann müssen wir später mal ein wenig quatschen.«

Sam zog die Augenbrauen nach oben. »Ach ja, müssen wir das?«

»Yep«, gab er gelassen zurück. »Ich wurde heute nämlich im Büro ein paar Mal von einem gewissen Hale angerufen. Ich glaube, du kennst ihn.«

Sam fiel die Kinnlade herunter. Das war doch jetzt ein Scherz, oder?

»Ohne Witz?«, japste sie. Ihr Herz fing schon wieder an, wie verrückt zu pochen, und erinnerte sie daran, wie sehr sie die ganze Sache mitnahm. Als müsste sie daran erinnert werden! Sie schnaubte innerlich.

»Ohne Witz«, bestätigte Leo, und Sam glaubte ihm ausnahmsweise sofort.

»Du hast ihm aber nichts gesagt, oder?«, fragte sie panisch und krallte ihre Finger um das Handy.

»Nein. Steht auf meiner Stirn ›Auskunft‹, oder was? Mom hatte mir Bescheid gegeben, dass du das nicht willst. Der Kerl soll zu dir kommen und nicht anrufen. Scheint sich aber nicht zu trauen.« Er kicherte, als wäre das in irgendeiner Weise witzig. »Sag mal«, begann er dann betont langsam weiterzusprechen, »was läuft da eigentlich zwischen euch?«

»Das ist … eine lange Geschichte.« Sie schluckte. »Und eine absolut beschissene noch dazu.«

»Aber immerhin bringt sie dich auf die EMAs!«

»Mom hat dir davon erzählt?«

»Natürlich. Der ganze Sender weiß es!«

Ach Gott, auch das noch!

»Leo, ich muss jetzt echt los zum Tanzen, wir reden heute Abend, okay? Willst du vorbeikommen?«

»Na gut. Dann bis später.« Er legte auf.

Ihre dürftigen Antworten hatten ihn offenkundig keineswegs zufriedengestellt. Und wer, fragte Sam sich selbst, konnte ihm das auch verübeln? Schließlich beantworteten sie rein gar nichts.

Sam zog schnell ihre Trainingssachen über und sprintete die Stufen in die Garage zu ihrem Wagen hinunter.

Die ganze Fahrt über fragte sie sich, was Hale ihrem Bruder wohl gesagt haben mochte. Sie ärgerte sich, dass sie nicht zumindest das noch aus Leo rausgekitzelt hatte. Nun würde sie bis nach dem Training warten müssen!

Einfach alles auf sich zukommen lassen, wie sie es sich noch gestern Abend vorgenommen hatte, funktionierte ja ganz hervorragend! Sams Geduldsfaden war in etwa so strapazierfähig wie ein Stück Zahnseide. Bis zum Abend würde sie wahrscheinlich vor Neugierde sterben!

Vielleicht würde sie immerhin das Tanzen ablenken.

Als sie auf dem Parkplatz ankam, war es zwei Minuten vor halb sechs. Sie hatte es also tatsächlich noch pünktlich geschafft.

Rasch schnappte sie sich ihre Tasche vom Rücksitz und sprintete die Treppen in den ersten Stock empor. Im Übungsraum waren bereits alle versammelt.

»Das Beste kommt zum Schluss«, begrüßte Ilona die atemlose Sam.

»Gut erfasst!«, gab diese zurück und drehte sich in einer kleinen Pirouette einmal um die eigene Achse. »Jetzt, wo das Beste da ist, können wir anfangen!«

Sie ging zur Anlage hinüber und schloss ihr Handy an. Schon jetzt kribbelte es in ihrem ganzen Körper vor lauter Vorfreude, wie jedes Mal kurz vor dem Tanzen. Adrenalin pumpte durch ihre Adern. Sie hatte den Rhythmus und die Leidenschaft fürs Tanzen einfach im Blut, der Bass aus den Boxen fuhr ihr direkt in die Glieder und ließ den Boden vibrieren.

Sie atmete tief ein und spürte sofort, wie sich eine innere Ruhe in ihr ausbreitete und ihre lauten und lärmenden Gedanken endlich verstummten. Nichts beruhigte sie so sehr wie das Tanzen, tilgte alle Sorgen und ließ nichts weiter zurück als das Gefühl der Einheit von Körper und Musik.

Sie ging zu Ilona hinüber, die ganz vorne vor der Gruppe stand, und stellte sich neben ihr auf, das Gesicht dem Spiegel zugewandt, der die komplette Stirnseite des Raumes einnahm.

Das Warm-up begann, und Sam spürte das erste Mal seit Tagen, wie ihre Lebensgeister wiedererwachten, wie sich ihre verkrampften Muskeln lösten und geschmeidig die bekannten Bewegungen ausführten. Das hier war etwas, auf das sie sich verstand und worauf sie sich verlassen konnte. Es war so einfach und so vertraut. Endlich fühlte sie sich wieder souverän, hatte die Kontrolle über ihren Körper und war ihren eigenen Emotionen nicht hilflos ausgeliefert.

Der Bass vibrierte in ihren Adern, und ihr Puls beschleunigte sich. Ihr Herz fühlte sich endlich wieder lebendig an. Sie lebte fürs Tanzen. Die Musik durchströmte sie, und sie schaltete ihr Hirn aus und gab sich ganz den Bewegungen hin, die sie von innen heraus zu heilen schienen.

Nach zehn Minuten Warm-up waren alle gut ins Schwitzen gekommen und widmeten sich der Perfektionierung der neuen Choreografie, die Sam den anderen schon Samstag angefangen hatte beizubringen.

Sam stellte zufrieden fest, wie gut die Abläufe bei der Gruppe bereits saßen und wie flüssig die Übergänge waren.

Nur bei sich selbst bemerkte sie einige unsaubere Bewegungen. Auch wenn es ihr leichter fiel, den Kopf beim Tanzen freizukriegen und abzuschalten, bemerkte sie ihre kleinen Fehler doch sofort. Es waren untrügliche Zeichen dafür, dass ihre Gedanken immer noch woanders, ihre Gefühle immer noch blockiert waren. Aber zum Glück fiel niemandem sonst auf, dass sie nicht so perfekt tanzte wie gewöhnlich. Die Schritte und Bewegungen ihrer eigenen Choreografie hätte sie wahrscheinlich auch im Schlaf noch ausführen können.

Am Ende der anderthalb Stunden, nachdem der Rest der Tanzgruppe bereits gegangen war, um sich umzuziehen, rief Ilona Sam noch einmal zu sich.

»Ich habe was Neues«, grinste sie verschwörerisch, und Sam spürte sofort, wie sehr ihre Freundin darauf brannte, es ihr vorzuführen. »Ich hab gestern noch dran gearbeitet, und es ist echt ziemlich gut!«

»Zeig! Sofort!«, forderte Sam sie daher begeistert auf.

Ilona ging zur Anlage, und Sam lehnte sich mit dem Rücken gegen den Spiegel, um ihr zuzusehen. Ein Remix erschallte aus den Boxen, ein harter Beat, aber wahnsinnig sexy. Das Lied gefiel Sam auf Anhieb.

Ilona schlenderte mit aufreizendem Gang zurück in die Mitte des Studios, während das Intro weiterlief. Dieser Teil schien schon zur Choreo dazuzugehören. Ihre Hüften wiegten sich verführerisch, und sie schnippte mit den Fingern der rechten Hand den Beat mit. Dann nahm sie ihre Position ein, lächelte keck zu Sam herüber, zwinkerte ihr einmal zu und begann, zeitgleich mit dem Gesang, zu tanzen.

Sam verfolgte gebannt jede Bewegung ihrer Freundin. Wow. Mehr fiel ihr dazu nicht ein. Ilona hatte eine neue Richtung für diesen Song eingeschlagen, und es passte perfekt.

Kaum dass sie nach zwei Strophen und einem Refrain fertig war, war Sam schon aufgesprungen und klatschte.

»Das ist abgefahren! Wo ist das hergekommen, Ilona?«, lachte sie und wirbelte diese im Kreis. »Los, lass uns anfangen! Ich will das alles sofort auch können!«

Man konnte Ilona ansehen, wie sehr sie sich freute, dass Sam so Feuer und Flamme war.

Sie gingen den Anfang der Choreografie durch. Die Bewegungen waren nicht schwer, aber sie wirkten einfach fantastisch. Zumindest bei Ilona. Sam selbst wirkte seltsam unbeholfen.

»Okay, warte, noch einmal«, forderte Sam und wiederholte einen Takt. Ihr Herz schlug immer schneller, weil sie merkte, dass ihre Konzentration nicht mehr da war. Ihr Kopf wanderte ständig zu dem Typen mit den dunkelbraunen Locken, den sie bald wieder zu Gesicht bekommen würde. Verdammt, er war jetzt wirklich nebensächlich!

»Sam? Ist alles in Ordnung?«, fragte Ilona besorgt, als sie die steile Falte auf Sams Stirn sah.

»Ja, klar. Lass uns weitermachen«, antwortete sie und wiederholte den Takt, den sie gerade verhauen hatte.

»Stopp, stopp, stopp«, bremste Ilona sie.

Sam blieb verwundert stehen. Ilona verschränkte die Arme vor der Brust und zog die Augenbrauen nach oben. »Wir machen nicht weiter, bevor du mir nicht erzählst, was los ist!«

»Gar nichts, habe ich doch schon gesagt«, log Sam aalglatt, aber schaffte es dabei nicht, ihrer Freundin in die Augen zu sehen.

»Fräulein Ferroni, ich kenne Sie jetzt schon seit mehr als einem Jahrzehnt. Sie verschweigen mir doch etwas.«

Tja, da hatte sie wohl recht.

Sam seufzte ergeben und hob den Blick vom polierten Tanzboden. »Ich weiß selbst nicht, was genau los ist, um ehrlich zu sein …«

»Na, dann erzähl wenigstens, was du weißt. Geht es um Nico? Der ist doch wieder hier, oder?«, fragte Ilona und griff nach ihrer Wasserflasche. Sam schüttelte vehement den Kopf. Dann nickte sie kurz, schüttelte allerdings sofort wieder den Kopf. Ilona sah sie an, als hätte sie nicht alle Tassen im Schrank.

»Ja, was denn jetzt?«, hakte sie halb lachend, halb verwirrt nach.

Sam ließ sich an der Wand nach unten rutschen und blieb erst einmal für ein paar Sekunden bewegungslos sitzen.

»Na ja, ich habe da jemanden kennengelernt ...«

11

Sam lümmelte gerade gelangweilt auf der Couch und sah fern, als Leo klingelte. Sie pausierte den Film, auf den sie sich sowieso nicht richtig hatte konzentrieren können und der nur ein Pseudozeitvertreib gewesen war, und öffnete ihrem Bruder die Tür, der ihr zurück ins Wohnzimmer folgte und sich in die Polster fallen ließ.

»Also?«, fing er an, als Sam nicht von allein zu erzählen begann.

Sie seufzte und setzte sich neben ihren Bruder auf die Couch. »Glaubst du an Liebe auf den ersten Blick, Leo?«

Leo runzelte irritiert die Stirn und schüttelte leicht den Kopf. Ihm war offensichtlich noch nicht ganz klar, worauf sie hinauswollte.

»Ich habe es auch nicht getan. Bis letzte Woche, als ich mit Jana vor der Olympiahalle stand. Da hat sich alles schlagartig geändert.«

»Was ist passiert?«, fragte Leo ernst.

Eigentlich hatte sie erwartet, dass ihr Bruder lachen würde, weil es so abgedreht klang, was sie sagte. Doch er tat es nicht. Etwas in ihrer Stimme musste ihn davon überzeugt haben, dass sie es wirklich so meinte. Und wenn sie ehrlich zu sich selbst war, dann klangen ihre Worte gerade auch gar nicht verrückt. Sie klangen wahr, weil sie es auch waren.

Sie erzählte ihm alles.

Von ihrer ersten Begegnung in der Tiefgarage, von Hales Tweets, von Janas und ihrem Besuch im Hotel, von Hales Reaktion im Sender, als er dachte, Leo und sie seien ein Paar, von Hales Heute-halb-sieben-selber-Ort-Nachricht und dem darauffolgenden Herumirren an der Olympiahalle, von seinem vernichtenden Tweet, nachdem sie ihn nicht gefunden hatte, und letztendlich von ihrer Akkreditierung für die EMAs.

Leo unterbrach sie kein einziges Mal. Er nickte nur an den richtigen Stellen und schüttelte in den richtigen Augenblicken den Kopf. Als Sam fertig war, umarmte er seine kleine Schwester einen stillen Moment lang, ehe er das Wort ergriff.

»Ist dir aufgefallen, wie wenig wir in den letzten Tagen miteinander gesprochen haben? Bei dir ist so viel passiert, und ich weiß nichts davon!« Er machte Sam keinen Vorwurf, sondern eher sich selbst.

»Ich hätte auch früher etwas sagen können. Das ist nicht deine Schuld.«

Leo verzog unglücklich das Gesicht, ließ es damit aber gut sein. »Und jetzt?«, fragte er.

»Tja. Ich weiß es nicht«, knurrte Sam, richtete sich auf und vergrub das Gesicht in den Händen. »Diese Frage raubt mir nachts den Schlaf, jeder stellt sie mir – Jana, Caro, Mom, Ilona, du – und sie hallt wie ein Echo durch meinen Kopf und haut nicht mehr ab, sondern nervt den ganzen Tag und treibt mich schier in den Wahnsinn!«

»Die Frage musst du dir aber stellen. Du kannst nicht weglaufen. Auf den EMAs wirst du ihn sehen, dagegen kannst du nichts tun. Und die sind schon übermorgen.«

Sie wusste natürlich, dass er recht hatte. Nichts anderes hatte Ilona gesagt und ebenso richtiggelegen. Doch Sam konnte keinen klaren Gedanken fassen. Sie hatte einfach nur Angst.

Angst, sich der Situation zu stellen, Angst, etwas falsch zu machen – aber am allermeisten hatte sie Angst, verletzt zu werden.

»Was soll ich denn deiner Meinung nach tun, wenn ich ihn sehe? Wenn ich ihm gegenüberstehe? Ilona meinte, ich solle einfach abwarten, was passiert, aber das kann doch nicht alles sein! Ich kann da doch nicht einfach hingehen, ohne mir vorher Gedanken zu machen, wie ich reagieren soll! Ich muss doch irgendetwas *tun* können!«

»Hau ihm eine rein.« Leos ernster Tonfall brachte sie kurz zum Lachen, weil die Vorstellung so absurd war. Doch er wiegelte sofort wieder ab. »Ich weiß es doch auch nicht, Sammy. Du weißt nicht einmal, ob er den Tweet geschrieben hat, weil er dich wirklich aufgegeben hat. Vielleicht hat er auch gedacht, du hättest ihn versetzt. Vielleicht geht es ihm genauso wie dir. Zieh keine zu voreiligen Schlüsse.«

»Das haben Mom und Ilona auch schon gesagt«, sagte sie und verdrehte die Augen. »Ihr habt leicht reden, ihr steckt ja nicht in meiner Haut ...«

»Stimmt, ich würde mich auch niemals in so einen schnöseligen Schönling verlieben!«

Für diesen Kommentar warf sie ihm mit voller Wucht ein Kissen ins Gesicht.

»Du Blödmann!«, maulte sie, musste aber gleichzeitig schon wieder lächeln. »Mach dich nicht über mich lustig, das ist nicht fair. Erzähl mir lieber, was er dir am Telefon gesagt hat! Ich habe mir schon den ganzen Tag den Kopf zermartert.«

»Ach, nichts Besonderes ...«, antwortete er mit einer wegwerfenden Geste.

»Mein Lieber, das kannst du bei anderen Leuten machen, aber nicht bei mir. Ich kenne dich, ich weiß, wann du jemanden an der Nase herumführst.«

Er grinste frech, antwortete aber trotzdem nicht.

»Leo, bitte, ich find's ehrlich gesagt nicht witzig!«

Er sah sie mit mitfühlendem Blick an und spürte wohl, dass es nicht richtig war, sie weiter auf die Folter zu spannen. Er seufzte und fing an zu erzählen.

»Also das erste Mal habe ich ganz normal den Hörer abgenommen. Er fragte, ob er richtig sei und so weiter, und ich habe erst mal gar nicht begriffen, wer da am anderen Ende eigentlich ist. Bis er sagte: ›Leo, bitte verbinde mich mit Sam.‹ Da ist bei mir der Groschen gefallen, und ich habe seine Stimme erkannt. Ich habe mich entschuldigt, dass das nicht ginge, mich verabschiedet und aufgelegt.«

Sam nickte, damit er fortfuhr.

»Dann hat es nach ein paar Minuten wieder geklingelt. Ich dachte gleich, dass er es ist, bevor ich überhaupt aufs Telefon geschaut hatte. Ich habe mich dann ganz normal gemeldet, aber er hat mir das Wort abgeschnitten und fast schon beschwörend gesagt: ›Bitte, Leo, ich muss mit ihr reden!‹ Ich habe dann erklärt, dass ich ihm nicht sagen kann, wo du bist oder wie er dich erreichen kann, und habe aufgelegt.«

Empört schnappte Sam nach Luft. »Leo! Geht's vielleicht noch unfreundlicher?« Doch sie störte sich nicht wirklich an seiner harschen Art, sondern vielmehr erschreckte sie die Erkenntnis, dass Hale so hartnäckig versucht hatte, Kontakt zu ihr aufzunehmen. Wie passte das nur alles zusammen?

Leo zuckte bei Sams kleinem Ausbruch nur mit den Schultern. »Mom hat mich ausdrücklich darauf hingewiesen, dass ich ihm nichts über dich sagen soll, also habe ich aufgelegt. Dann hat er aber – oh Wunder – wieder angerufen. Da mir klar wurde, dass ich ihn so schnell nicht loswerden würde, haben wir halt ein wenig geplaudert.«

»Worüber?«

»Er hat bei seinem nächsten Anruf mal sein Hirn angeschaltet und gefragt, wieso er nicht mit dir reden kann. Ich habe wahrheitsgemäß geantwortet, dass ich das nicht wüsste, aber dass ich angewiesen worden war, ihm keine Informationen über dich zu geben. Dann habe ich ihn gebeten, von weiteren Anrufen abzusehen, da ihr euch doch wahrscheinlich eh nie wiedersehen würdet. Er meinte dazu nur, dass er verstehen könnte, warum ich so dachte, aber dass ich falschläge. Er würde ganz genau spüren, dass ihr euch wiederseht, und er würde nicht aufgeben. Das verwirrte mich ein wenig, und er wanderte in die Schublade ›unheimlicher Typ, der meine Schwester verfolgt‹. Mom erzählte mir erst später von der Akkreditierung, da habe ich den Zusammenhang schließlich kapiert, und er kam aus der Schublade halbwegs wieder raus. Ein hartnäckiger Bursche, dein Hale. Also, wenn du mich fragst, ist er entweder ein Psychopath oder er meint es verdammt ernst.«

Sam war froh, dass sie bereits saß, denn ihre weichen Knie hätten ihr sonst jetzt den Dienst versagt. Sie versuchte, ihre Atmung wieder zu normalisieren, aber da war nichts zu machen. Genauso wenig wie bei der Schmetterlingsarmee in ihrem Bauch oder ihrem galoppierenden Herzschlag.

Das Geräusch eines Schlüssels in der Haustür unterbrach sie, und kurz darauf streckte Caro den Kopf zur Tür herein.

»Na, schon in Partystimmung?«

»Ach du Scheiße! Caro! Ich hab's voll verpeilt!«

»Ja, das sehe ich. Noch immer in Tanzklamotten, top! Ich dachte, du bist schon fertig, wenn ich von der Arbeit komme, damit ich direkt ins Bad kann!« Mit in die Hüften gestemmten Händen stand sie da und funkelte Sam gespielt wütend an.

»Sorry, ich hab mich mit Leo verquatscht. Ich fang jetzt direkt an, okay?«

»Ja, ab mit dir, mach dich fertig. Du musst ja noch duschen und alles! Das dauert ja noch ewig! Ich hoffe, du hast ein verdammt schlechtes Gewissen, Samantha!« Mit einer übertrieben theatralischen Geste warf sie die Arme in die Luft.

»Hey, Ca, Lust auf 'ne Runde Fifa, bis unsere Lieblings-Sammy fertig ist?«, fragte Leo und rettete so die Situation.

»Oh ja, klar, ich habe gerade voll Bock, jemanden fertigzumachen!«, verkündete Caro und warf sich voller Elan auf die Couch, womit sie Sam von ihrem Platz vertrieb. Leo verzog nur gequält den Mund. Caro schlug ihn - den Sportstudenten! - jedes Mal wieder an der Konsole. Sam wusste das Opfer, das er gerade brachte, wirklich zu schätzen.

»Danke. Du bist der Allerbeste. Ich beeil mich!«

»Das will ich auch hoffen! Richte deinem schlechten Gewissen einen schönen Gruß von mir aus!«, rief Caro ihr hinterher, als sie aus dem Wohnzimmer verschwand, war aber bereits in die Auswahl ihres Teams vertieft und sah ihr nicht nach.

Leo hatte ihr wertvolle Zeit erkauft, doch lange würde auch er Caro nicht hinhalten können, daher beeilte Sam sich wirklich, Caro und dem Stolz ihres Bruders zuliebe, der schon sehr bald in den Rasen eines virtuellen Fußballstadions getreten werden würde.

Nach dem Duschen föhnte sie sich die Haare trocken und wuschelte sie umständlich zu einem ziemlich unordentlichen, aber erstaunlich ansehnlichen Dutt zusammen. Im Bademantel kam sie zurück ins Wohnzimmer. Wie aufs Stichwort hatten Caro und Leo gerade ein Spiel beendet.

»Fertig, du kannst jetzt, Caro.«

Caros Grinsen sprach ebenso Bände wie Leos betretene Miene. Sie hatte ihn wie immer abgezockt. Sam musste sich zusammenreißen, um nicht loszulachen.

»Gott sei Dank. Noch eine Runde hätte ich nicht ertragen«, stöhnte Leo, warf den Controller erleichtert von sich und stand auf, um sich zu verabschieden. »Passt auf euch auf, ja?«

»Keine Bange«, fiel Caro ein und schob ihn geradezu aus der Tür, »wir haben unseren Bodyguard ja dabei.« Dabei deutete sie auf Sam.

Die verdrehte nur die Augen, umarmte ihren Bruder kurz und verschwand dann in ihrem Zimmer. Dort baute sie sich vor ihrem Schrank auf. Sie hatte noch immer keine rechte

Lust, zu dieser Party zu gehen, vor allem nachdem sie das Gespräch mit Leo wieder so durcheinandergebracht hatte. Irgendwie hatte sie ein schlechtes Gefühl bei der Sache, und dieses Gefühl log eigentlich nie. Irgendetwas Unerfreuliches würde passieren, da war sich Sam sicher. Aber es war wichtig für Caro, schließlich wollte sie ihren Traumprinzen wiedertreffen, also würde sie sich zusammenreißen.

Sie entschied sich für eine ärmellose schwarze Seidenbluse zu einer verwaschenen beigefarbenen Röhrenjeans und schwarzen Biker-Boots. Noch ein wenig Make-up und Schmuck, und das Outfit war komplett.

Auf dem Weg zurück ins Wohnzimmer stopfte sie sich Handy, Führerschein und Geld in die Hosentasche und wartete auf Caro, die etwa eine Viertelstunde später zurechtgemacht aus ihrem Zimmer kam. Sie sah umwerfend aus in ihrem locker fallenden weißen Top zu einer perfekt sitzenden Bluejeans. Die Haare trug sie offen, und eine leichte Röte auf den Wangen verriet bereits jetzt ihre Vorfreude.

»Los geht's!«

Sie schlossen die Tür hinter sich ab und gingen hinunter in die Garage.

»Wo ist die Party eigentlich?«, fragte Sam ihre beste Freundin auf dem Weg zum Auto.

»Im Storm«, murmelte Caro so leise, dass Sam sie fast nicht verstanden hätte. Abrupt blieb sie stehen.

»Das hättest du mir aber auch vorher sagen können!«

Das Storm war ein Club, der schon zum oft Schauplatz diverser Liebesdramen geworden war. Sämtliche Leute kamen hier zusammen, trennten sich, betrogen sich – auch Nico und Sam hatten sich dort das erste Mal geküsst.

So viele Erinnerungen waren mit diesem Ort verbunden. Einige negative und solche, die früher einmal schön gewesen waren, sich heute aber schal und leer anfühlten. Sam seufzte.

»Da kommt so viel wieder hoch, Caro. Du verlangst echt viel von mir.«

Ein zerknirschtes »Ich weiß« war alles, was ihr dazu einfiel. Ihre Augen blickten flehentlich, und Sam brachte es nicht übers Herz, nun einen Rückzieher zu machen.

»Jetzt guck nicht so. Bringen wir's hinter uns.«

»Oh danke, Sammy, danke! Du bist die beste Freundin, die man haben kann!« Vor Erleichterung fiel ihr Caro stürmisch um den Hals. Dieser Christopher musste es ihr ja wirklich angetan haben. Sam hoffte inständig, dass er es wert war und Caro nicht auch noch ins Chaos stürzen würde.

Als sie auf dem Parkplatz vor dem Club ankamen, war Sam ziemlich platt. Caro hatte die Fahrt über ununterbrochen von diesem fremden Typen geschwärmt, der, ihren Erzählungen nach zu urteilen, binnen kürzester Zeit den Weltfrieden herbeiführen und dann mit ihr auf einem prächtigen Schimmel in die untergehende Sonne reiten würde.

Sam fragte sich erneut, wann das denn alles passiert sein sollte, und wurde an Leos Worte erinnert. Auch sie hatte in letzter Zeit anscheinend vieles nicht mitbekommen. Um nicht wieder die Hälfte zu verpassen, hatte sie Caro erzählen lassen und nichts von den Anrufen von Hale berichtet. Hier ging es erst einmal um ihre beste Freundin, und Sam wollte sich nicht in den Vordergrund drängen.

Vor dem Club war einiges los, und es hatte sich eine lange Schlange vor dem Eingang gebildet.

»Oh nein, ich hab keinen Bock anzustehen«, jammerte Caro und sah leidend zu Sam hinüber, aber die hob nur abwehrend die Hände.

»Schau mich nicht so an. Du wolltest doch hierher, nicht ich, also reiß dich zusammen, Carolina.«

»Ist ja gut. Auf in die Kälte.«

Die beiden jungen Frauen stiegen aus dem Auto aus und gingen auf den Eingang zu. Sam konnte sich nicht erklären, wieso ihr noch immer mulmig zumute war, daher versuchte sie, das nagende Gefühl zu verdrängen und sich auf eine ihrer Superheldenfähigkeiten zu konzentrieren: das Unauffällig-Vordrängeln.

Sie schob sich sachte zwischen den Leuten hindurch und zog Caro dabei an der Hand hinter sich her, sodass sie nach nur zehn Minuten im warmen Eingangsbereich standen, obwohl sie ohne Drängeln wahrscheinlich über eine halbe Stunde gebraucht hätten. Während der Semesterferien war es auch unter der Woche immer sehr voll hier.

Drinnen legte Caro ihren Arm um Sams Schulter. »Ach, Sam«, rief sie über die laute Musik hinweg, »du weißt gar nicht, wie wertvoll du bist. Ohne dich würde ich mir da draußen immer noch den Allerwertesten abfrieren.«

Sam lachte und schlang auf dem Weg zur Tanzfläche ihren Arm um Caros Taille. »Ich hab dich auch lieb, Caro!«

Auch wenn sie eigentlich keine Lust gehabt hatte hierherzukommen, der Rhythmus der Musik, die Lichter, all das zog Sam wie immer magisch an. Vielleicht würde es ihr heute doch noch gelingen, ihren Kopf freizutanzen und für einige wenige Stunden nicht nachzudenken. Sie hoffte es sehr. Die letzten Tage waren so anstrengend gewesen, dass sie sich eine Pause wirklich redlich …

»Hi, huhu, Sam!«, ertönte da eine schrille Stimme neben ihr, und Sam stöhnte innerlich auf. Josephine. Natürlich. Wo sollte die größte Nervensäge der Welt auch sonst ihre freie Zeit verbringen als an dem Ort, an dem sie potenziell den meisten Menschen auf den Wecker fallen konnte? Es war ein Wunder, dass nicht jedem, der ihre Stimme hörte, das Trommelfell platzte.

Josephine und Sam waren nie gut miteinander ausgekommen. Josephine stand schon seit Jahren auf Nico, aber er hatte sich nie für sie interessiert. Caro und Sam hatten jahrelang amüsiert zugeschaut, wie sie sich an ihm die Zähne ausgebissen hatte. Es war wirklich zum Schreien komisch gewesen. Seit Sam schließlich mit Nico zusammengekommen war, stand sie endgültig auf der Abschussliste der kleinen Kratzbürste.

»Josephine.« Um deutlich zu machen, dass dies nur eine Feststellung von Tatsachen war und bei Weitem keine Begrüßung, drehte sich Sam umgehend wieder zu Caro und versuchte, diese in ein intensives Gespräch über die mögliche Beschaffenheit der Wandfarbe bei Tageslicht zu verwickeln.

Sie konnte ihr Glück kaum fassen, als dieses etwas plumpe Manöver glückte und Josephine tatsächlich mit in die Höhe gerecktem Stupsnäschen von dannen zog, peinlich darum bemüht, so zu wirken, als habe sie selbst das Gespräch mit Sam und Caro, das ja niemals stattgefunden hatte, beendet.

»Das ist ja noch mal gut gegangen«, sagte Caro erleichtert.

»Ja, zum Glück. Los, jetzt zeig mir deinen Märchenprinzen!«

»Ich habe ihn noch nicht gesehen. Lass uns mal eine Runde drehen, vielleicht finde ich ihn dann.«

Die beiden machten sich auf den Weg, die Tanzfläche langsam zu umrunden und dabei nach ihm Ausschau zu halten. Da Sam nicht genau wusste, nach wem sie suchen sollte, ließ sie ihren Blick einfach mal hierhin, mal dorthin schweifen und wartete darauf, einen holden Ritter in strahlender Rüstung zu entdecken oder zumindest ein perfektes männliches Unterwäschemodel, denn aus Caros Erzählungen konnte sie nur ableiten, dass ihr Angebeteter mindestens beides sein musste – im Idealfall nur nicht gleichzeitig. Ziellos huschte ihr Blick über fremde Gesichter und wanderte schließlich zur Bar.

Dort entdeckte sie einen blonden Haarschopf, der ihr leider sehr vertraut vorkam. Sie schaute genauer hin, kniff sogar die Augen zusammen, um besser sehen zu können.

Kein Zweifel. Er war es. So ein Mist! Jetzt bloß schnell irgendwo anders hinsehen, bevor …

Doch in dem Moment drehte sich Nico um und starrte ihr direkt ins Gesicht.

Verdammt!

»Scheiße, da ist Nico!«, schrie sie Caro über die Musik hinweg ins Ohr und deutete mit einer möglichst unauffälligen Kopfbewegung in Richtung der Bar.

Caro drehte sich in einer vorgetäuschten Tanzbewegung so zu Sam herum, dass diese mit dem Rücken zur Bar stand und sie ihr über die Schulter blicken konnte.

Nico saß dort mit weiteren Freunden, jeder hatte einen Drink in der Hand, und jeder von ihnen starrte irgendein Mädchen an. Und in Nicos Fall war es eben Sam.

»Wieso muss der denn ausgerechnet heute hier auftauchen?«

»Lass den Idioten doch, schau einfach nicht hin und ignorier ihn!«, rief Caro zurück und zog Sam weiter auf die Tanzfläche, damit sie von der Bar aus nicht mehr zu sehen waren.

Sofort fluteten die Vibrationen des Basses durch Sams Adern, und sie spürte, dass sich ihre Laune schlagartig hob. Tanzen würde für sie einfach immer die beste Medizin gegen alles bleiben. Auch gegen bescheuerte Exfreunde.

Nach einer halben Stunde wurde es so stickig in der Mitte der Tanzfläche, dass sie wieder an den Rand gehen mussten. Von Caros Auserwähltem war bislang noch immer keine Spur.

Caro holte sich daher einen Drink und gab Sam einen Eistee aus, weil die sie immer überallhin kutschierte und sie selber trinken konnte. Für Sam war das kein großes Opfer, denn sie trank sowieso keinen Alkohol. Gemeinsam suchten sie sich zwei Barhocker möglichst weit weg von Nico und setzten sich.

Sie unterhielten sich gerade und nippten an ihren Getränken, als sich von hinten ein Arm um Sams Schultern legte. Sofort war sie in Panik, und jeder Muskel in ihrem Körper versteifte sich, da sie befürchtete, dass es Nico war.

Sie fuhr herum, den Arm erhoben, um die fremde Hand abzuschütteln, eine wütende Entgegnung auf den Lippen - und blickte in das verdutzte Gesicht von René, einem guten Freund von ihr.

Augenblicklich löste sich ihre Anspannung, und sie sprang lächelnd auf und drückte ihn ganz fest. René war Nicos bester Freund – ein ungleiches Paar durch und durch –, aber mit ihm hatte sie sich schon immer gut verstanden, daran hatten auch Nicos bescheuerte Aktionen nichts geändert. All seine Kumpels hatten es witzig gefunden, was er in Texas abgezogen hatte, nur René hatte an Sam gedacht und zu ihr gehalten.

»Was machst du denn hier? Solltest du nicht lernen?«, fragte Sam, nachdem auch Caro René begrüßt hatte. René standen einige wichtige Klausuren zu Beginn des Semesters bevor, und er hatte sich die letzten Wochen regelrecht vergraben und war kaum mehr von seinem Schreibtisch wegzulocken. Sam bewunderte seine Disziplin. Ihr eigenes Studium verfolgte sie nicht so gewissenhaft, doch das kam ihr momentan eh ziemlich nebensächlich vor.

»Na, schönen Dank auch, Sam, dass du so an mich denkst. Ich habe Geburtstag, du Nuss!«

»Was?! Oh nein, das habe ich ja vollkommen vergessen! Ich bin so durch den Wind in letzter Zeit …« Sie brauchte gar nicht weiterzusprechen. René wusste, dass Nicos Rückkehr sie nicht kaltgelassen hatte, und er lächelte nachsichtig.

»Schon gut, Sammy, halb so wild.«

Trotzdem fiel sie ihm natürlich noch einmal um den Hals, um ihm zu gratulieren, und gab danach Caro die Chance, es ihr gleichzutun. Mitten in der Bewegung hielt Caro allerdings inne und riss die Augen auf. Neben René stand jemand, den Sam nicht kannte, den Caro nun aber anstarrte wie einen Geist. Konnte das vielleicht ...?

»Hallo, Caro«, sagte der Unbekannte, und Sam befürchtete ernstlich, dass ihre beste Freundin gleich in Ohnmacht fallen würde. Das konnte nur Caros Märchenprinz sein.

»Ach, ihr kennt euch?«, fragte René.

»Äh ja, flüchtig«, stammelte Caro, die sich nur langsam wieder fing. »Aber ich wusste nicht, dass ihr euch kennt.«

»Tja, die Welt ist klein. Schön, dass du kommen konntest.« Der Fremde lächelte, und Sam fand, dass er wirklich sehr sympathisch aussah. Sie konnte verstehen, wieso Caro ihn mochte, und ihr fiel ein Stein vom Herzen. Nichts war schließlich schlimmer, als wenn die beste Freundin einen Kerl anschleppte, bei dem man sofort ein ungutes Gefühl hatte.

»Hi, ich bin Sam«, stellte sie sich vor und reichte ihm zur Begrüßung die Hand.

»Freut mich, Sam, ich bin Christopher.«

Sie schüttelten einander kurz die Hände, bevor sich Sam wieder René zuwandte. Sie wollte Caro die Möglichkeit geben, ungestört mit Christopher zu sprechen, daher zog sie René unauffällig ein paar Schritte zur Seite. Weder Caro noch Christopher bemerkte etwas davon, die beiden waren bereits in ein Gespräch vertieft. Sam musste still in sich hineingrinsen und warf den beiden noch mal schnell einen unauffälligen Blick zu.

»Hast du Nico schon gesehen?«, fragte René vorsichtig, und die echte Anteilnahme und Sorge in seiner Stimme taten ihr gut. Trotzdem verzog sie bei dem Thema unwillkürlich das Gesicht, was René als Antwort völlig ausreichte.

»Ich hoffe, er hält sich heute Abend fern von dir«, fuhr er fort und wuschelte sich durch seine dunklen Haare. »Wenn nicht, dann lass ich ihn rausschmeißen. Im Ernst, Sam.«

Sie wollte schon protestieren, schließlich war Nico sein bester Freund, aber René gab ihr keine Gelegenheit dazu. »Ich lass nicht zu, dass er dich weiterhin so behandelt. Er soll einfach mal raffen, wann genug ist. Und ich habe Geburtstag, also stelle ich die Regeln auf.« Er grinste breit, und Sam ließ sich davon anstecken.

»Übrigens, wo ich dich gerade hierhabe«, setzte er noch hinzu, und sein Grinsen wurde eine Spur verschlagener. Er machte eine Kunstpause, bevor er weitersprach. Was führte er bloß im Schilde? »Ich habe einen besonderen Geburtstagswunsch, und ich hoffe so, so, so sehr, dass er mir erfüllt wird.«

»Ach ja?«, fragte Sam neugierig und sah ihn gespannt an.

»Hmh …«, machte er und nickte bedeutungsvoll. Sam zog die Augenbrauen hoch. Sie hatte keinen blassen Schimmer, worauf er hinauswollte.

»Ich wünsche mir, dass die beste Dancecrew der Welt heute hier performt«, sagte er und strahlte dabei übers ganze Gesicht wie ein kleiner Junge.

»Hm, also ich habe keine Ahnung, wie ich Josh erreichen soll«, antwortete Sam und verzog gespielt entschuldigend das Gesicht.

Josh war der Kopf einer Münchner Crew, die schon in unzähligen Musikvideos getanzt hatte. Jeder hier kannte ihn und seine Leute. Sam selbst hatte schon ein paar Workshops mit ihm zusammen gehabt, und er war wirklich der Hammer. Sie wusste natürlich, dass René ihre eigene Crew meinte und nicht die von Josh, aber sie stellte sich absichtlich unwissend.

»Ach, Sammy, jetzt tu doch nicht so! Ilona habe ich auch schon gesehen!«

»Ilona ist auch hier?« Automatisch sah Sam sich um. Da sie sofort wusste, wo sie suchen musste, blickte sie direkt zum Podest hinüber, auf dem man auch tanzen konnte – zumindest wenn man sich traute. Das Podest war Ilonas Revier, und neben ihr sahen die meisten – na ja, eigentlich alle – alt aus.

Sam hatte vorher gar nicht daran gedacht, nach ihrer Tanzpartnerin Ausschau zu halten, doch jetzt entdeckte sie sie natürlich gleich. Ihre blonde Mähne war nicht zu übersehen.

»Na, was für ein Zufall. Also gut, Geburtstagskind, ich gehe mal rüber zu ihr.«

René führte einen kleinen Freudentanz auf und erntete dafür ein paar verständnislose Blicke von der Seite, die ihn aber nicht weiter störten.

Sogar Caro schaffte es, ihren Blick kurz von Christopher zu lösen, um Sam mit hochgezogenen Brauen fragend anzuschauen. Diese aber zuckte nur grinsend mit den Schultern und begann, sich ihren Weg zum Podest zu bahnen. Sie musste einmal um die komplette Tanzfläche herum, damit sie zu der kleinen Treppe kam, die hinaufführte. Und damit direkt an der Bar vorbei, an der Nico immer noch saß.

Sie reckte demonstrativ ihr Kinn in die Höhe und stolzierte los. Als sie ihn ihren Namen rufen hörte, biss sie die Zähne zusammen und ignorierte ihn, so gut es ging. Sie musste sich allerdings schwer zurückhalten, da sie sich am liebsten umgedreht und ihm eine gescheuert hätte. Auch seine Freunde hörte sie undeutlich irgendetwas von sich geben, was sie nur noch wütender machte. Sie waren alle so schrecklich niveaulos.

Sam war heilfroh, dass sie diese ganzen Idioten jetzt endgültig los war. Und Nico obendrauf. Im Nachhinein konnte sie sich beim besten Willen nicht mehr erklären, wie sie das überhaupt je hatte aushalten können.

Als sie endlich beim Podest angekommen war, stieg sie die schmalen Stufen nach oben und kämpfte sich an schwitzenden tanzenden Körpern vorbei zu Ilona durch.

Diese war ganz in ihrem Element und hatte Sam noch nicht kommen sehen. Wenn Ilona tanzte, dann konnte um sie herum die Welt untergehen, ohne dass sie es mitbekam. Sam nutzte die Gelegenheit und umarmte ihre Tanzpartnerin ohne Vorwarnung stürmisch von hinten, sodass sie aufquiekte.

»Weeer binnn iiich?«, brummte sie ihr laut mit verstellter Stimme ins Ohr.

Ilona wirbelte erschrocken einmal um die eigene Achse, und Sam musste so sehr über den Ausdruck auf ihrem Gesicht lachen, dass sie fast das Gleichgewicht verloren hätte und vom Podest gefallen wäre.

Als Ilona endlich realisierte, wer sie da erschreckt hatte, verengten sich ihre schwarz geschminkten Augen zu Schlitzen. »Sammy, du blöde Kuh, ich wäre fast vom Podest gefallen vor Schreck!«, rief sie empört.

»Stimmt nicht, *ich* wäre beinahe runtergefallen!«

Ilona lachte und schlug Sam scherzhaft gegen den Oberarm.

»Lonie, wir wurden als Geburtstagswunsch geäußert«, schrie Sam ihr ins Ohr. Hier oben standen sie direkt vor zwei riesigen Boxen, und es war noch lauter als im restlichen Club.

Ilona machte eine fragende Geste, und Sam erklärte ihr die Sachlage. Natürlich war Ilona sofort Feuer und Flamme. Sie hüpfte auf und ab wie ein Gummiball und krallte sich an Sams Arm fest. Und auch auf Sam ging ihre Begeisterung über. Es gab einfach nichts Besseres auf der Welt, als mitten in einem vollen Club auf der Tanzfläche zu performen. Sam erinnerte sich noch gut an das Wahnsinnsgefühl, das sie beim letzten Mal durchströmt hatte.

»Ich glaube, ich habe vorhin noch so vier bis fünf Leute von uns gesehen. Ich gehe sie suchen!«, sagte Ilona und blickte sich schon suchend um.

»Okay, du suchst die Tanzfläche ab und den unteren Bereich, und ich schau oben«, antwortete Sam und deutete in die entsprechenden Richtungen. Der Club bestand aus drei Etagen: dem Keller mit der Tanzfläche, dem Erdgeschoss, in dem sich der Eingangsbereich befand, und dem ersten Stock. Alles war wie eine riesige Galerie aufgebaut, und man konnte vom ersten Stock aus nach unten auf die Tanzfläche schauen.

»Alles klar! Dann treffen wir uns in spätestens zehn Minuten vorne beim Eingang!«

Kaum hatte sie diese Worte gesagt, war Ilona auch schon verschwunden. Sam kämpfte sich ebenfalls wieder an den tanzenden Menschen vorbei und steuerte auf die Treppe nach oben zu.

Sie tauchte in die Menge ein und suchte systematisch die Treppen und den ersten Stock ab. Gleichzeitig zog sie ihr Handy aus der Hosentasche, öffnete den Chat der Crew und schrieb, dass sich alle, die gerade im Storm waren, bitte zum Eingang begeben sollten, da es in wenigen Minuten einen spontanen Auftritt geben würde.

Bis sie wieder beim Eingang war, hatte sie vier ihrer Leute aufgegabelt, und Ilona wartete bereits mit weiteren sechs in der Halle.

Zwölf Leute! Ja, das konnte sich sehen lassen. Was es jetzt plötzlich für ein Glück war, dass alle immer im selben Club unterwegs waren.

Sam grinste in die Runde und erklärte ihnen Renés Geburtstagswunsch. Die anderen waren genauso begeistert und standen wie unter Strom. Die Energie, die mit einem Schlag von ihnen allen ausging, war zum Greifen nahe.

Schnell einigten sie sich auf die Songauswahl und die Choreo, dann wärmten die anderen sich auf, und Sam lief zum DJ.

Sie kannte den Mann hinter den Plattentellern Gott sei Dank von Auftritten im Club, ansonsten wäre Renés

Wunsch wohl daran gescheitert, dass es einer Todsünde gleichkam, einen DJ darum zu bitten, etwas von einem fremden Handy zu spielen. Aber in diesem Fall hatte sie Glück, da sie nicht nur den passenden Remix zur Choreo auf dem Handy hatte, sondern der DJ auch begeistert von der Idee einer spontanen Showeinlage war. Er erklärte sich sogar bereit, eine kleine Ansage zu machen, und Sam strahlte glücklich und voller Vorfreude, als die anderen sich zu ihr gesellten.

Sie nutzte noch schnell die letzten Minuten des laufenden Tracks, um sich selbst ein wenig zu dehnen und den Anstieg ihres eigenen Adrenalinpegels zu genießen. Die Farben, die Lichter, all die Menschen, der ganze Raum, all das würde gleich ihnen gehören.

Sie schaute zu Ilona herüber und konnte an ihrem Gesichtsausdruck genau ablesen, was sie dachte. Es war wie im Film, wenn die beste Crew der Stadt auf die Tanzfläche zusteuerte, um den Auftritt ihres Lebens hinzulegen.

Na, hoffentlich fall ich nicht auf die Nase, dachte sie schnaubend.

Da fiel ihr plötzlich ein, dass sie noch nach René suchen musste! Schnell huschte sie durch die Menge und fand ihn – leider - bei Nico. Sie ignorierte den bekloppten blonden Kerl gekonnt, wandte sich stattdessen René zu, der sie schon aufgeregt und erwartungsvoll ansah, und gab ihm mit einem erhobenen Daumen zu verstehen, dass sie es geschafft hatte, alle zusammenzutrommeln.

»Im Ernst? Wie genial! Wann geht's los?«

»Jetzt sofort!«, antwortete Sam und strahlte ihn an.

Er zog sie in eine feste Umarmung und meinte: »Ach, Sam, das ist echt großartig von euch!«

Sie löste sich grinsend von ihm. »Hey, wir haben nicht oft die Chance, vor einer so großen und hoffentlich begeisterten Menge zu tanzen!«

Caro war zum Glück noch immer in der Nähe – ihr Abend schien hervorragend zu laufen –, sodass Sam schnell zu ihr herübersprinten und ihr Handy, Autoschlüssel und Führerschein in die Hand drücken konnte. Die Sachen würde sie beim Tanzen nur verlieren.

Caro schaute etwas verdutzt drein, also erklärte Sam in Windeseile, was sie vorhatten.

»Kannst du bitte filmen?«

Caro strahlte, verstaute Schlüssel und Führerschein in ihrer Tasche, behielt Sams Handy in der Hand und sagte begeistert: »Na klar! Nichts lieber als das!«

»Danke!« Sam drückte ihr noch schnell einen Kuss auf die Wange und lächelte Christopher kurz zu, dann spurtete sie wieder zurück zum DJ-Pult. Sie erreichte die anderen genau in dem Moment, in dem die Musik ausging.

12

Jetzt war es also so weit. Sams Herz klopfte noch schneller, als es das schon die ganze Zeit über getan hatte.

Für die plötzliche Stille im Saal erntete der DJ erst einmal einige Buh-Rufe und Pfiffe. Er griff nach seinem Mikro.

»Wir haben heute Abend eine Überraschung für euch! Ein ganz besonderer Geburtstagswunsch wird jetzt erfüllt. Happy Birthday, René! Ach ja, wir werden ein bisschen Platz auf der Tanzfläche brauchen!«

Gespanntes Gemurmel erhob sich, als die Leute sich an die Seiten der Tanzfläche zurückzogen und sich suchend umsahen, wo die Überraschung denn herkommen würde. Vor Sam und ihrer Crew öffnete sich eine Gasse. Es war ein unbeschreibliches Gefühl, all diese Augenpaare auf sich gerichtet zu wissen. Sam fühlte sich selbstsicher und stark – unbesiegbar.

Sam blickte kurz nach oben und sah, dass sich etliche Leute auf den beiden Galerien vorbeugten, damit sie besser sehen konnten. Überall sah sie Handykameras, die auf die Mitte der Tanzfläche gerichtet waren. Ihr Herz machte einen großen Sprung, und Aufregung machte sich in ihr breit. Sie würde die nächste Viertelstunde genießen, scheißegal, wie schlecht es ihr eigentlich ging.

Das war jetzt ihr Moment.

Der Song setzte ein und schmetterte ihnen das Schlagzeug-Intro um die Ohren.

Beim dritten Beat setzten sie sich in Bewegung, als würden unsichtbare Marionettenfäden sie leiten.

Sam ging vorneweg auf die freie Fläche zu, die sich gebildet hatte, dahinter kamen Ilona und die anderen. Jeder bewegte sich anders, jeder hatte seine eigene Gangart. Man wusste überhaupt nicht, wo man zuerst hinsehen sollte!

Als sie in der Mitte ankamen, wirbelten sie durch den Kreis und nahmen die Positionen für den ersten Teil des Remix ein.

Sam blickte geradeaus und sah direkt in die Kamera ihres eigenen Handys. Caro hatte sich sanft, aber bestimmt bis nach vorne in die erste Reihe gedrängt, um den besten Platz zum Filmen zu haben.

Sam zählte im Kopf bis drei, dann begann die Choreografie. Sie saß bei allen so perfekt, dass man meinen konnte, sie seien professionelle Tänzer.

Sam tanzte sich die Seele aus dem Leib, als gäbe es kein Morgen. Als ihre Solostelle kam, bei der sie für eine halbe Minute alleine tanzte und der Rest ihrer Crew in die Hocke ging, damit sie für alle gut zu sehen war, erklangen Jubelschreie und die lautesten Pfiffe der bisherigen Performance.

Sam war so fokussiert, ihre Bewegungen waren endlich wieder so auf den Punkt, dass sie wusste, noch nie so gut getanzt zu haben. Sie war einer der selbstkritischsten Menschen dieser Welt, und wenn sie einmal mit sich vollends zufrieden war, dann sollte das etwas heißen!

Sie tanzte eine begnadete Zweierchoreografie mit einem der Jungs aus ihrer Crew, wurde von Ilona und den anderen in die Luft geworfen und hatte die beste Viertelstunde ihres Lebens.

Kaum hatten sie die letzte Bewegung vollführt und ihre finalen Posen eingenommen, da stürmten die Leute schon auf die Tanzfläche, jubelten und hoben die Tänzer in die Höhe. Ilona und Sam waren in der Mitte des ganzen Spektakels und konnten nicht fassen, dass das wirklich gerade alles geschah.

Der DJ versuchte, die Leute über sein Mikro zu beruhigen, aber er musste erst einen ruhigeren Song spielen, damit sie ein wenig herunterkamen und von der Crew abließen.

134

Sofort klopften wildfremde Leute Sam auf die Schulter oder umarmten sie gar. Sie war so durchströmt von Adrenalin und strahlte einfach nur noch. Es machte ihr nicht einmal etwas aus, dass ihr die Leute Küsse auf die Wangen, ihre Stirn und den Kopf drückten – aber sie wusste, dass sie heute Nacht, wenn sie zu Hause war, auf jeden Fall noch duschen gehen würde.

Plötzlich umarmte sie jemand, der im Gegensatz zu den anderen Menschen aber nicht mehr losließ. Eine vertraute Stimme schrie ihr euphorisch »Danke, danke, danke!« ins Ohr.

Sie lachte und befreite sich aus Renés stürmischer Umarmung.

»Sam, das war der Hammer! Ihr müsst das bei YouTube hochladen, dann werdet ihr weltberühmt!«

»Ja, natürlich, das wäre ziemlich cool!«, gab Sam zurück. Doch sie wusste genau, dass daraus nichts werden würde. Sie gehörte einfach nicht zu den jungen Frauen, die sich ein Starleben ausmalten. Sie blieb lieber realistisch. Tanzen war ihr Leben – allerdings würde sie wohl nie davon leben können. So war es nun einmal. Wenn man damit seine Brötchen verdienen wollte, gehörte eine gehörige Portion Glück dazu. Und das Schicksal und Sam waren ja bekanntlich nicht die besten Freunde.

Sie kämpfte sich langsam durch die Menge bis zu Caro durch, die während des Auftritts zwar ganz vorne gestanden hatte, damit sie filmen konnte, aber danach schnell an den Rand der Tanzfläche geflüchtet war.

»Oh Gott, ihr wart so gut! So gut habe ich euch noch nie gesehen! Und ich habe euch schon echt oft gesehen! Ihr haut mich jedes Mal einfach wieder um! Sam, so habe ich dich noch nie tanzen sehen!«

Die beiden Freundinnen umarmten sich minutenlang, weil sie gerade einfach so wahnsinnig glücklich waren. So glücklich, dass Sam nicht einmal an den grünäugigen Kerl und ihren Liebeskummer dachte. Sie dachte auch nicht daran, dass sie ihn in ungefähr sechsunddreißig Stunden wiedersehen würde und dass sie keine Ahnung hatte, was sie machen oder wie sie reagieren sollte. Am besten würde sie vorher einfach sterben, dann musste sie sich nicht mehr mit dieser Frage herumquälen ...

Ja, sie dachte ganz eindeutig kein bisschen an ihn. Auch nicht daran, wie schön es wäre, wenn er jetzt hier sein und ihr zusehen könnte ...

Hör auf, Samantha!

Sie wies sich selbst zurecht, kniff die Augen zusammen und schüttelte den Kopf, um die Gedanken an ihn für heute endgültig zu vertreiben.

»Ihr wart so toll. Ich brauche dieses Video unbedingt«, sagte Caro, während sie Sam ihre Sachen zurückgab.

Diese steckte gerade ihr Handy ein, als ihr jemand von hinten auf den Rücken sprang und sie fast zu Tode erschreckte. »WIR SIND DIE GEILSTEN!«, brüllte dieser besagte Jemand lautstark in ihr Ohr, dann rutschte Ilona wieder von ihrem Rücken und sah Sam mit einem extrabreiten Lächeln an. »Das war so super, Sam!«

»Das kannst du laut sagen!«

All diese Freudenausbrüche waren ungewohnt für Sam, und ein bisschen überforderte es sie jetzt, so sehr im Mittelpunkt zu stehen. Sam mochte so viel Aufmerksamkeit eigentlich nicht besonders. Daher war sie trotz all ihrer eigenen Begeisterung froh, als nach einer weiteren Viertelstunde der Trubel nachließ und sie endlich in Ruhe einen neuen Eistee an der Bar bestellen konnte. Sie war am Verdursten nach dieser Performance.

Mit ihrem Getränk in der Hand lehnte sich Sam an die Bar und sah sich um. Natürlich scannte sie die Menge nach Nico ab, um ihm möglichst aus dem Weg zu gehen.

Sie hoffte zwar, dass er sie bei all den Menschen nicht so schnell finden würde, aber sie wusste, dass das eine Illusion war. Es war beinahe unheimlich. Wenn sie beide im selben Raum waren, dann sahen sie einander sofort, egal, wie viele Menschen um sie herum sein mochten. Es war, als würden sie den Blick des jeweils anderen magisch anziehen. So war es ja auch vorhin Nico gewesen, den sie als Erstes entdeckte, als sie mit Caro den Raum abgesucht hatte – und er sie unmittelbar danach.

Früher einmal war das super gewesen, als sie noch zusammen gewesen waren. Es war Sam fast wie Schicksal vorgekommen. Nico hatte sie auch schon aus so mancher heiklen Situation gerettet, wenn sie einen Kerl nicht losgeworden und in Panik geraten war. Er wusste einfach immer, wo sie war.

Aber leider hatte diese Gabe mit der Trennung nicht aufgehört, was dann wohl bedeutete, dass er sie finden würde, wenn sie hier weiterhin so gut sichtbar herumstand. Zwar war die Luft hier an der Bar besser, doch sie wollte ihre Ruhe vor ihm haben. Deshalb suchte sie Caro und nötigte sie dazu, mit ihr in die Mitte der Tanzfläche zu gehen, damit sie von der Seite nicht so leicht zu sehen wären.

Es freute Sam, dass Christopher mitkam, auch wenn er sich zunächst ein wenig gesträubt hatte und eher steif zu tanzen versuchte. Aber Caro wirkte entspannt und fröhlich in seiner Nähe, und Sam durchzuckte so etwas wie Neid. Natürlich gönnte sie ihrer besten Freundin alles Glück der Welt. Doch auch für sich selbst wünschte sie sich ein ganz kleines Stückchen davon. Aber das schien unendlich weit entfernt.

Wärst du doch nur hier, Hale. Wir müssen über so vieles reden. Oder vielleicht auch … gar nicht reden. Vielleicht müssten wir nur tanzen und alles andere vergessen.

Sie tanzten noch lange und ziemlich ausgelassen mit den anderen aus der Crew, bis Sam und Caro so fertig waren, dass sie nach Hause wollten.

Ilona nutzte die Gunst der Stunde und fragte mit klimpernden Wimpern und zuckersüßer Stimme, ob Sam sie noch heimfahren könnte, und natürlich stimmte diese lachend zu. So war Ilona immer, aber das war kein Problem, da ihre Wohnung auf dem Weg lag und Sam eh daran vorbeimusste.

Auf dem Weg zum Ausgang verquatschten sich Ilona und Caro kurz, und Sam ging schon einmal allein hinaus. Ihr war unglaublich warm vom Tanzen, und sie genoss die frische, kalte Luft in vollen Zügen.

Um die beiden Nachzüglerinnen nicht zu verlieren, lehnte sie sich draußen gegen die Wand und wartete. Gedankenverloren schaute sie auf ihre Schuhspitzen, mit dem Kopf schon wieder ganz woanders. Ihre Gefühle fuhren noch immer Achterbahn. Mal war sie traurig und enttäuscht, dann wieder wütend – auf sich, auf das Schicksal, auf Hale – und im nächsten Moment voller Vorfreude, abgelöst von Unsicherheit und Angst. Es war so anstrengend.

»Wolltest du etwa gehen, ohne dich von mir zu verabschieden?«

Die vertraute und unwillkommene Stimme riss sie abrupt aus der Analyse ihrer komplizierten Innenwelt. Sie musste nicht aufschauen, um zu wissen, wer vor ihr stand.

»Ehrlich, Nico, lass mich einfach in Ruhe, in Ordnung?«

»Aber wie könnte ich die schönste Frau im Club denn in Ruhe lassen?«

Sie schnaubte verächtlich. »Du bist betrunken.«

»Tja, wie sagt man noch, Kinder und Betrunkene sagen immer die Wahrheit?«

»Nur weil beides auf dich zutrifft, muss das noch lange nicht stimmen. Schließlich sagt man ja auch, Ausnahmen bestätigen die Regel, oder?«

Nun blickte sie doch auf und funkelte ihn wütend an. Er sollte ruhig sehen, wie wenig erfreut sie über seine Anwesenheit war.

»Sei doch nicht so hart zu mir, Sam. Den ganzen Abend über hast du doch alles getan, um meine Aufmerksamkeit zu erregen, was dir auch bestens gelungen ist.«

Er kam einen Schritt näher auf sie zu, und Sam verfluchte sich dafür, dass sie die Wand direkt im Rücken hatte und nicht weiter zurückweichen konnte. Sie roch einen Hauch von Aftershave, das sie nicht an ihm kannte – es musste neu sein , und das Bier in seinem Atem.

»Deine Aufmerksamkeit? Da irrst du dich aber gewaltig. Und jetzt geh einfach, okay? Ich habe dir nichts mehr zu sagen.«

Noch ein Schritt. Er stand jetzt genau vor ihr, und nur wenige Zentimeter trennten die beiden noch. Sam blieb standhaft, reckte angriffslustig ihr Kinn hervor. Sie würde nicht nachgeben. Sie würde nicht weichen. Sie würde dieses Duell gewinnen und ihn niederstarren, bis er endlich abhaute.

Doch Nico dachte offensichtlich gar nicht daran, sich geschlagen zu geben.

»Aber ich habe dir noch so viel zu sagen ...« Er senkte seine Stimme, bis sie fast nur noch ein Flüstern war, und sein Gesicht näherte sich bedrohlich ihrem Hals. Um in seinem alkoholisierten Zustand nicht vornüberzufallen, stützte er sich mit der Hand neben Sams Kopf an der Wand ab.

Sam verharrte vollkommen regungslos, plötzlich unfähig, irgendetwas zu tun. Nicos Nähe ließ sie erstarren, dabei wollte sie nichts lieber, als ihn von sich zu stoßen.

»So viel ...« Er wisperte ihr nun direkt ins Ohr, und eine kalte Gänsehaut lief über ihren gesamten Körper. Zum Glück war es genau das, was sie gebraucht hatte, um aus ihrer Starre zu erwachen.

Sie schlug die Hand, mit der er sich an der Mauer Halt gab, beiseite und bewegte sich blitzschnell in die andere Richtung.

Nicos Reflexe waren so langsam und benebelt, dass er sein Gleichgewicht nicht schnell genug wiederfand und in einer fließenden Bewegung mit der Stirn gegen die Steinwand donnerte, genau dort, wo Sam gerade noch gestanden hatte.

»Verdammt! Was zum Teufel …!«

Sam konnte sich das Lachen nicht verkneifen. Als mehrere andere Leute in ihr Gelächter einstimmten, sah sie sich irritiert um. Es hatte sich eine kleine Traube aus neugierigen Menschen um sie gebildet, darunter auch viele von Nicos Freunden.

Der sah jetzt alles andere als glücklich drein und rieb sich die Stirn. Er musste sich bei dem Aufprall auf die Lippe gebissen haben, denn ein wenig Blut war zu sehen.

Geschieht dir ganz recht, dachte Sam mit großer Genugtuung. Diese Aktion hätte gar nicht besser laufen können. Obwohl sie eigentlich gar nichts gemacht hatte, stand Nico mit schmerzender Stirn und blutender Lippe vor ihr und machte sich zum Gespött der Leute.

Triumphierend stolzierte Sam in Richtung ihres Autos.

»Das wirst du mir büßen!«, schrie Nico ihr noch hinterher, aber sie winkte nur ab.

»Ja, ja, natürlich. Einen schönen Abend noch, und komm gut nach Hause, Saufnase!«

Hinter sich hörte sie zustimmende Rufe und sogar hier und da ein Klatschen. Sam grinste zufrieden in sich hinein.

»Sam, das war dein großer Auftritt!«

Caro und Ilona kamen ihr jetzt über den Parkplatz hinterhergelaufen. Sam hatte gar nicht mitbekommen, dass sie ebenfalls Zeugen dieser kleinen Szene geworden waren. Caro war sogar ganz außer Atem vor lauter Begeisterung und quietschte vergnügt.

»Alle haben gesehen, wie Nico wie ein Sack Reis einfach nach vorn gefallen ist. Köstlich!« Ilona schlug sich tatsächlich vor Lachen auf die Schenkel. Sam fand das Bild zwar etwas befremdlich, aber ja, wie ein Sack Reis, das traf es eigentlich ganz gut.

»Hast ganz schön viel Aufmerksamkeit gekriegt diese Nacht«, feixte Caro und zwinkerte ihr zu.

»Na, du aber auch! Prince Charming ist ja wirklich nicht mehr von deiner Seite gewichen!«

Caro wurde umgehend rot, als Sam Christopher erwähnte, und strich sich verlegen eine Haarsträhne aus dem Gesicht.

»Ach, das …«

Sam legte ihr einen Arm um die Schulter und drückte ihr einen Kuss auf die Stirn. »Jetzt zier dich nicht so! Er scheint wirklich nett zu sein. Auch wenn ich für ihn hoffe, dass er nur mit René und nicht mit Nico befreundet ist.«

Caro nickte nur dankbar.

»Können wir jetzt mal ins Auto? Ist ein bisschen kalt hier draußen.« Demonstrativ rieb Ilona ihre Hände aneinander und blies hinein.

Sam kam ihrem Wunsch nur zu gerne nach, denn auch ihr wurde kalt, und außerdem war sie hundemüde und musste noch den Zwischenstopp bei Ilona einlegen, ehe sie in ihr eigenes Bett fallen konnte.

Aber erst noch eine heiße Dusche! Schon allein der Gedanke daran, wie ihr das warme Wasser den Schweiß vom Tanzen abwaschen würde, ließ sie wohlig erschaudern.

»Jawohl, eingestiegen, meine Damen. Ab ins Bett mit uns!«

Sam schloss den Wagen auf, setzte sich hinters Steuer und drehte sofort die Heizung hoch. Untermalt von belangloser Radiomusik ließen die drei Freundinnen auf der Rückfahrt den Abend Revue passieren. Sie hatten wirklich Spaß gehabt, und Sam musste Caro recht geben, dass es eine gute Idee gewesen war herzukommen. Sie fühlte sich wirklich viel besser, nachdem sie Nico endgültig und unmissverständlich in seine Schranken gewiesen hatte.

Erst als sie zu Hause war und unter der Dusche stand, überfielen sie wieder die Gedanken, die sie kurz hatte beiseitedrängen können. Dafür schlugen sie jetzt mit doppelter Härte zurück.

Übermorgen um diese Zeit würden die EMAs schon wieder vorbei sein. Was sie dort wohl alles erwartete? Sie wusste, dass sie sich Hale aus dem Kopf schlagen musste. Sie gab sich ja auch Mühe! Aber jedes Mal, wenn sie nicht aufpasste, wanderten ihre Gedanken wieder zu ihm, zeigten ihr sein Gesicht, seine perfekten Lippen, sein Lächeln, und ihr Herz begann wieder wie verrückt zu klopfen, und ihr Magen fuhr Achterbahn. Sie hatte so etwas noch nie erlebt. Sie hatte noch nie so wahnsinnige Gefühle empfunden, für niemanden, nicht einmal, als Nico und sie sich das erste Mal geküsst hatten. Die damaligen Gefühle für Nico mit den jetzigen für Hale zu vergleichen ergab in etwa das Bild von einem Komposthaufen neben dem Mount Everest.

Dabei hatte sie ihn doch kaum je wirklich zu Gesicht bekommen! Das ergab einfach alles keinen Sinn! Wo sollte das denn bloß enden, wenn schon diese wenigen Blickkontakte sie so aus der Bahn warfen? Wie sollte das dann erst werden, wenn sie ihm wieder gegenüberstand?

Sam starrte auf die gefliste Duschwand, ohne wirklich hinzusehen. Sie hatte keine Ahnung, was sie bei den EMAs machen sollte. Sie musste sich endlich einen Plan überlegen, und sei es nur, um sich selbst zu beruhigen und wieder klarer denken zu können.

Was, wenn er zu ihr kommen und sie fragen würde, wieso sie nicht am Treffpunkt erschienen war? Sollte sie dann antworten, dass sie ihn gesucht, aber nicht gefunden hatte, oder sollte sie ihn direkt mit seinem gemeinen Tweet konfrontieren? Oder sollte sie ihn besser einfach nur anlächeln und sagen, dass sie jetzt arbeiten müsse und für solche Fragen keine Zeit hätte, denn schließlich sollte *sie* diejenige sein, die die Fragen stellte, und nicht er?

Ganz egal, wofür sie sich entscheiden würde, jede dieser Optionen würde ihr tierisch wehtun. Wahrscheinlich traten ihr bloß die Tränen in die Augen, ohne dass sie etwas dagegen tun konnte, und an Reden wäre gar nicht zu denken.

Sie fühlte sich der Situation hilflos ausgeliefert – *ihm* hilflos ausgeliefert.

Was, wenn er die Akkreditierung längst zurückgezogen hat? Wenn ich gar nicht mehr auf die Veranstaltung komme?

Vor lauter Schreck zuckte sie zusammen und kam dabei mit dem Ellbogen gegen den Hebel mit der Wärmeregulierung der Dusche. Sie keuchte, als das eiskalte Wasser über ihren Körper lief. Schnell drehte sie ihn wieder auf die rote Markierung und schüttelte sich leicht.

Daran hatte sie bislang noch gar nicht gedacht! Würde er so etwas wirklich tun? Aber es wäre möglich. Da er sie auf die Liste der Journalisten gesetzt hatte, die Zugang zu den EMAs bekamen, konnte er sie sicher auch ganz einfach mit einem kurzen Telefonat wieder streichen lassen.

Er würde ganz genau spüren, dass ihr euch wiederseht, und er würde nicht aufgeben, rief sie sich Leos Worte wieder in Erinnerung. *Er würde nicht aufgeben.* Sie klammerte sich an den Worten fest wie eine Ertrinkende an einem Rettungsring. Das hörte sich ja irgendwie gleich anders an, aber konnte sie sich darauf wirklich verlassen?

Sie musste daran denken, wie Hale sie angesehen hatte, als sie sich das erste Mal begegnet waren. Wie er sie aufgefangen hatte, damit sie nach dem Zusammenstoß nicht stürzte, und wie er sie danach nicht mehr loslassen wollte.

Caro hatte einmal zu ihr gesagt: »Wenn du dich verliebst, dann ist das nicht nur ein bisschen Schwärmen. Wenn du dich verliebst, dann ist das echt, dann ist das tief, und dann tut es ungeheuer weh.«

Und so war es. Sie konnte es nicht leugnen. Es war echt, es war tief und es tat ungeheuer weh.

Sie tapste niedergeschlagen aus der Duschkabine, wickelte sich in ein Handtuch, stützte sich auf dem Waschbeckenrand ab und starrte sich selbst im Spiegel an. Sie sah aus wie ein Zombie.

Ihre schwarzen Haare klebten nass und wirr an ihrem Kopf, und ihre Haut war ungesund blass. Ihre grünen Augen blickten ihr groß und leer entgegen, die Reste des Make-ups waren bis auf die Wangen hinunter verschmiert. Sie konnte nicht fassen, was ihr innerhalb so kurzer Zeit alles widerfahren war.

Nicos Rückkehr für sich genommen wäre schon schlimm genug gewesen, doch damit wäre sie noch irgendwie fertiggeworden, schließlich hatte sie ihn eigentlich schon Monate vorher abgehakt. Sie hatte sich außerdem darauf vorbereiten können, dass er wieder hier war. Doch seit sie Hale zum ersten Mal gesehen hatte, schien sie nichts, aber auch gar nichts mehr unter Kontrolle zu haben.

Wie viel kann ein Herz aushalten?

Sie wusch sich das verlaufene Make-up mit warmem Wasser ab und verbarg ihr Gesicht für mehrere Minuten in einem flauschigen Handtuch. Es roch so wunderbar vertraut und nach zu Hause. Schon bei dem Gedanken daran, wie klein und behütet ihre Welt bislang gewesen war, wollten sich Tränen in ihre Augen stehlen. Aber sie weinte nicht.

Reiß dich zusammen, Sam!

Als sie das Handtuch wieder aufgehängt hatte und einen zweiten Blick in den Spiegel riskierte, sah sie nicht mehr wie ein Zombie aus, sondern bloß wie eine erschöpfte junge Frau nachts um halb sechs, die Liebeskummer hatte.

Sie fühlte sich erbärmlich.

Wer verliebte sich auch in einen Weltstar? Klar, Fans waren immer irgendwie in ihre Idole verliebt, aber sie war nie ein Fan gewesen! Und außerdem ging es hier um echte Gefühle einem echten Menschen gegenüber, nicht bloß um die Schwärmerei eines Teenagers gegenüber einer Illusion.

Denn sie war verliebt. Hoffnungslos und Hals über Kopf. In einen Weltstar.

Wer war so blöd? Nur sie natürlich. Und sosehr sie sich auch dagegen zu wehren versuchte, sie konnte nichts daran ändern. Und genau das war das Frustrierendste an der ganzen Situation.

Sie schloss die Augen und seufzte. Sofort tauchte sein Gesicht wieder ungefragt vor ihr auf. Der Moment, als er ihr das erste Mal in die Augen gesehen hatte. Pure Magie. Fühlte sich so Liebe auf den ersten Blick an?

Sie schüttelte heftig den Kopf, raufte sich die Haare.

Hör auf, Sam, hör auf. Was auch immer es war, für ihn war es das nicht. Für ihn warst du nur ein Mädchen, zu dem er höflich gewesen war. Schlag ihn dir endlich aus dem Kopf. Es bringt nichts.

Aber sie konnte es nicht. Sie konnte es einfach nicht, sosehr sie sich auch darum bemühte. So jemanden und solche Gefühle konnte man nicht einfach – zack! – vergessen und abschalten.

Sie musste jetzt damit leben und irgendwie lernen, damit umzugehen. Es durfte nicht sein, dass ein paar dumme Gedanken sie so runterzogen, wo sie doch eigentlich einen wirklich guten Abend gehabt hatte. Sie sollte zufrieden sein, sich über den gelungenen Auftritt freuen und vor allem über den Denkzettel, den sie Nico verpasst hatte.

Doch es gelang ihr nicht. Ihre Gedanken wanderten immer wieder zu den EMAs.

Sie sah auf die Digitaluhr. 5:43 Uhr. Es war viel zu spät für solche Gedanken. Oder viel zu früh, je nachdem. Sie fühlte sich wie gerädert.

Am liebsten hätte sie seinen Tweet einfach wirklich vergessen, wie er selbst geschrieben hatte, und mit ihm geredet, gelacht und geflirtet, als wäre nichts geschehen.

Vielleicht würde er sie nach ihrer Handynummer fragen und dann – ja, was dann? Dann würde sie sich an die alberne Hoffnung klammern, dass aus ihnen irgendetwas werden könnte. Bis es ihm zu langweilig wurde, er den Kontakt abbrach und sie mit gebrochenem Herzen in Deutschland zurückließ, während er weiterhin munter die Welt bereiste und nicht mehr zurückdachte.

Sie konnte es drehen und wenden, wie sie wollte, es würde immer damit enden, dass sie vor einem Scherbenhaufen stand und wieder alleine war.

So eine Geschichte konnte kein Happy End haben. Nicht mit Hale Silver.

Ein Schauer durchlief ihren Körper und ließ sie erbeben. Dieser eine Satz in ihrem Kopf, der von einer kleinen Stimme immer wieder geflüstert wurde, begleitete sie bis in den Schlaf.

Kein Happy End.

13

Sam erwachte nur mühsam und ließ ihre Augen vorsichtshalber erst einmal geschlossen. Sie wollte gar nicht wissen, wie spät es war. Wahrscheinlich schon Mittag.

Sie grübelte eine Weile im Halbschlaf, welcher Wochentag es wohl sein mochte. Ihr Kopf fühlte sich herrlich leer an, noch gar nicht richtig einsatzbereit, und solch unwichtige Dinge wie Uhrzeiten oder Wochentage interessierten ihn nicht im Geringsten. Es war auch egal. Sie hatte Semesterferien, musste nicht in den Sender, hatte keine Verabredungen und konnte sich einfach umdrehen und noch ein bisschen weiterschlafen …

Sie riss die Augen auf.

Es war Mittwoch.

Der Tag *davor.*

Sofort begann ihr Herz wieder verrücktzuspielen, und sie wünschte sich, ihr Gehirn würde einfach wieder in den Stand-by-Modus von vor einer Minute gehen.

Morgen waren die EMAs, und sie hatte noch immer keinen Plan ausgetüftelt. Und egal, was Ilona und ihre Mutter und alle anderen auch sagten, Sam *brauchte* einen Plan! Ach was, sie brauchte Hunderte! So war sie nun einmal!

Bei Nico hatte sie ja auch hin und her überlegt, wie sie ihm nach seiner Rückkehr gegenübertreten würde. Das erste Wiedersehen mit ihm hatte sie in den letzten Monaten so oft in ihrem Kopf durchgespielt, so viele Varianten berücksichtigt, dass sie irgendwann sogar in der Lage gewesen war, komplett zu vergessen, wann er eigentlich wiederkam, weil sie sich vorbereitet fühlte. Weil es keine Eventualität gab, die sie nicht durchdacht hätte. Sogar dass es dann zum

Schluss alles ganz anders gekommen war, hatte sie nicht mehr wirklich aus der Bahn werfen können.

Doch bei Nico hatte sie monatelang Zeit gehabt. Die EMAs aber rückten mit jeder Sekunde näher, sodass sie selbst immer nervöser wurde und keinen klaren Gedanken, geschweige denn den so dringend benötigten Masterplan fassen konnte.

Beruhig dich, Sam. Du hast noch mindestens vierundzwanzig Stunden, erst dann wird es ernst.

Sie schluckte und versuchte, ganz tief durchzuatmen und den morgigen Tag vorübergehend aus ihrem Kopf zu verbannen. Erst einmal das Wesentliche.

Sie drehte den Kopf zur Seite und griff nach ihrem Handy auf dem Nachttisch. Es war 10:34 Uhr.

Stöhnend ließ sie es wieder sinken und ihre Augen wieder zufallen. Nicht einmal fünf Stunden Schlaf! Und sie hatte gedacht, es wäre schon Mittag. Demnach hatte sie viel zu wenig geschlafen. Aber da sie nun schon einmal wach war, konnte sie es auch gleich bleiben.

Sie richtete sich auf und warf einen Blick auf die Nachrichten auf ihrem Handy.

Klar, Caro. Wer sonst.

Schon wach, Schätzchen? ;)

Witzig, Caro. Aber immerhin war sie so rücksichtsvoll gewesen, ihr nur eine Nachricht zu schreiben, statt persönlich nachzufragen – und sie so auf jeden Fall zu wecken.

Sam zögerte einen Moment mit der Antwort. Sie hatte gestern nichts von Hales Anrufen gesagt, um Caro nicht mit ihren Grübeleien zu belasten, aber nun würde sie nicht mehr drum herumkommen, es zur Sprache zu bringen.

Guten Morgen. Eigentlich schlafe ich noch.

148

Sofort kam eine Antwort zurück.

Same here ;) Bock auf Frühstück?

Wunderbar. Bis in paar Minuten :)

Sam streckte sich ausgiebig, rollte sich mühsam aus ihrem Bett und tapste ins Badezimmer, wo sich Caro schon die Zähne putzte.

»Alles gut bei dir?«, fragte Caro, nachdem sie sich den Mund ausgespült hatte. Sie erntete nur ein träges Schulterzucken als Antwort.

»Kannst du das auch in Worte fassen?«, hakte sie besorgt nach.

»Ich … na ja, ich muss dir noch was erzählen … Du warst gestern so mit Mr Prince Christopher beschäftigt, und ich wollte dir nicht den Abend versauen«, fing Sam an.

»Was ist passiert?« Caro riss sofort alarmiert die Augen auf.

»Leo hat mit Hale telefoniert.«

»Leo hat *was?*«

Sam zuckte unwillkürlich zusammen und ließ beinahe ihre Zahnbürste fallen, als Caro halb explodierte.

»Und das erzählst du mir erst jetzt?«

»Sorry …« Sie wusste, dass ihre lahme Entschuldigung nichts besser machen würde.

»Ich werde jetzt Frühstück machen, und wenn du fertig bist, dann wirst du mir alles haarklein erzählen!« Caros Stimme machte deutlich, dass sie keinerlei Widerspruch dulden würde.

»In Ordnung«, murmelte Sam kleinlaut.

Caro verließ das Badezimmer, und Sam konnte hören, wie sie sich in der Küche zu schaffen machte. Der Appetit war ihr zwar vergangen, aber sie wusste die Geste ihrer besten Freundin zu schätzen, daher putzte sie sich rasch die Zähne und spritzte sich etwas kaltes Wasser ins Gesicht, um richtig wach zu werden. Dann ging sie in die Küche, wo Caro schon den Tisch gedeckt hatte. Sam setzte sich.

»Tee?«, fragte Caro mit einer großen Kanne in der Hand, die nach Früchtetee duftete.

Sam nickte und hielt ihr ihre Tasse entgegen. »Danke.«

Caro setzte sich ihr gegenüber an den Frühstückstisch und schenkte sich ebenfalls ein.

»Ich warte.«

»Also schön«, seufzte Sam. »Es war so …«

Als sie Caro alles erzählt hatte, was sie von Leo wusste und was ihr selbst durch den Kopf spukte, war Caro fertig mit Frühstücken. Sam selbst hatte ihr Essen während ihrer Erzählung kaum angerührt. Ihr war zum Heulen zumute, weil sie sich so hilflos fühlte. Sie schob den Teller mit dem halb aufgegessenen Rührei von sich und ließ kraftlos die Schultern hängen.

»Was soll ich morgen nur machen?«

»Was *willst* du denn machen?«, konterte Caro, und Sam musste ihr zugestehen, dass das eine berechtigte Frage war.

»Es gibt mehrere Möglichkeiten«, fing Sam an, und Caro hakte gleich nach: »Ach ja, und welche?« Sie klang ein wenig skeptisch, und Sam konnte ihr das nicht verübeln. Sie fand sich selbst gerade nicht sonderlich überzeugend.

»Erst einmal muss ich wissen, ob er mich wirklich abgeschrieben oder ob er seinen Tweet nicht ernst gemeint hat.«

Caro schaute immer noch sehr verhalten drein, unterbrach Sam aber nicht, daher fuhr sie fort, indem sie die Optionen an ihren Fingern abzählte: »Daraus ergibt sich dann Möglichkeit eins: Distanzieren. Ich tue so, als hätte ich ihn noch nie getroffen und als wäre er mir auch ziemlich egal. Ich mache einen auf professionelle Reporterin, die ein paar höfliche Fragen stellt, und mehr nicht.«

Caro rümpfte die Nase. »Wenn du das machst, hast du's dir endgültig mit ihm verscherzt.«

»Möglichkeit zwei«, fuhr Sam etwas lauter fort und überging den Zwischenkommentar geflissentlich. »Ignorieren. Ich gehe ihm ganz aktiv aus dem Weg. Könnte schwierig werden, wenn er es darauf anlegt, mit mir zu reden, aber da muss ich mir dann eben irgendetwas einfallen lassen. Ich tue praktisch so, als wäre er nicht da.«

Caro zog die Augenbrauen zusammen.

»Ich weiß, die Möglichkeit scheint mir auch am wenigsten praktikabel«, lenkte Sam ein und gab somit Caros unausgesprochener Meinung recht.

»Möglichkeit drei: Überspielen. Ich tue so, als wäre nie etwas zwischen uns passiert. Ich bin nett und unterhalte mich mit ihm, wenn es sich ergibt, aber ich tue so, als würde ich ihn und die Jungs wirklich das erste Mal treffen.«

»Hört sich schon besser an«, meinte Caro, klang aber trotzdem nicht so ganz überzeugt.

»Möglichkeit vier: Konfrontieren. Wenn er versucht, mit mir zu reden, sag ich ihm knallhart ins Gesicht, dass er sich verziehen soll, weil ich mich nicht von ihm verarschen lasse. Und dann gehe ich ohne ein weiteres Wort.«

»Wie wäre es, wenn du einfach auf dein Bauchgefühl hörst?«, warf Caro ein, und Sam ließ ihre Hände sinken. Sie hatte gerade zu Punkt fünf »Eliminieren« kommen wollen, der beinhaltete, dass sie einen Auftragsmörder auf Hale ansetzte. Ein kleiner Scherz hätte die Stimmung vielleicht aufgelockert, aber Sam musste einsehen, dass Caro einfach recht hatte.

»Du kannst hier eigentlich noch tausend Möglichkeiten aufzählen, ich weiß jetzt schon, was passieren wird.«

Nun war es an Sam, fragend die Augenbrauen zusammenzuziehen.

»Dein italienisches Temperament wird mal wieder mit dir durchgehen, und du wirst ihm deine Meinung auf höchst unfreundliche, aber für dich typische Art und Weise geigen. Ausführlich. Sehr ausführlich. Und danach wirst du dich darüber ärgern. Ebenfalls ausführlich. Samantha Ferroni, ich kenne dich und dein Verhalten besser als jeder andere auf dieser Welt. Du wirst dich nicht zurückhalten können, wenn er dir gegenübersteht, das weiß ich. Und du weißt das auch, du willst es dir nur nicht eingestehen.«

Sam war wie vor den Kopf gestoßen. Verdammt. Caro hatte wirklich recht. Schmollend nickte sie ihrer besten Freundin zu und kaute auf ihrer Unterlippe herum. Wahrscheinlich würde es genau so laufen. Sie machte ihm eine Szene und würde sich im Nachhinein am liebsten dafür in den Hintern treten, weil sie ihn nicht einmal hatte zu Wort kommen lassen.

»Vielleicht nimmst du dir einfach vor, zur Abwechslung mal ruhig zu bleiben, Sam. Dir anzuhören, was er zu sagen hat, und erst dann zu entscheiden, was du tust.«

Sam nickte erneut. Aus Caros Mund klang das alles so einleuchtend und vor allem so leicht. Doch sie wusste, dass es genau das Gegenteil sein würde, wenn sie erst in der Situation war und nicht mehr klar denken konnte, weil diese grünen Augen sie ansahen und diese perfekten Lippen Worte formten, die sie …

Hör auf, an seine Lippen zu denken! Das ist nicht sehr hilfreich!

»Ich muss jetzt los, Liebes, Familienbesuch«, sagte Caro sanft und stand auf. »Mach dich nicht verrückt, in Ordnung?«

Noch ein Nicken. Immer konnte man nur nicken, wenn Caro einem Ratschläge gab. Es war zum Aus-der-Haut-Fahren! Und doch würde Sam sich Mühe geben, ihre Worte zu beherzigen.

»Aye aye, Captain!« Sie salutierte scherzhaft und machte gute Miene zum bösen Spiel, damit Caro sich keine allzu großen Sorgen machte. Aber als ihre beste Freundin die Wohnung verlassen hatte, bröckelte die Fassade bereits wieder.

Sam räumte träge den Frühstückstisch ab und schleppte sich danach in ihr Zimmer zurück. Sie fühlte sich ausgelaugt. Das Gespräch und ihre sich ewig im Kreis drehenden Gedanken hatten sie angestrengt, und die kurze Nacht saß ihr auch noch in den Knochen. Daher ließ sie sich wieder aufs Bett fallen und zog ihren Laptop unter diversen Kissen hervor, um ein wenig im Internet zu surfen.

Ohne es wirklich zu merken, landete sie irgendwann bei YouTube, und ehe sie wusste, was sie tat, hatte sie auch schon »Hale Silver singing« in die Suchleiste eingetippt. Sie klickte eines der ersten Videos an und drückte auf das Symbol für Vollbild. Das Bild stellte sofort von alleine auf HD, und Hales grüne Augen schauten in die Kamera.

Ihr Herz begann zu hüpfen, und am liebsten hätte sie sich selbst eine Kopfnuss gegeben. Wieso quälte sie sich mit diesen Bildern? Mit dieser Stimme?

Und, Himmel, es war auch noch eine Ballade!

Sofort wurden ihre Augen feucht, und sie wünschte sich nichts sehnlicher, als dass es in diesem Lied um sie gehen würde. Normalerweise war sie nicht so, aber Hale hatte aus ihrem momentanen Leben irgendwie eine Ausnahmesituation gemacht.

Sie verbrachte die nächsten Stunden damit, von einem Video zum nächsten zu klicken und damit den Schmerz in ihrem Herzen zu vergrößern, aber sie konnte von seinen Augen und von seiner Stimme einfach nicht genug kriegen. Geschweige denn von seinem Lächeln.

Ihr Handy gab öfter mal einen Ton von sich, aber sie ignorierte es eine Zeit lang geflissentlich. Sie hatte keine Lust auf andere Menschen. Irgendwann am Nachmittag aber überkam sie langsam die Nervosität. Sie hatte noch kaum etwas vorbereitet, wusste nicht, was sie morgen anziehen sollte, und hatte keine Interviewfragen. Wenn sie sich jetzt nicht aufraffte, sondern weiter in ihrem Selbstmitleid vor sich hin vegetierte, dann würde das heute gar nichts mehr werden, und morgen stand sie dann dumm da.

Als ihr Handy ein weiteres Mal klingelte, nahm sie daher ab, ohne vorher hinzuschauen. Bei dem penetranten Quälgeist konnte es sich eh nur um Jana handeln, und deren Hilfe konnte sie im Moment tatsächlich gut brauchen.

»Du bist ganz schön hartnäckig!«, begrüßte sie ihre Cousine, ehe die noch einen Satz gesagt hatte.

Jana sog empört die Luft ein. »Na hör mal! Anders erwischt man dich ja nicht!«

»Jana, du musst mir helfen. Kannst du vorbeikommen?«

Eine halbe Stunde später klingelte es an der Tür. Sam war gerade dabei, alle infrage kommenden Schuhe zusammenzusammeln, und balancierte sie nun auf dem Arm. Mühsam öffnete sie mit dem Ellbogen die Wohnungstür und wappnete sich innerlich auf den Cousinen-Wirbelsturm, der hier gleich hineinschneien und alles noch mehr in Unordnung bringen würde.

Jana hatte kaum glauben können, was Sam ihr am Telefon erzählt hatte. Mehrfach hatte Sam beteuern müssen, dass sie sie nicht auf den Arm nahm, sondern tatsächlich zu den EMAs gehen würde. Jana war vollkommen aus dem Häuschen, und das war noch untertrieben.

Kaum hatte Sam die Klinke auch nur heruntergedrückt, bekam sie schon die Tür in die Seite geknallt und ihr fielen alle Schuhe aus den Armen, die sie so mühevoll aufgestapelt hatte.

»Halloooooo!«, ertönte Janas Stimme laut, und sie stapfte in den Flur und pfefferte die Tür hinter sich zu.

»Unsere Tür hat eine Klinke«, informierte Sam sie und deutete dann auf die Schuhe, die auf dem Boden verteilt herumlagen. »Aufheben!«

Jana grummelte ein wenig, half Sam aber dann, Pumps und Stiefel und Boots in ihr Zimmer zu tragen.

»Willst du die alle anziehen? Gleichzeitig?«, fragte sie, als sie den Berg betrachtete, der sich nun in der Mitte von Sams Schlafzimmer auftürmte, und kicherte über ihren eigenen Witz.

Sam verdrehte nur die Augen. »Ja, natürlich. Und sonst werde ich nichts tragen. Du sollst mir beim Aussuchen helfen, du Nuss. Caro ist arbeiten, und ich kann mich allein eh nicht entscheiden. Mom meinte, nicht zu chic und auch nicht zu normal. Aber was ist das bitte für ein Dresscode?«

Janas Augen leuchteten. Sie genoss das Vertrauen ihrer großen Cousine in ihre modische Expertise sichtlich – und überhörte völlig, dass nicht sie, sondern Caro die erste Wahl gewesen wäre.

Während die beiden die Schuhe sortierten und ordentlich aufreihten, plapperte und plapperte Jana von den EMAs. Dass sie die komplette Liveübertragung am Laptop schauen würde und sich extra ein Programm heruntergeladen hatte, mit dem sie Internetvideos aufnehmen konnte, und so weiter und so fort. Sam glühten binnen kürzester Zeit die Ohren.

»Halt – mal – die – Luft – an – okay«, sagte sie möglichst ruhig, und tatsächlich hielt Jana mitten im Wort inne. »Kannst du dir vielleicht vorstellen, dass ich mit aller Kraft versuche, NICHT auszuflippen wegen morgen, und dass du diesen Plan gerade ein wenig zunichtemachst?«

Janas Mund klappte zu, und sie sah Sam mit ihren Welpenaugen an.

»Danke, Schnucki«, sagte Sam matt und fuhr ihr einmal entschuldigend durch ihre Haare.

Jana schmollte kurz, doch einen Moment später war sie nicht mehr sauer. »Also, was willst du anziehen?«

»Frag mich was Leichteres. Soll ich dich erst mal auf den neuesten Stand bringen?«

»Wie?«, hakte Sams kleine Cousine verwundert nach.

»Na ja, Leo hat mit Hale telefoniert und ges-« Weiter kam sie nicht, weil ihr schon ein High Heel gegen die Schulter flog. Gott sei Dank war Jana nicht so gut im Zielen, denn das hätte auch leicht ins Auge gehen können - wortwörtlich!

»Hey!«, rief Sam lachend.

»Jetzt erzähl!«, drängte Jana sie und starrte Sam mit großen Augen an.

Als Sam fertig war, von dem geplatzten Treffen an der Olympiahalle und den Telefonaten zu erzählen, war Jana komplett baff.

»Abgefahren. Der ist Hals über Kopf in dich verliebt, da wette ich drauf!«

»Keine Ahnung, das ist ja auch erst einmal egal«, wischte Sam den Kommentar unwirsch beiseite, »wir müssen jetzt etwas zum Anziehen für mich finden!« Jana sah sie immer noch total verblüfft an. »Jana!«

»Ja, ja, ist ja schon gut. Klamotten. Kein Hale. Klamotten«, murmelte sie, als müsste sie sich erst wieder klarmachen, worauf sie sich zu konzentrieren hatte. Trotzdem rührte sich Sams Cousine für die nächsten paar Sekunden nicht von der Stelle. Sie starrte auf irgendetwas auf ihrem Handy. Dann räusperte sie sich und legte das Telefon beiseite.

»Ist irgendetwas?«, fragte Sam.

»Nein, nein, alles gut.«

Sam drehte sich misstrauisch um. Janas Stimme klang ein wenig gepresst, was verriet, dass sie Sam anflunkerte. »Jana?«

»Nichts, Sam, wirklich nichts …«

Sie sprang auf, als Sam kurzerhand nach ihrem Handy griff, war aber nicht schnell genug. Sam entsperrte es und blickte auf einen Klatschartikel, den Jana wohl gerade gelesen hatte. Erst beim zweiten Blick erkannte sie auf dem verpixelten Bild Hales dunkelbraune Lockenmähne. Sie scannte mit zusammengezogenen Augenbrauen die Person, die neben ihm saß.

»Ist das …?«, fing sie an, doch weiter kam sie nicht. Jana hatte ihr das Handy schon wieder aus der Hand gerissen.

»Suchen wir dir jetzt was Passendes zum Anziehen oder nicht?«, versuchte sie vergebens abzulenken.

Sam rührte sich nicht von der Stelle. »Ist das wirklich Alyson?«

Sie wusste nicht viel über die Stars und Sternchen dieser Welt, aber an den Berichten um die Beziehung von Hale Silver und Alyson, einem britischen Popsternchen, war niemand vorbeigekommen. Die Presse hatte die kurzlebige Affäre so ausgeschlachtet, als gäbe es nichts Wichtigeres auf diesem Planeten. Sam hatte es bisher herzlich wenig interessiert, dieses Foto allerdings änderte einiges.

»Von wann ist der Artikel, Jana?«

»Ach, der ist bestimmt alt …« Sie log schon wieder.

Ob Hale die Beziehung wieder hatte aufleben lassen?

Sam warf einen letzten vernichtenden Blick auf Janas Handy, das diese außer Reichweite hielt, und schluckte schwer. Ihr Herz zog sich schmerzhaft zusammen, und es schnürte ihr für mehrere Sekunden die Kehle zu. Was sollte sie davon halten?

Sie war wohl wirklich nur ein kleiner Zeitvertreib für ihn. War sein Leben so langweilig, dass er jetzt schon unschuldige junge Frauen ausnutzen musste, damit er überhaupt etwas Interessantes erlebte?

Das war einfach nur erbärmlich. Erbärmlich und geschmacklos.

»Komm schon, Sam, an der Sache ist doch bestimmt überhaupt nichts dran!«, meinte Jana, doch Sam war sich da nicht so sicher.

Sollte sie wirklich auf den Rat ihrer Mutter hören und nicht voreilig irgendwelche Schlüsse ziehen? Vielleicht hatten sie sich ja auch einfach nur als Freunde getroffen und waren gemeinsam essen gegangen?

»Sind da noch mehr Bilder?«, fragte sie Jana, die daraufhin verhalten nickte.

»Sie fahren gemeinsam von dem Restaurant weg«, gab sie kleinlaut zu. Sam sah für einen kurzen Augenblick an die Decke und seufzte.

»Okay. Egal. Was auch immer«, meinte sie. »Ich habe Wichtigeres zu tun. Wie zum Beispiel einen absolut dämlichen Dresscode für die EMAs einzuhalten.«

»Oh Gott, ich beneide dich so sehr! Ich wär auch so gerne dabei!« Jana nahm den Themenwechsel dankbar auf.

Es versetzte Sam wirklich einen Stich ins Herz, dass Jana das Ganze nur auf dem Monitor würde anschauen können. Sie war total besessen von all den Stars und Sternchen, und das wäre einfach das perfekte Event für sie.

»Beneide mich nicht zu früh, vielleicht wird es auch eine einzige Katastrophe«, gab Sam zu bedenken.

Aber Jana schüttelte voller Überzeugung den Kopf, während sie eine schwarze Bluse in der Hand hielt. »Ich denk ganz fest an dich. Du wirst schon das Richtige machen. Ich kenn dich, du bist meine tolle große Cousine, und du meisterst immer alles.«

»Danke, das weiß ich zu schätzen«, sagte Sam lächelnd und widmete sich endlich dem Inhalt ihres Kleiderschranks.

Verflixt, was zog man zu einer internationalen Musikpreisverleihung denn bitte schön an?

14

Heute war der Tag der EMAs.

Die Erkenntnis traf Sam kurz nach dem Aufwachen wie ein Faustschlag. Sie schluckte schwer und presste die Lider fest aufeinander. Sie wollte nicht aufstehen und zog sich deswegen die Decke bis zur Nasenspitze nach oben.

Also bitte, Sam, jetzt mach dir mal nicht in die Schlafanzughose, schimpfte sie sich selbst und öffnete mit einem Seufzen die Augen.

Die EMAs.

Nun war der Tag also da. Wie schnell die Zeit verflogen war! Es war noch keine Woche her, dass sie Hale das erste Mal getroffen hatte. Erst ein paar Tage. Das konnte sie gar nicht glauben! Was in der Zwischenzeit alles geschehen war, passierte sonst in einem ganzen Leben nicht. Normalerweise war Sam jemand, der Action liebte, aber das hier ... das war dann doch ein wenig zu viel des Guten gewesen. Und ein wenig zu heftig. Das Leben war wirklich kein Wunschkonzert.

Sie rollte sich auf die Seite und schaute auf die Uhr.

9:51 Uhr. Also hatte sie noch genug Zeit, bis sie losmusste.

Gemächlich stand sie nun doch auf und streckte sich erst einmal. Als sie über den Flur ins Bad ging, erschien ihr die Stille in der Wohnung regelrecht geisterhaft. Wenn Caro da war, dann lief immer irgendwo Musik oder sie selbst sang schief, aber mit Leidenschaft, doch jetzt war ihre beste Freundin arbeiten, und die vertrauten Geräusche fehlten Sam.

Als sie aus der dampfenden Dusche stieg und sich ein Handtuch umwickelte, fühlte sie sich innerlich überraschend ruhig. Sie zog sich eine Jogginghose und einen dicken Pulli an und föhnte sich ihre lange schwarze Mähne zu schönen, gleichmäßigen Locken. Sie hatte sich noch keine Gedanken darüber gemacht, was für eine Frisur sie sich für die EMAs machen wollte, also ließ sie ihre Haare erst einmal, wie sie waren, und würde sich später entscheiden.

Wahnsinn, woran man alles denken musste. Sie konnte da ja nicht einfach so hingehen, schließlich würden überall Kameras herumstehen, von den Fotografen ganz zu schweigen. Daran, dass es weltweite Übertragungen im Fernsehen geben würde, wollte sie besser lieber gar nicht denken, sonst würde sie noch die Nerven verlieren. Immerhin war sie aktuell noch relativ entspannt und wollte das auch unbedingt weiterhin bleiben.

Lieber beschäftigte sie sich damit, ein richtig schönes Frühstück mit allem Drum und Dran herzurichten. Sie wollte den Umstand ausnutzen, dass sie noch Appetit hatte. Wer wusste schon, wie lange das noch so bleiben und wann die unvermeidliche Nervosität einsetzen und verhindern würde, dass sie irgendetwas runterbekam.

Sie hatte das Radio angeschaltet und summte gerade einen Song mit, als ihr Handy klingelte. Vor Schreck ließ sie die Butterdose fallen. Vielleicht war sie ja doch nicht mehr ganz so ruhig.

Schnell hob sie die Dose wieder auf, die zum Glück nicht aufgegangen war, und sah auf die Nummer des Anrufers.

Ihr Herz machte einen Hüpfer, und ein breites Lächeln stahl sich auf ihr Gesicht. Es war ihr Vater, der aus New York anrief.

Automatisch sah sie auf die Küchenuhr über der Tür und runzelte die Stirn. Es war halb fünf morgens in New York, wieso rief er denn jetzt an?

»Hallo, Papa«, meldete sie sich und ließ sich auf einen der Stühle sinken.

»Hallo, meine Maus! Na so was, ist meine kleine Lang-schläferin schon auf?«, antwortete er lachend, und ein warmer Schauer lief ihr den Rücken hinunter. Sie vermisste ihn so sehr.

Sie war schon immer eher ein Papakind gewesen. Früher hatten sie jeden Blödsinn zusammen gemacht, und er war ihr Felsen in der Brandung gewesen. Ihre Mutter natürlich auch, aber zu ihrem Vater hatte sie immer eine besondere Verbindung gehabt.

Umso schlimmer war es für sie gewesen, als er der Fami-lie eröffnet hatte, dass er aus beruflichen Gründen nach New York ziehen musste. Sie hatte ihm das wirklich übel genommen, und es schmerzte noch immer. Auch nach in-zwischen über einem Jahr.

»Ja, bin ich, und wenn nicht, dann hättest du mich ja wohl spätestens jetzt geweckt!« Sie gab sich alle Mühe, hei-ter zu klingen, aber ihre Stimme war belegt von Tränen, so sehr übermannte es sie, seine Stimme zu hören. Ihr Vater bemerkte das natürlich sofort.

»Ich vermisse euch alle so sehr«, sagte er leise.

»Ja, wir dich auch. Du bist aber schon noch in New York, oder? Bei dir ist es doch jetzt halb fünf in der Nacht!«

»Ja …«, antwortete er langsam, »aber ich konnte nicht schlafen. Ihr fehlt mir so sehr, und ich fühle mich manchmal ganz schön einsam ohne meine drei Wirbelwinde … Des-wegen musste ich jetzt einfach eine von euren Stimmen hö-ren. Und da Mama und Leo bestimmt arbeiten sind, dachte ich mir, ich versuche es mal bei meiner Tochter.«

Sam schloss die Augen, und ein paar Tränen liefen unter ihren geschlossenen Lidern hervor.

»Dann komm wieder heim«, flüsterte sie leise. So leise, dass sie sich nicht sicher war, ob er es überhaupt gehört hat-te. Wenn ja, dann wusste er wohl nicht, was er darauf ant-worten sollte. Beiden war schließlich klar, dass das nicht so einfach ging.

»Also, wieso bist du schon auf?«, fragte er, um das Thema zu wechseln, und sie konnte an seiner Stimme hören, dass er grinste.

»Och, ich habe da heute so einen Job«, sagte sie betont gelangweilt und malte Muster mit dem Finger auf die Tischoberfläche. »Nichts Großes ... ist nur bei den EMAs ...«

»Nein, im Ernst?«, ertönte es sofort begeistert aus dem Telefonhörer, und sie lachte.

»Ja, im Ernst! Ich bin als Reporterin akkreditiert!«

»Wahnsinn, das ist ja toll! Wie bist du denn da drangekommen?«

»Hm, na ja ...«, begann sie, kam aber ins Stocken.

Ihr Vater hörte sofort, dass etwas nicht stimmte. Er kannte sie einfach zu gut, wahrscheinlich sogar noch besser als Caro – und das musste man erst einmal schaffen!

»Was ist los, mein Schatz? Ich kann hören, dass dich etwas bedrückt. Erzähl.«

Sie holte tief Luft und begann, die letzten Tage in chronologischer Reihenfolge Revue passieren zu lassen. Ihr Vater hörte schweigend zu und unterbrach sie kein einziges Mal.

»Ja, und jetzt sitze ich hier und weiß nicht, wo mir der Kopf steht.« Sie seufzte und ließ die Stirn auf die Tischplatte sinken.

»Hm ...«, machte ihr Vater nachdenklich, »das ist echt eine Menge, was du in den paar Tagen durchgemacht hast.«

Ja, das konnte man wohl sagen.

»Was mache ich denn jetzt?«, fragte sie verzweifelt.

»Lass es auf dich zukommen«, meinte er. »Warte ab, was er macht. Ich meine, er muss ja irgendeine Reaktion zeigen, wenn er dich sieht. Erst dann kannst du entscheiden, wie du handelst. Du kannst nicht vorher festlegen, was du tust – er könnte dir ja auch einen Strich durch die Rechnung machen!«

»Wie meinst du das?«, fragte sie verwirrt.

»Na ja, du könntest jetzt entscheiden, dass du ganz nett zu ihm bist, und dann zeigt er dir aber die kalte Schulter – womit ich allerdings nicht rechne. Oder du könntest sagen, du redest nicht mit ihm, und dann rennt er dir aber den halben Abend hinterher und möchte das zwischen euch klären. Du kannst also nicht vorher entscheiden, was du machst, Schatz, das musst du auf dich zukommen lassen«, erklärte er, und sie musste zugeben, dass das ziemlich logisch klang.

»Aber dann kann ich mich ja gar nicht auf irgendetwas einstellen!«, jammerte sie und fuhr sich frustriert durch die Haare, riss die Hand jedoch sofort wieder hinaus, weil sie befürchtete, sonst ihre schönen, extra gleichmäßig geföhnten Locken zu zerstören.

»Das könntest du so oder so nicht, Sam.«

»Okay, du hast ja recht«, gab sie widerstrebend zu. Warum mussten denn immer alle recht haben?

Sie unterhielten sich noch eine Weile, während Sam frühstückte, doch irgendwann war ihr Vater so müde, dass Sam ihn lachend ins Bett schickte. Es war seltsam, aber auch lustig, wenn die Rollen so vertauscht wurden.

Nachdem sie die Küche wieder aufgeräumt hatte, war es bereits kurz nach halb zwölf, und sie musste sich langsam mal Gedanken darüber machen, was sie mit ihren Haaren anstellen wollte. Das Outfit stand ja bereits – Jana sei Dank –, und sie war froh, das nicht auch noch heute entscheiden zu müssen.

In dem Moment, als sie ihr Zimmer betrat, vibrierte ihr Handy abermals. Es war Caro. Während sie begann, kreuz und quer durch ihr Zimmer zu laufen, um alles auf ihr Bett zu werfen, was sie mitnehmen musste, wollte, sollte – wie auch immer –, musste sie Caro ungefähr dreihundertmal bestätigen, dass es ihr gut ging.

»Wenn du mich noch einmal fragst, ob es mir gut geht, schreie ich das ganze Haus zusammen«, warnte sie Caro irgendwann halb genervt und halb lachend.

»Okay, okay! Ich sag nichts mehr. Ich mach mir halt einfach nur Sorgen um mein Schätzchen«, verteidigte Caro sich.

»Das weiß ich doch, Ca, aber mir geht's gut. Wirklich. Und jetzt muss ich dich leider abwimmeln, ich muss noch mal alles durchgehen, damit ich auch nichts vergesse.«

Als sie endlich aufgelegt hatten, stand Sam unschlüssig in ihrem Zimmer und betrachtete die Sachen auf ihrem Bett.

Eigentlich hatte sie alles. Diktiergerät, Ersatzbatterien, ein Notizbuch mit ihren Fragen und den wichtigsten Infos, zur Sicherheit Blasenpflaster, Deo, Portemonnaie mit Ausweis, Ladegerät für ihr Handy. Wenn sie doch noch irgendetwas vergessen hatte, dann hatte sie eben Pech. Sie verstaute alles in ihrer Tasche. Um die Kamera musste sich Johannes, der Kameramann, mit dem sie heute am roten Teppich unterwegs sein würde, kümmern. Sam war froh, dass Johannes mitkam. Er arbeitete präzise und hatte starke Nerven, die er heute auch sicher brauchen würde.

Anschließend widmete sie sich ihrem Outfit. Sie schlüpfte in ihr neues hellrotes Kleid. Es war hochgeschlossen, auffallend tailliert, hatte halblange Ärmel und ging bis zu ihren Knien. Es war seriös und trotzdem elegant und hübsch. Sam kramte ihre lange Lieblingskette aus ihrem Schmuckkästchen und hängte sie sich um. Die Stiefeletten, die das Outfit abrunden würden, zog sie sich bei der Garderobe neben der Wohnungstür an.

Zufrieden betrachtete sie sich im Spiegel. Bereits jetzt fand sie, dass sie wirklich gut aussah, auch ohne Make-up und Frisur. Seriös genug, um als Reporterin ernst genommen zu werden, und doch noch immer sehr hübsch und feminin – und vor allem selbstsicher. Das war ihr besonders wichtig. Schließlich beeinflusste die Kleidung, die man trug, oftmals auch, wie man sich selbst fühlte und auftrat.

Sie trug ein dezentes, aber elegantes Make-up auf, betonte ihre grünen Augen mit einem Hauch von Dunkelgrün und Schwarz, sodass sie richtig leuchteten. Ein wenig Rouge verlieh ihren Wangen Frische. Für ihre Lippen wählte sie als absolutes Highlight einen Lippenstift in kräftigem, dunklem Rot, der ihren Mund voll und sinnlich wirken ließ.

Als sie damit fertig war, verstaute sie ihr Schminktäschchen in ihrer Handtasche. Der Tag würde lang werden, und sie würde ihr Make-up mit Sicherheit zwischendurch auffrischen müssen.

Zuletzt kamen ihre Haare an die Reihe. Uninspiriert wickelte sie sich eine Haarsträhne um den Finger und überlegte mit schräg gelegtem Kopf, was sie mit dem Haufen schwarzer Locken anstellen konnte. Sie drehte und wendete den Kopf vor dem Spiegel und entschied sich für offene Haare. Sie fielen in wunderbaren großen Locken über ihre Schultern. Selten waren ihre Haare so zahm, deswegen musste sie das eindeutig ausnutzen. Trotzdem packte sie noch ein Haargummi ein, nur für den Fall, dass ihre Mähne sie irgendwann im Laufe des Tages nerven würde.

Das Endergebnis konnte sich mehr als sehen lassen. Aus dem Spiegel blickte Sam eine junge, selbstbewusste Frau entgegen, die ihr sehr gefiel und die sich nicht zu verstecken brauchte. Wenn Hale sie heute links liegen ließ, dann wäre er der dümmste Mann unter der Sonne.

Hale.

Bis zu diesem Moment war sie so mit sich selbst beschäftigt gewesen, dass sie gar nicht wirklich an ihn gedacht hatte. Doch jetzt erschien sein Bild wieder ungefragt vor ihrem inneren Auge, und die Nervosität brach wie eine Welle ganz unvorhergesehen über sie herein.

Nun wurde es ernst.

Sie wusste gar nicht, was ihr mehr Angst machen sollte. Die Tatsache, dass sie gleich zum ersten Mal überhaupt selbst Interviews führen würde – und das nicht mit irgendwelcher Lokalprominenz, sondern mit echten Weltstars, und auch noch ganz alleine! –, oder der Umstand, dass unter diesen Weltstars niemand anderes als Hale sein würde, den ganzen Tag und einen Großteil der Nacht lang unmittelbar in ihrer Nähe.

Ihr Herz überschlug sich fast, und Sam wurde auf der Stelle schlecht.

Reiß dich zusammen, sofort!, redete sie sich gut zu und kontrollierte ihre Atmung. Immer tief ein- und ausatmen. Ein und aus. Wie beim Warm-up kurz vor dem Training.

Langsam beruhigte sich ihr Herzschlag wieder. Sie musste da jetzt durch, komme, was wolle. Ob sie nervös war oder nicht, änderte daran gar nichts. Es war höchste Zeit, dass sie aufbrach, wenn sie pünktlich beim Treffpunkt mit Johannes sein wollte. Und da sie keine Ahnung hatte, wie so eine Veranstaltung eigentlich genau ablief, sollten sie um jeden Preis früh genug da sein, um nicht die Hälfte zu verpassen, nur weil sie zu schusselig und mit dem Kopf ganz woanders war!

Mit leicht zittrigen Händen nahm sie ihre Tasche und fischte ihren Haustürschlüssel vom Tisch. Dann verließ sie die Wohnung. Sie zog die Haustür hinter sich zu, steckte sich ihre Kopfhörer in die Ohren und drehte die Musik bis zum Anschlag auf, um sich abzulenken.

Als sie an der S-Bahn-Station ankam – für eine Parkplatzsuche hatte sie heute einfach nicht die Nerven -, überprüfte sie noch einmal die Uhrzeit auf ihrem Handy und stellte zufrieden fest, dass sie pünktlich am Treffpunkt erscheinen würde.

Und so war es dann auch. Um kurz vor zwei reihten Johannes und sie sich in die Schlange wartender Journalisten ein, die sich in einem abgesperrten Bereich innerhalb der Halle gebildet hatte. Zuvor hatten sie ganze drei Sicherheitskontrollen über sich ergehen lassen müssen, und an jedem Kontrollpunkt war ihr Name auf einer Liste durchgestrichen worden.

Beim ersten Mal hatte die Sicherheitsbeamtin Sams Personalausweis und die lose Blattsammlung eine gefühlte Ewigkeit lang mit grimmigem Blick miteinander verglichen, und Sam war sich schon sicher gewesen, dass ihr Name von der Liste gestrichen worden war. Das bange Warten war ihr unglaublich peinlich, denn hinter ihr standen ja noch weitere Journalisten – echte Journalisten! –, und die wurden zusehends ungeduldiger, je länger Sam den Eingang blockierte.

Fast wünschte sie sich, es würde sich tatsächlich herausstellen, dass sie nicht mehr akkreditiert war, und sie einfach gehen und die ganze Sache abhaken könnte. Wenn Johannes sie nicht ermutigend angegrinst hätte, wäre Sam wahrscheinlich durchgedreht und davongerannt. Aber schließlich fand die Frau, die den Einlass kontrollierte, ihren Namen doch, strich ihn durch, und Sam wären vor Erleichterung beinahe die Beine weggeknickt. Johannes selbst stand nicht namentlich auf der Liste, sondern es gab nur den Hinweis »plus Kamera«, daher brauchte man ihn nicht erst zu suchen.

Jetzt gab es kein Zurück mehr.

Himmel, sie war so nervös. Sie wusste nicht, was sie erwartete. Und sie wusste nicht, wie *er* zu ihr sein würde. Würde er sie ignorieren? Würde er mit ihr reden wollen? Würde er eine Riesenszene veranstalten?

»Ihr Name, meine Liebe?«

Eine freundliche Stimme riss Sam aus ihren Gedanken. Es war die erste nette Stimme, die sie bislang an diesem Ort gehört hatte. Alle anderen Menschen, denen sie begegnet war, waren gereizt und genervt gewesen. Hoffentlich war das endgültig die letzte Liste!

»Hallo. Samantha Ferroni.« Sam schenkte der Frau vor ihr ein dankbares Lächeln. Sie war endlich dort angekommen, wo die Presseausweise ausgegeben wurden.

»Ah ja, hier. Das hier sind Ihre Presseausweise, bitte tragen Sie sie immer gut sichtbar, damit das Sicherheitspersonal sie erkennen kann. Zeigen Sie die Ausweise bitte einem der Ordner draußen, er wird Ihnen dann sagen, wo Sie und Ihr Kollege stehen können.« Sie nickte Johannes freundlich zu und reichte auch ihm seinen Ausweis.

»Danke.« Mit schweißnassen Händen nahm Sam das kleine eingeschweißte Kärtchen entgegen. Es hatte auf der Rückseite einen Magnetverschluss, sodass sie es an ihrer Kleidung anbringen konnte. In Großbuchstaben standen ihr Nachname und etwas kleiner darunter der Name des Radiosenders darauf. Außerdem war markiert, dass sie an den roten Teppich und auf die After-Show-Party durfte.

Sam atmete einmal tief durch und warf der netten Dame ein letztes Lächeln zu, bevor sie an ihr vorbeiging und mit Johannes im Schlepptau diesen Ordner suchte, zu dem man sie gerade geschickt hatte.

»Hallo, Frau ... Ferroni.« Der ernst dreinschauende Mann warf einen prüfenden Blick auf ihre Ausweise, dann auf eine Art Lageplan, der den roten Teppich in verschiedene Sektionen unterteilt zeigte, und deutete anschließend mit dem Finger nach rechts, ohne aufzusehen. »Bitte gehen Sie zum linken Drittel des Teppichs. Dort befindet sich eine gelbe Linie auf dem Boden, wo sich die Journalisten aufhalten. Gehen Sie dort bitte zu meinem Kollegen, der Ihnen Ihren genauen Platz zuweisen wird.«

Sam nickte ihm zu, mehr bekam sie nicht zustande. Sie war zu aufgeregt. Wenigstens konnte sie sich noch auf den Beinen halten. Sie lief vor Johannes durch den kleinen, mit Gittern abgesperrten Gang, durch den man nur mit einem Presseausweis kam. Hinter der Absperrung standen lauter

Fans mit Handys, Blöcken, Postern, Kameras und was sie sonst noch für ein potenzielles Autogramm mitgenommen hatten.

»Frau Ferroni«, begrüßte der besagte Kollege des Ordners sie mit einem Lächeln. »Hier, bitte stellen Sie sich direkt ans Gitter. Ihr Kollege kann hinter Ihnen bleiben.«

Aufmunternd zog der Typ Sam am Arm nach vorne. Beinahe wäre sie gestolpert, wenn sie sich nicht an einem anderen Journalisten entschuldigend festgehalten hätte.

Wieso dirigierte er sie denn so weit nach vorne?

Huch, jetzt stand sie ja direkt in der ersten Reihe, unmittelbar am roten Teppich! Wow! Sie hätte nicht gedacht, dass sie wirklich *ganz* vorne stehen würde!

Ob Hale wohl dafür gesorgt hat, dass ich einen guten Platz bekomme?

»Ich hoffe, dass ich alles draufkriege, wenn es gleich losgeht«, brummte Johannes ihr mit seiner tiefen Stimme ins Ohr. Er hielt den kleinen Camcorder schon in der Hand und ließ den Blick über die Köpfe wandern.

»Was, ist es schon so weit? Kommen sie schon bald?«, fragte Sam nun ganz aufgeregt, weil sie sich erst jetzt der Bedeutung von Johannes' Worten bewusst wurde. Als sie merkte, dass eine blonde Journalistin, die sich ihren Platz in der ersten Reihe wohl mit Ellbogen- und Absatzeinsatz verschafft hatte, sie missbilligend von der Seite ansah, riss sie sich zusammen und räusperte sich peinlich berührt. Wenn sie weiter so dumme Fragen stellen würde, wüsste bald jeder binnen weniger Augenblicke, dass sie das hier zum ersten Mal machte.

Oh Mann, das geht ja schon gut los, Samantha! Erst einmal blamierst du dich, was auch sonst?

Sie warf einen letzten Blick auf ihr Handy und stellte fest, dass es zwei Minuten vor drei war. Um drei ging der Livestream los, weswegen die ersten Stars wohl um kurz nach drei auftauchen würden. Bis Hale und seine Band kamen, hatte sie sicher noch Zeit, denn die wirklichen Weltstars kamen alle erst immer auf den letzten Drücker. Das kannte sie schon vom Sender und aus Erzählungen ihrer Mutter zur Genüge.

Sam scannte die Lage. Rechts von ihr, also am anderen Ende des dunkelroten Teppichs, würden die Prominenten ankommen. Sie mussten dann einmal an allen Reportern und Fans vorbeilaufen, und links von ihr ging es in die Halle hinein.

Erst einmal versuchte sie, alles in sich aufzunehmen. Zu kapieren, wie der Hase hier lief. Was sie zu tun hatte. Wohin sie überhaupt schauen sollte. Es herrschte so ein Trubel um sie herum, dass sie ein paar Sekunden brauchte, um sich zu ordnen. Überall liefen Kameras, die einen Moderator oder eine Moderatorin filmten, Fotografen schossen Bilder ohne Ende, überall hetzten Organisatoren der EMAs herum.

Würde sie Hale überhaupt zu Gesicht bekommen? Wirklich sicher war sie sich nicht. Und würde er *sie* sehen? Bei all den Journalisten ging Sam nämlich trotz ihres auffälligen roten Kleides beinahe unter, weil alle größer waren als sie.

Oder wollte er sie jetzt hier am roten Teppich vielleicht überhaupt nicht treffen, wenn all die Fotografen und Kameramänner zugegen waren? Wollte er lieber nicht mit ihr gesehen werden?

Vielleicht hatte er auch einfach nur nett sein und ihr mit der Akkreditierung eine Freude machen wollen, ganz ohne Hintergedanken?

Sam hätte sich am liebsten die Haare gerauft, wenn das nicht ihre mühevoll geföhnten Locken zerstören würde.

Plötzlich brach ein ohrenbetäubendes Kreischen hinter ihr los, und sie zuckte unwillkürlich zusammen. Die Scheinwerfer, die den Teppich beleuchteten, wurden alle im selben Moment ein wenig heller und tauchten das Spektakel in einen wunderschön warmen und auf Fotos sicherlich sehr schmeichelhaften Goldton. Sam bekam sofort eine Gänsehaut, so magisch kam ihr die Stimmung vor. Jeder war gut gelaunt, und es fühlte sich an, als würde die Luft vor lauter Aufregung unter Strom stehen.

Der Fokus der Journalisten und natürlich auch der Fans hinter ihnen verlagerte sich, alle Augen waren nun auf den Anfang des roten Teppichs gerichtet. Sam wandte ihren Kopf ebenfalls nach rechts, um zu sehen, wer oder was die Ursache dieses Getöses war.

Als sich die Tür des ersten Wagens öffnete, schoss ihr nur ein Gedanke durch den Kopf:

S h o w t i m e .

15

Jetzt oder nie.

Alles oder nichts.

Sam hatte vorher noch nie an einem roten Teppich gestanden, und wenn sie ehrlich war, hatte sie sich das auch ganz anders vorgestellt. Sie war ein wenig überfordert damit, wie viele Leute an ihr vorbeigingen und wie laut es hier war. Trotzdem war sie aktiv und fragte viele der Promis einzelne kurze Fragen, wenn sie bei ihr oder bei den neben ihr stehenden Journalisten hängen blieben.

»Wie gefällt Ihnen München?«

»Waren Sie schon einmal hier?«

»Freuen Sie sich auf die Verleihung?«

Anfangs kamen lauter deutsche VIPs vorbei – auch wenn Sam bei gut drei Viertel davon nicht genau wusste, wer sie waren, wie sie sich beschämt eingestehen musste. Sie konnte Jana vor ihrem inneren Auge sehen, wie sie entsetzt über Sams Unwissenheit die Hände über dem Kopf zusammenschlug. Aber es konnte ja nicht jeder ein Promilexikon auf zwei Beinen sein wie sie!

Insgeheim war Sam jedoch froh darüber, dass es noch nicht die Megastars waren, die hier vor ihr standen. An den deutschen Prominenten konnte sie üben, wie schnell sie die Fragen stellen konnte, damit man sie verstand, wie penetrant und frech sie sein konnte, damit sie wirklich jemanden an ihr Mikrofon bekam. Johannes hinter ihr filmte alles, was ihnen vor die Nase kam.

Die Zeit raste, während sie dort standen und komplett auf die Teppichgäste fokussiert waren. So fokussiert, dass Sam schon beinahe vergessen hatte, weswegen sie hier waren. Oder eher: wem sie zu verdanken hatte, dass sie hier waren.

Die Schreie der Fans hinter ihr wurden bei jedem Auto, das ankam, lauter. Nun trafen die wirklichen Superstars aus den Staaten und Großbritannien ein, und endlich wurde es richtig spannend.

Sam überprüfte noch einmal die Batterieanzeige von ihrem Aufnahmegerät und lenkte ihren Blick dann wieder zum anderen Ende des roten Teppichs. Ihr wurde ganz mulmig, als immer mehr Weltstars auf sie zukamen, kurz mit ihr plauderten und dann weitergingen. Sie hatte irgendwie das komische Gefühl, als würden die Leute eher bei ihr stehen bleiben als bei den anderen Journalisten. Die blonde Zicke neben ihr, die sie am Anfang schon so missbilligend angesehen hatte, schaute mittlerweile drein, als hätte ihr irgendetwas vollkommen die Petersilie verhagelt. Himmel noch mal, wenn sie so ein Gesicht machte, dann brauchte sie sich nicht zu wundern, wenn die Promis einen großen Bogen um sie machten!

Ach, und da kam auch schon die Nächste, auf die Sam gut und gerne verzichtet hätte. Es war niemand anderes als Alyson, die in einem goldenen Glitzerfummel über den roten Teppich stolzierte, als wäre es ihr Wohnzimmer und als ob alle anderen froh sein sollten, sie betrachten und anhimmeln zu dürfen.

Sams Mitstreiter in der Journalistenabteilung riefen nach dem blonden Popsternchen, nur Sam hielt sich zurück. Sie musste an die Fotos von ihr und Hale denken, die Jana gestern gefunden hatte, und verspürte keinerlei Drang, mit ihr zu sprechen. Stattdessen musterte sie Alyson in Ruhe von oben bis unten, während diese breit strahlend für das Blitzlichtgewitter posierte.

Schwer schluckend versuchte Sam, die Gedanken an die Bilder beiseitezuschieben. Wenn die beiden wieder ein Paar waren, dann konnte Sam das herzlich egal sein. Sie hatte es den ganzen Tag lang geschafft, nicht über diese Möglichkeit nachzudenken, und so wollte sie es jetzt auch weiterhin halten. Sie musste sich konzentrieren.

Auf einmal wurden die Schreie so laut und hysterisch, dass Sam das Gefühl hatte, ihr Trommelfell auf der rechten Seite müsse umgehend platzen. Die Fans eskalierten.

Sie verzog das Gesicht, weil sie wohl niemals verstehen würde, weswegen man losschreien musste, wenn man jemand Berühmtes sah, wie man gänzlich fremde Menschen so vergöttern konnte. Das war jedes Mal wieder befremdlich für sie.

Jemand Berühmtes.

Wohl eher: die momentan gefragtesten Stars.

Die heißeste Band des Jahres.

Oh Gott.

Sam stand jetzt stocksteif da und schaffte es nicht, ihren Kopf nach rechts zu drehen. Stattdessen starrte sie geradeaus.

Alles um sie herum brach in Hektik und noch größere Aufregung aus. Jeder reckte den Hals, stellte sich auf Zehenspitzen und rief los. Denn alle wollten, dass *Secret Light* zu ihnen kamen, in ihr Mikrofon sprachen und in ihre Kamera lächelten.

Alle. Nur Sam nicht. Wenn sie gekonnt hätte, wäre sie weggerannt.

Sie hätte sich am liebsten selbst geschüttelt, um wieder zur Besinnung zu kommen. Wieso wollte sie jetzt plötzlich abhauen? Sich verkriechen, nie wieder rauskommen und einfach heimlich, still und leise sterben?

Endlich war er hier – es war ja auch schon fast halb fünf! –, und sie bekam Muffensausen!

Johannes hielt sich an Sams Schulter fest, damit er das Gleichgewicht nicht verlor, während er auf Zehenspitzen stand und die Kamera weit über ihren Köpfen ausgestreckt auf die Band hielt.

Sam ließ den Blick über den Teppich schweifen und stellte dabei fest, dass sich niemand mehr für die anderen Promis interessierte. Nicht einmal die Promis selbst interessierten sich noch für sich selbst. Jeder starrte zu *Secret Light* hinüber, die endlich aus ihrem schwarzen Wagen stiegen. Sam entdeckte Hales dunklen Lockenschopf im Bruchteil einer Sekunde.

Die Band blieb am Anfang des roten Teppichs stehen und posierte für die Fotografen, die dort drüben positioniert waren. Sams Kopf schwirrte von all den Schreien, die durch die Luft gellten. Schreie, Gekreische, Gejohle. Sie hingegen war komplett still. Ihre Augen verfolgten jede Bewegung von Hale. Sein Lächeln strahlte den Fotografen entgegen, und seine Hand wanderte immer wieder zu seinen widerspenstigen Locken.

Für ungefähr eine Minute ließ die Band das Blitzlichtgewitter, das so stark war wie bei keinem anderen Prominenten vorher, über sich ergehen, bevor sie sich von den Kameras wegdrehten.

Und dann ging alles ganz schnell. Die jungen Männer wurden von ungefähr acht Sicherheitsleuten durchgeschleust. Sie durften keine Fotos machen geschweige denn Autogramme oder Interviews geben. Sie kamen überhaupt nicht in die Nähe der Journalisten. Sam konnte Hale nicht einmal mehr sehen, da sie zu klein war, um über die massiven Schultern der Wachleute hinwegzuschauen. Die breiten Rücken der Security-Angestellten versperrten ihr komplett die Sicht. Was sollte das bitte? Der interessanteste und wichtigste Teil der Roten-Teppich-Aktion wurde einfach ausgelassen? Nur Fotos für die Presse und das war's?

Sie verfolgte den schwarz gekleideten Pulk aus Menschen, der mit zügigen Schritten über den Teppich lief, mit zusammengekniffenen Augen. Sam war wahrscheinlich die Einzige im Umkreis von hundert Metern, die keinen Pieps von sich gab, obwohl sie ihren Mund leicht geöffnet hatte, so als wäre sie sich nicht sicher, ob sie nicht doch etwas sagen sollte. Aber was würde das schon bringen? Wie gelähmt stand sie da und fühlte sich einfach nur leer.

Da vorne lief er.

Er lief dort entlang, ohne auch nur nach rechts oder links zu schauen. Oder schaute er vielleicht? Sie konnte ihn ja nicht einmal erahnen!

Auf einmal brach ein Tumult um sie herum aus. Die blonde Tussi neben ihr richtete sich kurz mit einer Handbewegung die Haare, dann schrie sie ebenfalls los wie alle anderen. Rechts von Sam hüpfte ein Journalist wie ein Gummiball auf und ab. Was war denn jetzt los?

Oh.

Erst als die Person mit den grünen Augen schon fast vor ihr stand, raffte sie endlich, *was* los war. Hale hatte sich einfach an den Sicherheitstypen vorbeigeschlängelt und mit einem kurzen Blick die Journalisten gescannt, bis er Sam fand.

Nun stand er unmittelbar vor ihr. In echt. Farbe, Fleisch und Blut. Er war nicht nur eine Fantasie, die in den letzten Tagen ununterbrochen durch Sams Kopf gespukt war. Kein Traum, keine Sehnsucht. Nein, er war wirklich hier.

Und er sah sie an, als würde er innerlich endlich zur Ruhe kommen, jetzt, da er in ihre hellen Augen blicken konnte.

»Hale!«

»Mister Silver! Hierher!«

»HALE! WIR LIEBEN DICH, HALE!«

»Hale!«

Aber Hale interessierte es überhaupt nicht, dass sein Name hundertfach, ach was, tausendfach geschrien wurde. Es war ihm sichtlich egal, dass die Leute seinetwegen durchdrehten. Er strich sich mit einer routinierten Handbewegung ein paar Locken aus der Stirn, was Sam noch weichere Knie bereitete, als sie eh schon hatte, und hatte nur Augen für sie.

Ihr aber hatte es die Sprache verschlagen. Sie, die ach so tolle Reporterin, stand hier nun am roten Teppich der EMAs einem der größten Weltstars gegenüber – und brachte keinen Ton heraus.

»Ähm, hi«, sagte Hale und schenkte ihr ein schüchternes Lächeln. Sie wusste sofort, dass er auf ihre erste Begegnung anspielte. Damals hatte er sie genauso begrüßt.

Dieser kleine Insider brach das Eis in Sams Inneren und machte ihr Mut. Sie lächelte dankbar und sah ihm unentwegt in die Augen. Zu ihrer grenzenlosen Erleichterung schien auch er nicht so recht zu wissen, wie es jetzt weitergehen sollte.

Sam fühlte sich, als würde sich die Welt um sie herum langsamer drehen. Immer langsamer, bis sie zum Stehen kam. Sam hörte die Schreie nicht mehr. Sie sah das Blitzlichtgewitter nicht mehr. Sie nahm gar nichts wahr – außer Hale.

Er war wirklich hier. Stand vor ihr und war so wunderschön, dass sie es kaum fassen konnte. Und er war zu *ihr* gekommen.

»Hallo, Hale«, antwortete sie ein wenig lauter, damit er sie über das ganze Geschrei und Gejohle überhaupt hören konnte. Sie bekam davon zwar nicht mehr viel mit, wusste aber instinktiv, dass es penetrant in ihren Ohren klirrte.

Sie hätte ihn einfach für immer so anschauen können, aber sie musste dringend irgendetwas sagen, um nicht völlig verrückt zu wirken.

»Schön, dass du hier bist! Freust du dich auf die Verleihung heute Abend?«, fragte sie daher so professionell wie möglich, wollte sich jedoch am liebsten für diese einfallslose

Standardfrage in den Hintern treten. Innerlich fühlte sie sich wie benebelt, nach außen hin gab sie sich allerdings tough und hoch konzentriert.

»Ja, das wird bestimmt witzig«, gab er zurück, sah aber nicht so aus, als würde ihn die Veranstaltung jetzt gerade im Mindesten interessieren.

Es war so laut, dass Sam sich nicht sicher war, ob ihr Aufnahmegerät nicht an seine Grenzen kam, daher lehnte sie sich ein Stück nach vorne, damit sie ihn besser verstehen konnte. Hales Atem streifte über ihre Wangen, und sie bekam eine Gänsehaut am gesamten Rücken.

Plötzlich wurde sie ganz ruhig. Es fühlte sich so richtig an, hier zu sein, ihn anzusehen und mit ihm zu sprechen. Nun konnte sie gar nicht mehr verstehen, wieso sie die letzten Tage so durchgedreht war und alle in ihrem Umfeld in Aufregung und Sorge versetzt hatte.

Es fühlte sich einfach richtig an.

Anders konnte sie es nicht beschreiben.

»Gefällt dir München bisher? Konntest du wenigstens ein bisschen was von der Stadt sehen?«, fragte Sam als Nächstes und konnte den Blick immer noch nicht von seinen Augen abwenden.

»Viel gesehen habe ich noch nicht. Aber das, was ich gesehen habe, gefällt mir eindeutig mehr als nur sehr gut«, antwortete Hale mit ruhiger und relativ leiser Stimme. Er zog unmerklich die Mundwinkel ein Stück nach oben, und Sams Magen fuhr Achterbahn. Meinte er sie damit? War sie ein Grund dafür? Gefiel sie ihm?

»Hale! Komm!«

Jemand griff nach Hales Arm und wollte ihn wieder zurück in die sichere Mitte des Teppichs ziehen. Hale machte sich los, griff in die Innentasche seines Jacketts und lehnte sich nach vorne. Mit einer sanften Handbewegung strich er Sam eine Haarsträhne aus dem Gesicht. Sein Mund befand sich direkt an ihrem Ohr, und sie hörte seine leise Stimme sagen: »Wir müssen reden. Dringend.«

»Hale! Jetzt komm!«, schrillte eine Stimme dazwischen. Hale richtete sich wieder auf, und Alyson erschien in Sams Blickfeld. Ihr gefror beim Anblick der Blondine das Blut in den Adern. Gerade noch hatte sich alles so perfekt angefühlt, und im nächsten Moment erinnerte der goldbehängte Kleiderständer mit der ätzenden Stimme sie daran, warum es alles andere als perfekt war und auch niemals sein würde.

Sie sind also wirklich wieder zusammen?

Besitzergreifend zog Alyson an Hales Arm und würdigte Sam keines Blickes. Sie lächelte in die verschiedenen Kameras, die auf sie gerichtet waren, und warf affektiert ihre blonde Mähne nach hinten.

Ja, sind sie wohl wirklich. Oder war das alles nur PR?

Hale sah Sam immer noch an, als wären ihre Blicke aneinandergekettet. Er schien seine Exfreundin – oder doch Freundin? – noch gar nicht wahrgenommen zu haben, obwohl sie an ihm zerrte.

Mit leicht geöffnetem Mund starrte Sam zurück und wusste nicht, was sie machen sollte. Der Tumult um sie herum hielt sie davon ab, einen klaren Gedanken fassen zu können. Zumindest redete sie sich das ein. Es lag nicht an Hales Nähe, nein, natürlich nicht.

»Jetzt komm, Babe!«, rief Alyson mit glockenheller Stimme und zog Hale von den Journalisten, von Sam, weg.

Die ganze Situation hatte nicht länger als eine halbe Minute gedauert, aber Sam war es wie mehrere Stunden vorgekommen. Noch immer konnte sie seinen Atem auf ihren Wangen spüren, während sie ihm nachsah, wie er hinter Alyson im Gewimmel der Sicherheitsleute verschwand. Er drehte sich nicht mehr zu ihr um.

Was war das denn bitte für eine Aktion ...?

Verwirrt strich Sam sich mit der Hand über die Stirn und hätte sich am liebsten an Ort und Stelle erst einmal auf den Boden gesetzt.

Sie schluckte und versuchte, ihre linke Hand, die sie zu einer Faust geballt hatte, zu entspannen. Als sie dies endlich schaffte, wäre beinahe etwas auf den Boden gefallen, was sie in der Hand hielt. Irritiert betrachtete sie einen kleinen Zettel. Wie war der denn in ihre Hand gekommen? Sam konnte sich nicht daran erinnern, heute überhaupt schon ein Blatt Papier in der Hand gehalten zu haben!

Sie faltete ihn auf und starrte auf die geschwungenen Zahlen, die dort in Schwarz standen. Dann dämmerte ihr, was die Zahlenkombination ergeben würde.

Hales Handynummer.

Er hatte ihr den Zettel in die Hand gedrückt, ohne dass sie es überhaupt mitbekommen hatte. Sie war so eingenommen von seiner Präsenz gewesen, dass sie nicht einmal mehr so etwas bemerkt hatte!

Die Menge vor dem roten Teppich löste sich jetzt langsam auf, denn die Veranstaltung würde bald losgehen und die Journalisten mussten ihre Plätze in der Halle noch einnehmen. Sam wusste, dass sie dort drin nichts filmen oder aufnehmen durfte, weswegen sie sich nicht beeilen musste, sondern sich langsam mittreiben lassen konnte, nachdem sie sich von Johannes verabschiedet hatte. Dieser hatte nur eine Zutrittsberechtigung zum roten Teppich und würde nun in den Sender zurückfahren, um das Material zu sichten und zu bearbeiten. Die Verleihung und die After-Show-Party musste sie alleine durchstehen. Ehrlich gesagt war sie froh, dass Johannes ihr nicht am Rockzipfel hängen würde. Schließlich wollte sie in Ruhe mit Hale reden.

Wir müssen reden. Dringend.

Wenn sie nur an seine Worte dachte, schnürte es ihr vor Aufregung die Kehle zu. Lächelnd schob sie ihre Haare beiseite, damit der Sicherheitstyp am Eingang der Halle ihren Ausweis sehen konnte, der zwischenzeitlich von ihren Locken verdeckt worden war.

Weil sie durchgehend vor sich hin grinste, würden sie sicher alle für völlig bescheuert halten, doch das war ihr egal. Genauso egal wie der Umstand, dass Alyson sich an Hale rangeschmissen hatte. Ihr war auch egal, dass diese Fotos der beiden aufgetaucht waren. Zumindest jetzt in diesem Moment.

Hale wollte mit ihr reden, und bei diesem Gespräch konnte sie ihn immer noch fragen, was es mit dem Blondchen auf sich hatte. Vorher würde sie sich an Ilonas goldene Regel halten: Lass dich nicht stressen. Das sagte sie immer, wenn andere angespannt waren. Lass dich einfach nicht stressen, dann läuft schon alles wie geschmiert. Sam war wirklich neidisch auf Ilonas Engelsgeduld. Manchmal konnte sie davon auch ein wenig gebrauchen.

Sam schwebte ein paar Zentimeter über dem Boden, während sie nach drinnen ging. Nicht einmal die blonde Journalistin, die ihr immer wieder böse Blicke zuwarf, konnte sie aus der Ruhe bringen. Ein wenig beängstigend war es ja schon, wie schnell ihre Laune wechselte. Von aufgeregt zu wütend zu ruhig zu genervt zu überglücklich und total aufgedreht. War das überhaupt legal, was Hale mit ihr anstellte? Sicher war sie sich da nicht.

Um sich von ihren Gedanken abzulenken, sah sie sich staunend in der großen Halle um. Wow! Jetzt war sie also wirklich hier!

Sam lief durch den breiten Gang über den dunklen Teppich und suchte nach den Sitzreihen für die Journalisten. Als sie sie endlich fand und sich auf den nächstbesten Sitz plumpsen ließ, gingen auch schon die Lichter aus und das Spektakel begann. Anders konnte man es nicht nennen. Ein Highlight jagte das nächste, und Sam hatte das Gefühl, die Zeit würde rasen.

Secret Light sahnte natürlich unzählige Preise ab. Jedes Mal, wenn sie auf die Bühne kamen und einen weiteren annahmen, grinste Sam noch breiter und konnte ihren Blick nicht von Hale lösen.

Zwischen den einzelnen Kategorien traten einige Künstler auf, doch mehr noch als für die Musik interessierte sich Sam für die Performances der Backgroundtänzer der Superstars. Sie achtete viel mehr auf sie als auf die Person, die da gerade sang.

Sam kam wie jedes Mal, wenn sie professionelle Tänzer sah, ins Träumen, und sie fragte sich, wie so ein Leben an der Seite der Weltstars sein würde. Mit der Qualität der Tänzer, das war ihr klar, stand und fiel eine Performance. Wenn sie selbst dort oben auf der Bühne stehen dürfte, dann würde sie jeden Tag einhundertzehn Prozent geben. Wenn es doch nur einfacher wäre, professionelle Tänzerin zu werden!

Der Auftritt von *Secret Light* war der unumstrittene Höhepunkt der gesamten Show und begeisterte alle Zuschauer. Diese fünf Jungs waren einfach nicht mehr zu bremsen.

Eine unglaubliche Lichtshow ließ die gesamte Halle erstrahlen, ehe alle Scheinwerfer auf einmal ausgingen und der Saal in völliger Dunkelheit zurückblieb. Für ein paar Sekunden schien niemand fähig, sich überhaupt zu bewegen, doch dann brandete der Applaus auf, und auch Sam riss es aus ihrer Benommenheit. Begeistert sprang sie auf und klatschte Beifall, als die Lichter wieder angingen. Konnte sie nicht einfach ihr Studium schmeißen und jeden Tag auf solche Veranstaltungen gehen?

Während sie sich nach der Verleihung durch den Gang schlängelte und von unzähligen, höchst wichtigen und beschäftigten Leuten angerempelt wurde, machte sich langsam wieder die Nervosität in ihr breit. Was genau sollte sie jetzt eigentlich dort auf dieser After-Show-Party tun? Sie kannte ja niemanden! Außer Hale. Aber das zählte in diesem Fall nicht. Und wirklich kennen tat sie ihn ja auch nicht.

Sie würde wahrscheinlich nur in der Ecke rumstehen und blöd gucken. Oder sollte sie weiter Interviews führen? War das in diesem Rahmen überhaupt erlaubt?

Einen kurzen Moment wünschte sie sich, dass Johannes, der Kameramann, doch noch hätte bleiben können. Wenn er dabei war, dann wirkte es immerhin so, als hätte sie eine Aufgabe zu erfüllen, als hätte ihre Anwesenheit einen Grund. Aber hier musste sie nun ganz allein durch, egal wie fehl am Platz sie sich auch fühlte.

Sam blieb an der Seite neben der hintersten Sitzreihe stehen und zog ihr Handy aus ihrer Tasche. Sie hatte einige Nachrichten bekommen – die meisten natürlich von Jana, aber das wunderte sie nicht sonderlich.

OH MEIN GOTT ES GEHT LOS

DA WARST DU GRAD ZU SEHEN SAM!

ICH WEINE GLEICH so schön singen sie!

Ich will da jetzt auch hin Sam ich weiß gar nicht was ich noch sagen soll und ich sterbe auf wiedersehen ich weiß nichts mehr mit mir anzufangen.

Wie wäre es damit, erst einmal die Regeln der deutschen Zeichensetzung zu lernen? Sam schnaubte belustigt und tippte kurz eine Antwort. Sie antwortete ebenso schnell Caro und ihrer Mutter, damit sich niemand Gedanken oder Sorgen um sie machte.

Dann stürzte sie sich wieder ins Getümmel und machte sich auf den Weg zu den Taxen vor der Halle, die sie dahin bringen würden, wo die After-Show-Party stattfand.

16

Sam kam sich vor wie in einem Hollywoodfilm. Nicht nur weil hier so viele Schauspieler herumliefen, sondern weil es eine Veranstaltung der reinen Selbstdarstellung war. Jeder war wie aus dem Ei gepellt, jeder Smoking und jedes Kleid saß so perfekt, dass man meinen könnte, die Leute wären den Covern unzähliger Hochglanzmagazine entsprungen. Erst als sie den Gedanken zu Ende gedacht hatte, fiel ihr auf, dass die Menschen um sie herum ja *wirklich* diejenigen waren, die sie sonst nur aus Zeitschriften kannte!

Sam schüttelte den Kopf über sich selbst, während sie an ihrer Cola nippte. Sie stand am Rand einer riesigen Bar, die eine komplette Seite des Raumes einnahm, und beobachtete das Geschehen. Die großen Lautsprecher hauten ihr die Bässe um die Ohren, und sie wippte im Takt ein wenig mit. Natürlich legte hier der beste DJ der Welt auf, was für eine Frage.

Sie beobachtete ihre Lieblingsstars, wie sie ausgelassen tanzten, wie sie sich unterhielten und Kontakte knüpften. Sam schaffte es nicht, sich ebenfalls ins Getümmel zu stürzen. Es war sonst nicht ihre Art, so zurückhaltend zu sein, doch es schüchterte sie ganz schön ein, sich im selben Raum wie die berühmtesten Menschen der Welt aufzuhalten.

Nach und nach kamen immer mehr Leute. Immer mehr bekannte Gesichter, berühmte Gesichter. Sam wurde von Minute zu Minute weniger wichtig, wer an ihr vorbeiging und wessen Parfüm sie umnebelte. Sie wartete nur auf ihn. Er sollte endlich auftauchen, sonst würde sie sich nur weiterhin tatenlos die Beine in den Bauch stehen!

»Einen *Kiss Me Quick*, bitte«, erklang eine helle Stimme neben Sams Ohr, und sie verdrehte unwillkürlich die Augen.

»Kiss Me Bitch« *würde wohl eher passen,* schoss es ihr durch den Kopf, und sie musste sich ein Grinsen verkneifen. Im nächsten Moment bekam sie ein paar blonde Haarsträhnen ins Gesicht geschmissen. Empört drehte sie sich zu Alyson um, die neben ihr stand und auf ihren Drink wartete.

Überrascht sah das Popsternchen Sam an und meinte scheinheilig: »Oh, habe ich dich mit meinen Haaren getroffen? Das tut mir aber so leid!«

Sam schenkte ihr nur ein breites falsches Lächeln und drehte sich angewidert weg. Alyson war es überhaupt nicht wert, sich auf irgendeine Art mit ihr zu befassen.

Sam bemerkte, dass Alyson neben ihr stehen blieb, obwohl der Barkeeper ihr das Glas schon längst gereicht hatte.

»Ist irgendetwas?«, fragte Sam jetzt in einem möglichst neutralen, höflichen Ton. Sie hatte wirklich keine Lust auf einen Zickenkrieg. Alyson sollte sich einfach eine andere Person suchen, der sie auf die Nerven gehen konnte. Laut der Klatschpresse war das immerhin eines ihrer größten Talente.

Die Kratzbürste trank vornehm aus ihrem Strohhalm und sagte dann, ohne Sam dabei anzusehen: »Nö. Keine Sorge, du interessierst mich nicht wirklich. Ich halte gerade nach Hale Ausschau. Hale Silver. Der sagt dir ja wahrscheinlich etwas, oder?«

Sam verkniff sich eine Erwiderung. Wie ein Mantra wiederholte sie stumm Ilonas goldene Regel.

Lass dich nicht stressen. Lass dich nicht stressen. Lass dich nicht stressen. Lass dich nicht stressen.

Aber so einfach, wie es sich anhörte, war das nicht. In ihrer Fantasie erwürgte sie Alyson gerade mit ihren blonden Extensions, während sie es in Wirklichkeit nur mühsam schaffte, den fiesen Seitenhieb zu ignorieren. Gott sei Dank wurde das Blondchen nun aber davon abgelenkt, dass irgendein Typ herkam und es auf total plumpe Art und Weise anbaggerte. Das Traurige daran war nicht einmal, wie niveaulos der Typ sich gebärdete, sondern eher, wie freudig Alyson darauf einging. Sam wandte sich seufzend endgültig ab und fragte sich abermals, wieso sie überhaupt hierhergekommen war. Das hätte sie sich auch gleich sparen …

Der Rest des Satzes blieb ihr in den Gehirnwindungen stecken, denn der Grund, *weshalb* sie hier war, betrat soeben hinter seinen Bandkollegen den Raum. Sie konnte sein breites Lächeln durch die Dunkelheit und quer über alle Anwesenden hinweg bis zur Bar hin strahlen sehen. Ihr Herz setzte einen Schlag lang aus. Sie konnte nicht sagen, wann sie sich das letzte Mal so sehr über den Anblick einer einzigen Person gefreut hatte. Sie konnte nicht in Worte fassen, was er mit ihr anstellte.

»Hale!«

Sam zuckte zusammen und rieb sich über das Ohr. Super, nach Alysons lautem Kreischanfall war ihr anderes Trommelfell jetzt wahrscheinlich auch noch geplatzt.

Die Blondine ließ den Typen, dem sie gerade noch förmlich an den Lippen gehangen hatte, einfach stehen und stöckelte in ihren hohen Glitzersandaletten zu Hale hinüber. Sam beobachtete, wie sie sich mit ihren Ellbogen rücksichtslos einen Weg durch die Menge zu ihm bahnte. Das war Fremdschämen auf einem ganz neuen Level.

Die meisten Leute im Umkreis von mehreren Metern hatten ihre Aufmerksamkeit mittlerweile auf *Secret Light* gelenkt, was Alyson natürlich zugutekam, weil sie damit nun auch im Mittelpunkt stand. Sie drückte Hale einen Kuss auf die Wange, doch der lief einfach neben James weiter und schien überhaupt nicht zu merken, dass Alyson da war. Viele Leute klopften ihm auf die Schulter, schüttelten seine Hand oder berührten ihm am Rücken. Da war ihm der Kuss wohl überhaupt nicht aufgefallen.

Feixend drehte Sam sich weg, damit niemand ihr schadenfrohes Grinsen sehen konnte. Sie nahm erneut einen

Schluck aus ihrem Glas. Jetzt erst würde der Abend für sie richtig anfangen.

Sollte sie zu Hale hinübergehen? Oder sollte sie warten, bis er sich auf die Suche nach ihr machte? Falls das überhaupt möglich war, denn er würde sicher jede Sekunde des Abends von irgendwelchen Leuten belagert werden.

Als Sam sich wieder umdrehte, musste sie überrascht feststellen, dass die ganze Band wie vom Erdboden verschluckt war. Wie hatte das denn nun geschehen können? Sie hatte doch nur ein paar Sekunden nicht hingesehen!

Ah, da waren sie ja. Als sie ihren Blick ein wenig nach rechts schweifen ließ, entdeckte sie Hale und die anderen wieder und atmete erleichtert die angehaltene Luft aus.

Er war einfach perfekt. Verträumt musterte sie ihn und bestaunte zum wiederholten Male sein makelloses Aussehen. Erst als sie dem Blick von zwei dunkelgrünen Augen begegnete, erwachte sie mit einem Ruck aus ihrer Schwärmerei, und das Adrenalin schoss ihr durch den Körper. Sofort endete ihr kleiner Höhenflug auf der rosaroten Wolke, und sie landete wieder im Hier und Jetzt, wo alles in ihr unter seinem Blick zu kribbeln begann.

Er sah ihr direkt in die Augen, hielt ihren Blick für ein paar Sekunden fest, dann sah er weg und widmete sich wieder dem Gespräch, in das er verwickelt worden war. Sam war schlagartig verunsichert. Er hatte sie nicht einmal angelächelt! Hatte er es sich anders überlegt? Wollte er doch nicht mehr mit ihr reden?

Alyson stand mit zwei anderen Blondinen ganz in der Nähe von Hale und sah Sam mit einem ziemlich hässlichen, unfreundlichen Blick an. Gott, konnte sie sich keine anderen Hobbys zulegen, als hier blöd rumzustehen und Hale aufzulauern?

Als hätte sie Sams Gedanken gehört, ging sie jetzt mit erhobenem Haupt zu ihm hinüber und stellte sich demons-

trativ neben ihn, obwohl er sich gerade mit ein paar Anzugträgern angeregt unterhielt. Sie musste wohl wirklich immer überall im Mittelpunkt stehen, diese Hexe.

Hale würdigte sie zwar keines Blickes, aber schon allein
ihre bloße Anwesenheit nervte Sam so gewaltig, dass sie
unruhig von einem Fuß auf den anderen trat. Sie wusste
nicht, wie sie sich verhalten sollte, und sie kam sich reich-
lich bescheuert vor, wie sie hier einsam an der Bar stand und
darauf wartete, dass einer der begehrtesten Männer der
Welt zu ihr herüberblickte. Sam hasste es zu warten.

Doch die nächsten Minuten stellten sie auf eine harte
Probe, denn es passierte überhaupt nichts. Sam beobachtete
Hale weiterhin, aber er schien sie völlig zu ignorieren. Was
hatte sie denn bloß falsch gemacht?

Frustriert verzog sie den Mund und trank ihr Glas leer.

»Hallo. Du stehst hier so alleine rum, macht es dir etwas
aus, wenn ich dir Gesellschaft leiste?«, erklang da eine Stimme neben ihr auf Englisch.

Sam wandte überrascht den Kopf zur Seite und sah sich
einem verboten gut aussehenden Gesicht gegenüber. Im
nächsten Moment kapierte sie, dass es sich um einen ameri-
kanischen Schauspieler handelte, den sie aus einer ziemlich
erfolgreichen Fernsehserie kannte, die Jana über alles liebte.

»Hi«, sagte Sam - wahnsinnig geistesgegenwärtig - und
rang sich ein Lächeln ab. »Aber nein, gerne.«

*Oh Gott, was ist los mit mir? Wieso fällt es mir plötzlich so
schwer, mich einfach nur zu unterhalten?*

Sie versuchte sich an einer freundlicheren Mimik, war
jedoch so überrumpelt, dass sie nicht mit Sicherheit sagen
konnte, ob es ihr glückte.

Zu allem Überfluss sah sie auch noch exakt in dem Augenblick, in dem sie meinte, einen passablen Gesichtsausdruck zustande gebracht zu haben, dass Hales Kopf sich in
ihre Richtung gedreht hatte. Er beobachtete sie!

Jetzt plötzlich interessierte er sich also dafür, dass Sam alleine hier herumstand? Es musste erst ein anderes männliches Geschöpf zur Kenntnis nehmen, wie umwerfend sie heute aussah, und erst dann konnte der werte Herr sich dazu bequemen, ihr seine Aufmerksamkeit zu schenken? Sam tobte innerlich. Ha, der konnte sein blaues Wunder erleben!

»Freut mich, dich kennenzulernen, Shawn. Ich bin Sam«, stellte sie sich vor und reichte dem Schauspieler die Hand.

»Die Freude ist ganz meinerseits«, erwiderte dieser und lächelte Sam so unwiderstehlich an, dass sie beinahe weiche Knie bekommen hätte. Sie musste wirklich zugeben, dass er ungeheuer attraktiv – und sich seiner Wirkung auch sehr bewusst - war.

»Es ist schon komisch, dass ich mich nicht mehr vorzustellen brauche, weil du mich anscheinend kennst ...«, schob er lachend hinterher und strich sich mit der Hand durch seine schwarzen Haare, die stylish nach hinten gegelt waren.

Sams Blick blieb wie hypnotisiert an seinem Lächeln hängen, und sie fragte sich unwillkürlich, ob er für diese Wangenknochen nicht eigentlich einen Waffenschein brauchte.

Doch bevor sie überhaupt irgendetwas erwidern konnte, kam ihr jemand zuvor.

»Hi«, ertönte es erneut neben ihr. Was hatten denn heute alle mit ihren His?

Sie drehte sich zur anderen Seite um und war innerlich vollkommen überzeugt davon, damit umgehen zu können, jetzt gleich Hale direkt in die Augen zu sehen. Sie fühlte sich sicher und souverän, und sie konnte sich nicht einmal die Schadenfreude verkneifen, dass er so auf ihren durchschaubaren Plan hereingefallen war.

Doch er riss jegliche Überzeugung mit seinem intensiven Blick im Bruchteil einer Sekunde nieder. Hale sah Sam an, als hätte sie ihn gerade mit Shawn betrogen, und sie durchzuckte ein Schmerz, auf den sie nicht vorbereitet war. Nie war sie auf das vorbereitet, was er in ihr auslöste.

»Hey, Hale«, erwiderte Shawn und klopfte ihm kumpelhaft auf die Schulter. Hale warf ihm nur einen kurzen, vernichtenden Blick zu und sah dann wieder Sam an.

»Was denn?«, fragte diese und versuchte herauszufinden, wo sein Problem war. Durfte sie sich nicht einmal mit jemandem unterhalten, wenn er doch offensichtlich auch etwas Besseres zu tun hatte, als zu ihr zu kommen? Alysons Gegenwart genießen zum Beispiel?

»Ach, ihr beiden kennt euch?«, fragte Shawn ein wenig verwundert, der wohl nicht zu spüren schien, wie angespannt die Situation war.

Hale ignorierte seine Frage und starrte zornentbrannt Sam an. Was regte er sich denn so auf? Es war ja wohl noch immer ihre Sache, mit wem sie sich unterhielt! Sie führte sich ja auch nicht so auf, nur weil Alyson an ihm und er an ihr klebte!

Sie erwiderte seinen Blick, wollte dieses stumme Duell im Starren für sich entscheiden, aber schon nach wenigen Sekunden musste sie einsehen, dass sie der unerklärlichen Wut, die aus seinen Augen sprach, nicht standhalten konnte.

Sie drehte sich zu Shawn zurück, weil Hales bloße Anwesenheit sie vollkommen durcheinanderbrachte. Außerdem gefiel es ihr gar nicht, in was für eine Richtung sich diese Situation gerade entwickelte.

»Nur flüchtig«, antwortete sie schulterzuckend auf seine vorherige Frage und machte Anstalten, sich aus der unangenehmen Lage zu befreien, in der sie sich so plötzlich befand. »Ich muss dann mal weiter. Wir sehen uns später bestimmt wieder, Shawn. Bis dann.«

Sie hatte ganz bewusst nur Shawns Namen genannt und nicht den von Hale. Seine Missachtung hatte sie verletzt, aber dass er wie ein Schießhund neben ihr auftauchte, sobald sie auch nur einen harmlosen Satz mit einem freundlichen Fremden wechselte, machte sie wütend. Was bildete er sich denn ein? Sie war seinetwegen hier, das wusste er ganz genau. Und er hatte mit ihr reden wollen. Wenn er sie dann allein wie bestellt und nicht abgeholt irgendwo stehen ließ, konnte er doch wirklich nicht von ihr erwarten, ergeben darauf zu warten, dass er ihr die Ehre erwies, sie zu beachten!

Ohne Hale auch nur noch einmal anzusehen, machte sie sich mit gestrafften Schultern und leicht erhobenem Kinn aus dem Staub. Lieber weg, bevor es brenzlig wurde. Außerdem sollte sich Hale verdammt noch mal ein wenig anstrengen. Sam war so wütend, sie wollte am liebsten wie ein kleines Kind mit dem Fuß laut aufstampfen.

Doch in ihre Wut mischte sich auch Unsicherheit. Immer kehrte der gleiche Gedanke wieder zu ihr zurück. War sie nicht doch nur eine unter Tausenden für ihn, ein kleiner Zeitvertrieb hier in der Stadt? Ein Zeitvertreib, den er sich zwar nicht von einem anderen nehmen lassen wollte, für den er aber auch nicht bereit war, sich Mühe zu geben?

Sie wusste nicht mehr, wo ihr der Kopf stand. Was sie überhaupt noch denken sollte. Wie immer, wenn es um Hale ging. Sie wanderte langsam einmal um die Tanzfläche herum und beobachtete die verschiedenen Stars, um sich ein wenig abzulenken.

Nach einer Weile kehrte sie wieder zu ihrem Platz an der Bar zurück und ließ sich dort auf einen Barhocker sinken. Shawn war mittlerweile wohl weitergezogen, denn sie sah ihn nicht mehr.

Der Barkeeper brachte Sam eine weitere Cola, und sie starrte finster vor sich hin, während sie geistesabwesend auf ihrem Strohhalm herumkaute. Hale war ein Idiot. Etwas anderes fiel ihr dazu einfach nicht ein.

Weiter als bis zu dieser Erkenntnis kam sie allerdings sowieso nicht, denn jetzt gesellte sich doch wieder Shawn zu ihr. Er kam lächelnd auf sie zu, als hätte er nur auf ihre Rückkehr gewartet, und lehnte sich neben Sam an den Tresen.

Er fing an, ein wenig Small Talk zu betreiben, doch Sam hörte kaum auf das, was er sagte. Ihr Blick war zu Hale gewandert, der am Rand der Tanzfläche neben Alyson stand. Mal wieder. Sie hatte sich ganz dicht an ihn herangedrückt und schwafelte gerade von irgendetwas, das sie selbst wohl furchtbar lustig fand. Voller Genugtuung registrierte Sam aber, dass es nicht danach aussah, als ob Hale sich ebenfalls amüsierte. Er sah sie nicht einmal an, sondern starrte in sein Glas. Das Blondchen war nun wohl doch nicht mehr so interessant?

Im nächsten Moment wurde Sams kleiner Triumph allerdings schon wieder zerschlagen. Hale legte wie beiläufig eine Hand auf Alysons Rücken. Diese Geste sah so vertraut aus, dass es Sam einen Stich versetzte und sie den Kopf schnell wieder in Shawns Richtung drehte.

Sie machte sich doch die ganze Zeit über nur etwas vor! Sie hätte gleich wissen müssen, was hier gespielt wurde, als die Artikel in der Klatschpresse aufgetaucht waren, die davon berichteten, dass Hale wieder mit seiner Ex angebandelt hatte.

Sam schnaubte verächtlich. Sie musste Hale endlich aus ihren Gedanken bekommen. Sofort. Und vor allem aus ihrem Herzen. Endgültig.

Und genau dabei würde Shawn ihr jetzt helfen. Etwas unaufdringlicher Small Talk hatte schließlich noch niemandem geschadet.

Sie lachte gerade über etwas, was er gesagt, sie aber gar nicht wirklich verstanden hatte, als ihr Blick wieder zu Hale glitt. Er sah sie beide an, als würde er Shawn am liebsten gleich umbringen.

Was denn? Wenn du mit mir reden willst, dann komm gefälligst endlich her zu mir!

»Du siehst übrigens wunderschön aus«, sagte Shawn gerade und wickelte sich eine von Sams Locken um den Finger.

Er hatte ihr schon einige Komplimente zu ihrem Aussehen gemacht. Anfangs hatte sie sich noch darüber gefreut, inzwischen ging es ihr jedoch ein wenig auf die Nerven.

»Danke«, antwortete sie deswegen nur und ging auf seine Aussage nicht weiter ein. Er war ja nett und gab sich auch wirklich Mühe, aber für Sam blieb er trotzdem nur eine Ablenkung. Sie wollte nicht wirklich mit ihm flirten.

»Hier ist es so warm. Hast du Lust, ein wenig frische Luft zu schnappen?«, schlug er vor und schenkte ihr wieder einen Blick aus seinen dunklen Augen, der wohl jeder Frau schwache Knie bereitet hätte. Jeder Frau außer Sam.

Sie ärgerte sich, dass ihr Plan nicht aufging und sie die Aufmerksamkeit eines gut aussehenden und charmanten jungen Mannes nicht einfach genießen konnte, solange sie Hales brennenden Blick förmlich im Rücken spürte. Daher nickte sie, auch wenn ihr nicht ganz wohl bei der Vorstellung war, und folgte ihm durch den überfüllten Raum. Sie kamen direkt an Hale und Alyson vorbei, und Sam zwang sich, einfach nur zu lächeln, als wäre nichts weiter geschehen. Er konnte sie mal gernhaben, und die blonde Schnepfe erst recht.

Wie aufs Stichwort griff Shawn nach Sams Hand, damit er sie in der Menschenmenge nicht verlor. Hales Blick wanderte hinunter zu ihrer Hand und wieder zurück zu Sams Augen. Im Vorbeigehen zog sie spöttisch eine Augenbraue hoch, als würde sie ihn fragen: *Ja und?*, und dann war sie auch schon an ihm vorbei und draußen an der frischen Luft. Sie war jetzt doch dankbar für Shawns Vorschlag, denn der Sauerstoff tat ihrer Lunge und vor allem ihrem Kopf wirklich gut.

Sam war so sauer, wie sie es selten in ihrem Leben gewesen war. Hale hatte sie auf diese Party gebracht und gesagt, er wolle mit ihr reden – wieso tat er es dann nicht? Wieso klebte er lieber an diesem Prinzesschen? Dann sollte er doch einfach sagen, dass er es sich anders überlegt hatte! Aber nein, stattdessen musste Herr Superstar ein Drama draus machen.

»Hier draußen ist es wirklich angenehm«, seufzte Shawn und zog Sam neben sich auf eine Bank. »Und ich kann dich viel besser sehen.«

Dann hättest du vorher einfach mal die Augen aufmachen müssen, schoss es Sam genervt durch den Kopf. Jetzt, da sie kurz durchgeatmet hatte, wollte sie wieder reingehen und Hale weiter beobachten. Das klang so erbärmlich und masochistisch, und außerdem war es Shawn gegenüber nicht fair, der ja wirklich nur nett sein wollte, aber sie konnte einfach nicht anders. Im einen Moment nahm sie sich vor, Hale zu vergessen und nie wieder mit ihm zu reden, und im nächsten wollte sie einfach nur in seiner Nähe sein und ihn betrachten können. Gott, sie würde noch wahnsinnig werden!

»Ist dir kalt?«, fragte Shawn und rückte näher zu Sam heran. Sie lächelte ihn an und schüttelte den Kopf. »Nein, eigentlich nicht, danke.«

Doch Shawn kam trotzdem noch näher und fuhr ihr mit beiden Händen über die Oberarme, als ob er sie wärmen wollte. Sein Oberschenkel streifte ihren. In diesem Moment wurde Sam schlagartig klar, dass er ihr freundliches Verhalten falsch interpretiert haben musste. Sie war einfach nur nett zu ihm gewesen, weil er eine willkommene Ablenkung dargestellt hatte, aber er schien das Ganze jetzt ein wenig zu hoch einzustufen!

Shit, wie kam sie nun wieder aus der Sache heraus?

»Danke, ist wirklich okay«, wiederholte sie und versuchte, ein Stück von ihm abzurücken, Shawn verringerte allerdings den Abstand zwischen ihnen sofort wieder.

»Du siehst aber so aus, als könntest du ein wenig Wärme vertragen«, erklärte er und schenkte ihr ein spitzbübisches Lächeln, das auf Sam in diesem Augenblick jedoch eher diabolisch wirkte. Er war sicher ein netter Kerl, aber im Moment wollte sie einfach nur weg von ihm.

»Ich meine es ernst, Shawn, es ist alles in Ordnung«, sagte sie nachdrücklich. Ihr Herz fing an, schneller zu schlagen, und sie schluckte nervös. Die Situation entwickelte sich eindeutig nicht so, wie sie es sich vorgestellt hatte. Sie wollte einfach wieder hineingehen, einerseits um ihn loszuwerden, und andererseits um zu sehen, was Hale trieb. Und außerdem war ihr entgegen ihrer Aussage sehr wohl kalt, sie wollte sich nur nicht von Shawn wärmen lassen!

»Komm schon, Sam, zier dich nicht so«, murmelte er, viel zu nah an ihrem Ohr, und strich über ihren Arm bis hinunter zu ihrem Handgelenk. Sie riss ihre Hand weg, bevor er auch nur auf die Idee kommen konnte, ihre Finger miteinander zu verschränken.

»Lass das! Ich habe doch gesagt, dass mir nicht kalt ist!«, fauchte Sam und machte Anstalten aufzustehen, doch Shawn umfasste ihre Taille und brachte sie aus dem Gleichgewicht, sodass sie halb auf seinen Schoß zurückfiel.

»Schon viel besser!«, lachte er und umschlang sie auch noch mit dem zweiten Arm. »Ist doch nichts dabei, amüsier dich doch mal.«

Jetzt wurde Sam wirklich wütend. Was bildete sich dieser Typ eigentlich ein?

»Was genau hast du an *Lass das* nicht verstanden?«

»Ich sehe doch, dass du Spaß haben willst!«

»Spaß? Das ist kein Spaß mehr, verdammt!«

Gerade als sie ansetzen wollte, ihm zu sagen, dass er sie auf der Stelle loslassen solle oder sie sonst zu schreien anfangen würde, erklang eine Stimme hinter ihr. Sam erkannte sie sofort, auch wenn sie noch nie gehört hatte, dass so viel unterdrückte Wut und Eiseskälte in ihr mitschwingen konnte.

»Lass sie in Ruhe und verschwinde«, knurrte Hale, und es war überdeutlich zu hören, dass er nicht gekommen war, um zu diskutieren.

195

17

Was seid ihr denn alle so steif? Ich habe überhaupt nichts gemacht, also bitte!« Shawn schnaubte verächtlich.

»Ich meine es ernst, lass sie in Ruhe«, wiederholte Hale ruhig – zu ruhig - und baute sich vor ihm auf. Sam zappelte noch immer hilflos auf seinem Oberschenkel.

Shawn hob in einer unschuldigen Geste die Hände, ließ Sam damit aber immerhin endlich los. Nicht sonderlich elegant rutschte sie von seinem Schoß und rappelte sich auf.

»Also wirklich, da sagt man immer, ihr Europäer wärt so locker.« Shawn schüttelte in gespielter Entrüstung den Kopf.

»Noch ein Wort …« Hales Stimme war noch immer vollkommen ruhig, und genau das machte Sam Angst. Sie sah, dass er die Hände zu Fäusten ballte, bis die Fingerknöchel weiß hervortraten.

»Und dann was? Hm, was?«, fragte Shawn angriffslustig, aber noch immer lächelnd, und sprang auf.

Hale bewegte sich keinen Millimeter, als sich der Schauspieler vor ihm zu seiner ganzen Größe aufrichtete. »Dann lasse ich dich rauswerfen.«

»Hale, bitte«, versuchte Sam die Situation zu schlichten, doch sie wurde nur mit einer harschen Geste zum Schweigen gebracht.

»Misch dich da nicht ein.«

Wie war es denn jetzt bloß so weit gekommen? Hier standen sich zwei erwachsene Männer gegenüber, und es sah ganz so aus, als würden sie jeden Moment anfangen, sich zu prügeln, und das alles nur ihretwegen? Bei der Vorstellung wurde ihr ganz schlecht, trotzdem schwieg sie, um Hale nicht noch mehr zu reizen.

Shawn hingegen schien wenig Interesse daran zu haben, die Lage zu entschärfen, ganz im Gegenteil. Er machte einen letzten Schritt auf Hale zu und schubste ihn plötzlich, sodass er gegen Sam rempelte. Geistesgegenwärtig hielt Hale sie sofort am Oberarm fest, damit sie nicht das Gleichgewicht verlor. Er hatte sie noch kein einziges Mal angesehen, seit er hier aufgetaucht war.

»Geh einfach wieder rein«, zischte Hale durch seine zusammengebissenen Zähne. Es kostete ihn sichtlich Mühe, ruhig zu bleiben und keine Schlägerei anzufangen. Er wusste wohl, dass er es sich nicht leisten konnte, für Schlagzeilen dieser Art zu sorgen, auch wenn es ganz offenkundig das war, wonach ihm der Sinn stand. Er hätte diesem Idioten am liebsten eine reingehauen, das konnte man an seinem Gesicht überdeutlich ablesen.

Shawn lachte laut, weil auch er kapiert hatte, dass ihm hier keine wirkliche Gefahr drohte. Er begnügte sich aber zum Glück damit, Hale zu demütigen, anstatt ihn noch weiter anzustacheln. Er hob erneut die Hände wie ein Unschuldslamm und verschwand dann mit einem letzten bissigen Kommentar, den Sam nicht verstehen konnte, wieder nach drinnen.

Erst jetzt merkte sie, dass sie die ganze Zeit über die Luft angehalten hatte, und atmete mit einem Seufzer der Erleichterung aus.

Hale hatte sie noch immer nicht angesehen und ließ nun auch ihren Oberarm los, als hätte er Angst, sich daran zu verbrennen. Verletzt ging sie einen Schritt von ihm weg. Er war ihr zu nahe. Das brachte sie durcheinander.

Wieso war er überhaupt hier?

»Bist du mir gefolgt?«, fragte sie leise.

»Wie bitte?«

»Wieso bist du hier draußen? Bist du mir gefolgt?«, präzisierte sie ihre Frage mit hohler Stimme. Sie war ihm dankbar, aber trotzdem passte es ihr nicht, dass er den Helden spielte und sie aus der Situation gerettet hatte.

Endlich drehte er sich um und sah sie an. »Geht es dir gut? Ist dir kalt?«, fragte er mit sanfter Stimme und schälte sich noch im selben Moment aus seinem Jackett. Ohne dass Sam eine Chance hatte zu antworten, legte er es ihr um die Schultern. Wieder stand er unmittelbar vor ihr. Sie sah zu seinem Gesicht auf, während seine Hände immer noch auf ihren Schultern ruhten. Das Jackett roch nach ihm war warm von seinem Körper, und allein der Gedanke daran jagte Sam eine Gänsehaut über den Rücken. Sofort wurde ihr wärmer, und sie ärgerte sich darüber, dass sie dankbar für sein Gentlemanverhalten war.

Er hielt ihren Blick jetzt endlich fest und schaute nicht mehr weg. Dieses Grün würde sie irgendwann endgültig um den Verstand bringen. Und die Form seiner Lippen ebenfalls. So etwas sollte nicht erlaubt sein. Das war nicht fair.

»Ich frage mich wirklich, wieso du ausgerechnet mit diesem Typen rumhängen musst. Ich habe dir doch vorhin klargemacht, dass du das nicht sollst«, fing Hale an und ließ Sam los. Er zerstörte mit seinen Worten den Zauber, der zwischen ihnen in den letzten Sekunden bestanden hatte.

Sam trat einen Schritt zur Seite und räusperte sich, um Zeit zu gewinnen. Trotzdem klang ihre Antwort verletzt und genervt zugleich. »Seit wann sagst du mir, was ich zu tun und zu lassen habe? Ich kann doch nichts dafür, wenn der sich an mich ranmacht! Und du hast mir das klargemacht? Wann denn bitte? Mit deinem unfreundlichen Verhalten? Hale, ich kann keine Gedanken lesen, du musst schon mit mir sprechen!«

»Du darfst halt einfach nicht so wunderschön aussehen, dann wird auch niemand auf dich aufmerksam und es macht sich auch niemand an dich ran«, entgegnete Hale, ignorierte die Hälfte von dem, was sie gesagt hatte – die relevante

Hälfte! -, und setzte sich in Bewegung. Wütend blickte sie ihm hinterher, dann schloss sie zu ihm auf und verschränkte im Gehen die Arme vor der Brust. Langsam ließen sie das Licht der Halle hinter sich und liefen durch einen kunstvoll gestalteten Außenbereich.

»Das mit den Komplimenten musst du noch ein wenig üben«, schnaubte Sam und zog Hales Jackett enger um ihren Körper. Sie liefen gerade durch eine kleine Allee aus Bäumen. Man konnte die Sterne zwischen den Blättern durchscheinen sehen.

»Außerdem war das ein ziemlich dämlicher Grund«, fuhr sie fort.

»Ach ja?«

»Ja. Ich sehe so aus wie immer. Soll ich dir sagen, was eher der Grund war, wieso Shawn sich an mich rangemacht hat?«

»Erzähl«, kam von Hale, der sie von der Seite betrachtete.

»Weil du mich die ganze Zeit hast links liegen lassen«, brachte sie es auf den Punkt und sah zu ihm hinüber. Seine Augen sahen in der Dunkelheit fast schwarz aus.

»Habe ich überhaupt nicht«, wehrte Hale sich, aber Sam unterbrach ihn.

»Doch, das hast du! Weißt du, wie unglaublich blöd ich mir vorgekommen bin? Da bestellst du mich hierher, sagst, du willst mit mir reden, und dann ignorierst du mich einfach!«

Sie waren jetzt stehen geblieben, und Sam funkelte ihn böse an. Sie redete sich Dinge von der Seele, die sie dringend loswerden musste, aber sie merkte auch, dass sie mehr sagte, als sie eigentlich wollte.

»Ich stand da rum wie so eine Vollidiotin, weil ich niemanden kannte! Da war ich dankbar, dass überhaupt mal jemand mit mir spricht und mir ein wenig Aufmerksamkeit schenkt! Denn für *dich* war das ja anscheinend zu viel verlangt!«

Wütend drehte Sam sich von ihm weg, weil sie merkte, dass sie komplett ausflippen würde, wenn sie weiterhin seinen unschuldigen Augen ausgeliefert wäre. Er verstand offensichtlich nicht im Geringsten, was ihr Problem war, und allein sein Blick brachte sie um den Verstand.

»Es tut mir leid, Sam.«

»Ja, das tut es mir auch«, schnaubte sie und starrte in die Dunkelheit.

Sie konnte hören, dass er sich ihr wieder näherte, weil der Kies unter seinen Schuhen knirschte, aber sie weigerte sich standhaft, ihn wieder anzusehen. Sie war zu sauer und zu beschämt, weil sie viel zu viel gesagt hatte. Sie hatte zu viel preisgegeben. Er sollte gar nicht wissen, dass sie die ganze Zeit auf ihn gewartet hatte. Nun kam sie sich noch viel erbärmlicher vor.

»Ich konnte nicht zu dir kommen«, fing Hale mit seiner Erklärung an. »Der gesamte Raum war noch immer voller Reporter und Fotografen. Das gehört noch zum offiziellen Teil der Verleihung dazu. Schließlich muss doch irgendetwas von der After-Show-Party in die Presse kommen. Das ist eine Art stillschweigende Übereinkunft. Ich wollte warten, bis dieses Schauspiel vorbei war, um ungestört mit dir reden zu können. Sam, ich habe dich die ganze Zeit im Auge gehabt. Ich habe auf dich aufgepasst, da brauchst du dir keine Sorgen zu machen. Und ich kenne Shawn, er benimmt sich immer daneben. Ich will doch nur, dass es dir gut geht und du in Sicherheit bist. Selbst auf solchen Veranstaltungen muss man vorsichtig sein, das hier ist ein einziges Haifischbecken.«

Jetzt drehte sie sich doch um. »Klar, deswegen hängst du auch die ganze Zeit mit Alyson rum«, schoss Sam zurück. Verdammt. Das hatte eindeutig eifersüchtig geklungen!

»Was hat Alyson denn mit uns beiden zu tun?«, wunderte Hale sich und strich sich ein paar Locken aus der Stirn, die sich dorthin verirrt hatten.

»So einiges. Zum Beispiel, wieso du mit ihr, aber nicht mit mir gesehen werden willst!«

»Das hat überhaupt nichts damit zu tun. Ich will dich einfach nur nicht der Presse zum Fraß vorwerfen. Alyson kennt das Spielchen, du aber nicht. Jeder, der mit mir gesehen wird, wird erst einmal auseinandergenommen und genau analysiert, bis er sich wünscht, nie ein Wort mit mir gewechselt zu haben«, sagte Hale und fuhr sich mit der Hand schon wieder durch seine verwuschelten Haare.

Wusste er eigentlich, wie verrückt er sie damit machte? Sie konnte an nichts anderes mehr denken, als mit den eigenen Fingern durch diese widerspenstigen Locken zu fahren, Himmel noch mal!

»Nicht gleich so dramatisch«, murmelte sie, auch wenn sie wusste, dass er im Prinzip recht hatte. So hatte sie das noch nie betrachtet, wenn sie ehrlich war. Für Hale war es sicher auch nicht einfach, immer genau zu überlegen, wann er wo mit wem sprach.

»Wir hätten niemals in Ruhe reden können. Glaub mir.«

Sam ließ ihren Blick durch die Dunkelheit schweifen. Sie spürte, dass Hale sie direkt ansah, doch sie war noch nicht bereit, ihm in die Augen zu schauen. Ihre Gedanken schlugen Saltos in ihrem Kopf.

»Was sollte das mit Shawn? Du hast so ausgesehen, als würdest du ihn am liebsten gleich verprügeln«, sagte sie, um sich selbst abzulenken.

Hale schnaubte. »Ich hätte ihn gerne windelweich geschlagen, schließlich ist er dir näher auf die Pelle gerückt, als dir lieb war! Oder habe ich euch da bei etwas unterbrochen?«

Ihr Kopf ruckte hoch, und sie schoss ihm einen vernichtenden Blick für diesen Kommentar zu.

Hale hob abwehrend die Hände. »Hätte ja sein können, ich wollte nur sichergehen. Aber immerhin schaust du mich jetzt wieder an.«

»Hättest du dich wirklich mit ihm geprügelt?«, fragte sie nun mit ruhigerer Stimme und zwang sich, ihren Blick nicht mehr abzuwenden. Er stand direkt vor ihr, und um sich vor seiner vollkommen irrationalen Wirkung auf sie zu schützen, verschränkte sie die Arme vor der Brust.

»Natürlich«, antwortete Hale leise. Sein Blick hatte sich in ihrem verfangen. Die Zeit schien stillzustehen.

»Aber warum?« Sie wollte endlich wissen, was das ganze Theater sollte! »Da muss man sich doch nicht gleich prügeln. Und schon dreimal nicht, wenn dann die ganze Welt darüber spricht.«

»Doch, muss man. Manchmal«, sagte Hale geradeheraus und zuckte mit den Schultern, als wäre das eine vollkommen logische Tatsache.

So sah Sam das Ganze aber nicht. Für sie war eindeutig gar nichts klar. Weswegen sollte er sich denn ihretwegen prügeln?

»Meinetwegen würdest du dich prügeln und damit das Risiko eingehen, dass die ganze Welt dich in ihren Klatschblättern zerfetzt?«, fasste sie deswegen seine Äußerungen verwundert zusammen und sah ihn an, als hätte er nicht mehr alle Tassen im Schrank.

Hale ließ sich mit seiner Antwort Zeit. Sam musterte sein Gesicht, während er wohl nach den richtigen Worten suchte. Überlegte er gerade, wie er ihr schonend beibringen konnte, dass er das beim besten Willen eigentlich auch nicht wusste oder dass er Shawn einfach nicht leiden konnte und sie nur Mittel zum Zweck war, um endlich einen Grund zu haben, ihm eine reinzuhauen?

Endlich öffnete er seinen Mund, schloss ihn dann wieder, setzte erneut an und zögerte nochmals. Sam hätte ihn am liebsten geschüttelt, damit er endlich mit der Sprache rausrückte!

»Was denn? Nun erklär es mir doch, um Himmels willen!«

»Ich würde alles für dich tun, Sam.«

Seine Stimme war nicht mehr als ein Flüstern, und Sam stockte der Atem. Hatte sie gerade eben richtig gehört?

Doch noch ehe sie mit irgendetwas den Moment verderben konnte, griff er nach ihren Händen und zog sie zu sich. Bevor Sam noch richtig verstand, was gerade passierte, lagen seine Lippen auf ihren. Automatisch schloss sie die Augen, und alle Anspannung fiel von ihr ab.

Er küsste sie.

Und in ihr begann ein Feuerwerk zu explodieren.

In diesem Kuss lag all die Wahrheit, die sie brauchte. Sie hatte sich immer gefragt, ob man spüren konnte, wenn der Richtige vor einem stand. Ob es sich anders anfühlen würde. Aber sie hatte nie wirklich daran geglaubt, ebenso wenig wie an Liebe auf den ersten Blick. Bis sie Hale getroffen hatte. Er hatte ihre Welt komplett auf den Kopf gestellt.

So verrückt es auch klang, aber sie fühlte sich so, als würde sie ihn schon ewig kennen. Als wäre dies nicht ihr erster Kuss. Als wisse sie bereits jetzt alles über ihn, was sie wissen musste, um sich sicher sein zu können.

Sam spürte, dass er der eine war.

Hätte das jemand anderes zu ihr gesagt, sie hätte wahrscheinlich einfach nur die Augen verdreht. Aber es war wirklich wahr.

Sam durchströmte ein Gefühl, das sie nicht beschreiben konnte. Es war nicht möglich, das Ganze in Worte zu fassen.

Ihre Lippen bewegten sich perfekt synchron miteinander, und sie glaubte, sie würde ein paar Zentimeter über dem Boden schweben. Sie keuchte leise an seinen Lippen, so überwältigt war sie, und ließ ihre Hände zu seinen Haaren wandern.

Endlich.

Sie hatte so oft davon geträumt, wie es sich wohl anfühlen würde, wenn sie mit den Fingern durch seine Locken fuhr.

Selbst wenn man alle Träume zusammenzählte, käme es nie an die Realität ran.

Sam spürte Hales Zunge an ihren Lippen, und ohne nachzudenken, öffnete sie ihren Mund ein Stück. Als er sanft mit ihrer Zungenspitze spielte, entfuhr ihr ein Seufzer, und sie vergrub ihre Finger noch tiefer in seinen Haaren, während er sie noch enger an sich zog.

Ihre Augenlider flatterten vor lauter Emotionen. Ein Blitz nach dem anderen durchschoss sie, und sie bekam weiche Knie.

Viel zu schnell löste Hale sich sanft von ihr, aber entfernte seine Lippen nur so weit von ihren, dass er seine Stirn gegen ihre lehnen konnte. Er sah ihr tief in die Augen, und sie hatte das Gefühl, bis auf den Grund seiner Seele blicken zu können.

Sam legte ihre Handflächen an seine Wangen und strich mit dem Daumen über die weiche Haut unter seinen Augen. Für einen Moment schloss er sie, als hätte er sich ewig nach dieser Berührung gesehnt, dann öffnete er sie wieder.

Keiner von beiden sagte etwas, der Moment war auch ohne Worte einfach perfekt. All die Wut war in einem rosaroten Herzchendunst verpufft, und Sam konnte sich nicht einmal mehr an diesen Namen mit A von irgendeinem blonden Popsternchen erinnern. Warum sollte es sie auch gerade jetzt interessieren, während Hale sie in den Armen hielt?

Sie hatte immer noch das Gefühl, dass das hier nicht real war, sondern dass sie träumte.

Ihre Lippen verzogen sich automatisch, ohne dass sie ihren Muskeln bewusst einen Befehl gegeben hätte, zu einem Lächeln, das bis zu ihren Augen reichte und sie noch mehr funkeln ließ. Hales Grübchen erschienen sofort, als er ihr Lächeln erwiderte, und er fuhr mit beiden Händen ihren Rücken hinauf, um sie dann sanft um ihren Nacken zu legen. Sie ließ ihre Hände auf seine Brust sinken und konnte sein

Herz schnell und kräftig unter ihren Handflächen schlagen spüren.

Mit einer vorsichtigen Geste zog er ihr Gesicht wieder zu sich. Als seine Lippen ein weiteres Mal auf ihre trafen, war es wieder, als würde jemand den Pause-Knopf drücken und die Welt um sie herum anhalten. Sam nahm nichts mehr wahr außer Hales warmen, weichen Lippen auf ihren und seinem Herzschlag unter ihren Händen.

Er drückte sie fester an sich, und seine Küsse wurden leidenschaftlicher, fordernder. Sie bekam kaum noch Luft, aber das störte sie herzlich wenig. Sie konnte nicht nah genug bei ihm sein.

»Wir sollten wieder reingehen«, murmelte Sam nach einer Weile an seinen Lippen. Die Vernunft klopfte in ihrem Oberstübchen wieder an, und sie konnte sie nicht ignorieren, sosehr sie auch wollte.

Hale grummelte als Antwort nur und biss ihr spielerisch in die Unterlippe. Sam seufzte, aber löste sich dann von ihm.

»Wirklich, wir sollten wieder reingehen …«

»Warum? Willst du mich loswerden?«, nuschelte er, während er Sams Wange mit kleinen Küssen bedeckte und sich zu ihrem Hals vorarbeitete.

»Nein, aber du wirst …« Sie musste all ihre Konzentration aufwenden, um weiterzusprechen, als er die empfindliche Stelle hinter ihrem Ohr erreichte. »… sicher schon gesucht. Und ich will nicht, dass du irgendwelche Probleme kriegst«, brachte sie mühsam hervor und entzog sich sanft seinen Liebkosungen.

Hale schob die Unterlippe nach vorne, was Sam zum Lächeln brachte. Sie drückte ihm einen Kuss auf seinen Schmollmund.

»Sei nicht sauer. Aber du bist der Star des Abends.«

Er schenkte ihr ein Augenrollen für diesen Kommentar und griff nach ihrer Hand. Er zog sie ein letztes Mal an sich.

Sam hatte das Gefühl, ihr Herz müsse stehen bleiben. Sie schloss wieder die Augen und gab sich dem Kuss vollkommen hin. Hales Hände wanderten unter sein Jackett, das immer noch über Sams Schultern hing.

Schritte unterbrachen sie. Schnell trat Sam von Hale weg und räusperte sich verlegen. Es kam ein Pärchen an ihnen vorbei, das wohl auf dem Nachhauseweg war. Sie nickten Hale und Sam freundlich und ganz schön neugierig zu. Sam wand sich innerlich unter den fremden Blicken.

Sie sollten wirklich wieder reingehen, wer wusste schon, wer hier in der Dunkelheit mit einer Kamera lauerte!

»Lass uns reingehen«, murmelte sie, und Hale nickte. Ihm war wohl dasselbe durch den Kopf gegangen. Sie liefen schweigend nebeneinanderher zurück zu dem Eingang, durch den sie die Halle vorhin verlassen hatten.

»Danke für den Zettel mit deiner Handynummer übrigens«, sagte Sam verschmitzt lächelnd. »Das ist old school, echt süß.«

Hale setzte an, um sich zu verteidigen, aber Sam kam ihm zuvor. »Ehrlich, ich finde das total süß.«

Er schenkte ihr ein gespieltes Augenrollen, konnte sich ein Grinsen aber ebenfalls nicht verkneifen. Sie hatten jetzt wieder den Eingang zur Party erreicht.

Plötzlich zog Hale Sam in einen Schatten neben der Tür und überrumpelte sie mit einem Kuss. »Du bist so wunderschön, habe ich das eigentlich bisher nur gedacht oder auch gesagt?«

Bevor Sam darauf eingehen konnte, war er schon mit einem Lächeln auf den Lippen wieder nach drinnen verschwunden.

Sam lehnte den Kopf gegen die Wand und sah seufzend in den Himmel hinauf.

Hatte sie wirklich nicht geträumt? Ein Lächeln huschte ihr übers Gesicht, und sie biss sich auf die Unterlippe. Die Lippe, die gerade noch Hales Mund berührt hatte. Oh Gott, sie war kurz davor, sich wirklich auf etwas einzulassen, wovor sie einen Heidenrespekt, wenn nicht sogar eine Heidenangst hatte!

Sam entschied sich, erst einmal ihr Aussehen zu checken. Danach würde sie sich hoffentlich wieder ein wenig sicherer auf ihren wackeligen Beinen fühlen.

In einem opulenten Spiegel auf der Damentoilette stellte sie fest, dass sie wirklich gut aussah. Eine leichte Röte zierte ihre Wangen, und ihre Augen glitzerten. Was er bloß mit ihr anstellte! Sam lächelte ihr Spiegelbild verträumt an und war in Gedanken schon wieder bei Hale. Bei seinen Küssen, seinen Händen, seinen Augen. Seinem Lächeln.

Was sollte sie jetzt tun, wenn sie wieder hinausging? Er hatte ihr ja gesagt, dass sie aufpassen mussten, ob Reporter und Kameras in der Nähe waren. Sie würde einfach abwarten und sehen, ob er sich jetzt Mühe gab und versuchte, wieder mit ihr allein sein zu können, oder ob sein Interesse schon wieder abgeebbt war.

Diese zweite Möglichkeit ging ihr zwar kurz durch den Kopf, während sie zurück zur Tanzfläche ging, aber sie schenkte ihr keinerlei Beachtung. Sie schwebte auf ihrer eigenen Wolke sieben, von der sie nichts und niemand herunterschubsen konnte.

Das dachte sie zumindest.

Zwei Sekunden später stürzte sie schmerzhaft auf den Boden hinunter, und ihr Wölkchen verpuffte, als wäre es niemals da gewesen.

Sams Herz blieb für einen Moment stehen und pochte dann doppelt so schnell weiter. Sie konnte nicht mehr atmen. Sie konnte sich nicht mehr rühren. Alles in ihr war wie zu Eis erstarrt, und doch wollte sie nichts lieber als augenblicklich weglaufen und sich für immer verkriechen.

Sam keuchte und klammerte sich mit tauben Fingern an einem Geländer fest. Sie hielt sich gerade noch auf den Beinen, doch eigentlich hatten ihre Knie unter ihr längst nachgegeben.

Vor sich sah sie niemand anderen als Hale. Hale Silver höchstpersönlich, der dort auf der Tanzfläche stand und niemand anderes küsste als ein verdammtes blondes Miststück. Alyson.

Er küsste sie. Wirklich und wahrhaftig, in diesem Moment.

Sam sah, so schnell es ging, weg, bevor sich ihr dieser Anblick noch tiefer in ihr Gehirn brennen konnte. Ihr Magen verknotete sich, und sie starrte mit weit aufgerissenen Augen vor sich auf den Boden. Sie konnte nicht nochmals hochsehen. Das ging nicht. Es schlitzte sie von innen auf. Sie beugte sich leicht nach vorne, doch das verminderte den Schmerz, der rasend schnell durch ihre Adern schoss und in jede Zelle ihres Körpers drang, kein bisschen. Im Gegenteil. Er wuchs von Sekunde zu Sekunde, und Sam war ihm hilflos ausgeliefert.

Gerade eben hatte sie sich noch gefreut, ihn wiederzusehen. Gerade eben hatte sie noch ein breites Lächeln im Gesicht gehabt und hatte verträumt auf ihrer Wolke sieben gesessen. Gerade eben hatte er sie noch mit so einer Leidenschaft geküsst, dass sie innerlich lichterloh gebrannt hatte. Sie hatte sich noch nie so gefühlt. Noch nie hatte jemand solche Gefühle in ihr ausgelöst. Sie war sich sicher gewesen, dass diese Empfindungen unmöglich nur einseitig sein konnten.

Nun wurde ihr allerdings gnadenlos auf dem Silberteller präsentiert, dass für jemanden wie Hale Silver Frauen einfach austauschbar waren. Ihm war es egal, wen er küsste. Wem er das Herz brach.

Sams Unterbewusstsein wunderte sich gerade, dass sie noch gar nicht weinte, aber sie konnte einfach nicht. Sie war zu schockiert. Sie konnte es einfach nicht fassen.

Nach ein paar Sekunden löste sich ihre Starre, und sie drehte sich um, ohne einen weiteren Blick in seine Richtung zu werfen. Sie ging. Sie ging einfach, denn das würde sie sich sicher nicht weiter antun. Er verarschte sie einfach. Was hatte er gesagt? *Ich würde alles für dich tun, Sam.* Dieses Versprechen hatte er sicher schon oft von sich gegeben. Jedes Mal mit einem anderen Namen am Ende des Satzes.

Nur mit eiserner Willenskraft schaffte sie es, sich zur Garderobe zu schleppen, wo sie wie ferngesteuert ihren Mantel entgegennahm. Dann stolperte sie den Flur entlang auf den Ausgang zu. Eine Hand hatte sie auf ihr Herz gedrückt. Es tat so weh.

Sie fasste es das erste Mal wirklich in Worte.

Es tat so weh.

Er hatte … er hatte wirklich … Sie konnte es nicht einmal denken.

Ihr Herz schlug tapfer weiter, während sie durch die Dunkelheit lief und sich auf den Weg zur U-Bahn machte, die Gott sei Dank um diese Uhrzeit schon wieder fuhr.

Also waren sie doch wieder zusammen. Oder es war nur eine Freundschaft mit gewissen Vorzügen?

Eigentlich war es ihr egal. Es war alles egal.

Sam schniefte, aber schaffte es weiterhin, die Tränen zurückzuhalten.

Es war alles egal. Egal, was passiert war. Die Blicke, die Worte, die Berührungen, die Küsse. Alles hatte sich in Luft aufgelöst. Nichts hatte mehr eine Bedeutung.

Mechanisch lief Sam weiter. Immer weiter und weiter. Einen Fuß vor den anderen setzen. Sie ging die Treppe zur U-Bahn hinunter und ließ sich dort auf einen der eisernen Wartesitze sinken. Mit tauben Fingern ertastete sie den kalten rechteckigen Gegenstand, der ihr erlaubte, die einzige Person anzurufen, mit der sie jetzt sprechen wollte.

»Sam?«, ertönte Caros verschlafene Stimme am anderen Ende.

In dem Moment, als Sam ihren eigenen Namen aus Caros Mund hörte, fing sie an zu weinen. Sie konnte es nicht mehr zurückhalten. Sie war so unfassbar enttäuscht, dass es sie schier um den Verstand brachte.

Sam zog die Füße auf den Sitz, sodass sie die Stirn auf ihre Knie sinken lassen konnte. Sie schluchzte und schluchzte, aber bekam kein Wort heraus.

»Oh Gott! Sammy! Nein, scheiße, verdammt, oh Gott, was hat er schon wieder gemacht?«, ertönte es jetzt alarmiert – und komplett wach – aus dem Hörer ihres Handys.

Sam wollte antworten, aber sie konnte nicht. Ihre Stimmbänder gehorchten ihr einfach nicht mehr, und sie zitterte erbärmlich.

»Sam, wo bist du?«, fragte Caro und atmete hörbar tief durch, wahrscheinlich, um sich selbst zu beruhigen und einen kühlen Kopf zu bewahren, damit wenigstens eine von ihnen klar denken konnte.

»Ich fahre jetzt nach Hause«, schniefte Sam mit heiserer Stimme. »Ich bin unten in der U-Bahn-Station. Aber jetzt muss ich erst etwas erledigen.«

»Was musst du erledigen?«, fragte Caro alarmiert.

»Ich muss den Zettel verbrennen«, antwortete Sam tonlos und kramte mit der einen Hand in ihrer Tasche herum, bis sie das verfluchte Ding fand, auf dem *seine* Nummer stand. Die würde sie jetzt nämlich sicher nicht mehr brauchen.

»Wie bitte, welchen Zettel?«, hakte Caro nach.

»Hales Nummer. Hat er mir gegeben. Die brauche ich ja jetzt nicht mehr.«

»Spinnst du? Samantha, das machst du nicht! Du kannst nicht einfach seine Nummer verbrennen!«, rief Caro entgeistert, aber das brachte natürlich nichts. Sie würde Sam nicht mehr umstimmen können.

»Wieso? Es ist doch eh alles egal.«

»Ist es nicht.«

»Doch.«

»Was hat er überhaupt gemacht?«

»Er hat seine Ex geküsst. Oder eben nicht mehr Ex. Ein paar Minuten nachdem er mich geküsst hat.«

»Er hat *was?*!«, erklang es schockiert vom anderen Ende der Leitung. Caro klang, als würde sie bald einen Herzstillstand erleiden.

»Eine andere geküsst.«

»Verbrenn die Nummer nicht, Sam, das ergibt doch keinen Sinn! So dämlich kann doch keiner sein!«

»Doch.«

»Nein!«

»Doch!«

»Sam!«

»Caro!«

»Lass es, Sam! Das muss sich doch irgendwie aufklären lassen!«

Sam antwortete Caro nicht. Sie zog ein Feuerzeug aus ihrer Tasche und zündete kurzerhand den Zettel an. Sie ließ ihn vor sich zu Boden gleiten, während sie das Handy zwischen Ohr und Schulter einklemmte.

»Sam, du bist so was von stur«, knurrte Caro, die das Schweigen richtig gedeutet hatte.

»Ich fahre jetzt nach Hause«, informierte sie Caro tonlos. »Bis später. Oder morgen.« Dann legte sie einfach auf.

Sie keuchte leise und versuchte, langsam zu atmen. Sam war am Ende ihrer Kräfte. Sie starrte auf das verkokelte Papier zu ihren Füßen. Die kleinen Flammen repräsentierten ihr Inneres. Das, was die letzten Tage langsam, aber sicher verbrannt war.

Entschlossen trat sie mit einem wütenden und gleichzeitig verletzten Schritt auf die Asche. Nun war nur noch ein kleiner grauer Fleck zu sehen. Ein Fleck, der einmal Hales Handynummer gewesen war.

Sie war eben schon immer gut darin gewesen, sich Türen vor der eigenen Nase zuzuknallen. Jetzt war die Hale-Tür für immer ins Schloss gefallen.

Ich kann das einfach nicht glauben ...

18

Sam hatte wie ein Stein geschlafen. Nachdem sie im Morgengrauen wortlos an Caro vorbeigegangen war, die auf sie gewartet hatte, obwohl es mitten in der Nacht war, war sie umgehend ins Bett gefallen. Ihr schönes rotes Kleid hatte sie nicht einmal mehr aufgehängt, sondern nur achtlos auf den Boden fallen lassen. Sie hatte auch keinen Blick mehr auf die Uhr geworfen, um nachzusehen, wie spät es eigentlich war. Sie war einfach eingeschlafen, noch ehe ihr Kopf das Kissen berührte. Seliger, erlösender Schlaf, ohne Träume, ohne Angst und Unsicherheit und vor allem ohne Hale.

Doch in dem Moment, als sie ihre Augen aufschlug, war er wieder da, war in ihrem Kopf, in ihrem Herzen, in jedem ihrer Gedanken und ließ sich einfach nicht vertreiben.

Verdammt.

Schwerfällig schlug sie die Decke zurück und machte sich auf den Weg ins Badezimmer. Caro war schon zur Arbeit, weswegen Sam ihre Ruhe hatte. Sie wusste nicht, was sie heute mit sich anfangen sollte. Johannes hatte die Kamera mit den Filmaufnahmen mitgenommen. Sam konnte sich also nur die Tonmitschnitte anhören und anhand dieser Dateien entscheiden, ob sie etwas Brauchbares aufgenommen hatte oder nicht.

Nachdem sie sich zu einem kurzen Frühstück – das diesem Namen gar nicht gerecht wurde, da es schon weit nach Mittag war - gezwungen hatte, kroch sie wieder zurück in ihr Bett und steckte die Speicherkarte des Aufnahmegerätes in ihren Laptop. Standhaft ignorierte sie ihr Handy, das bestimmt zum zehnten Mal lautlos klingelte.

Gerade als alle Dateien auf ihren Laptop kopiert waren, zuckte sie zusammen, denn jemand klingelte an der Tür Sturm.

Sam musste nicht einmal nachschauen, um zu wissen, wer das war, es war ihr auch vorher schon klar. Ihr Handy hatte nicht umsonst ein Dutzend Mal geklingelt.

»Du kannst dir nicht vorstellen, was gerade los ist!«, sprudelte Jana los, nachdem sie die Treppen zu Sams und Caros Wohnung nach oben gesprintet war.

»Was denn?«, fragte Sam desinteressiert und ließ die Tür hinter ihrer Cousine ins Schloss fallen.

»Tja, du solltest eben einfach mal an dein Handy gehen!«, schimpfte Jana, die sich gerade die Stiefel von den Füßen zog und dann voran ins Wohnzimmer stapfte. »Ich habe dich in der ersten Pause schon dreimal angerufen, in der zweiten dann fünfmal und nach der Schule viermal. Dann habe ich mir gedacht, ich komme einfach her.«

»Schön.« Sam folgte Jana, und beide ließen sich auf das Sofa fallen. »Jetzt bin ich aber immer noch nicht schlauer als vorher«, kommentierte Sam trocken und bot ihrer Cousine ein Stück Vollmilchschokolade an, zu dem diese nicht Nein sagen konnte.

»Was hast du denn so schlechte Laune? Na ja, egal. Du bist in aller Munde! Überall in der Presse!«, erklärte Jana aufgeregt kauend. Ihre Augen glänzten.

Sam verschluckte sich an ihrem Schokostück und hustete sich die Seele aus dem Leib. »Wie bitte?«, keuchte sie, als sie wieder einigermaßen Luft bekam. Was hatte sie nun schon wieder verpasst?

»Ja! So genial! Du! Na ja, nicht direkt du, aber irgendwie doch du.«

»Was? Ich verstehe nur Bahnhof!«

»Guck.« Jana hielt ihr ihr Handy unter die Nase, auf dem ein Bild von Hale zu sehen war. Als Sam genauer hinsah, wurde ihr Magen flau. Es war nicht nur Hale auf dem Bild, nein, sie war ebenfalls zu sehen. Na ja, so halb zumindest. Hale hatte sich vorgebeugt und strich ihr gerade eine Haarsträhne hinters Ohr, aber ihr Gesicht wurde durch seines verdeckt. Man konnte nur Sams rotes Kleid und ihre schwarze Lockenmähne erkennen. Es war der Moment, als er ihr den entscheidenden Satz ins Ohr geflüstert hatte.

Wir müssen reden. Dringend.

Sam schluckte schwer bei der Erinnerung, und als sie die Schlagzeile über dem Bild las, hatte sie einen Kloß im Hals.

Zerstört sie alles?

Oh Gott, das konnte doch nicht wahr sein!

»Dein Hintern kommt auf diesem Bild ziemlich gut zur Geltung!«, kommentierte Jana grinsend.

»Hast du dir noch andere Berichte angesehen?«, fragte Sam aufgebracht, ohne auf Janas Gebrabbel einzugehen, und deutete mit dem Finger auf den Artikel des Online-Klatschmagazins.

Sie konnte die Begeisterung ihrer kleinen Cousine natürlich nicht teilen, musste sich aber auch daran erinnern, dass Jana nicht wissen konnte, zu was für einem Albtraum der gestrige Abend sich entwickelt hatte. Und eigentlich wollte sie es ihr auch nicht unbedingt erzählen. Eigentlich wollte sie es niemandem mehr erzählen. Das nächtliche Telefonat mit Caro war schon schlimm genug gewesen.

»Nö? Wozu denn? Wenn es hier steht, wird es überall sein!«, entgegnete Jana erstaunt.

»Dann such mal nach ›Hale und Alyson EMAs‹.«

»Ich weiß ja, dass sie mit ihm da war … Aber das ist bestimmt nur PR. Schau dir doch das Bild an! Wie er dich ansieht!« Sie fuchtelte mit dem Display vor Sams Nase herum.

»Das ist doch Unsinn, Jana. So ein Schnappschuss sagt gar nichts!«

»Wann ist der eigentlich entstanden? Und warum bist du so miesepetrig, Samantha?!«, fragte Jana.

»War das im Livestream denn nicht zu sehen?« Sie hatte fast schon damit gerechnet, dass die ganze Welt bei Hales und ihrem kleinen Moment am roten Teppich live dabei gewesen war.

»Nö«, entgegnete ihre Cousine und sah sie auffordernd an. »Ich habe dich aber noch etwas gefragt!«

»Ist egal, wann das war«, meinte Sam schulterzuckend und sackte in sich zusammen. »Ist doch alles egal. Ich bin durch damit.«

Entgeistert riss Jana die Augen auf. »Was ist denn jetzt schon wieder los? Du kannst doch nicht schon wieder die Flinte ins Korn werfen wollen!«

»Oh doch, Jana, das kann ich.«

»Nur wegen Alyson? Die hängt sich doch nur an ihn dran. Und wenn du ihr das jetzt durchgehen lässt, dann hat sie gewonnen. Willst du das?«

Sam schüttelte niedergeschlagen den Kopf, obwohl es ihr peinlich war.

»Na also. Wir müssen weiterkämpfen! Auf jeden Fall! Ihr seid füreinander geschaffen, Sam, das weiß ich einfach. Das weiß ich! Wirklich!«

»*Wir* müssen kämpfen? Ach komm.« Sam schüttelte nur den Kopf, und Jana ließ hilflos die Schultern hängen. Es gab nichts, was sie ihrer kleinen Cousine noch hätte antworten können. Sam rührte sich nicht einmal mehr. Wie ein kleines Häufchen Elend saß sie da und atmete nur noch. Mehr brachte sie nicht zustande.

»Möchtest du einen Kakao?«, bot Jana nach einer Weile kleinlaut an. Ihr tat es sichtlich in der Seele weh, wie sehr ihre Lieblingscousine litt.

Sam nickte stumm, rappelte sich auf und folgte ihr in die Küche. Dort ließ sie sich auf einen der Stühle sinken und starrte auf die Tischplatte. Sie wollte ihre Gedanken ordnen, aber das schaffte sie nicht.

Jana stellte die dampfende Tasse vor ihr ab, und Sam zog sie dankbar zu sich heran. Etwas Warmes im Magen würde hoffentlich diese elende Kälte vertreiben, die ihr Herz wie eine eisige Faust erbarmungslos umklammert hielt.

Während sie dort saß und ihrer Cousine teilnahmslos zuhörte, die vor sich hin plapperte und erneut Schlachtpläne schmiedete, wünschte Sam sich, dass alles wieder ganz normal und nichts von alldem je passiert wäre. Dass sie sich nicht in das größte Scheusal der Welt verliebt hätte. Dass das alles nur ein Traum gewesen war, ein böser Scherz ihres Unterbewusstseins, den sie mit einer verächtlichen Handbewegung abtun konnte. Dass sie es geschafft hätte, sich selbst zu schützen und auf sich selbst aufzupassen. Sie wünschte es sich so sehr.

Sam schüttelte den Kopf, um die Gedanken zu verscheuchen. Es nutzte nichts, sich einzureden, dass alles gut war. Oder dass es das bald werden würde. Sie konnte sich nicht belügen. Und sie musste Jana erklären, was genau in ihr vorging, damit diese endlich aufhörte, an das Unmögliche zu glauben. So weh es auch tun würde, noch einmal in Worte zu fassen, was ihr so unbegreiflich schien.

»Jana, bitte hör mir zu. Das alles hat keinen Sinn mehr. Wirklich.«

»Aber ...«

»Nein, Jana«, unterbrach Sam sie vehement. Dann seufzte sie. »Ich kann und will einfach nicht mehr.«

Jana schenkte ihr einen mitfühlenden Blick. »Was ist denn passiert ...?«

Im nächsten Moment klingelte Sams Handy. Es war ihre Mutter.

»Samantha, was ist da gestern bitte vorgefallen?«, ertönte es so laut aus Sams Handy, das diese es ein Stück weit von ihrem Ohr weghalten musste.

»Hallo, Mom …«

»Ich verstehe nicht so ganz, was da in der Presse geschrieben wird! Wir müssen fast alle Aufnahmen von Johannes zurückhalten, damit keiner dahinterkommt, wer du bist!«

»Mom, beruhige dich bitte«, fing Sam an. Sofort traten ihr wieder die Tränen in die Augen. Sie schniefte und nahm das Handy vom Ohr, um es auf laut zu stellen, damit Jana mithören konnte. So konnte sie das Unvermeidliche gleich hinter sich bringen und musste nicht zwei Mal berichten, wie sie gestern Nacht gedemütigt worden war, auch wenn sie es am liebsten weiterhin verschwiegen hätte.

Unter Tränen erzählte sie alles. Je öfter sie es laut aussprach, desto erbärmlicher kam sie sich vor. Wie Hale sie links liegen gelassen und sie sich deswegen an Shawn rangeschmissen hatte. Wie sie nach Hales kleiner Rettungsaktion wirklich gedacht hatte, er könnte etwas für sie empfinden. Dabei war es doch klar, dass jemand wie Hale jemanden wie Alyson brauchte. Reich und berühmt. Vielleicht ohne Hirn, aber das schien ja nebensächlich zu sein.

»Ich bin dann einfach gegangen«, schloss Sam ihre Erzählung.

»Das heißt, es stimmt überhaupt nicht, was die Presse da schreibt?«

»Nein, Mom. Was auch immer die Presse verbreitet, es stimmt nicht. Und ich habe kein gesteigertes Interesse daran, ihn jemals wiederzusehen.«

»Krass …«, sagte Jana zum ungefähr fünfzehnten Mal und rührte in ihrem Kakao, der mittlerweile bestimmt schon wieder kalt war, da sie in den letzten zehn Minuten nichts anderes getan hatte, als ihn mit dem Löffel zu malträtieren, anstatt ihn zu trinken.

Sam zuckte nur mit den Schultern. Sie hatte alles gesagt, was es zu sagen gab. Mehrfach, weil ständig einer der beiden eingehakt und noch mal nachgefragt hatte. Jedes einzelne Wort schmerzte sowohl in ihrem Herzen als auch auf ihrer Zunge, wenn sie es aussprach.

Alessandra räusperte sich. »Den Bericht veröffentlichen wir trotzdem besser nicht. Um nicht noch Öl ins Feuer zu gießen. Es tut mir so leid, mein Schatz. Wenn ich dir irgendwie helfen kann …«

»Danke, Mom, ich komme schon zurecht.« Es tat Sam in der Seele weh, ihre Mutter um den großen Bericht von den EMAs zu bringen. Mit Sicherheit musste sie nun wieder endlose Debatten mit ihrem Chef über den Sinn und Unsinn zeitgemäßer Radioarbeit führen. »Mir tut es leid um den Bericht. Ich kann euch aber die Tonmitschnitte schicken, ich habe sie schon konvertiert. Darauf sieht man mich ja immerhin nicht.«

»Du bist wichtiger als irgendein Bericht, Liebes. Die Tonspuren reichen vollkommen, die können wir dann heute noch bearbeiten. Ansonsten soll Johannes ein paar Fotos aus den Videoaufnahmen herausnehmen, die wir auf die Webseite stellen können. Das ist schon in Ordnung so, Schatz. Pass auf dich auf.«

»Das mache ich. Danke, Mom. Bis dann.« Sam legte auf. Sie fühlte sich erschöpft und zerschlagen und wollte nur noch allein sein, doch Jana machte nicht den Eindruck, als würde sie sich jetzt widerstandslos hinauskomplementieren lassen. Sie platzte beinahe vor Wut, das sah man ihr überdeutlich an.

»Na los«, seufzte Sam, »was auch immer es ist, spuck's aus.«

»Boah, ich sag's dir, wenn ich den Kerl jemals irgendwo sehe, dann …!«

»Wirst du eh nicht«, unterbrach Sam sie mit schleppender Stimme.

»Wieso! Du hast ihn ja auch getroffen! Und ich auch! Also!«

Da hatte sie natürlich recht, aber das hieß noch lange nicht, dass er ihnen noch einmal über den Weg laufen würde. Hoffentlich.

»Jedenfalls«, fuhr Jana fort, »werde ich ihn dann fertigmachen. Aber so was von. Unbarmherzig und schmerzhaft.«

»Tu, was du nicht lassen kannst«, gab Sam monoton zurück. Es interessierte sie herzlich wenig, was mit ihm war und was mit ihm passieren würde – oder zumindest betete sie sich das innerlich immer wieder vor. Vielleicht half es ja, und sie würde sich diese Lüge irgendwann selbst glauben und dadurch schneller über ihn hinwegkommen.

»Ich versteh's einfach nicht«, setzte Jana noch einmal an, diesmal aber deutlich leiser. »Ich meine, ja, in den letzten zwei Tagen sind wieder Bilder von den beiden zusammen aufgetaucht, aber … was soll das denn? Hat er vergessen, was für eine Magie zwischen euch geherrscht hat? Ich war dabei, ich konnte diese Magie spüren! Und das schon in diesem ultrakurzen Moment, in dem ihr euch von Weitem in die Augen geschaut habt, bevor der Fahrstuhl im Hotel vor unserer Nase zuging. Ich hab gedacht, ich wäre in einem Liebesfilm aus Hollywood gelandet! Es war Wahnsinn!« Sie lief jetzt zu Höchstform auf. »Das kann nicht gespielt gewesen sein, Sam, niemals.«

Sam lachte verbittert auf. »Offenbar ja schon, oder?«

»Nein. Es war echt. Das kann niemand, der euch zusammen gesehen hat, leugnen.«

»Und wieso hat er dann gestern eine andere geküsst, unmittelbar nachdem er *mich* geküsst hat?«, fragte Sam. »Ach egal, ob unmittelbar danach oder vier Stunden später! Er hat sie geküsst! Hallo? Was geht denn bei dem im Kopf schief?«

Darauf wusste auch Jana keine Antwort. »Das … kann ich mir auch nicht erklären. Aber vielleicht …«

»Jana, bitte … lass es gut sein …« Sam spürte, wie sich ihre Augen erneut mit Tränen zu füllen drohten, und sie wollte um jeden Preis vermeiden, sich ihre Schwäche weiterhin anmerken zu lassen. Es war ja nicht nur so, dass sie enttäuscht war und verletzt – nein, es ging hier auch um ihren Stolz. Sie war ihm regelrecht hinterhergelaufen, hatte versucht, Kontakt zu ihm aufzunehmen, war bereit gewesen, alles auf sich beruhen zu lassen, hatte sich wieder von ihm um den Finger wickeln lassen – und dann servierte er sie auf so eine schäbige Art und Weise ab. Eiskalt. Einfach so.

»Jana, ich will ja nicht unhöflich sein, aber …«

»Nein, nein, ich gehe schon, keine Sorge.« Jana spürte wohl, dass es gerade keinen Sinn machte, auf Sam einzureden. Statt also weiter Monologe zu führen, zog sie ihre große Cousine in eine von Herzen kommende Umarmung.

»Ich hab dich lieb, Sammy, vergiss das nicht. Du bist die Beste und Stärkste und Tollste«, murmelte sie in Sams Lockenmähne, bevor sie sich wieder von ihr löste.

In Janas Augen schwammen ein paar Tränen, als Sam sie liebevoll, aber bestimmt zur Tür hinausschob.

Nachdem Jana gegangen war, räumte Sam geistesabwesend die Tassen vom Tisch und überlegte, was sie nun tun sollte. Es machte sie wahnsinnig, hier weiter im Selbstmitleid zu ertrinken. Ein Plan begann, sich in ihrem Kopf zu formen, von dem sie nicht wusste, ob er wirklich gut war oder alles nur noch schlimmer machen würde. Verrückt war er allemal.

Sam griff nach ihrem Handy. Sie wusste, dass Caro bald nach Hause kommen würde, und sie wollte nicht einfach abhauen, ohne ihr Bescheid zu sagen, dass sie ihr heute Abend alles erklären würde. Im Moment aber wollte sie alleine sein.

Alleine mit sich.

Alleine mit der Musik, die sie laut aufgedreht hatte, nachdem Jana die Wohnung verlassen hatte.

Sie konnte jetzt nicht untätig herumsitzen. Sie musste mit der ganzen Sache abschließen, wenn schon nicht emotional, dann wenigstens symbolisch.

In ihrem Zimmer verschickte sie rasch die Sounddateien an ihre Mutter, dann zog sie sich eine Boyfriend-Jeans und ein langärmliges schwarzes Shirt an.

Mit Mühe und Not bekam sie ihre widerspenstigen, wild gelockten Haare zu einem unordentlichen Dutt zusammen. Es sah zwar mal wieder eher nach einem mitleiderregenden Vogelnest aus, aber es würde sie hoffentlich eh niemand zu Gesicht bekommen, wenn alles so lief, wie sie es sich in den Kopf gesetzt hatte.

Sie schnappte sich ihre Tasche, stopfte die paar Sachen hinein, die sie brauchen würde, und verließ ihr Zimmer.

Im Flur schlüpfte sie in ihre Sneakers und zog sich gleichzeitig ihre schwarze Lederjacke an. Die ganze Wohnung lag wie ausgestorben da, vor den Fenstern zeigte sich nur trübes Grau. Draußen wollte es heute anscheinend gar nicht richtig hell werden, der Himmel war mit schweren Wolken verhangen, und es sah nach Regen aus. Sam war das nur recht. Es entsprach ihrer eigenen, düsteren Stimmung. Der Himmel wusste, wie es ihr ging. Was sie vorhatte, hätte sich im Licht einer strahlenden Herbstsonne wahrscheinlich sowieso falsch angefühlt.

Sam fuhr die Strecke, die sie mittlerweile wohl im Schlaf kannte, ohne wirklich auf den Weg zu achten. An ihrem Ziel angekommen, setzte sie den Blinker und bog auf den Parkplatz ein. Sie schaltete den Motor ab, nahm ihre Tasche vom Rücksitz und stieg aus.

Die kalte Luft traf sie unvermittelt, und sie zog ihre Jacke enger um den Körper. Ihre Hände zitterten ganz leicht, aber ob das wegen der Kälte war oder doch wegen ihrer eigenen Anspannung, konnte Sam nicht mit Sicherheit sagen.

Sie atmete die klare, regennasse Luft ein und betrachtete das Gebäude, das sich in einiger Entfernung vor dem grauen Himmel abzeichnete. Bei diesem wolkenverhangenen Wetter sahen die Olympiahalle und der sie umgebende Park furchtbar trostlos aus. Der triste Anblick passte genau zu ihrer Stimmung.

Sie setzte sich in Bewegung und lief denselben Weg entlang, den sie in der letzten Woche mehrfach gegangen war. Beim ersten Mal hatte sie noch nicht gewusst, was sie erwarten würde. Wie dieser Schotterweg ihr Leben verändern würde. Beim zweiten Mal hatte es sich so angefühlt, als würde alles wieder ins Lot kommen, als wäre die Welt voller Möglichkeiten und die Zukunft verheißungsvoll. Bis die Sonne untergegangen war und sie im Dunkeln zurückgelassen hatte. Wie sehr ein einfacher Weg einen doch täuschen konnte.

Ihre Gesichtszüge verhärteten sich, als sie an den Abend zurückdachte. Daran, wie sie verzweifelt nach Hale gesucht und ihn nicht gefunden hatte. An seine harsche Reaktion auf Twitter. Wenn sie nur daran dachte, beschleunigte sich ihr Herzschlag bereits schmerzhaft, und sie konnte die Enttäuschung von damals auf der Zunge schmecken.

Sie ging weiter, bis sie an dem Eingang ankam, an dem alles begonnen hatte.

Hier hatte sie gestanden, als Ilona ihr geschrieben hatte und sie ihre Freundin anrufen wollte.

Von hier war sie weggegangen und bei der Tiefgarageneinfahrt gelandet.

Der Tiefgarageneinfahrt, bei der jemand in sie hineingelaufen war.

Jemand, der ihre Welt auf den Kopf gestellt hatte, wie es zuvor noch nie passiert war.

Sie musste aufhören, die Szenen immer und immer wieder Revue passieren zu lassen. Das machte es nur noch schlimmer. Alles fühlte sich an wie ein schreckliches Déjà-vu.

Sie musste es jetzt hinter sich lassen, um diesen elenden Kreislauf zu durchbrechen. Um abschließen zu können.

Langsam lief sie los. Sie versuchte, sich an den Weg zu erinnern, und setzte einen Fuß vor den anderen, ohne es wirklich zu bemerken. Sie hatte das Gefühl, irgendetwas würde sie magisch anziehen und in eine bestimmte Richtung lenken. Ihre Füße liefen einfach wie von allein, und trotz des trüben Lichts war es bei Tag einfacher, die Tiefgarageneinfahrt auszumachen. Nach kurzer Zeit schon war sie da. Fast hätte sie laut aufgelacht, weil sie sie sofort gefunden hatte. Wieso hatte ihr das nicht beim letzten Mal passieren können?

Sie blieb stehen und starrte auf die Betonwand, die sie damals in ihrem Rücken gespürt hatte, als Hale sich leicht gegen sie gelehnt hatte. Als er immer näher gekommen war. Als seine Lippen ihre Stirn berührt hatten.

Sie durchlebte die ganze Szene noch einmal wie in einem Rausch, aus dem sie nicht entkommen konnte – nicht entkommen wollte.

Sie fuhr mit den Fingern leicht und fast schon zärtlich über die Stelle. Die Erinnerung an diesen kurzen Moment und an alles, was er ausgelöst hatte, schmerzte tief.

Mit zitternden Fingern zog sie den Reißverschluss ihrer Tasche auf und griff hinein. Sie zog einen kleinen Block heraus, aus dem sie ein Blatt herausriss. Als sie einen Kugelschreiber in ihrer Tasche fand, schrieb sie nur vier Buchstaben auf das Papier.

H.S.♥S.F.

Zwischen ihre Initialen malte sie noch ein kleines Herz. Sie ging in die Knie und griff nach einem Stein, der an der Wand der Tiefgarageneinfahrt lag. Es war ihre eigene Art, damit abzuschließen. Sie legte den Zettel auf den Boden und den Stein drauf, sodass der Wind ihn nicht wegwehen würde. Der Ort war so verlassen, dass sicher niemand ihren kleinen persönlichen Abschiedsbrief finden würde.

Sie würde in ein bis zwei Wochen wiederkommen und den Zettel holen. Bis dahin war die Schrift sicher verblichen und sie hatte symbolisch mit Hale abgeschlossen. Mit einem Kloß im Hals richtete sie sich wieder auf und starrte für weitere Sekunden auf den Stein hinunter, der das kleine Stück Papier halb verdeckte. Dann drehte sie sich um, griff blind vor Tränen nach ihrer Tasche und ging davon.

Zitternd atmete Sam durch, während sie immer weiter und weiter lief. Ein Fuß vor den anderen. Weg von diesem verhängnisvollen Ort. Sie war stark. Sie war stark und stolz und würde sich nicht unterkriegen lassen.

Erst als sie in ihrem Auto saß, las sie die Nachrichten von Caro, die schon zu Hause auf sie wartete.

Schicksalsergeben fuhr Sam zu ihrer Wohnung. Sie war eigentlich nicht in der Verfassung, sich einen ellenlangen Vortrag von Caro darüber anzuhören, was sie alles falsch gemacht hatte und wie dumm es gewesen war, die Handynummer zu verbrennen, aber ihr blieb wohl keine Wahl.

»Wo warst du?«, rief Caro als Begrüßung, noch bevor Sam die Wohnungstür hinter sich geschlossen hatte, und fiel ihr in der nächsten Sekunde so heftig um den Hals, dass Sam beinahe das Gleichgewicht verlor. Sie hatte sich offensichtlich ziemliche Sorgen um sie gemacht.

»Das willst du gar nicht wissen«, antwortete Sam leise und schloss die Augen. Der einzigartige Duft von Caros Haaren, die an ihrer Nase kitzelten, und die tiefe Verbundenheit der beiden jungen Frauen, die aus der Umarmung sprach, normalisierten Sams Herzschlag ein wenig. Die Wirkung, die ihre beste Freundin auf sie hatte, war einfach unbeschreiblich. Sie war wie Medizin für Sams geschundene Seele, Beruhigungsmittel der besten Sorte.

»Hast du die ganzen Artikel gesehen?«, fragte Caro, doch Sam ging wortlos an ihr vorbei in die Küche. Diese Reaktion war Antwort genug.

»Mich regt es so auf, dass sie nicht einmal sagen, wo das Foto von euch entstanden ist! Und was hat es mit der blöden Blondine auf sich?«

»Sie ist seine Ex. Oder vielleicht sind sie wieder ein Paar, ich weiß es nicht.«

»Die behaupten einfach, dass du ja jetzt die Böse bist, die sich zwischen das Traumpärchen drängen will, unfassbar!«

»Ach, will ich das?« Sam drehte sich erstaunt um. Sie hatte schließlich bisher noch keinen einzigen Artikel gelesen, sondern nur das eine Bild gesehen, das Jana ihr unter die Nase gehalten hatte.

»Es ist ein riesengroßer Skandal, jeder zerreißt sich das Maul darüber!«, echauffierte sich Caro und starrte wütend durch die Gegend. »Als hätten sie alle nichts Besseres zu tun!«

Bevor Sam aber antworten konnte, wie egal ihr das alles war, vibrierte ihr Handy auf dem Küchentisch. Eine Nachricht von Jana war hereingesegelt.

SAM, TWITTER. SOFORT!

»Oh mein Gott, was ist denn jetzt schon wieder los?«, seufzte Caro verzweifelt. Sie hatte ihrer Freundin über die Schulter gesehen.

Mit zittrigen Fingern tippte Sam auf die Twitter-App, und sofort präsentierte sich das, was Jana wohl gemeint hatte.

Ein Tweet unter Hunderten, unscheinbar, kryptisch für die meisten, ein Stich ins Herz für Sam. Ihr wich alle Farbe aus dem Gesicht.

Erschrocken legte Caro ihr die Hand auf die Schulter, forderte sie mit einem fragenden Blick auf zu erklären, was das nun heißen sollte. Doch Sam hatte es die Sprache verschlagen.

Dort standen drei Worte, nicht mehr und nicht weniger, und wieder blieb die Welt für einen Moment stehen.

I need you.

Sam begann hemmungslos zu weinen.

19

Sam, wie lange willst du dich noch in deinem Elend suhlen, bis du wieder ins Leben zurückkommst?«, ertönte Caros Stimme gedämpft durch die Tür.

Es war Samstagnachmittag, und Sam hatte sich seit gestern Abend nicht aus dem Bett bewegt. Nachdem sie Hales Tweet gelesen und Caros bohrende Fragen beantwortet hatte, hatte sie sich ihre Jogginghose und einen dicken Pulli angezogen und sich unter ihrer Decke verkrochen, wo sie sich immer noch befand und sich weigerte, jemanden in ihr Zimmer zu lassen. Caro hatte schon mehrmals angeklopft und gebettelt, seit sie von der Arbeit wieder zu Hause war, aber Sam hatte es bisher ignoriert.

»Keine Ahnung«, gab sie muffig in Richtung der geschlossenen Tür zurück und machte kurz die Augen zu.

»Hast du nicht heute Tanzunterricht?«

Mist. Sie musste Ilona absagen!

»Ist mir egal!«, rief sie, während sie schnell eine Nachricht an ihre Tanzpartnerin schickte und vorgab, eine Erkältung zu haben. Ilonas Antwort wartete sie gar nicht erst ab, sondern legte ihr Handy direkt wieder beiseite.

»Sam, komm schon, das darf nicht wieder so sein wie bei Nico damals.«

»Bei Nico?!« Mit einem Schlag saß sie senkrecht im Bett. »Willst du mich verarschen? Nico war ungefähr *gar* nichts verglichen mit Hale!« Sie ließ sich wieder nach hinten fallen und jammerte: »Das damals war gar nichts im Gegensatz zu jetzt …«

»Ich komme jetzt rein, okay?«, fragte Caro zögerlich.

»Nein, bitte, Ca ... Nimm's mir nicht übel, aber ich möchte alleine sein. Ich will mit niemandem reden und mich auch vor niemandem rechtfertigen müssen.«

»Du musst dich doch vor mir nicht rechtfertigen«, unterbrach Caro sie ein wenig entrüstet.

»Doch, das muss ich. Ist dir das noch nicht aufgefallen? Ich muss mich ständig rechtfertigen, wieso ich irgendwas tue oder lasse. Ich kann doch auch nichts dafür, Caro! Glaub mir, mir wäre es viel lieber, wenn ich mich in einen normalen Mann verliebt hätte, der hier irgendwo in der Nähe wohnt, und nicht in so einen blöden, abgehobenen Weltstar.« Wütend schleuderte sie ein Kissen ans Fußende ihres Bettes.

»Okay, alles klar.« Caro klang alles andere als überzeugt, aber es schien, als würde sie sich für den Moment geschlagen geben. Sie wollte auch nicht weiter in der Wunde bohren, weswegen sie es erst einmal auf sich beruhen ließ. »Ich treffe mich jetzt mit Christopher. Versuch bitte, auf andere Gedanken zu kommen, okay?«

»Hm, ja ...«

»Bitte, Sam.«

»Jaha! Ich gebe mir Mühe!« Sam verdrehte die Augen. Es war doch eh glasklar, dass sie nicht auf andere Gedanken kommen würde.

Alles, woran sie denken konnte, war Hale.

Hale, wie er sie damals festgehalten hatte, nachdem er in sie hineingerannt war.

Hale, wie er gefragt hatte: »Spürst du das auch?«

Hale, der sie im Sender angestrahlt hatte.

Hale, der sie beschützt hatte.

Hale, der sie geküsst hatte.

Hale, der eine andere im Arm hielt.

Hale, der diese andere küsste, als hätte es Sam niemals gegeben.

Hale.

Verdammt.

Sie schlug sich gegen den Hinterkopf und wischte sich dann grummelnd die Tränen von den Wangen, die natürlich trotzdem unaufhaltsam weiterliefen. Innerlich fühlte sie sich wie zu Eis erstarrt.

Stöhnend erhob sie sich aus ihrem Bett und entschloss sich, unter die warme Dusche zu gehen. Nachdem sie sich vergewissert hatte, dass Caro wirklich gegangen war, schlich sie mutlos durch den Flur.

Eine heiße Dusche würde vielleicht zumindest gegen das Gefühl dieser inneren Kälte helfen, auch wenn Sam wusste, dass warmes Wasser allein ihren Schmerz nicht würde lindern können.

»Was willst du jetzt machen?«, fragte Leo und sah von seiner Pizza auf.

Sie saßen zu zweit in der Küche und aßen die selbst gemachte Pizza, die Sam in der letzten Stunde zubereitet hatte. Zwar im Schneckentempo, aber immerhin hatte sie Caros Befehl, sich abzulenken, umgesetzt. Wahrscheinlich hatte Caro Leo dazu gebracht, nach seiner Schwester zu sehen, da sie selbst verabredet war und sich nicht um sie kümmern konnte.

»Nichts«, sagte sie schlicht und aß weiter, als wäre es kein großes oder besonderes Thema, das er da gerade angeschnitten hatte.

»Komm schon, Sammy.«

»Was?« Jetzt sah sie doch auf, weil sie nicht verstand, wieso er es nicht einfach dabei belassen konnte.

»Du weißt genau, dass er es darauf anlegen wird, dich zu finden. Er wird vielleicht wieder beim Sender anrufen – oder gleich hineinspazieren und dich suchen«, sagte er schulterzuckend und steckte sich ein weiteres Stück Pizza in den Mund.

Mist, daran hatte sie noch gar nicht gedacht. Ob er deswegen sogar extra nach Deutschland fliegen würde?

Sie war wirklich nicht davon ausgegangen, dass sie sich noch einmal begegnen würden, doch nun hallten Leos Worte wie eine beängstigende Wahrheit in ihren Ohren nach. Verdammt, wieso war sie da noch nicht selbst draufgekommen?

Ein unwillkommenes Kribbeln breitete sich in ihrem Bauch aus, als sie diese Möglichkeit widerstrebend in Betracht zog. Sie wollte ihn nicht wiedersehen – nie wieder –, aber was sollte sie nur machen, wenn er sich darüber einfach hinwegsetzte und zu ihr kam?

»Er wird mich nicht suchen«, versuchte sie, Leos Aussage herunterzuspielen.

»Klar wird er das«, kam postwendend die überzeugte Antwort.

»Nein, wird er nicht«, zischte sie durch zusammengebissene Zähne und knallte die Gabel auf den Tisch. »Er hat wieder mit diesem verdammten Blondchen angebandelt! Also ist die Sache offiziell klar! Klarer geht es gar nicht, Leo! Und ich werde einen Teufel tun und ihm nachlaufen, so blöd bin ich wirklich nicht!«

»Woah, ganz ruhig, Sam«, sagte er mit großen Augen und hielt die Hände hoch. »Jetzt komm mal wieder runter, ich kann doch gar nichts dafür.«

»'tschuldigung …«, nuschelte sie und griff zaghaft wieder nach ihrer Gabel. Sie schluckte schwer und blickte hinunter auf ihr halb aufgegessenes Pizzastück.

»Du musst dich nicht entschuldigen«, murmelte Leo. »Ich hab das Thema angesprochen, was eigentlich keine gute Idee war, also muss ich mich wohl entschuldigen.«

Sam schwieg, da sie nicht wusste, was sie darauf antworten sollte.

»Achte erst einmal darauf, dass es dir besser geht, Schwesterchen«, sagte Leo und stand vom Tisch auf. »Ich muss jetzt los zum Training. Wenn ich dir irgendwie helfen kann, lass es mich wissen, okay?« Sam nickte, dann brachte sie ihn zur Tür, wo er sich mit einem Kuss auf ihre Stirn verabschiedete.

Als sie wieder alleine war, machte sie sich mit finsterem Gesicht daran, die Küche aufzuräumen, um anschließend wieder dorthin zurückzukehren, woher sie gekommen war: in ihr Bett.

Sie kramte den Laptop unter einem Berg von Kissen hervor und klickte wahllos durch Twitter und Facebook. Hale hatte zum Glück nichts mehr geschrieben und sich auch zu den Fotos der beiden, die durch die Presse geisterten, bislang nicht geäußert. Sam konnte nur hoffen, dass die Bilder immerhin dazu taugten, dass bei ihm und Alyson der Haussegen gewaltig schief hing, wenn nicht sogar heruntergekracht war. Dann hätten sie wenigstens auch noch etwas Positives bewirkt, anstatt Sam einfach nur zu quälen.

Auf jeder News-Seite, die sie überflog, sah sie ihn, wie er sich zu ihr herunterbeugte, um ihr etwas ins Ohr zu flüstern. Nur sie wusste, was genau er zu ihr gesagt hatte. Sonst niemand.

Es war eine harmlose Geste, die auf den Schnappschüssen der Paparazzi aber tatsächlich sehr intim wirkte. Vorgestern hätte Sam selbst noch geglaubt, dass sie es auch war, dass zwischen ihnen beiden etwas ganz Besonderes vor sich ging, doch seitdem die Nacht der EMAs sie eines Besseren belehrt hatte, wirkte die Szene nur noch hohl und gestellt. Schnell klickte sie das Bild wieder weg.

Ein kurzes Video auf einer Klatschseite erregte ihre Aufmerksamkeit. »Die Siegerin im Duell um Hale Silver« stand da, und das Standbild zeigte nicht etwa ihr Foto, sondern einen dunklen, verwackelten Innenraum, der Sam vage bekannt vorkam.

Auch der kurze Text unter dem Video sagte nichts davon, dass Hale wohl zweigleisig fuhr und mit Alyson sowie mit ihr ein Verhältnis hatte. Stattdessen las sie, dass heimlich gefilmtes Videomaterial beweisen würde, für wen von beiden er sich entschieden hätte.

Sam runzelte verwirrt die Stirn. Konnte es sich um ein Video von der After-Show-Party handeln? Ihr wurde ganz übel bei dem Gedanken daran, was sie wohl gleich zu sehen bekommen würde. Sicherlich hatte irgendjemand gefilmt, wie Hale innig mit Alyson turtelte. Wer gesiegt hatte, wusste sie ja bereits. Aber nun würde es bald wohl auch die ganze Welt wissen.

Obwohl sie es eigentlich gar nicht sehen wollte, drückte sie auf den Play-Button.

Eine übereuphorische Frauenstimme fasste zusammen, was sie bereits aus anderen Artikeln kannte. Dass sich während des Schaulaufens auf dem roten Teppich der EMAs eine seltsame Szene zwischen der unbekannten Journalistin und dem Megastar abgespielt hatte, der eigentlich mit seiner früheren Affäre und jetzt wohl wieder Geliebten Alyson zur Preisverleihung gekommen war.

Sam hörte nur mit einem halben Ohr hin. Sie sah stattdessen wie gebannt das Bild von ihr und Hale am roten Teppich an. Es war das erste Bild, auf dem man ihr Gesicht halb sehen konnte. Nicht ganz, aber halb. Sie starrte auf die Aufnahme, als müsste sie sich jedes kleine Detail einprägen. Wie seine Hand ihre Wange streifte, als er ihr eine Haarsträhne hinters Ohr schob. Sie pausierte das Video.

Sie sah ihren eigenen Gesichtsausdruck, der nichts anderes als pure Freude widerspiegelte. Es war … Es war einfach schön.

Wunderschön.

Mehr als wunderschön.

Das Bild war perfekt.

Sie bewegte sich mehrere Minuten lang nicht, sondern starrte einfach nur Hales perfektes Gesicht an, seine Haare, sein Lächeln. Seine Hand, die sie leicht berührte. Und seine Augen, die nicht auf die Kamera gerichtet waren, sondern auf sie. Die mit so viel Wärme zu ihr hinabblickten.

Und genau das war es, was sie innerlich umbrachte. Das Foto war perfekt, als würden sie zusammenpassen wie zwei Puzzleteile.

Doch das Video ging noch weiter. Sie drückte mit zitterndem Finger wieder auf Play. Jetzt erschien statt des Schnappschusses das verwackelte Video, wahrscheinlich mit einem Handy aufgenommen. Es war so dunkel, dass man zunächst gar nichts erkennen konnte, doch dann stellte sich das Bild schärfer.

Sam wollte am liebsten die Augen zukneifen. Es war genau, wie sie befürchtet hatte. Jemand musste den Moment, in dem ihr endgültig das Herz gebrochen worden war, gefilmt haben.

Fuck.

Es tat so weh, das alles noch einmal mitansehen zu müssen. Derjenige, der gefilmt hatte, musste ganz in der Nähe von Sam gestanden haben, als sie nach Hale Ausschau gehalten hatte, denn sie erkannte den Blickwinkel wieder.

Hale stand alleine da und schien auf irgendjemanden zu warten. Sam glaubte, ihr Herz müsse in tausend Teile zerspringen.

Dann tauchte Alyson im Bild auf, und Sam erlebte genau den Moment hautnah am Bildschirm mit, in dem die Blondine Hale plötzlich einfach so küsste. Es war kaum zu ertragen.

Alyson war wie aus dem Nichts aufgetaucht und hatte Hale überfallen. So mir nichts, dir nichts, ohne auch nur ein Wort mit ihm zu reden. Als würde sie das ständig tun. Als wäre das normal für sie. Und wahrscheinlich war es das auch. Was für einen weiteren Beweis brauchte Sam noch, dass schon länger wieder etwas zwischen den beiden lief, als diese Selbstverständlichkeit, mit der sie sich ihm näherte?

Heiße Tränen brannten in ihren Augen, doch sie zwang sich, weiter hinzuschauen. Vielleicht würde dieser Schmerz sie ja ein für alle Mal von Hale und ihren dämlichen Gefühlen für ihn kurieren. Donnerstagnacht hatte sie es nicht geschafft, sich die Szene noch länger anzutun, aber heute würde sie stark sein und den Blick nicht abwenden.

Dann kam allerdings der Oberhammer.

Hale reagierte nach einer Sekunde und stieß Alyson von sich. Er sah sie ungläubig und gleichzeitig einfach nur schockiert an. Er sagte ein paar Worte zu ihr und gestikulierte wütend, bevor er sich einfach umdrehte und ging.

Sams Hand bewegte sich wie von alleine zum Touchpad des Laptops, und sie schob den Punkt auf der Video-Zeitleiste wieder ein Stück zurück und sah sich die letzten Sekunden noch einmal an.

Und noch einmal.

Und noch einmal.

Sie konnte es nicht fassen.

Er hatte sie weggestoßen.

Er hatte sie nicht geküsst.

Mit zittrigen Fingern griff Sam nach ihrem Handy. Es war mittlerweile schon spät, und sie konnte sich nicht sicher sein, dass sie Caro bei ihrem Date nicht störte, aber sie musste das jetzt loswerden.

Ungeduldig lauschte sie dem Freizeichen, bis ihre beste Freundin endlich abnahm.

»Sam, was ist los?« Caro klang alarmiert.

»Hey, störe ich dich?«, fragte Sam vorsichtig.

»Nein, alles gut, was hast du denn?«

Sam musste schlucken, da ihr die Stimme zu versagen drohte. »Ich bin der größte Idiot aller Zeiten, Caro«, brachte sie mühsam hervor, dann kamen die Tränen.

20

Ich bin der größte Idiot aller Zeiten.

Hale vergrub das Gesicht in seinen Händen und wusste weder ein noch aus. Er hatte das Gefühl, jetzt endgültig verrückt zu werden. Irgendwie war er völlig überfordert. Sein Körper funktionierte noch, aber sein Kopf hatte sich schon verabschiedet. Atmen, essen, schlafen. Dann wieder lächeln, Fassade aufrechterhalten, Zähne zusammenbeißen. Weitermachen.

Sobald er die Augen schloss, sah er Sams Gesicht vor sich und sehnte sich nach ihr. Nach ihrer Nähe, ihrer Wärme, ihrem Verständnis ihm gegenüber. Sie sah in ihm nicht diesen Weltstar, dessen Maske er eigentlich vierundzwanzig Stunden an sieben Tagen in der Woche trug, sondern sie sah hinter all seinen Schutzmauern einen ganz normalen Menschen. Das war eine der Eigenschaften, die er an ihr so sehr schätzte. Sie schien zu wissen, wer er wirklich war, sein wahres Ich zu kennen, wie auch immer das möglich sein konnte, nach so kurzer Zeit. Wenn er bei ihr war, auch wenn sie sich erst wenige Male gesehen hatten, konnte er einfach er selbst sein. Kein Verstellen, kein Lächeln auf Knopfdruck.

Sie traute sich sogar, ihm Vorwürfe zu machen, ihn ganz offen zu kritisieren! Wann war ihm das zuletzt passiert? Er erinnerte sich kaum daran, aber als sie ihm auf der After-Show-Party eine Standpauke gehalten hatte, war es ihm aufgefallen.

Sie fasste ihn nicht mit Samthandschuhen an, und wenn er Mist baute, dann sagte sie ihm das – deutlich und unmissverständlich. Als wäre er jemand ganz Normales. Er hätte nie für möglich gehalten, wie viel ihm das bedeuten würde.

Sie brachte ihn regelrecht um den Verstand.

Und außerdem war sie über eintausend Kilometer von ihm entfernt. Das brachte ihn eigentlich noch viel mehr aus der Fassung.

Er richtete sich wieder auf und sah aus dem Fenster des Privatjets. Er betrachtete London von oben und fragte sich wieder einmal, wieso es in dieser Stadt eigentlich immer regnen musste. Er wäre jetzt viel lieber im sonnigen München ... bei Sam.

»Hale, kommst du?«

Sie waren gelandet. Hale rappelte sich benommen hoch. Er lebte seit den EMAs wie in dichtem Nebel. Die Stunden verschwammen ineinander, die Gesichter verschmolzen. Er war froh, dass er überhaupt wusste, wo er war.

»Das wird jetzt nicht einfach ...«, murmelte Riley, der an der Tür des Jets auf seinen Freund gewartet hatte.

Hale schwieg. Er strich sich die Haare aus dem Gesicht, trat hinaus in das unangenehme Nieselwetter und begab sich somit ins unbarmherzige Blitzlichtgewitter.

»Hale!«

»Mister Silver!«

»HALE!«

Er kniff die Augen instinktiv zusammen, weil er nichts mehr sah. Er wusste nicht einmal, wo er hingehen musste, um zu dem Wagen zu kommen, der ihn und seine Band von hier wegbringen würde.

»Hale! Hale, hier!«

»HALE!«

»Silver!«

»Hale! Hale! Hale!«

Der Sicherheitstyp zog ihn am Arm durch die Dunkelheit, die von den ganzen Kameras der Fotografen immer wieder zerrissen wurde. Die Blitzlichter stressten Hale. Er hatte komplett die Orientierung verloren. Er konnte niemanden von seinen Bandkollegen sehen, weswegen er dankbar war für den harten Griff des Sicherheitsmanns.

»Seit wann bist du wieder mit Alyson zusammen?«

»Wann macht ihr eure Liebe endlich öffentlich?«

»Hale!«

»Wer ist diese mysteriöse dunkelhaarige Frau?«

»Hast du jetzt an jeder Hand eine?«

»Als Superstar geht das ja locker!«

»HALE!«

»Mit wem triffst du dich zuerst? Wissen die beiden voneinander?«

»Du bist der Playboy des Jahres!«

»Silver!«

Je mehr Rufe er hörte, desto verzweifelter und vor allem wütender wurde er. Er wollte es nicht mehr hören. Er wollte einfach nicht mehr. Er wollte ihnen entgegenbrüllen, dass es sie nichts anging, dass sie doch eh wieder nur alles kaputt machen würden, doch er befürchtete, wenn er den Mund aufmachen würde, dass er ihnen dann Sams Identität preisgab, und das musste er auf jeden Fall vermeiden. Er durfte sie da nicht mit hineinziehen. Ihr Name sollte, soweit es ging, aus der Öffentlichkeit ferngehalten werden.

Deswegen biss er die Zähne zusammen und schwieg, starrte nur auf seine Füße hinunter, da das Blitzlichtgewitter in seinen Augen brannte. Er wurde von allen Seiten angerempelt, stolperte mehrmals, Hände zogen an seinen Armen und seinem Shirt.

Hale kam sich vor wie eine Puppe, die im Kindergarten von allen begehrt und deswegen fast zerrissen wurde.

Endlich schubste ihn jemand in ein Auto hinein. Er wurde auf einen Sitz verfrachtet, die Tür knallte hinter ihm zu, der Wagen fuhr mit quietschenden Reifen los und ließ die sensationsgeilen Reporter hinter sich in der Finsternis zurück. Durch die abgedunkelten Scheiben sah er sie weiter schreien und Fotos schießen, bis der Wagen um eine Ecke bog und sie aus seinem Blickfeld verschwunden waren.

»Es tut mir so leid …«, murmelte jemand neben ihm, aber Hale hörte gar nicht richtig hin. Sein Kopf befand sich wieder in seinem ewigen Kaleidoskop. Es drehte sich unaufhörlich. Die Formen und Farben verschwammen ineinander.

Und jetzt würde nicht einmal mehr Sam kommen und ihn da rausholen. Er hatte es mal wieder vermasselt.

Er musste einfach immer weiter funktionieren. Ihm blieb nichts anderes übrig. Nur der Gedanke an sie, an ihre bloße Existenz ließ ihn weitermachen. Er hielt daran fest. Sie war sein Felsen in der Brandung.

»Ist alles in Ordnung?«

Hale nickte. Er wusste nicht einmal, ob die Frage an ihn gerichtet war, aber er nickte einfach.

»Hale, du musst das alles klären. Du kannst nicht weiter in deinem Selbstmitleid baden.«

»Ich bade nicht in Selbstmitleid«, unterbrach Hale Alfie knurrend.

»Doch, das tust du.«

»Nein, sicher nicht«, entfuhr es Hale ein wenig heftiger, als er beabsichtigt hatte. »Was soll ich denn machen? Ich kann sie nicht erreichen! Ich weiß nicht einmal, ob sie denkt, dass ich sie nur verarscht habe! Ich weiß gar nichts! Ich kann nichts machen!«

»Jetzt beruhige dich doch mal bitte«, sagte Ethan mit sanfter Stimme. »Sie hat sicher dieses Video gesehen, das gerade kursiert, in dem man erkennen kann, dass Alyson dich überfallen hat.«

»Da wäre ich mir nicht so sicher. Ist sie denn so eine, die Klatschblätter liest?«, warf James ein, aber nach einem vernichtenden Blick von Riley und Alfie zog er den Kopf ein und hob abwehrend die Hände. »Ich mein ja nur ...«

»Sie hat es gesehen. Ganz sicher«, beteuerte Riley und sah Hale fest an.

»Was soll ich denn jetzt machen?«

Darauf wusste keiner eine Antwort. Sie starrten nachdenklich durch die Gegend. Das Schweigen wurde erst gebrochen, als der Wagen stehen blieb und ihr Manager sie aus dem Auto scheuchte.

Sie liefen durch die Tiefgarage ihrer Plattenfirma zu einem unterirdischen Flur, der sie direkt über eine schmale Wendeltreppe in den ersten Stock zu ihrem üblichen Besprechungsraum brachte. Ihr Gepäck befand sich schon in den Wagen in der Tiefgarage, die sie jeweils nach Hause fahren würden. Nach einer kurzen Besprechung, wie die nächste Woche für die Band aussehen würde, löste sich die Gruppe auf. Die Stimmung war positiv, da sie endlich nach Hause fahren und in ihren eigenen Betten schlafen konnten. Sogar für mehrere Nächte! Oft kam das nicht vor.

Ohne sich von den anderen zu verabschieden, verschwand Hale in dem Wagen, der ihn nach Hause brachte. Er bedankte sich bei seinem Fahrer George, holte seine Tasche aus dem Kofferraum und fuhr mit dem Fahrstuhl aus der Tiefgarage direkt nach oben in seine Wohnung.

Immer nur Tiefgaragen. Hale konnte sich nicht daran erinnern, wann er das letzte Mal auf einem normalen Parkplatz ausgestiegen war.

Als die Tür hinter ihm ins Schloss gefallen war, ließ er sich an Ort und Stelle zu Boden sinken. Er lehnte den Kopf gegen das Holz und schloss die Augen.

Er hoffte so sehr, dass Sam das Video gesehen hatte. Das erste Mal in seinem Leben war er froh, dass die Presse etwas aufgedeckt hatte, was ihn betraf.

Langsam schleppte er sich ins Badezimmer. Eine heiße Dusche würde seinen Kopf und sein Herz hoffentlich ein wenig beruhigen.

Eigentlich freuten sich die Bandmitglieder immer darüber, wenn sie einmal einen Tag freihatten, aber Hale vertrödelte die gesamte Zeit damit, untätig zu Hause zu sitzen. Irgendwann griff er nach seiner Gitarre und klimperte stundenlang darauf herum. Die Ideen für neue Songs schienen geradezu aus ihm herauszupurzeln. Bei all dem, was ihm gerade auf der Seele lag, war das wahrscheinlich kein Wunder.

Langsam ließ er sich in einem seiner weißen Sessel nieder. Er hielt daran fest, dass sie es wusste. Dass sie wusste, dass sie diesen … *Unfall* zwischen ihm und Alyson auf den EMAs niemals hätte sehen sollen, dass er ihr niemals hatte wehtun wollen. Er hatte es getan, doch wenn er könnte, würde er es sofort rückgängig machen. Er würde alles dafür tun, es wieder rückgängig machen zu können.

Er wollte sich gar nicht ausmalen, wie sie reagiert haben musste, als sie die Schlagzeilen gesehen hatte. Wie sie in der Presse als die Böse abgestempelt worden war, die sich zwischen ihn und Alyson drängte. Wie sehr sie das alles verletzt haben musste.

Hale raufte sich mit beiden Händen die Haare. Er hätte am liebsten losgeschrien vor lauter Frust. Wieso konnte er sie nicht einfach erreichen und ihr sagen, wie leid ihm alles tat? Warum saß er hier fest, tausend Kilometer von ihr entfernt, und konnte nichts tun? Aber sie hatte nur seine Nummer und er nicht ihre, deswegen lag es ganz bei ihr, sich zu melden. Immer wieder hatte er sein Handy überprüft. Ob einfach der Akku leer war? Hatte er kein Netz? Irgendwann hatte er im Fünfminutentakt draufgesehen. Ständig in der Hoffnung, eine Nachricht oder einen Anruf zu bekommen. Aber vergebens.

Er würde durchdrehen, wenn er nicht bald zu ihr konnte. Sie sehen konnte. Ihr alles erklären konnte. Sie küssen konnte. Dafür sorgen konnte, dass es ihr gut ging. Egal, was er dafür tun musste.

Hale sprang auf, als hätte er einen Stromschlag bekommen.

»Ich muss zu ihr«, murmelte er. »Ich muss zu ihr.«

Mechanisch griff er nach seinem Handy, das ihm aus der Hosentasche geglitten war, während er auf dem Sessel gekauert hatte, und öffnete die Wohnungstür wieder.

Er betrat den Flur und schloss die Tür lautlos hinter sich.

»Ich muss zu ihr.«

Immer und immer wieder murmelte er den Satz leise vor sich hin, während er die Treppe hinunter zur Eingangshalle ging, die Lobby durchquerte, ohne nach rechts oder links zu schauen, und sich in eins der Taxen vor dem Eingang setzte.

»Zum Flughafen bitte«, sagte er tonlos zum Taxifahrer, der ihn anstarrte, als hätte er einen Geist gesehen.

»Ähm, natürlich, Mister Silver.«

Sie fuhren los.

21

Nachdem Sam den Großteil des Samstags und bereits die Hälfte des Sonntags im Bett verbracht hatte, fiel ihr vom ganzen Tatenlosrumliegen und Trübsalblasen am Nachmittag die Decke auf den Kopf. Daher war sie endlich aus dem Bett gekrochen und hatte wenigstens schon einmal geduscht und sich etwas anderes als ihre Schlabberklamotten angezogen. So fühlte sie sich schon ein wenig menschlicher.

Jetzt richtete sie ihren Blick auf ihr Handy, das ihr sagte, dass es bereits vier Uhr war. Beeindruckend, wie man ganze Tage einfach an sich vorbeiziehen lassen konnte, ohne es wirklich zu bemerken.

In der oberen Leiste ihres Handys erschien das kleine Instagram-Symbol und teilte ihr mit, dass es etwas Neues gab. Wahrscheinlich nichts Spannendes, sondern nur ein Like, wie immer, aber Sam kam der indirekten Aufforderung trotzdem nach und öffnete die App. Wie sie vermutet hatte, erschien unten auf der Menüleiste nur ein kleines Herz, das sich auf ein älteres Foto von ihr bezog.

Mehr aus Gewohnheit als aus wirklichem Interesse scrollte sie durch die anderen Bilder ihrer Freunde und Bekannten. Sie sah jede Menge appetitlich fotografiertes Essen, hübsche Kleider und verschwommene Partybilder vom Wochenende. Aus Neugier gab sie den Suchbegriff #EMAs ein und stöberte durch die Bilder vom roten Teppich, die die Fans gemacht hatten.

Zum Glück entdeckte sie sich selbst auf keinem der Fotos. Aber natürlich sah sie *ihn* auf mehr als nur einem Schnappschuss: beim Aussteigen aus der Limousine, kurz bevor die Männer von der Security ihn und den Rest der

Band abgeschottet hatten; wie er beim Posieren breit in die Kamera lächelte und wie er einen der Awards entgegennahm.

Sam wollte es eigentlich nicht, doch sie tippte eines der Bilder vom roten Teppich trotzdem an. Vor ihr ergoss sich ein wahres Meer aus Hashtags sowie mehrere verlinkte Profile. Sie seufzte. Seines war auch dabei. Ob sie nachsehen sollte, was er in letzter Zeit gepostet hatte?

Sie wusste, dass es keine gute Idee war, ignorierte dieses Gefühl aber. Sie tippte auf seinen Namen, und sein Profil öffnete sich.

Sam wusste nicht, was sie erwartet hatte, sie wusste nur ganz sicher, dass es nicht *das* war. Sie starrte auf ein Bild, das @Hale_Silver heute Morgen gepostet hatte.

Sie konnte nicht glauben, was sie da gerade vor sich sah.

Er war *dort* gewesen. Vor sich sah sie ein kaum erkennbares Foto von dem Stein, unter dem eine Ecke des Papiers zu sehen war, das sie am Eingang zur Tiefgarage hinterlassen hatte, vollgekritzelt mit den Initialen der beiden. Nur sie war in der Lage zu erkennen, was das Bild überhaupt darstellte, dass es *ihr* Zettel war, der da zu sehen war. Nur einen kurzen, kryptischen Satz hatte er als Bildunterschrift notiert:

Glaub ihnen nicht.

Sie war sprachlos.

Das bedeutete ja … Er musste hier sein! Hier in München! Irgendwo gar nicht weit entfernt von ihr!

Es war wirklich wahr. Hale war an den Ort zurückgekehrt, an dem sie sich das erste Mal begegnet waren. Und das bedeutete, dass er wieder in der Stadt war! Ihr Herz schlug vor Freude Purzelbäume.

Doch dann holte sie die Realität wieder ein. Wer garantierte ihr denn eigentlich, dass das Video, das zeigte, wie

Hale Alyson von sich stieß, nun alles schlagartig änderte und wiedergutmachte? Nur weil dieser Kuss mit dem blonden Popsternchen ein Missverständnis war, hieß das noch lange nicht, dass Hale es ernst mit ihr meinte. Immerhin waren da auch noch die Fotos, die ihn mit Alyson in diesem Restaurant ein paar Tage vor den EMAs zeigten, und er war mit ihr bei der Verleihung erschienen. Wenn er an dem Abend gesehen hatte, dass Sam zu ihm herüberschaute, ohne dass ihr das aufgefallen war, konnte seine Reaktion auch einfach nur bedeuten, dass er nicht wollte, dass seine Spielchen aufflogen! Sie wusste einfach nicht, ob es nicht in Wirklichkeit nur seine Masche war, in jedem Land einem Mädchen den Kopf zu verdrehen und ihm dann das Herz zu brechen.

Aber würde er dafür extra wieder herfliegen, zum Ort ihres ersten Treffens zurückkehren und dieses Foto machen?

In Sam herrschte absolutes Chaos, und sie war kurz davor, laut zu schreien, weil sie das Gefühl hatte, dass entweder ihr Kopf oder ihr Herz gleich explodieren würden. Ihr Herz pochte freudig und wollte all die Warnungen nicht hören. Ihr Kopf dagegen versuchte, ihr Herz zur Vernunft zu bringen, und mahnte zur Vorsicht, aber das interessierte ihr Herz natürlich kaum.

Sie hatte keine Ahnung, wem von beiden sie glauben sollte.

Sam stützte den Kopf auf ihre Hände und raufte sich die Haare. Dieses Gefühlschaos musste aufhören! Jetzt! Auf der Stelle! Sie hielt es einfach nicht mehr aus! Sie musste hier raus, an die frische Luft, sofort!

Sie griff nach ihrem Handy und ihren Kopfhörern, stürmte aus dem Zimmer und ließ die Tür laut hinter sich ins Schloss fallen.

Blindlings lief sie los und setzte die Kopfhörer auf. Die Musik drehte sie so laut auf, dass sie nichts mehr um sie herum wahrnahm. Einzig ihre Gedanken konnte sie noch immer hören.

Instinktiv wusste sie, wohin sie nun wollte.

Sie lief immer weiter und weiter, bis sie den weichen Boden unter ihren Füßen spürte, der bei jedem Schritt leicht nachgab. Sie atmete die feuchte, schwere Luft des Wäldchens ein, das sich ganz in der Nähe zu ihrer Wohnung um einen Park ausbreitete, und schloss für einen Moment die Augen.

Sofort fingen die Tränen an zu fließen.

Himmel, wieso weinte sie denn jetzt bitte schön? Sie sollte vor Freude laut lachend durch die Gegend tanzen und nicht weinend durch einen einsamen, dunklen Wald laufen!

Aber ihre Angst und ihre Skepsis behielten die Oberhand. Sie hatte sich noch nie einfach so von etwas mitreißen lassen, solange die Unsicherheit, ob es überhaupt wahr war, noch überwog. Sie hatte doch keine Ahnung, was Hale wirklich wollte! Nur weil er ab und zu mal etwas twitterte oder auf Instagram postete, hieß das doch noch lange nichts! Oder?

Oh Gott, ich drehe bald durch!

Sie lief immer weiter in den Wald hinein und stolperte einige Male, weil sie vor lauter Tränen nichts sah.

Als sie schließlich völlig außer Atem war, ließ sie sich auf einen Baumstumpf sinken und vergrub das Gesicht in ihren Händen.

Irgendetwas musste sie tun.

Irgendetwas!

Sie musste herausfinden, woran sie bei Hale war, doch gleichzeitig konnte sie nur warten und hoffen, dass er sie suchen würde – ihn zu finden war schließlich unmöglich für sie. Er konnte ja überall sein, und sicher würde er nicht den ganzen Tag an der Tiefgarage herumlungern, in der Hoffnung, sie hätte sein Bild gesehen und würde sich sofort Hals über Kopf auf den Weg machen.

Im ersten Moment spielte sie mit dem Gedanken, dass sie ihn mit Tweets oder Instagram-Bildern bombardieren könnte, aber die Idee verwarf sie wieder. Das würde so rüberkommen, als wäre sie ein völlig verrückter Stalker. Besonders dann, wenn er eigentlich nur mit ihr spielte. Sie würde sich bloß vor der ganzen Welt lächerlich machen.

Ihr musste etwas Besseres einfallen ... irgendetwas ...

Aber es gab einfach nichts. Sie wusste wieder nicht, in welchem Hotel er war, und sie würde nicht noch einmal in irgendein Luxushotel stiefeln und die Männer von der Security herausfordern.

Ihr Handy meldete sich zu Wort und riss sie so aus ihren finsteren Gedanken. Es war eine Nachricht von Caro.

Wo steckst du? Komm bitte wieder nach Hause, ich mache mir Sorgen.

Sam seufzte und stopfte ihr Handy zurück in die Tasche ihrer Fleecejacke. Es war kalt, es wurde langsam dunkel, und es brachte rein gar nichts, hier herumzusitzen und sich am Ende noch wirklich eine Erkältung zu holen. Dann hätte sie zwar Ilona gestern nicht angelogen, aber es darauf anlegen, dass es ihr körperlich auch noch schlecht ging, musste sie ja nun wirklich nicht.

Missmutig rappelte sie sich auf und stapfte zurück nach Hause, wo Caro sie bereits an der Wohnungstür abfing.

Sie hatte Nudelauflauf gemacht und kommandierte Sam wortlos in die Küche. Ihr war wahrscheinlich klar, dass ihre beste Freundin den ganzen Tag noch nichts gegessen hatte, doch es war vergebens. Sam bekam kaum einen Bissen herunter, auch wenn ihr bewusst war, dass Caro sich extra viel Mühe gegeben hatte. Es herrschte ein bedrückendes Schweigen.

Schließlich stand Caro auf und räumte mit einem Seufzen den Tisch ab, während Sam weiter vor sich hin starrte.

»Du musst mir sagen, was los ist, Sam.« Caros Stimme klang behutsam, so als wolle sie ihre beste Freundin nicht verschrecken. »Gestern Abend erzählst du, dass alles nur ein Missverständnis war, und heute siehst du so aus, als ob das die ganze Situation nur noch schlimmer gemacht hätte.«

Sam schnaubte.

»Ich kann dir nicht helfen, wenn ich nicht weiß, was passiert ist!«

»Er ist wieder hier, das ist passiert!« Sam hatte gar nicht so laut werden wollen, aber nun war es raus. Beschämt senkte sie ihren Blick.

»Wie bitte?« Caro machte ein Gesicht, als wäre sie sich nicht sicher, ob sie ihren Ohren trauen konnte. Beinahe hätte sie den Teller, den sie in der Hand hielt, vor lauter Überraschung und Schreck fallen lassen.

»Er hat auf Instagram ein Bild … ach, schau selbst.«

Sam entsperrte ihr Handy, öffnete das Bild und hielt es Caro unter die Nase. Deren Augen verengten sich zu Schlitzen.

»Was ist das?«, fragte sie mit gerunzelter Stirn.

Richtig, Sam hatte ja niemandem von ihrer Aktion bei der Tiefgarage erzählt. Es war ihr irgendwie peinlich, dass sie mit einem so kindischen Ritual die ganze Sache hatte abschließen wollen.

»Ich war noch mal an dem Ort, an dem wir uns das erste Mal begegnet sind, und habe dort … als symbolischen Abschluss der Sache einen Zettel mit unseren Initialen hinterlassen.« Sam spürte, wie ihre Wangen rot wurden, aber nun war es zu spät, um noch einen Rückzieher zu machen. »Ich dachte, das hilft mir irgendwie, darüber hinwegzukommen. Loszulassen.« Sie faltete die Hände im Schoß und zuckte hilflos mit den Schultern, um anzudeuten, dass es nicht viel gebracht hatte.

Caro kam von der Spülmaschine herüber und nahm Sam in den Arm. »Wieso hast du denn nichts gesagt? Ich wäre doch mitgekommen!«

»Ich wollte allein sein«, gab Sam kleinlaut zu.

»Und das auf dem Foto ... das ist dein Zettel?«

Sam nickte.

»Puh, das ist ... krass.« Mitfühlend streichelte Caro über Sams Rücken. »Du musst ganz schön durcheinander sein, oder?«

Wieder konnte Sam nur nicken. Sie spürte, wie sich erneut Tränen in ihren Augen sammelten.

»Weißt du, wo er jetzt ist?«

Kopfschütteln.

»Oh Mann, was für ein Mist. Aber vielleicht meldet er sich ja morgen wieder im Sender?«

»Ja, schon möglich. Aber ich will da morgen gar nicht hin ...«

»Papperlapapp! Natürlich gehst du hin!« Caro richtete sich wieder auf und stemmte gebieterisch die Hände in die Hüften. »Du hast dich lang genug verkrochen!«

Sam wusste, dass es keinen Sinn hatte, mit ihr zu diskutieren, und natürlich war ihr auch klar, dass sie die Arbeit nicht einfach schwänzen konnte. Trotzdem wurde ihr ganz übel bei der Vorstellung, dass er möglicherweise anrufen könnte. Oder, noch viel schlimmer, dass er *nicht* anrufen könnte.

»Sam, es ist doch glasklar, dass er versucht, Kontakt zu dir aufzunehmen. Und ich sehe dir doch an der Nasenspitze an, dass du das auch willst. Du bist verliebt! Da hat man manchmal Angst, aber lass dir davon doch nicht alles kaputt machen.«

Verliebt. Schon wieder dieses große Wort, das Sam einfach nicht gelten lassen wollte, auch wenn sie selbst es schon mehrfach benutzt hatte. Aber kein vernünftiger Mensch verliebte sich nach nur ein paar flüchtigen Begegnungen.

Und dem unfassbar besten Kuss der Welt ...

»Also?« Weil Sam noch immer nichts gesagt hatte, hakte Caro weiter nach.

»Ja, ich gehe hin, natürlich.«

»Das wollte ich hören.« Caro klang zufrieden und nickte zustimmend. »Und lass ihn um Himmels willen ausreden, wenn er dir was sagen will, und fall ihm nicht ins …«

»Als würde ich niemanden ausreden lassen!«, unterbrach Sam energisch, noch ehe ihr auffiel, dass sie Caro damit indirekt recht gab. Sie musste schmunzeln, und auch Caro kicherte.

»Genau, Sam, du fällst nie jemandem ins Wort«, spöttelte sie. Die Stimmung hatte sich merklich gelöst.

»Ich muss jetzt los … Zu Christopher. Ich schätze, es wird … spät.«

Oh nein! Sam war so in ihre eigene Misere vertieft gewesen, dass sie sich nicht einmal erkundigt hatte, wie das erste richtige Date zwischen ihrer besten Freundin und deren neuem Schwarm gestern verlaufen war! Innerlich hätte sie sich ohrfeigen können für so viel Ignoranz!

»Oh Caro, bitte entschuldige, ich habe gar nicht gefragt …!«

»Schon in Ordnung.« Sie lachte. »Ich verstehe das.«

»Also läuft es gut?«

Caro wurde tatsächlich ein wenig rot bei der Frage. »Ja, ich glaube schon.« Dann strahlte sie.

»Das freut mich für dich, ehrlich.« Auch Sam lächelte nun. »Hab Spaß, ja? Mach dir keine Sorgen um mich.«

»Ich mache mir aber immer Sorgen um dich. Das tun Freundinnen nun einmal.«

Sam wurde ganz warm ums Herz bei diesen Worten, und sie umarmte Caro dankbar, bevor sie sie aus der Küche scheuchte. Sie wollte nicht doch noch im letzten Moment anfangen zu heulen.

»Los, auf zu deinem Traumprinzen!«

»Schon unterwegs! Bis morgen!«

Nachdem Caro gegangen war, verkroch Sam sich wieder in ihrem Bett, um einen Film zu schauen, über dem sie hoffentlich einschlafen würde. Sie lag bäuchlings auf ihrem Bett, den Laptop vor sich, und irgendeine belanglose romantische Komödie lief. Bislang hatte sie sich immer vor allem über die Protagonistinnen solcher Streifen lustig gemacht, die sich so Hals über Kopf und vollkommen unrealistisch verliebten, aber heute blieb ihr das Lachen im Halse stecken. Sie war selbst zu so einer Idiotin geworden.

Zwischendurch starrte sie immer wieder auf ihr Handy. Sie hatte das Bild von Hale und ihr am roten Teppich geöffnet und versuchte in seinen Augen Antworten auf all die Fragen zu finden, die ihr durch den Kopf schwirrten.

Konnte er wirklich das Gleiche für sie empfinden, obwohl er ein Superstar war?

Wieso hatte er das Bild auf Instagram gepostet?

Hatte er schon im Sender angerufen, um wieder Kontakt zu ihr aufzunehmen? Ihre Mutter und auch Leo arbeiteten sonntags nicht, daher würde wohl niemand verstehen, was vor sich ging. Trotzdem würde sich doch jemand von ihren Kollegen melden, wenn ein angeblicher Star anrief und nach ihr fragte, oder nicht? Er hatte folglich nicht versucht, sich bei ihr zu melden.

Aber vielleicht hatte er einfach viel zu tun?

Er hatte es allerdings auch geschafft, zur Tiefgarage zu fahren und das Foto zu machen, also musste er ja Zeit haben!

Aber er würde doch nicht herkommen, wenn er nicht das Gleiche empfand wie sie?

Aber *was*, bitte schön, bestätigte ihr das? Er hatte nur ein paar rührselige Sachen in ein paar sozialen Netzwerken gepostet, und schon ging sie davon aus, dass sie seine große Liebe sein könnte? Lächerlich! Wahrscheinlich tat er das doch in jeder Stadt! Ein Nervenkitzel, ein kleiner Kick hier und da, und dann wieder ab nach Hause! Wurden Jungs nicht eigentlich sowieso nur aus diesem Grund Musiker?

Aber sie hatte es *gespürt*! Das war etwas Besonderes zwischen ihnen gewesen, das konnte niemand leugnen!

Oh Gott, ich könnte Jana sein!

In ihren eigenen Ohren klang sie naiv, unfair, stur, verschlossen und übervorsichtig zugleich. Sie wollte ja etwas riskieren, um sich nicht ihr Leben lang Vorwürfe machen zu müssen, dass sie nicht einmal versucht hatte herauszufinden, ob es vielleicht doch zwischen ihnen geklappt hätte. Aber gleichzeitig konnte sie nicht anders, als sich selbst immer wieder zu sagen, dass es niemals klappen würde. Er war ein Weltstar und wahrscheinlich dreihundertsechzig Tage im Jahr unterwegs. Egal, wie seine Gefühle für sie auch aussehen mochten, er würde so oder so keine Zeit für sie haben.

Sie war ein Niemand, und sie konnte ihm nicht mehr bieten als jede andere normale Frau auf dieser Welt auch. Und das konnte ihm unmöglich reichen.

Beide Stimmen – die, die es ihr ausreden wollte, und die, die das Risiko einzugehen bereit war – hatten recht. Und Sam stand hilflos dazwischen und musste mitanhören, wie sie sich um ihr Herz stritten und mit jeder einzelnen Silbe, die in diesem lautstarken Kampf fiel, die Wunden weiter aufrissen.

Sie sah immer noch auf Hales Gesicht hinunter.

Es stimmte, wieso hatte er nicht im Sender angerufen oder war dort aufgetaucht? Wieso hatte er sonst nicht versucht, sie zu finden?

Frustriert und verwirrt schloss sie die Augen. Sie wurde einfach nicht schlau aus der Sache, und ihre Kräfte versagten langsam.

♥♥♥

Im Traum war er wieder bei ihr.

»Hier bist du endlich, Sam.« Seine Stimme war weich wie Seide, verführerisch und sanft.

Doch in Sam kämpften noch immer die Widersprüche miteinander, und sie wollte sich nicht einfach einlullen lassen. »Was willst du, Hale?«

Er ließ seine Hand sinken, die er soeben sehnsüchtig nach ihr ausgestreckt hatte, und öffnete den Mund, schloss ihn dann aber wieder, weil er nicht wusste, was er antworten sollte. Er sah sie nur aus seinen grünen Augen an, und die Verwirrung, die aus ihnen sprach, drohte ihren Widerstand zu brechen. Sie konnte ihren Blick gerade noch rechtzeitig losreißen, um nicht nachzugeben.

Er kam einen Schritt auf sie zu, und sie wich gleichzeitig einen nach hinten zurück. Ihr Blick wanderte kurz zu seinen Händen, die nun schlaff neben seinem Körper hingen und sich nicht mehr nach ihr ausstreckten.

Sie sehnte sich danach, das Feuer wieder auf ihrer Haut zu spüren, das sofort aufloderte, wenn er sie berührte, aber sie ignorierte ihren Wunsch. Sie redete sich ein, dass das nur zu ihrem Besten war. Und doch hoffte sie, dass er sich einfach darüber hinwegsetzen und sie in seine Arme ziehen würde.

Es dauerte eine gefühlte Ewigkeit, bis Hale seine Stimme wiedergefunden hatte. »Wieso warst du nicht da? An der Tiefgarage? Ich habe auf dich gewartet ...« Er fuhr sich mit der Hand durch die Haare und verzog enttäuscht und hilflos den Mund. »Ich dachte, du würdest kommen ...«

Die Traurigkeit in seiner Stimme quälte sie. »Als ob das eine Rolle gespielt hätte«, flüsterte sie leise. »Für dich ist das alles doch nur ein Spiel.«

Hale riss die Augen auf und schüttelte heftig den Kopf. »Ein Spiel? Sam, bitte sag mir, dass du das nicht wirklich glaubst!« Er überbrückte den letzten Schritt, der sie trennte, griff nach ihrem linken Handgelenk und drängte sie einen Schritt nach hinten, sodass sie mit einem Ruck mit dem Rücken gegen die Wand stieß. In seinen Augen loderte Verzweiflung.

Er drückte ihr Handgelenk neben ihren Kopf an die Wand und umfasste mit der anderen Hand ihre Taille, während er sich gegen ihren Körper presste. Ihre Gesichter waren nur wenige Zentimeter voneinander entfernt, und sein Atem strich heiß über ihre geröteten Wangen. Er war so nah, und doch reichte es ihr nicht. Sie konnte seinen himmlischen Duft wahrnehmen und wollte am liebsten darin versinken.

Er hielt sie fest, als würde er damit rechnen, dass sie sich jeden Moment wehren und versuchen würde, ihn abzuschütteln und aus seinem Griff zu entkommen, doch da irrte er sich. Sie war ihm vollkommen ausgeliefert, und jede Stelle ihres Körpers brannte vor Verlangen danach, von ihm berührt zu werden.

Ihr Körper reagierte so heftig auf ihn, wie er es schon am allerersten Tag getan hatte. Sie konnte nichts dagegen machen, und sie wollte es auch nicht. Sie atmete schwer und wünschte sich nur, dieser Moment würde niemals enden.

»Glaubst du das?« Seine Stimme war rau, und seine Augen glänzten dunkel. Er näherte sein Gesicht noch weiter dem ihren, und ihr Herz begann zu rasen. Als er mit den Lippen über die empfindliche Haut an ihrem Hals glitt, glaubte Sam, ihre Beine müssten jeden Moment nachgeben. Sie begann, am ganzen Leib zu zittern, und unwillkürlich schob sie sich ihm entgegen, drängte ihre Hüfte an seine. Sofort sog er scharf die Luft ein und verstärkte seinen Griff um ihre Taille. Es tat weh, aber Sam genoss das Gefühl.

»Was machst du nur mit mir, Sam?«, raunte er nah an ihrem Ohr, und ein Schauder lief durch ihren gesamten Körper und ließ sie erbeben.

»Ich ...«, stammelte sie, fand aber keine Worte.

Er hob seinen Kopf erneut und sah ihr tief in die Augen. »Ich spiele nicht mit dir. Niemals.«

Sam spürte, wie er seinen Griff um ihr Handgelenk lockerte und seine Finger mit den ihren verflocht. Seine andere Hand wanderte sanft und langsam von ihrer Taille an der Seite ihres Körpers nach oben zu ihrer Wange. Er strich leicht über ihr Gesicht, zeichnete mit den Fingern ein wenig verträumt die Konturen nach, und Sam spürte, wie ihr Herz immer heftiger und schmerzhafter pochte. Sie wollte ihm glauben. Sie wollte ihm so gerne glauben, verdammt noch mal!

Eine Stimme in ihrem Kopf versuchte ihr panisch zurufen, dass sie flüchten sollte, dass das hier alles nur noch schlimmer machen würde, aber das Flattern all der Schmetterlinge in ihrem Bauch übertönte die Rufe.

Hales Hand wanderte über ihre Wange hinab zu ihrem Hals und glitt weiter bis in ihren Nacken. Noch immer sahen sie sich tief in die Augen. Als er seine Finger in ihren Haaren vergrub und sie automatisch ihren Kopf ein wenig nach hinten legte, öffneten sich ihre Lippen und sie keuchte leise auf. Sie hatte gar nicht bemerkt, dass sie vergessen hatte zu atmen.

Ihre freie Hand wanderte langsam und wie benommen an seinem Arm hinauf, bis sie mit der Handfläche über seine warme Wange strich.

»Glaubst du mir, Sam?«

Seine Finger gruben sich immer tiefer in ihre schwarze Mähne, und sein Körper drängte sich immer fiebriger gegen ihren. Sein Atem ging stoßweise, genau wie Sams. Er ließ ihre Hand los, die er bis jetzt über ihrem Kopf gehalten hatte, und umfasste vorsichtig ihr Gesicht, als ob er Angst hatte, ihr mit seiner bloßen Berührung wehtun zu können, und drehte es leicht zur Seite, damit sie ihm ihren Hals entblößte.

Wieder fuhren seine Lippen daran entlang, während seine Hand auf der anderen Seite hinabglitt und den Formen ihres Schlüsselbeins sanft wie ein Schmetterlingsflügel folgte.

Sam konnte keinen klaren Gedanken fassen, geschweige denn einen Satz formulieren. Sie nickte nur stumm und schloss die Augen, um das Gefühl zu genießen, das seine brennenden Küsse auf ihrer Haut hinterließen.

»Sag es«, bat er sie raunend, und sein Griff um ihren Nacken wurde wieder etwas fester und blieb doch liebevoll. Seine Stimme klang erstickt und fordernd zugleich. »Ich muss es hören, Sam. Bitte ...«

»Ich ...«, versuchte sie es erneut, doch in dem Moment biss er ihr zärtlich in den Hals, und ihr Satz ging in einem Stöhnen unter, das sie nicht unterdrücken konnte. Ihre Finger krallten sich in seine Schulter, und sein Kopf ruckte zu ihr herum. Zischend stieß er die Luft zwischen zusammengebissenen Zähnen hervor.

Sie hatte kurz Angst, ihm wehgetan zu haben, aber als sie den Ausdruck vollkommener Überwältigung in seinen Augen sah, wusste sie, dass sie das Gegenteil bewirkt hatte.

Hale drängte sich immer heftiger gegen sie, und ihre Lippen waren jetzt nur noch Millimeter voneinander entfernt. Sam wurde schwindelig von seiner Nähe, von seinem überwältigenden Duft und von der Leidenschaft, die er in ihr entfachte.

»Ich ... glaube dir«, stieß sie heiser hervor - als ihr Wecker klingelte und sie aus ihren Träumen riss.

22

Sam, wenn du jetzt nicht sofort deinen Hintern aus deinem Bett bewegst, kippe ich einen Eimer Wasser über dir aus!«

Sam grummelte, als Caros genervte Stimme zum gefühlt hundertsten Mal erklang. Sie wollte einfach nicht aufstehen. Ihr Bett war zu warm, ihr Kissen zu weich, ihre Muskeln zu schwach, ihr Körper zu müde …

Und außerdem war die Welt mit geschlossenen Augen viel schöner.

»Ich meine es ernst! Und das weißt du auch!«, kam jetzt wieder aus der Richtung des Badezimmers.

Ihr blieb wohl wirklich nichts anderes übrig. Ergeben seufzte Sam und schälte sich aus ihrer wunderbar kuscheligen Bettdecke. Sie tapste ins Badezimmer und bedachte Caro zur Begrüßung mit einem finsteren Blick, als wäre allein ihre beste Freundin daran schuld, dass heute Montag war und sie ins Büro musste.

Caro kannte Sam natürlich bestens und wusste deswegen, was in deren Kopf vorging. Anstatt sauer zu sein, lachte sie als Antwort nur und verließ vergnügt glucksend das Bad, um ihnen in Windeseile ein Frühstück zu zaubern, während Sam duschte und sich fertig machte.

Etwa zwanzig Minuten später kam Sam vorzeigbar, aber noch immer mit derselben furchtbaren Laune aus dem Bad und gesellte sich zu Caro an den Frühstückstisch.

»Ich rechne ja jeden Moment damit, dass er hier auftaucht und mal eben vorbeiguckt«, sagte Caro mit vollem Mund, als Sam sich setzte.

Die aber war noch so in belanglose, verschlafene Gedanken vertieft war, dass sie vor Schreck beinahe die Tasse fallen ließ, nach der sie gerade gegriffen hatte, und ihre Freundin anstarrte, als hätte sie einen Geist gesehen.

»Was?«

»Ach komm schon, Sam!« Caro warf schnaubend die Hände in die Luft. »Du glaubst doch nicht, dass er einfach so aus Spaß hier ist! Oder zum Urlaubmachen!«

»Vielleicht haben sie hier wieder Termine?«, schlug Sam lahm vor.

»Ach, so ein Quatsch«, winkte Caro sofort ab. »Er ist deinetwegen hier! Er wird dich suchen. Und finden, dafür würde ich meine Hand ins Feuer legen.«

»Hm«, machte Sam nur. »Verbrenn dich nicht.« Sie war es leid, immer über alles diskutieren zu müssen. Ihr Leben war in der letzten Zeit schon genug ausgeschlachtet und heiß diskutiert worden, irgendwann wollte sie dann doch einmal ihre Ruhe haben. War das denn zu viel verlangt?

»Na ja, ich muss jetzt los, sonst komme ich zu spät zur Arbeit.« Caro räumte ihre Frühstückssachen in die Spülmaschine und drückte Sam dann einen Kuss auf den Scheitel. »Beeil dich, sonst verspätest du dich!«

»Ja, Mama«, murrte Sam und verdrehte die Augen.

»Wir sehen uns heute Abend! Bis dann, halt die Ohren steif und schreib mir, wenn etwas Spannendes passiert!«, trällerte sie und rauschte aus der Küche. Was genau sie mit diesem Spruch gemeint hatte, war Sam ein wenig schleierhaft, aber es war noch zu früh, um sich über solche kryptischen Aussagen groß den Kopf zu zerbrechen. Jetzt musste sie erst einmal zur Arbeit.

Sie seufzte tief und räumte den Frühstückstisch ab, zog sich an und schlurfte dann langsam zur S-Bahn. Im Zug sah sie sich immer wieder verstohlen um, als rechnete sie damit, dass sie gleich jemand ansprechen oder rufen würde: »Hier bist du, Sam!«

Jemand mit dunkelbraunen Locken und grünen Augen.

Sie schüttelte über sich selbst den Kopf, als sie die Bahn verließ. Nun litt sie schon unter Paranoia! Und das nur, weil sich Hale in derselben Stadt befand wie sie!

Sie glaubte Caro nicht. Egal, wie überzeugend ihre beste Freundin geklungen hatte. Sie glaubte nicht daran, dass er sie suchen würde. Er würde vielleicht Ausschau nach ihr halten und denken, sie würde zu ihm gerannt kommen, aber er selbst war viel zu bequem, um irgendwie aktiv zu werden.

»Guten Morgen, meine Liebe«, wurde sie von ihrer Mutter begrüßt, als die automatische Schiebetür vor ihr aufging. »Ich dachte schon, du kommst heute gar nicht mehr.«

»Wieso, ich bin doch pünktlich!«, verteidigte Sam sich matt. Mit einem prüfenden Blick auf die Uhr stellte sie fest, dass Alessandra sie nur an der Nase herumgeführt und sich ein Späßchen erlaubt hatte. Sie warf ihr nur einen vielsagenden Blick zu und schob sich an ihr vorbei.

»Ich dachte, ich könnte dich vielleicht zum Lachen bringen, du Morgenmuffel!«, rief sie ihr glucksend hinterher.

»Versuch's in vier Stunden noch mal«, murmelte Sam vor sich hin. Sie ließ sich an ihrem Schreibtisch nieder und wollte damit beginnen, sich durch sämtliche Blätter, E-Mails und Aufträge zu wühlen, als ihre Mutter noch einmal den Kopf um die Ecke steckte.

»Johannes hat gefragt, ob du zu ihm runterkommen und dir das Videomaterial ansehen möchtest. Es gibt doch einige Einstellungen, auf denen du nicht zu sehen bist, und wir haben uns gefragt, ob man aus ihnen vielleicht doch einen Beitrag schneiden könnte, wenigstens einen kleinen. Nun, das heißt natürlich nur, wenn du einverstanden bist …«

»Natürlich. Ich gehe gleich zu ihm.«

Sam wusste, wie wichtig diese Aufnahmen für ihre Mutter waren und wie enttäuscht sie gewesen sein musste, sie gar nicht verwenden zu können. Wenn man nun doch noch etwas von dem Bericht retten konnte, ohne ihre eigene Identität dabei der Presse preiszugeben, wäre immerhin nicht alles umsonst gewesen.

»Danke, Schatz. Die Tonmitschnitte, die du uns geschickt hast, kamen richtig gut an. Du hast das toll gemacht.«

Sam bemühte sich, ein Lächeln aufzusetzen. »Wenn man von dem Ergebnis mal absieht …«

»Dir geht es wirklich nicht gut, oder?« Alessandras Sorge war ihr deutlich anzuhören.

»Er ist hier. In München. Ich drehe halb durch, aber sonst alles super, und bei dir so?« Sams Versuch, möglichst witzig zu klingen, misslang kläglich. Vielmehr klang sie beinahe patzig, was ihr sofort leidtat. Das hatte ihre Mutter nun wirklich nicht verdient.

Alessandras Augen wurden groß vor Überraschung, und sie öffnete den Mund, um etwas zu erwidern, doch in diesem Moment wurde sie von einem Mitarbeiter gerufen. Sie gab ihm ein Zeichen, dass sie gleich kommen würde, und wandte sich dann wieder an ihre niedergeschlagene Tochter.

»Wir reden heute Mittag, in Ordnung?«

Sam nickte nur als Antwort. Ihre Mutter drückte kurz ihre Hand und hastete dann hinüber in das Besprechungszimmer, in dem wohl ein wichtiger Termin stattfand.

Gott, es würde nicht einfach werden, sich gleich auf die Videos zu konzentrieren, wenn ihr klar war, dass jeden Moment Hale zu sehen sein konnte. Und außerdem wusste sie gar nicht, wie viel Johannes wirklich gefilmt hatte – oder besser gesagt: wie viel er von Sam und Hale gefilmt hatte!

Sam kaute gedankenverloren auf ihrer Unterlippe herum und starrte ziellos durch die Gegend.

Hale brachte sie so sehr durcheinander. Sie wollte doch nur, dass er sie in Ruhe ließ und aus ihrem Leben verschwand! Oder? Wollte sie das? Nein, eigentlich wollte sie das nicht. Oder … vielleicht doch?

Sam vergrub stöhnend das Gesicht in ihren Händen und hätte sich selbst gern geohrfeigt, bis sie wieder zur Vernunft kam. Sie wusste einfach nicht, was sie wollte. Einerseits bekam sie ihn nicht aus ihrem Herzen und aus ihrem Kopf, aber andererseits wusste sie, dass es besser für sie wäre. Wieso nur fühlte es sich dann so falsch an? Aber es war jetzt zu spät, sich den Kopf darüber zu zerbrechen, was das Vernünftigste wäre. Es war zu spät. Er hatte ihr schon längst ihr Herz geklaut. Als er sie das erste Mal geküsst hatte, war sie bereits verloren gewesen.

Sam sprang ruckartig auf und atmete tief durch. Nicht dran denken! Das brachte nichts!

Besser, sie machte sich auf zu Johannes und dem Videomaterial.

Ich schaffe das schon.

Mit diesen Worten, die wie ein Echo durch ihren Kopf hallten, machte Sam sich auf den Weg in die unteren Stockwerke, in denen die Redakteure ihre gläsernen Büros hatten. In Gedanken drehte sie beinahe durch, weil sie so aufgeregt war. Vielleicht konnte man die beiden ja deutlich sehen? Wie sie sich ansahen? Wie er sie berührte?

»Hey, Johannes. Du, sag mal …« Sam hatte die Glastür geöffnet, ohne wirklich hinzugucken, und stoppte jetzt mitten im Satz, weil sie feststellte, dass Johannes überhaupt nicht am Platz war. Auf dem Schreibtisch in seinem Glaskasten herrschte ein Vorzeigechaos, aber er selbst war spurlos verschwunden.

Da er wohl kaum weit sein konnte, ließ Sam sich auf seinem Drehstuhl nieder und überlegte. Sollte sie auf ihn warten? Langsam drehte sie sich auf dem Stuhl im Kreis und starrte hinunter auf ihre Füße, die sie träge anschoben.

Vielleicht war er ebenfalls in dem Meeting, in dem ihre Mutter gerade saß. Oder er war auf der Toilette. Oder er war bei einer Aufnahme, und Sam wusste nichts davon? Oder sie machte sich einfach verrückt, weil sie diese Aufnahmen eigentlich gar nicht sehen wollte, die sie gleich mit ihm durchgehen würde?

»Hey«, erklang eine Stimme von der Tür hinter Sam, und sie erschrak so sehr, dass sie beinahe vom Stuhl fiel. Während sie aufsprang, entgegnete sie hastig: »Da bist du ja, ich habe dich schon ...«

Der Rest des Satzes blieb ihr im Hals stecken. Sie hatte sich zu der Person, die mit ihr gesprochen hatte, umgedreht. Gott sei Dank hielt sie sich an der Stuhllehne fest, sonst wäre sie gnadenlos zu Boden gegangen. Ihre Knie waren weich wie Wackelpudding. Oder eher wie flüssige Butter. Ging das überhaupt? Sam konnte keinen klaren Gedanken mehr fassen. Ihr Mund stand vor Überraschung weit offen. Ohne zu blinzeln, starrte sie Hale an.

Hale, der dort wahrhaftig in der Glastür stand und sie mit seinen dunkelgrünen Augen ansah.

Unbewusst nahm sie wahr, dass sämtliche Leute im Gang und in den angrenzenden Büros auf sie beide aufmerksam wurden und sich den Hals verrenkten, um sie beobachten zu können. Manche waren sogar aufgestanden und schauten unverhohlen durch die Glaswände hinüber. Wieso zum Teufel waren hier bloß alle Büros aus Glas? Wer dachte sich denn so etwas aus?

»Ähm.«

Sehr geistreich, Samantha. Sehr geistreich.

Sam zog Hale kurzerhand am Ärmel ins Büro und schob ihn zu dem zweiten Stuhl hinüber, damit er sich draufsetzen konnte. Sie ließ sich ebenfalls wieder auf den Drehstuhl sinken. So waren sie immerhin ein wenig vor den sensationsgeilen Blicken der anderen geschützt.

Hale fuhr sich nervös durch die Haare und lächelte Sam schüchtern an. War er wirklich verunsichert?

»Was machst du hier?«, polterte Sam los und biss sich gleich auf die Unterlippe, weil ihre Stimme so unfreundlich klang. Dabei war sie einfach nur überrumpelt! Hale war hier! Direkt vor ihr! Wirklich! Wieso hatte er nicht zumindest angerufen?

»Ich … ähm … soll ich lieber wieder gehen?«, schlug Hale zögernd vor und deutete mit dem Daumen auf die Glastür hinter sich.

»Nein, nein.« Wie kam er denn jetzt darauf? »Aber … was machst du hier?«, wiederholte Sam. Sie konnte es nicht anders formulieren. Ihre Gehirnwindungen tanzten Salsa und verweigerten den Dienst. Hale musste aus dem, was sie sagte, irgendwie schlau werden, denn zu komplexeren Sätzen war sie nicht in der Lage.

Zum Glück konnte er sich offenbar einen Reim darauf machen, was sie eigentlich fragen wollte, denn er gab ihr eine Antwort, die aus mehr als nur einer unsicheren Gegenfrage bestand.

»Ich … ich wollte mit dir reden. Das alles mal gerade rücken. Dass wir uns aussprechen. Dass du weißt, dass das alles nicht echt war.«

Wie bitte? Nicht echt?

Sam starrte ihn mit weit aufgerissenen Augen an, während die Wut bereits in ihr hochkochte. *Deswegen* war er extra hierhergekommen? Um ihr das Herz rauszureißen und dann auch noch darauf herumzutrampeln?

»Nein, stopp!« Hale zog scharf die Luft ein, als ihm klar wurde, wie er sich gerade ausgedrückt hatte. »Ich meinte, dass das zwischen Alyson und mir nicht echt war! Da war seit der Trennung überhaupt nichts. Das war alles wegen der Presse. Sie hatte mich darum gebeten. Aber das war, bevor ich dich kennengelernt habe! Ich kam nur nachträglich aus der Sache einfach nicht mehr raus. Alyson kann wirklich nett sein, besonders wenn sie etwas will. Aber wenn man nicht nach ihrer Pfeife tanzt …« Er breitete die Arme aus und zuckte mit den Schultern. »Kurzum, ich konnte es mir nicht erlauben, ihr diesen Gefallen zu verweigern. Sie hätte mir den Kopf abgerissen und danach unschöne Dinge über meine Qualitäten als Liebhaber verbreitet.«

Sam verzog angewidert das Gesicht. Es war klar, dass Hale einen Scherz hatte machen wollen, aber allein die Vorstellung, dass er mit diesem hohlen Blondchen im Bett gewesen war, machte sie ganz krank. Dass Alyson ihn nun damit erpresste, war allerdings noch schlimmer. Es kam Sam so vor, als habe Hale durch seine Berühmtheit seine Seele an die Öffentlichkeit verkaufen müssen.

»Nicht witzig?«, fragte er vorsichtig, und Sam schüttelte den Kopf.

Es war eindeutig zu früh für Scherze. Er konnte hier nicht einfach so reinplatzen, ihr eine Erklärung auftischen und dann davon ausgehen, dass sie gemeinsam über die dummen Missverständnisse lachten. Das war zu schnell für Sam. Natürlich wollte sie ihm glauben, aber konnte sie das denn?

Wie er dort so vor ihr saß, zwei Meter von ihr entfernt, in seiner schwarzen zerrissenen Jeans, der schwarzen Lederjacke und dem weißen T-Shirt, fragte sie sich, wieso zum Teufel er ein Weltstar sein musste. Wieso konnte er kein normaler Typ von nebenan sein, in den sie sich verliebte und mit dem alles ganz einfach war?

Sam seufzte. »Wieso bist du nach München geflogen?«

Hale machte Anstalten aufzustehen, aber Sam sah ihn warnend an. »Mach das besser nicht. Das ganze Büro ist voller Redakteure, vergiss das nicht.«

Ergeben sank Hale wieder auf den Stuhl zurück. Er legte den Kopf leicht schräg und betrachtete Sam. »Warum ich hergeflogen bin? Deinetwegen natürlich, wieso denn sonst? Für niemanden auf der Welt würde ich das tun. Nur für dich.«

Im ersten Moment war Sam sprachlos. Ihr Herz galoppierte über eine bunte Blumenwiese, während ihr Magen eine Pirouette nach der anderen drehte. Eine Sekunde später plumpste sie zurück auf den Teppich der Realität und fragte mit leiser, monotoner Stimme: »Erzählst du das jeder?«

»Was?« Hale blinzelte verwirrt.

»Erzählst du das in jeder Stadt einem Mädchen, dem du den Kopf verdrehst und mit dem du deine Spielchen spielst?«, präzisierte sie ihre Frage. Sie war selbst erstaunt, wie klar und fest ihre Stimme plötzlich klang.

»Ich spiele mit niemandem Spielchen! Wie kommst du denn darauf?« Verblüfft sprang er auf, Redakteure und Journalisten hin oder her, und kam zu ihr. »Unter anderem bin ich hergekommen, weil ich dir das hier geben wollte.« Er hatte ein paar Papiere aus seiner Jackeninnentasche gezogen und hielt sie Sam hin. »Falls du jetzt immer noch denkst, dass ich mit dir spiele und ein Mädchen nach dem anderem auf einer Liste abhaken würde« – wieso konnte er so gut Gedanken lesen? –, »dann kann ich auch nichts mehr machen.« Er drückte Sam die Papiere in die Hand und setzte sich wieder auf den Stuhl. Sam betrachtete das, was sie in der Hand hielt.

»Das sind …«, begann er.

»Ein Flugticket und ein Backstage-Pass«, beendete Sam seinen Satz. Ihre Stimme war kaum mehr als ein Flüstern. Sie glaubte nicht, was sie da gerade in ihren zittrigen Händen hielt.

»Ja. Nach London. Morgen. Ist zwar nur für einen Tag und eine Nacht, weil meine Termine nichts anderes zulassen, aber … Überleg es dir, Sam.«

Sie hob den Blick, als er ihren Namen sanft aussprach. Der Klang seiner Stimme fuhr wie ein samtenes Tuch über ihre Arme und verursachte eine kribbelnde Gänsehaut. Sie wollte, dass dieses Gefühl nie wieder aufhörte.

»Ich würde dir niemals wehtun, Sam.« Hale zog den Stuhl weiter nach vorne, sodass sie sich jetzt direkt gegenübersaßen. Ihre Knie berührten sich. »Das meine ich auch so. Bitte glaub mir.«

»Und was ist mit Alyson?«, fragte sie mit möglichst neutraler Stimme. Sie musste sich zusammenreißen, denn schon die leichte Berührung ihrer Knie brachte sie eindeutig mehr aus dem Konzept, als sie es sollte.

»Mit der ist überhaupt nichts. Sie hat vor, demnächst eine neue Single und dann ein Album rauszubringen. Also braucht sie ein wenig Aufmerksamkeit. Sie bat mich um Hilfe, und ich dachte, ich könnte so endlich den Rosenkrieg zwischen uns beenden. Aber es war nie die Rede von Anfassen oder gar Küssen. Sie hat völlig übertrieben.« Hale zuckte mit den Schultern und verdrehte die Augen. »Die hohle Nuss denkt natürlich, ich würde sie mögen. Sam, diese ganze Beziehung war schon damals mehr PR gewesen, als dass wirkliche Gefühle mit im Spiel waren. Ich war jung und mein Management von der Idee begeistert. Ich hatte es kurz versucht, ja. Und ein paar Wochen lang habe ich mich selbst von dem Hype um uns mitreißen lassen. Aber das hielt nicht lange an. Alyson … macht es einem nicht gerade leicht, sie zu mögen. Vor allem wenn man eigentlich gern Gespräche führt.«

Na, was sagte man dazu?

»Und die Bilder aus dem Restaurant kurz vor den EMAs hier in München? Da kannten wir uns schon!«, hakte Sam weiter nach. Ihr war es egal, wenn sie eifersüchtig wirkte, Hauptsache, sie würde das zwischen ihnen endlich klären. Das war ja nicht mehr auszuhalten, mit dieser ewigen Unwissenheit zu leben!

»Welche Fotos?«, entgegnete Hale mit großen Augen. Dann grinste er. »Ich liebe es, wenn ich Sachen über mich selbst erfahre, die ich noch gar nicht weiß!«

Sam schnaubte amüsiert und googelte die Bilder schnell. Sie hielt Hale ihr Handy vor die Nase.

»Ha, die sind ja noch von vor ein paar Wochen!«, schmunzelte er und gab Sam ihr Handy zurück. »Das sieht man doch, dass das nicht in München war, sondern in London. Der Fahrer sitzt auf der rechten Seite des Autos.«

»Tatsache.« Sam war wie vor den Kopf geschlagen. Wieso war ihr das noch gar nicht aufgefallen?

»Wir waren in diesem Restaurant, weil sie mich dort genau das gefragt hat, was ich dir gerade erzählt habe. Also?«

»Hm?« Sie hob den Blick und verlor sich sofort in der Tiefe seiner Augen. Wenn man nicht aufpasste, konnte man darin wahrlich ertrinken. Für Sam wäre es mehr als nur in Ordnung, den Rest ihres Lebens einfach nur in seine Augen zu blicken. Sie glaubte ihm, und dieses Gefühl war unbeschreiblich.

»Nimmst du die Einladung an?«, fragte Hale sanft und deutete mit einem Kopfnicken in Richtung der Tickets, die Sam immer noch in ihren Händen hielt. Oh, die hatte sie schon längst wieder vergessen gehabt.

»Natürlich«, sagte sie, und ihr Herz hüpfte wie verrückt, als sie das leichte, aber echte Lächeln sah, das sich auf Hales Gesicht ausbreitete. Er schob seine Hand in ihre und verflocht ihre Finger miteinander. Sie beobachteten beide verträumt, wie ihre Finger sich umeinanderschlangen und er mit seinem Daumen über ihren Handrücken strich.

»Ich denke mal, näher kann ich dir nicht kommen, sonst tauchen die nächsten Bilder von mir und der unbekannten dunkelhaarigen Schönheit in der Presse auf«, murmelte er, konnte es aber trotzdem nicht lassen, mit der Handfläche leicht über Sams Wange zu streichen.

Sam wandte den Kopf ein wenig zur Seite und begegnete gleich mehreren Augenpaaren, die weit aufgerissen waren. In der nächsten Sekunde waren sie verschwunden. Verfluchte Glaswände! Auf der anderen Seite des Flurs war es nicht anders. Jeder starrte sie an. Aber als Sam den Blickkontakt herstellte, setzten sie sich alle schnell peinlich berührt hin und taten so, als wäre nichts gewesen.

Sam nutzte die Gunst der Stunde, vergrub ihre Hand in Hales Locken und drückte ihm flüchtig einen sanften Kuss auf die Lippen. Sie löste sich wieder von ihm, bevor er richtig reagieren konnte, und lächelte ihn mit funkelnden Augen an.

»Natürlich nehme ich die Einladung an«, wiederholte sie leise.

»Wunderbar. Ein Fahrer wird dich am Flughafen in London abholen und ins Hotel und dann zum Konzert bringen. Ich kann vorher leider nicht kommen, wegen zig Interviewterminen, aber wir sehen uns dann, sobald die Show ...«

Plötzlich klopfte es an der Glastür, und Sam lehnte sich erschrocken zur Seite, um zu sehen, wer da hereinplatzte.

»Guten Tag, die Herrschaften«, sagte Alessandra und konnte ihre Begeisterung nur schwer hinter einem Pokerface verbergen. »Hallo, Hale. Ich unterbreche euch ja nur ungern, aber das ganze Büro dreht langsam durch. Ich habe allen gesagt, sie dürfen nicht veröffentlichen, dass du hier bist, Hale, aber trotzdem ... nichts für ungut, aber du solltest jetzt besser gehen, sonst sickert doch noch etwas durch.«

Entschuldigend sah sie ihre Tochter an und zuckte ratlos mit den Schultern. Sam konnte nichts anderes tun, als einfach nur zu grinsen. Dadurch, dass sie sich morgen in London – *in London!* – schon wiedersehen würden, nahm sie es ihrer Mutter nicht übel, dass sie Hale gerade wortwörtlich hinauswarf.

Hale stand auf, fuhr sich noch einmal mit der Hand durch die Haare und lächelte Alessandra breit an. »Ach, das ist kein Problem, Frau Ferroni. Vielen Dank dafür, dass Sie uns den Rücken decken. Bis bald.« Er drehte sich zu Sam um, öffnete den Mund, aber sagte dann trotzdem nichts. Er sah sie einfach nur an. Er strich ihr ein letztes Mal über die Wange und lächelte. Dann drehte er sich um und ging einfach davon.

Sam konnte die ganzen Mitarbeiter quietschen, rufen und durcheinanderquatschen hören, als die Tür hinter Hale ins Schloss gefallen war.

Sie ließ sich zurück auf Johannes' Schreibtischstuhl fallen und konnte nicht fassen, was ihr gerade widerfahren war.

Kann mich mal bitte jemand kneifen?

»Wow.« Mehr hatte auch Alessandra wohl gerade nicht zu sagen. Sie war genauso baff wie ihre Tochter. Erst als sie sah, dass Sam etwas in der Hand hielt, konnte sie wieder eine Frage formulieren.

»Was hast du da?« Sie nahm Sam die Tickets ab und staunte nicht schlecht, als ihr klar wurde, was sie da gerade las. »Du gehst jetzt nach Hause, meine Liebe, und fängst an zu packen! Und dich mental darauf einzustellen! Hopp, hopp, los, los!«, scheuchte ihre Mom Sam auf. Verwirrt stand Sam auf und nahm die Tickets wieder entgegen.

»Wie?«

»Na, du fährst jetzt nach Hause und machst dich startklar für morgen! Du hast frei, das steht ja wohl außer Frage. Wir kommen auch ohne dich klar, keine Sorge. Wenn Johannes einfach alles nutzen kann, wo du nicht drauf zu sehen bist, wird er schon zurechtkommen. Jetzt geh, mach dich vom Acker! Und ruf mich heute Abend noch mal an!« Alessandra drückte ihre Tochter fest an sich.

Nach ein paar Sekunden der mütterlichen Wärme taute Sams Starre wieder auf, und sie hüpfte leicht auf und ab. »Er hat mir wirklich ein Ticket geschenkt!«, quiekte sie ins Ohr ihrer Mom.

»Zwei Tickets!«, berichtigte Alessandra lachend und löste sich wieder von Sam. Sie strich ihr eine lose Haarsträhne aus dem Gesicht und sagte: »Jetzt fahr nach Hause! Und genieß London!«

Das ließ sich Sam nicht zweimal sagen.

23

Sam war selten in ihrem Leben so aufgeregt gewesen wie heute. Nicht einmal vor den Abiturprüfungen hatten ihre Nerven so blank gelegen! Sie konnte sich nicht mehr erinnern, wie lange Caro und sie gestern gebraucht hatten, um ihren kleinen Koffer zu packen. Sie wusste nicht einmal, wie lange sie in London bleiben würde! Wie sollte man da auch nur ansatzweise wissen, was man zu packen hatte? Und was sollte sie tragen?

Die beiden Freundinnen waren hoffnungslos überfordert gewesen. Caro hatte sich durchgehend darüber aufgeregt, dass Hale einfach so aus dem Sender verschwunden war und sich nicht mehr gemeldet hatte.

»Na ja, wie hätte er sich denn auch melden sollen?«, fragte Sam zurück und zuckte mit den Schultern.

Caro hatte daraufhin das Gesicht verzogen und endlich kapiert. »Verdammt. Du hast ja den Zettel mit seiner Handynummer verbrannt. Und das weiß der arme Kerl nicht. Er hat sicher damit gerechnet, dass du dich meldest. Na, ihr seht euch ja morgen. Das muss reichen. Du hast das Flugticket und den Backstage-Pass, und mehr brauchst du nicht. Hast du Ilona schon Bescheid gesagt?«

Sam war Caro dankbar, dass wenigstens sie noch mitdachte, denn in all der Aufregung hatte sie völlig vergessen, dass sie dienstags eigentlich Training mit ihrer Crew hatte. Sie musste die Stunde also erneut ausfallen lassen. In einem aufgeregten und auch ziemlich lauten Telefonat erklärte sie Ilona, weshalb sie verhindert war und sie ohne sie auskommen mussten. Immerhin hatte sie dieses Mal einen guten Grund und musste nicht lügen. Die Erkältung vom Wochen-

270

ende hatte Ilona ihr eh nicht abgenommen, wie sich herausstellte.

Nach einer weiteren halben Stunde kopflosen Packens hatte Caro den Koffer mit einem Ruck zugeschlagen und das Unterfangen resolut für beendet erklärt. »Egal, was du trägst, Hale wird dich so oder so unwiderstehlich finden!«, befand sie, und Sam hatte nur einen missmutigen Laut von sich gegeben.

Ihr Vorsatz, Hale abzuhaken, war nun endgültig vergessen. Trotz allem hatte sie weiterhin Angst, wirklich zu ihm zu fliegen. Das ganze Vorhaben kam ihr zu groß und zu unrealistisch vor. Die endlos lange S-Bahn-Fahrt zum Flughafen über fragte sie sich, was sie eigentlich gerade im Begriff war zu tun, und auch während sie am Gate stand und in der Schlange auf das Boarding wartete, gingen ihr diese Gedanken weiter durch den Kopf.

Gott sei Dank habe ich keine Flugangst.

Das hätte ihr jetzt den Rest gegeben, denn mit dieser Aufregung war sie so ja schon hoffnungslos überfordert!

»Haben Sie einen angenehmen Flug, Miss.« Die Flughafenangestellte lächelte und gab Sam ihr Ticket zurück.

Einen angenehmen Flug hatte Sam eindeutig nicht.

Als sie in London den Flieger verließ, hatte sie das Gefühl, sie müsste eher irgendwo in den USA gelandet sein. Der Flug hatte sich angefühlt, als hätte er den halben Tag gedauert und nicht nur sechzig Minuten.

Es regnete. Wer hätte das gedacht? Hibbelig zog Sam ihren kleinen Koffer hinter sich her, den sie als Handgepäck hatte mitnehmen können.

Als sie in den Empfangsbereich hinaustrat, ging sie mit gesenktem Kopf an den Wartenden vorbei.

»Samantha Ferroni?«, hörte sie auf einmal eine Stimme. Verwundert hob sie den Kopf und blickte in das Gesicht eines älteren Herrn, der sie freundlich anlächelte.

»Ja‽«

»Ich bin George, Ihr Chauffeur. Ich soll Sie in Ihr Hotel und anschließend zum Konzert bringen, wo Mister Silver Sie bereits erwartet«, fuhr er mit ausgeprägtem britischen Akzent fort. Er klappte sein Jackett kurz auf und zeigte Sam einen eingeschweißten Ausweis, auf dem der Name der Band stand und dass er zur Crew gehörte.

Sam war froh, als sie den Ausweis sah, denn nun wusste sie, dass sie ihm wirklich glauben konnte.

Sie nickte einmal kurz und folgte George durch das Menschengedränge nach draußen. Er nahm ihr den kleinen Koffer ab und verstaute ihn in dem Kofferraum des schicken schwarzen Wagens mit den verdunkelten Scheiben.

Als sie sich angeschnallt hatten und er den Motor anließ, sagte er: »Als Erstes werden wir nun zu Ihrem Hotel fahren. Dort können Sie sich ein wenig frisch machen, was Sie nach diesem Flug bestimmt gerne tun würden, und dann bringe ich Sie zum Konzert.«

Klang ja alles bestens.

Es folgte aber sofort ein Problem: der Londoner Verkehr an einem späten Dienstagnachmittag. Je später es wurde, desto unruhiger wurde Sam. Sie rutschte auf ihrem Sitz hin und her und beobachtete die Autos um sich herum. Der Linksverkehr war schon etwas Komisches.

»Seien Sie unbesorgt, Sam, wir schaffen es schon pünktlich«, lachte der Chauffeur und gab ein wenig Gas, als die Straßen wieder freier wurden.

Sam war nicht in der Lage zu antworten, weil sich ein riesengroßer Kloß in ihrem Hals gebildet hatte. Sie war froh, dass sie wenigstens noch normal atmete.

Nicht mehr lange, und sie würden sich endlich wiedersehen. Nicht in einem Büroglaskasten, sondern irgendwo, wo sie einfach sie selbst sein konnten und vielleicht zur Abwechslung mal nicht beobachtet wurden.

»So, da wären wir. In spätestens einer Stunde sollten wir zum Konzert fahren, Miss. Ich werde hier auf Sie warten. Kommen Sie einfach hinunter, sobald Sie fertig sind«, informierte George sie, als sie aus dem Wagen sprang und sich hastig bedankte.

In Windeseile checkte Sam bei einer freundlich lächelnden Angestellten ein und kam dabei nicht einmal dazu, die pompöse Eingangshalle des Hotels zu bestaunen. Sie hätte auch bei der Queen ins Wohnzimmer spaziert sein können. Erst als sie im Aufzug stand und die Türen sich gerade schlossen, klappte ihre Kinnlade nach unten und sie realisierte, wo sie wirklich und wahrhaftig gerade war. Hale hatte eines der nobelsten Hotels der Stadt für sie ausgewählt!

Die Suite war atemberaubend und größer als ihre Wohnung in München. Für Hale war so etwas hier wahrscheinlich normal, aber ihr verschlug es für einige Minuten die Sprache, während sie alle Räume inspizierte.

Als sie auf die Uhr blickte, wurde ihr aber schnell wieder bewusst, dass sie nicht mehr viel Zeit hatte und sich endlich umziehen sollte. Sie wollte weder George warten lassen noch zu spät zum Konzert kommen.

»Okay, was ziehe ich denn jetzt an …«, murmelte Sam und schmiss ihren kleinen Koffer auf das ausladende Bett mit der goldfarbenen Tagesdecke. Sie packte alles aus, was sie mitgenommen hatte, und obwohl es nicht viel war, fühlte sich Sam trotzdem überfordert. Wie gern hätte sie jetzt Caros Hilfe gehabt!

Hektisch schlüpfte sie in ein Outfit nach dem nächsten, bis sie sich endlich für eine schlichte, aber perfekt fallende schwarze Bluse, eine enge schwarze Jeans und ihre schwarzen Stiefeletten aus Wildleder entschied. Ganz in Schwarz gefiel sie sich selbst wirklich gut.

Als sie samt ihrer Schminkutensilien das Badezimmer betrat, staunte sie nicht schlecht über die Ausstattung des

Raumes. Wow. Wie viele Sterne hatte das Hotel denn bitte? Fünf? Siebenundzwanzig? Sechshunderttausend? Sie hoffte inständig, dass sie nach dem Konzert noch die Zeit finden würde, zumindest den überdimensional großen Whirlpool auszuprobieren.

Bei dem Gedanken daran, dabei unter Umständen nicht allein zu sein, schoss Sam sofort die Röte ins Gesicht, und ihr Herz galoppierte wie wild los. Es war ganz eindeutig noch zu früh, um über so etwas nachzudenken! Trotzdem konnte sie sich ein leichtes Grinsen nicht verkneifen.

Während Sam summend ihr Make-up ein wenig auffrischte, wurde sie immer aufgeregter und hibbeliger, sodass sie es beinahe nicht schaffte, einen geraden Lidstrich zu malen. Nur mit äußerster Konzentration gelang ihr das schwierige Unterfangen.

Sie checkte nochmals ihre Tasche, ob sie alles hatte, was sie brauchen würde, und zog anschließend die Hotelzimmertür hinter sich zu. Sam lachte innerlich über sich selbst, als sie beinahe den Aufzug nicht wiederfand.

Etwas durch den Wind bin ich offensichtlich schon!

Unten angekommen fand sie George sofort in der Eingangshalle, der wartend neben den großen Glastüren stand. Er lächelte ihr freundlich zu und öffnete ihr draußen die hintere Tür des dunklen Wagens.

Sam beobachtete während der Fahrt die Leute draußen, um sich von ihrer Nervosität abzulenken. Je näher sie der Halle kamen, desto weniger klappten diese Versuche jedoch, weil viele Fans durch die Straßen in Richtung Konzert liefen und ihr ständig Hales Gesicht von T-Shirts und Plakaten entgegengrinste. Sie wollte endlich aussteigen und zu ihm!

Aber der Verkehr wurde immer dichter, und es dauerte ewig, bis sie endlich vor der Halle ankamen. Hätte Sam sich besser ausgekannt, wäre sie einfach ausgestiegen und gelaufen, so ungeduldig war sie.

»Haben Sie einen wunderbaren Abend, Miss«, wünschte George, als er bei der Halle hielt, und schenkte ihr ein warmes Lächeln. Ob Hale ihm irgendetwas über sie erzählt hatte? Kurz überlegte sie, ihn zu fragen, aber wahrscheinlich war der Chauffeur viel zu diskret, um sich etwas entlocken zu lassen.

»Den werde ich haben. Danke für alles, George. Auf Wiedersehen!«, verabschiedete Sam sich daher und winkte ihm hinterher, als er mit schnurrendem Motor davonbrauste.

Sie drehte sich um und sah zur Halle empor, die vor ihr aufragte. Hier war sie also, aber wo genau sollte sie nun hineingehen? Ein normales Ticket hatte sie ja nicht einmal, sie hatte nur den Backstage-Pass! Stellte man sich mit dem auch ganz normal in die Reihe? Sam konnte sich das nicht vorstellen.

Sie lief mit dem Strom der Fans in Richtung Eingang und schob sich langsam zwischen all den kreischenden und aufgeregten Menschen hindurch.

»Entschuldigen Sie, wo muss ich denn reingehen ...?«, fragte Sam eine Sicherheitsangestellte, die vor einer der Türen stand und finster dreinblickte.

»Hinten anstellen«, antwortete diese und sah Sam nicht einmal an.

Die ist ja nett.

Sam hielt ihr demonstrativ den Backstage-Pass vor die Nase, bis die Frau sich erbarmte hinzusehen.

»Oh. Ähm«, machte sie jetzt und sah sich den Pass genauer an. Schlagartig wurde sie sehr viel freundlicher und deutete zum Eingang, der ein paar Meter neben ihnen war und vor dem Hunderte von Menschen warteten.

»Sie können hier hinter den Absperrungen an der Seite zum Eingang gehen, dann kommen Sie sofort hinein«, erklärte sie und machte Platz, damit Sam hinter die Zäune schlüpfen konnte.

»Danke.« Sam ließ den Dank mit Absicht ein wenig schärfer ausfallen und schob sich an der Frau vorbei. Nun konnte sie ganz bequem hinter den Zäunen an den Mädels vorbei, die mit ihren Tickets in der Hand auf den Einlass warteten, und zeigte einem weiteren Mann von der Security vorn am Eingang ihren Pass.

Als dieser ihn genauer studierte, hörte sie hinter sich Getuschel und Zischen. Sam drehte sich um und bemerkte, dass ihr viele giftige Blicke zugeworfen wurden. Schließlich hatte sie sich vorgedrängelt.

Sorry, Mädels!

Sam musste sich ein Grinsen verkneifen.

»Beeilen Sie sich aber, das Konzert geht bald los«, trieb der Mann von der Security Sam an und gab ihr ihren Pass zurück. Das ließ sie sich natürlich nicht zweimal sagen. Sie hastete die Treppen nach unten in den Saal und kämpfte sich am Rand durch die Mengen der kreischenden, schreienden, aufgeregten *Secret–Light*-Fans.

In ein paar Minuten würde das Konzert losgehen, und es standen trotzdem noch so viele Fans draußen vor dem Eingang? Doch das konnte ihr jetzt wirklich egal sein. Sie war immerhin pünktlich und würde nichts verpassen.

Grinsend joggte sie weiter. Nichts konnte sie von ihrer guten Laune abbringen, auch kein Rempeln und kein Fluchen. Es war ihr, als würde sie über dem Boden schweben, so glücklich fühlte sie sich. Sie war wirklich hier, in London, auf einem *Secret–Light*-Konzert, mit einem Backstage-Pass, weil Hale Silver sie eingeladen hatte.

Kann mich jemand bitte kneifen?

Schade, dass Jana nicht dabei war. Sie wäre Sams Wunsch sicher gleich nachgekommen.

Klar, die penetrante, skeptische Stimme in Sams Kopf rief weiterhin hartnäckig in voller Lautstärke, dass sie nicht wusste, ob er es ernst meinte, aber sie konnte ja auch nichts gegen ihre eigenen Gefühle tun! Jetzt, wo sie schon mittendrin war, konnte sie sie auch in vollen Zügen genießen, solange es ging.

Ganz außer Atem zeigte Sam dem Sicherheitsmann direkt vorne am Wellenbrecher bei der Bühne ihren Ausweis. Er ließ sie murrend durch und sagte noch irgendetwas, aber Sam hörte ihm überhaupt nicht zu, sondern suchte sich seitlich von der Bühne einen guten Platz, von dem aus sie das Spektakel bestens betrachten konnte.

Ich bin wirklich hier.

Sams Herz klopfte wie verrückt, und ihr Magen fuhr Achterbahn, ihre Knie wurden weich, und ihre Atmung beschleunigte sich noch weiter.

Ich bin wirklich hier.

Die ganze Halle fing an zu kreischen, als das Licht endlich ausging. Vor Schreck zuckte Sam zusammen und musste über sich selbst lachen. Mit solch einem Lärm hatte sie nicht gerechnet.

Sie ließ den Blick durch die Halle schweifen und versuchte, nicht daran zu denken, dass Hale sich gerade ganz in ihrer Nähe befand, irgendwo hinter dem schwarzen Vorhang, der sich hinter der Bühne spannte.

Doch jetzt kam erst einmal die Vorband. Jana hatte ihr gestern Abend am Telefon von ihnen erzählt und den gesamten Zeitschriftenartikel über diese Band heruntergerattert, den sie zuvor gelesen hatte.

Sie hatte Sam schon vorgewarnt, dass sie ihr sicher nicht gefallen würden – und wie sich herausstellte, hatte sie damit noch untertrieben.

Die Fans spielten natürlich trotzdem total verrückt, was wahrscheinlich an dem ganzen Adrenalin in ihren Adern lag.

Sam war heilfroh und machte innerlich drei Kreuze, als die Lichter im Saal wieder angingen und der Sänger sich mit den Worten »Danke! Ihr wart der Wahnsinn! Viel Spaß heute Abend mit *Secret Light*!« verabschiedete.

Kaum hatte er den Namen der Band ausgesprochen, rasteten die zwanzigtausend Zuschauer wieder aus, obwohl doch klar war, dass die Band noch ein wenig auf sich warten lassen würde. Es wurde abgebaut, umgebaut, und dunkle Schatten flitzten eilig über die unbeleuchtete Bühne und zogen Kabel hinter sich her. Trotzdem kreischte die Masse bei jeder noch so flüchtigen Bewegung auf.

Als das Licht ein weiteres Mal gedimmt wurde, spürte Sam ihren Körper kaum noch, so sehr drehte die Halle durch. Zum Glück trennte sie die Absperrung von der tobenden Menge, sonst hätte sie es in dem Durcheinander wohl mit der Angst zu tun bekommen. Hier, im Graben vor der Bühne, hatte sie jede Menge Platz für sich allein.

Im nächsten Moment wurde das Licht komplett gelöscht und die Halle in undurchdringliche Schwärze getaucht. Eine Gänsehaut lief über Sams Arme, und sie starrte mit weit aufgerissenen Augen hinauf zur Bühne.

Das Intro-Video setzte ein, in voller Lautstärke und auf allen Monitoren und Leinwänden. Eine unfassbare Lichtshow beendete das Intro, und die fünf Bandmitglieder stürmten auf die Bühne. Riley als Erster, gefolgt von den anderen, und als Letzter kam Hale hinaus.

Als sie ihn sah, wurde Sam ganz warm ums Herz. Er strahlte und war vollkommen in seinem Element. Es war unglaublich, ihn so zu sehen, voller Energie und Lebensfreude. Von dem schüchternen und oftmals verunsicherten Hale, den sie kennengelernt hatte, war keine Spur mehr. Er warf seinen Lockenkopf nach hinten, blickte mit einem Grinsen hinaus in die Halle und rief irgendeinen Blödsinn in sein Mikrofon. Gott, für diese Grübchen, die sich dabei auf seinen Wangen bildeten, könnte sie sterben!

Alle fünf liefen wie wild durcheinander, ehe sie ihre Positionen einnahmen. Hale stand am anderen Ende der

278

Bühne neben Ethan. Sam war wirklich gespannt, ob er sie entdecken würde oder nicht.

Die ersten Songs zogen wie im Traum an ihr vorbei, und sie konnte ihre Augen nicht von Hale losreißen, der über die Bühne wirbelte. Sie konnte hinterher nicht einmal mehr sagen, was die anderen Jungs heute anhatten oder wie sie performten – sie sah einzig und allein Hale.

Ihre Blicke klebten förmlich an ihm, als sich die Formation der Jungs während einer Pause zwischen zwei Songs auflöste. Sam beobachtete, wie sie miteinander scherzten oder ein paar Schlucke aus ihren Wasserflaschen tranken.

Hale aber lief jetzt langsam von der rechten Seite der Bühne zur linken hinüber, dorthin, wo Sam stand. Sofort wurde der Lärmpegel hinter ihr lauter. Suchte er sie etwa?

Er stand nun direkt am Bühnenrand und ließ den Blick lächelnd über die Fans schweifen. Dann sah er hinunter in den Graben, bis er die Person entdeckte, nach der er Ausschau hielt: Sam.

Das Lächeln auf seinem Gesicht wanderte bis in seine Augen hinauf, als sich ihre Blicke trafen, und Sams Herz schwoll so sehr an, dass es schon beinahe körperlich schmerzte. Sie konnte all die Gefühle, die durch sie hindurchrasten, gar nicht verarbeiten.

Wenn Sam gekonnt hatte, wäre sie auf die Bühne geklettert. *Oh Gott, ich will zu ihm!*

»Hale? Ich rede mit dir!«, ertönte es plötzlich in voller Lautstärke durch die Lautsprecher, und sie zuckten beide zeitgleich zusammen. Benommen drehte Hale den Kopf in Richtung Bühne und sah James verwirrt an.

»Sorry, was hast du gesagt?«, murmelte er breit grinsend in sein Mikrofon und sah ein letztes Mal zu Sam. Riley kam jetzt ebenfalls nach vorne und stellte sich neben Hale. Eine halbe Sekunde später hatte er Sam auch entdeckt und fing an zu lächeln.

»Ähm, also, James ... was singen wir als Nächstes?‘ Meinst du, London kennt den Song?«, fragte Riley neckend und sah lachend ins Publikum, als alle anfingen zu kreischen.

Über den ohrenbetäubenden Lärm fing der Gitarrist an, das Intro ihres nächsten Songs zu spielen, den Sam aus dem Radio kannte und sogar gar nicht schlecht fand.

Ab jetzt sah Hale ungefähr alle zwanzig Sekunden zu ihr, als wollte er sich selbst überzeugen, dass sie wirklich hier war und er nicht bloß träumte. Sam hatte noch nie so viele Emotionen auf einmal gefühlt, und sie war schier überfordert. Außerdem fingen ihre Wangenmuskeln an wehzutun, weil sie in einer Tour von einem Ohr zum anderen strahlte. Glücklich zu sein war anstrengender, als sie gedacht hatte!

Bald folgte ein weiterer Song, den Sam mochte. Alle fünf standen vor ihren Mikrofonständern und sangen in perfekter Harmonie. In der zweiten Strophe drehte Hale sich plötzlich zu Sam und sah ihr tief in die Augen. Sie bekam eine Gänsehaut, wie sie sie noch nie in ihrem Leben gespürt hatte.

»I thought life was good for me.«

Er löste sein Mikro aus der Halterung und drehte sich direkt zu ihr.

»But suddenly you came in, turning everything upside down.

Making me feel alive, taking my breath away.

How am I supposed to ever live without you again?«

Sam konnte keinen klaren Gedanken mehr fassen. Sie starrte ihn einfach nur an, wie er dort oben stand, räumlich gesehen total weit weg von ihr, aber in diesem Moment doch gleichzeitig so nahe wie nie zuvor. Ihr Herz klopfte wie verrückt, und sie stand ganz still da. Sie schrie nicht, sie hüpfte nicht wie alle anderen in der Halle. Sie genoss einfach den Augenblick.

Es war unglaublich.

Gestern Morgen noch war sie am Boden zerstört gewesen, und jetzt durchflutete sie dieses Hochgefühl. In Sams Kopf drehte sich alles. Sie konnte es sich nicht erklären, und es war ihr ehrlich gesagt auch egal. Sie war hier. Bei Hale. Und er sah sie an und sang nur für sie.

Für mich.

Er lächelte Sam ein letztes Mal an und drehte sich dann wieder nach vorne, da sie jetzt alle gemeinsam den Refrain sangen.

Der Rest des Konzerts flog in atemberaubender Geschwindigkeit an ihr vorbei, und Sam saugte jede Sekunde in sich auf, als hinge ihr Leben davon ab.

Bis zur Zugabe lief alles perfekt. Doch plötzlich gellten ein paar laute Schreie und ein nicht jugendfreies Fluchen durch eines der Mikrofone. Der Song brach ab, und alle hielten verunsichert inne.

Sam konnte nicht genau erkennen, was los war, aber irgendwer lag auf der Bühne und konnte wohl nicht mehr aufstehen. Sie verrenkte sich den Hals, doch sie war zu weit weg und zu klein, um sehen zu können, was passiert war.

»Er hat sich verletzt!«

»Was ist passiert?«

»Sein Knie!«

»Oh mein Gott!«

Die Schreie hinter Sam wurden immer lauter. Sie drehte sich zu den Mädchen um, die in der ersten Reihe des Stehbereichs standen. Sie starrten alle wie hypnotisiert auf die Bühne.

War wirklich einer von ihnen verletzt? Umgeknickt oder etwas in der Art?

Die Bandmitglieder beugten sich hinunter. Sie sah Hales Rücken, der ihr zugewandt war. Auch er beugte sich über jemanden. Sam fiel ein Stein vom Herzen. Dann ging es ihm gut, Gott sei Dank! Aber wem war dann etwas passiert?

Sanitäter eilten nun herbei und führten eine Trage mit sich. Der Moment dehnte sich endlos.

»Danke für eure Unterstützung, London«, erklang Hales Stimme jetzt durch die Halle. Er hatte sich wiederaufgerichtet und versuchte, möglichst ruhig zu sprechen. »Wir müssen das Konzert abbrechen, James' Knieverletzung hat sich wieder gemeldet. Es tut uns leid. Macht euch keine Sorgen, alles wird gut. Wir melden uns später in den sozialen Netzwerken bei euch. Kommt gut nach Hause, und fahrt vorsichtig! Wir sind *Secret Light* und bedanken uns für den Abend! Bis zum nächsten Mal!«

Sofort ging das Licht auf der Bühne aus und im Zuschauerraum an, und James wurde von den Sanitätern hinter die schwarzen Abtrennungen getragen. Nun waren sie alle fort.

Sam starrte wie versteinert auf die Stelle der Bühne, wo James gerade noch gelegen hatte.

Was sollte sie jetzt tun? Sie war zwar im Backstage-Bereich, aber sie würde bei all dem Trubel jetzt nicht nach hinten zur Band kommen. Außerdem hatten die Jungs gerade bestimmt Wichtigeres zu tun, als sich um sie zu kümmern. Sie waren wahrscheinlich schon auf dem Weg zum Krankenwagen und würden ins Krankenhaus fahren.

Unsicher blieb sie einfach an Ort und Stelle stehen, während um sie herum die Leute aus der Halle strömten.

Als der Saal sich weitestgehend geleert hatte, setzte Sam sich langsam in Bewegung, ging an den Sicherheitsleuten vorbei, die nach wie vor die Absperrungen im Blick behielten, und nach draußen in den normalen Bereich der Konzertbesucher.

Die Stimmung war gedrückt, und die Fans murmelten nur leise vor sich hin. Sam schnappte nur Gesprächsfetzen auf, denn in Gedanken war sie längst bei den Jungs im Krankenhaus oder wo auch immer sie sich gerade befanden. Hoffentlich ging es allen gut!

Als Sam draußen war, ließ sie sich auf der Bordsteinkante direkt vor dem Haupteingang nieder. Träge starrte sie vor sich auf den Boden und bemerkte überhaupt nicht, wie viel Zeit verstrich. Die Leute liefen an ihr vorbei, als wäre sie überhaupt nicht hier. Und so fühlte sie sich auch. Es war so surreal. Sollte sie hier sitzen bleiben? Und warten? Hoffen, dass jemand kam und sie holte? Dass Hale kam? Oder sollte sie ins Hotel fahren?

Wieso konnte nicht einfach mal irgendetwas gut ausgehen? Immer wenn es um Hale ging, endete es in einer Katastrophe. Nun saß sie hier allein in London, konnte ihn nicht erreichen, weil sie seine dämliche Handynummer verbrannt hatte, und wusste nicht weiter.

Fluchend trat sie einen kleinen Stein aus dem Weg und trommelte mit den Händen neben sich auf den Bordstein. Inzwischen war niemand mehr hier draußen außer ihr. Weit und breit. Sie beobachtete durch die Glasscheiben ein paar Reinigungsangestellte, die sich daranmachten, die Halle zu säubern.

Sam fuhr sich mit den Händen durch die Haare und schloss für einen Moment die Augen. Sollte sie nicht einfach gehen und ... ja, und was dann? Warten, dass er zu ihr kam? Im Gegensatz zu ihr wusste Hale ja immerhin, wo sie sein würde, er hatte schließlich das Hotel gebucht.

Begeistert war sie von dieser Idee eigentlich nicht, aber etwas anderes schien ihr nicht übrig zu bleiben.

Sie öffnete die Augen wieder und entschied schweren Herzens, dass das Warten keinen Sinn mehr hatte und sie ins Hotel fahren sollte.

Brachte ja alles nichts. Wenn er zu ihr wollte, würde er sie schon finden. Zumindest hoffte sie das.

24

Gerade als Sam aufstehen wollte, löste sich plötzlich eine Silhouette aus der Dunkelheit und kam den geteerten Weg entlang auf sie zugelaufen. Sam keuchte leise und sprang auf. Sie bekam weiche Knie, und die Muskeln ihrer Beine hätten beinahe ihren Dienst eingestellt. Sie starrte die Person an, die auf sie zukam, und konnte es nicht glauben. Da war er endlich. Er war hier.

Hale lief ihr entgegen.

Er war hier.

Mit einem Ruck hatte Sam die Kontrolle über ihre Muskeln wieder, und sie rannte los. Er schlang die Arme um sie und hielt sie ganz fest.

Endlich.

Endlich war sie in seinen Armen, und es fühlte sich besser an, als sie es in Erinnerung hatte. Es haute sie jedes Mal wieder aufs Neue um. Sam hatte die Arme um seinen Hals gelegt, während Hale sie ein wenig hochhob.

»Oh Gott, es tut mir so leid, Sam«, keuchte Hale und ließ sie nicht los. »Du hast jetzt hier die ganze Zeit gewartet! Es tut mir so leid!«

»Nicht so schlimm«, wiegelte Sam ab und wollte sich von ihm lösen, damit sie ihn ansehen konnte, doch Hale ließ sie einfach nicht los.

»Es ist wirklich in Ordnung, Hale. Ich hab's überlebt«, schob sie scherzhaft hinterher.

Er ließ sie so weit los, dass sie sich anschauen konnten. Seine Arme lagen immer noch um ihre Taille.

»Wieso hast du mich denn nicht angerufen? Dann hätte ich dir sagen können, dass ich dich hier abhole!«

Sam verzog unwillkürlich das Gesicht. Oh, oh. Das konnte jetzt nur peinlich werden.

»Na ja …« Sie räusperte sich und biss sich grinsend auf die Unterlippe. »Ich habe den Zettel mit deiner Nummer verbrannt.«

Er verzog ungläubig das Gesicht.

»Nachdem ich das mit Alyson auf der After-Show-Party gesehen hatte, wollte ich nie wieder etwas mit dir zu tun haben«, schob sie schnell hinterher und lachte dann über sich selbst. »Ganz schön dämlich, oder?«

Hale schüttelte nur den Kopf, und ein Lächeln spielte um seine Lippen. »Gib mir mal dein Handy, bitte.« Er speicherte seine Nummer ein und klingelte sich selbst dann an.

»So. Damit wäre das Problem jetzt beseitigt«, meinte er und gab Sam ihr Handy zurück.

»Danke. Wie geht es James?«

»Es sah viel schlimmer aus, als es war«, antwortete Hale und seufzte. »Er ist ganz schön blöd umgeknickt, aber seine Bänder sind nur überdehnt, gerissen ist Gott sei Dank nichts. Wir waren gerade im Krankenhaus in der Notaufnahme.«

»Musste er dortbleiben?«, fragte Sam besorgt.

»Nein, er ist schon wieder draußen.« Gedankenverloren schob Hale eine von Sams Haarsträhnen hinter ihr Ohr, was ihr einen wohligen Schauer über den Rücken jagte.

Vorsichtig, als wäre sie etwas ganz Kostbares, das er zerbrechen konnte, legte er seine Hand an ihre Wange. Sam spürte seine Finger federleicht und samtweich auf ihrem Gesicht. Eine unglaubliche Gänsehaut überzog ihre Arme, ihren Nacken, ihren Rücken, ihre Beine, ihren gesamten Körper. Sie hatte Herzklopfen und atmete nur noch ganz flach. Hale sah sie an, als könnte er durch ihre Augen bis auf den Grund ihrer Seele blicken. Und als gefalle ihm, was er dort sah.

Langsam flocht er seine Finger in ihre Locken. Mit der anderen Hand strich er von ihrer Wange zu ihrem Hals, und

Sam spürte, wie ihr das Blut in die Wangen schoss, und sie drohte umzukippen.

»Danke, dass du hier bist«, flüsterte er und hielt sie dabei nicht nur mit seinen Händen, sondern auch mit seinen Augen fest. Dann beugte er sich langsam zu ihr nach unten und küsste sie. Sam hatte sich sowohl seelisch als auch körperlich darauf vorbereiten wollen, aber das war schier unmöglich.

Die Berührung seiner Lippen erzeugte erneut ein unbändiges Feuerwerk in ihr. Sie brannte lichterloh und konnte nicht genug von ihm kriegen. Sie hatte sich, ohne es wirklich wahrhaben zu wollen, Hals über Kopf in ihn verliebt.

In einen Weltstar, der eigentlich so weit von ihr entfernt war, wie es nur ging.

Aber jetzt war er hier bei ihr. Hier bei ihr, und er hielt sie fest, als ob er sie nie wieder gehen lassen wollte.

Hales Hände wanderten zu Sams Rücken, und er drückte ihren Körper noch enger an seinen. Sam schnappte nach Luft und spürte, wie sie in den Kuss hineinlächelte. Sie biss Hale sanft auf die Unterlippe, was ihm ein Schmunzeln entlockte.

Die Bartstoppeln auf seinen Wangen brachten Sam schier um den Verstand. Sie fuhr mit den Händen darüber und stellte sich automatisch auf die Zehenspitzen, als der Kuss noch intensiver wurde. Die Welt drehte sich nicht mehr. Oder vielleicht tat sie das noch, aber Sam bekam es nicht mit. Ihre ganze Welt hielt sie gerade zwischen ihren Handflächen.

So schnell konnte es gehen. Innerhalb weniger Tage war er einer der wichtigsten Teile ihres Lebens geworden. Sam fragte sich unwillkürlich, wie sie es vorher ohne ihn ausgehalten hatte. Wie hatte sie die letzten zwei Jahrzehnte überlebt, ohne ihn zu kennen?

Ich kann mir nicht vorstellen, jemals wieder ohne ihn zu sein.

»Verlass mich niemals«, flüsterte Hale gegen ihre Lippen, als hätte er Sams Gedanken gehört.

Sie löste sich sanft von ihm und sah ihm nur tief in die Augen. Sie sagte nichts, denn manchmal waren keine Worte nötig.

»Wir haben heute übrigens ein Abschlussessen unserer Tour, da das unser letztes Konzert war«, sagte Hale und spielte mit einer von Sams Locken. »Und ich würde mich freuen, wenn du mitkommst.« Er lächelte Sam mit einer Wärme an, die sie beinahe vergessen ließ, was er überhaupt gefragt hatte. Sie wandte den Blick kurz ab, um sich innerlich zu sammeln.

»Ich weiß nicht …«, murmelte sie stockend. Sollte sie wirklich mit ihm und der gesamten Crew den Abend verbringen? War das nicht einige Nummern zu groß für sie?

»Natürlich kommst du mit!«, unterbrach Hale sie lächelnd.

»Nein, das kommt echt nicht infrage«, erwiderte Sam und schüttelte den Kopf.

»Wieso denn nicht?« Hale sah sie erstaunt an.

»Weil ich da nichts zu suchen habe?«, gab Sam ein wenig verwirrt zurück. »Ich kenne da niemanden, und ich -«

»Oh, glaub mir, das stört niemanden. Sie rechnen alle damit, dass ich dich mitbringe. Du kannst also quasi gar nicht Nein sagen.«

Sie rechneten damit? Sam verschränkte unsicher die Arme vor der Brust. Auf den EMAs war ihre drängendste Frage gewesen, wieso er nicht mit ihr gesehen werden wollte. Wieso war ihr dann jetzt so mulmig zumute, wenn er sie ganz selbstverständlich einlud, mit ihm und der Band essen zu gehen? Sollte sie sich nicht freuen? Doch stattdessen durchfuhr sie eine unendlich große Angst davor, dass sie sich dämlich anstellen könnte, dass die anderen sie vielleicht nicht mochten, dass sie irgendetwas falsch machen würde.

»Sam?« Hale legte sanft seinen Zeigefinger unter ihr Kinn und brachte sie so dazu, ihm wieder in die Augen zu sehen. Er hatte den umwerfendsten Hundeblick aufgesetzt, den Sam je gesehen hatte.

»Komm mir jetzt nicht mit dem Blick, Silver, der zieht bei mir nicht«, sagte sie mit erhobenem Zeigefinger, und er lachte, als würde er wissen, dass das eine Lüge war. Er drückte ihr einen Kuss auf die Stirn und grinste sie schelmisch an.

Sam liebte es, wenn er so lachte. Wenn er die Augen zusammenkniff und seine Grübchen erschienen. Sie versuchte das Lächeln, das sich auf ihr Gesicht stehlen wollte, zu unterdrücken, aber das war unmöglich.

»Nein, im Ernst, Hale«, versuchte sie es jetzt wieder, »danke für das Angebot, aber ich komme nicht m-«

»Pff, was du willst und was du nicht willst, ist mir egal«, sagte er glucksend und zog sie am Unterarm mit sich, sodass ihr nichts anderes übrig blieb, als ihm hinterherzulaufen.

»Hale, lass mich los, Mensch!«, quengelte Sam, doch er lachte nur noch mehr.

»Dir bleibt nichts anderes übrig, Sam«, eröffnete er ihr, und seine grünen Augen blitzten schalkhaft. »Entweder läufst du brav neben mir her – oder ich trage dich.« Er zuckte mit den Schultern und schenkte Sam einen unschuldigen Blick. »Aber du wirst so oder so mitkommen, denn ohne dich gehe ich nicht.«

Sam verzog gespielt genervt den Mund und entwand ihm ihren Arm. Ihr Magen fuhr natürlich Achterbahn bei seinen Worten, aber das überspielte sie geflissentlich.

»Na gut«, erwiderte sie, streckte das Kinn in die Höhe und lief an ihm vorbei. Sie hörte ihn in sich hineinlachen und spürte im nächsten Moment, wie sich eine Hand um ihre legte und ihre Finger verflocht.

»Du bist ganz schön stur«, stellte er grinsend fest.

Sam verdrehte als Antwort die Augen und konnte sich nur mit Mühe ein Lachen verkneifen. »Yep, gut erkannt«, gab sie knapp zurück und stolperte ein wenig, weil er sie leicht mit der Schulter anrempelte.

»Ey!« Empört sah sie ihn an, aber Hale grinste nur, während er einen Arm um ihre Schultern legte. Sams Mundwinkel bogen sich automatisch ein wenig nach oben, und ihre hellgrünen Augen fingen an zu leuchten.

»Na, das ist doch schon viel besser«, stellte Hale fest und zog sie sanft weiter. Sam lächelte leicht vor sich hin und nahm gar nicht wahr, wohin sie gingen. Sie musste zu sehr aufpassen, dass sie normal weiteratmete und nicht stolperte.

Sie war wirklich hier. Hier neben Hale mit seinem Arm um ihre Schultern.

»Wo ist denn das Restaurant?«, fragte sie.

Hale nannte ihr irgendeine Adresse, die sie sofort wieder vergaß, als er sie durch die Tür eines dunklen Wagens schob.

»Einen wunderschönen guten Abend«, begrüßte George sie vom Fahrersitz aus, und Sam konnte an seinen Augen erkennen, dass er sich tatsächlich freute, sie wiederzusehen. »Zum Restaurant, Mr Silver?«

Sie fuhren los. Durch die verdunkelten Scheiben sah Sam nach draußen und betrachtete das nächtliche London. Sie hatte schon immer ein Faible für Großstädte gehabt. Sie liebte die Lebendigkeit, Schnelligkeit und das Feeling in einer Millionenstadt. Ein idyllisches Landleben wäre für sie niemals infrage gekommen. Sie brauchte Action.

Als der Wagen stehen blieb, befanden sie sich in einer Tiefgarage.

»Wir steigen hier aus und fahren mit dem Fahrstuhl nach oben, damit uns keine Paparazzi sehen«, erklärte Hale, während er nach Sam den Wagen verließ. »Wir haben das gesamte Restaurant gemietet. Eigentlich sollte uns hier niemand finden oder überhaupt wissen, dass wir hier sind.«

Er griff nach Sams Hand, und sie gingen Richtung Fahrstuhl, wo schon ein Sicherheitsbeamter auf sie wartete.

»Ich bin für so ein Essen überhaupt nicht gut genug angezogen«, sagte Sam nervös und kaute auf ihrer Unterlippe herum. »Ich wusste doch nicht, dass wir noch irgendwo hingehen. Am besten, ich fahre einfach wie-«

»Sam«, unterbrach Hale sie sanft. Er blieb ein paar Meter von dem Sicherheitstypen entfernt stehen und wartete darauf, dass sie seinen Blick erwiderte. Sam ließ sich allerdings Zeit damit. Ihr war einfach nicht wohl bei dem Gedanken daran, sich der Gesellschaft der anderen und ihren Mutmaßungen auszusetzen. Bestimmt würden sich alle fragen, was genau da zwischen den beiden lief, und sie wusste es doch nicht einmal selbst!

»Sam«, sagte er noch einmal. Mit einem Seufzen hob sie ihren Blick. Sofort verlor sie sich in der Schönheit seiner Augen und vergaß beinahe zu atmen.

»Du bist wunderschön«, sagte er leise und lächelte sie an. »Egal, was du trägst oder wohin wir gehen. Bleib einfach bei mir, okay?«

»Na gut«, hauchte Sam. Das war das Einzige, was sie jetzt herausbrachte. Sie bekam weiche Knie, und ihr Herz flatterte wie die Flügel eines kleinen Kolibris.

Es war eine der schönsten Sachen, die sie jemals in ihrem Leben gehört hatte.

Du bist wunderschön.

Sam versuchte, tief durchzuatmen und sich zu beruhigen.

Bleib einfach bei mir, okay?

Dieser Satz ließ sie nicht mehr los, während sie schweigend im Aufzug standen und nach oben fuhren. Hale hielt sie fest an der Hand, als ob er Angst hätte, sie könnte gleich abhauen oder sich in Luft auflösen. Er zog sie an sich und drückte einen Kuss auf ihre Locken. Sam konnte sein Herz durch sein Hemd pochen spüren, und die Wärme seiner

Haut strahlte ihr verführerisch entgegen. Sie konnte nicht anders und schlang ihre Arme von ganz allein um seine Mitte und ließ ihren Kopf gegen seine Schulter sinken. Sie spürte, wie er das Gesicht in ihren Haaren vergrub und ihren Duft einatmete. Wieder einmal überlief sie eine Gänsehaut. Sam schloss die Augen und wünschte sich, dass dieser Moment niemals endete.

Genau jetzt kündigte der Aufzug mit einem lauten *Pling* an, dass sie aussteigen mussten. Widerwillig lösten die beiden sich voneinander.

Sam versuchte, sich innerlich davor zu wappnen, was sie jetzt erwartete. Blöd nur, dass sie nicht wusste, was genau das sein würde. Aufgeregt zupfte sie an ihrer schwarzen Bluse herum und dankte sich selbst für den genialen Einfall, Stiefeletten mit Absätzen angezogen zu haben, obwohl ihr nach dem langen Stehen auf dem Konzert inzwischen langsam die Füße schmerzten.

Wer schön sein will, muss leiden. Das hatte schon ihre Urgroßmutter immer gesagt.

»Jetzt guck nicht so ängstlich, die beißen nicht«, lachte Hale und zog Sam an der Hand aus dem Aufzug.

Sie kam nicht mehr dazu, etwas Schlagfertiges zu erwidern, denn das Ambiente des Restaurants raubte Sam schier den Atem. Sie befanden sich im höchsten Stockwerk des Gebäudes. Das gesamte Restaurant hatte Glaswände und ein Glasdach, sodass man rundherum London und außerdem auch den Sternenhimmel betrachten konnte.

»Nicht schlecht, oder?«, kommentierte Hale, als er Sams verblüfften Blick sah.

»Das kannst du laut sagen«, hauchte sie und musste sich dazu zwingen, die Leute anzusehen, die sich hier befanden, und nicht mehr hinaus auf die Stadt zu starren.

»Hi, Sam! Schön, dass du auch gekommen bist!«, hörte sie eine begeisterte Stimme, und im nächsten Moment wurde ihre Hand aus Hales gerissen, als jemand sie stürmisch umarmte.

»Hallo, Alfie«, lachte Sam. Die anderen Bandmitglieder begrüßten sie genauso euphorisch wie Alfie.

»Wie geht es deinem Knie, James?«, fragte Sam besorgt, als sie die schwarze Schiene an seinem Bein sah.

James zuckte nur unbekümmert mit den Schultern. »Mich haut so schnell nichts um!« Er wirbelte dabei eine seiner Krücken durch die Gegend und haute sie dem Schlagzeuger der Band beinahe um die Ohren.

Während Sam von allen Leuten begrüßt wurde, blieb Hale die ganze Zeit bei ihr, als wären sie zwei Magnete, die man nicht mehr als zwei Meter voneinander entfernen konnte. Sam war das nur recht, denn sie fühlte sich in seiner Anwesenheit um einiges sicherer.

Sie *waren* zwei Magnete, die zueinander gehörten.

Sie war erstaunt, wie groß die Crew einer Tournee war und welche Jobs es alle gab. Von mehr als der Hälfte hatte sie noch nie gehört.

Irgendwer drückte ihr ein Glas Champagner in die Hand, das sie schneller ausgetrunken hatte, als sie es merkte, denn ständig stieß jemand mit ihr an und sie musste wieder dran nippen.

Das Essen war unfassbar. Sam fühlte sich wie im Himmel. Sie saß zwischen Hale und James, bekam jedoch von den Gesprächen während der ersten beiden Gänge nicht besonders viel mit. Das Essen zog all ihre Aufmerksamkeit auf sich. Sam ließ sich genau erklären, was sie da aß, jedoch fehlte ihr trotz ihrer vier gemeisterten Semester Anglistik das halbe englische Vokabular der Köstlichkeiten auf ihrem Teller, sodass sie nach den Erklärungen theoretisch genauso schlau war wie vorher.

Egal, was es war, es schmeckte vorzüglich.

»Sag mal, Sam, was machst du eigentlich beruflich?«, fragte Liz, Hair- und Make-up-Artist der Band, die ihr schräg gegenübersaß. Sam ließ sich von ihr bezüglich ihres Studiums löchern und dabei geflissentlich unter den Tisch fallen, dass sie lieber professionelle Tänzerin werden wollte. Sie fühlte sich ein wenig unbehaglich, so im Mittelpunkt zu stehen. Hale merkte das natürlich und gab ihr einen beruhigenden Kuss auf die Schläfe, was Sam allerdings nur noch mehr durcheinanderbrachte. Es war perfekt, und doch ging alles so furchtbar schnell!

Sam hatte noch nie so viele freundliche und höfliche Menschen auf einem Fleck gesehen. Sie hatte sich sofort in das britische Verhalten verliebt – das Hale ja ebenfalls an den Tag legte. Wieso konnten nicht alle so zuvorkommend und nett sein?

Es freute sie, dass sie so herzlich aufgenommen wurde. Fast hatte Sam damit gerechnet, dass man sie schräg ansah, weil sie ein Eindringling war und sich in die eingeschworene Crew, die über hundertfünfzig Shows gemeinsam gemeistert hatte, drängte. Aber dem war nicht so. Alle Leute an dem Tisch, an dem sie saß, interessierten sich aufrichtig für sie und vor allem auch für die deutsche Kultur, über die sie einiges gefragt wurde.

Nach dem fünften Gang waren alle so satt und zufrieden, dass kaum mehr jemand etwas sagte. Sam saß wie alle anderen regungslos und ruhig auf ihrem Stuhl. Sie fühlte sich nicht nur satt, sondern auch glücklich. Ihr war Hales Hand, die unter dem Tisch auf ihrem Oberschenkel lag und mit ihren Fingern spielte, mehr als deutlich bewusst.

Früher hatte sie sich immer gefragt, wieso Pärchen unbedingt immer Händchen halten mussten. Für Sam war das eine besitzergreifende Geste, so hatte sie das bei Nico jedenfalls immer wahrgenommen. Mit Hale war das jetzt etwas ganz anderes. Sie konnten es einfach nicht ertragen, wenn der Kontakt zwischen ihnen abbrach. Sie mussten einander ständig berühren, nur um zu wissen, dass der andere da war. Dass er einfach *da* war und es auch bleiben würde.

Sam wollte Hales Hand nie wieder loslassen.

Er durfte nie wieder aus ihrem Leben verschwinden.

»Hale?«

Sam sah auf, um die Person anzuschauen, die gerade sprach.

»Wollen wir noch ein wenig Party machen gehen?«, fragte Alfie grinsend und mit leuchtenden Augen.

Hales Blick wanderte zu Sam. »Hast du noch Lust?«

»Wie du möchtest. Hast du denn noch Lust?«, stellte Sam die Gegenfrage. Eine allgemeine Aufbruchsstimmung machte sich breit, und Sam rappelte sich ebenso auf wie alle anderen.

Hale fuhr sich durch die Haare und zuckte mit den Schultern. »Na ja, ich weiß nicht ...«

»Mann, was seid ihr für Langweiler!«, rief Alfie und wandte sich schon seinen anderen Bandkollegen zu, die in der Nähe waren. »Und ihr?«

Sam ließ sich hinter Hale mit dem lachenden, gut gelaunten Strom der Crew zum Aufzug treiben. Sie unterhielt sich wieder mit Liz, die sehr freundlich zu ihr war. Sam war dankbar dafür, denn sie merkte, dass sie sich ein wenig alleine unter all den Jungs fühlte, weil sie außer Hale niemanden gut kannte. Mit einer anderen Frau zu reden fiel ihr da etwas leichter.

»Was machen wir jetzt noch?«, fragte Sam und sah Hale von der Seite an, während er nach ihrer Hand griff.

»Wollen wir nach unten laufen? Das dauert ja noch ewig, bis wir mal in den Aufzug kommen«, schlug er vor. Sam war nichts lieber als das, schließlich konnte sie die Bewegung nach dem üppigen Mahl gebrauchen. Unbemerkt schlüpften sie aus dem Restaurant und ins Treppenhaus.

»Also, ich habe ehrlich gesagt nicht wirklich Lust, jetzt noch feiern zu gehen. Du?«, nahm Hale das Gespräch wieder auf, während sie die Treppen hinunterstiegen.

»Nein, eigentlich nicht.« Sam schüttelte den Kopf. »Es war ein wirklich langer Tag.«

»Ich würde auch, glaube ich, lieber mit dir allein sein ...« Er warf ihr einen vorsichtigen Blick von der Seite zu, als wolle er sich vergewissern, ob er mit diesem Satz zu weit gegangen war.

Sam bekam sofort wieder weiche Knie. Sie waren noch nie allein gewesen, immer war irgendjemand um sie herum, der sie beobachtete. Wie es wohl sein mochte, wenn sie wirklich ungestört waren?

Die Vorstellung machte sie nervös, aber sie drückte trotzdem zustimmend seine Hand und lächelte.

Schweigend liefen sie nach unten bis in die Tiefgarage, wo George noch immer auf sie wartete. Auch ein Teil der Crew war bereits hier und debattierte noch immer darüber, wohin sie fahren sollten.

»Möchtest du irgendwo anders hingehen?«, fragte Hale und blieb unschlüssig vor dem Wagen stehen. »Hast du irgendeinen Wunsch?«

Sam lehnte sich gegen ihn, ohne überhaupt darüber nachzudenken. Es geschah einfach ganz natürlich. Zwei Magnete, die es zueinanderzog. Hale schlang seinen Arm um ihre Taille und legte die Wange auf ihren Kopf.

»Eigentlich nicht«, antwortete Sam.

Die ersten Crewmitglieder verabschiedeten sich und fuhren in ihren verdunkelten Wagen davon. Bevor sie sich versahen, waren nur noch sie beide und George da.

»Hm«, machte Hale und strich Sam eine Haarsträhne aus dem Gesicht. »Sollen wir einfach zu mir in die Wohnung fahren?«

»Ja, das ist doch ein guter Vorschlag«, stimmte Sam zu, dankbar dafür, dass sie nicht weiter hier in dieser tristen dunklen Garage herumstanden und Wurzeln schlugen, und gleichzeitig schrecklich nervös. Sie hatte gerade wirklich und wahrhaftig zugestimmt, in Hales Wohnung zu fahren! Und das Beunruhigendste daran war sicherlich nicht, dass sie jetzt wahrscheinlich nicht mehr dazu kam, den Whirlpool in ihrem Hotelzimmer auszuprobieren.

25

Sie war so wunderschön.

Hale verstand noch immer nicht, wie um alles in der Welt er sie verdient haben sollte. Denn das hatte er bestimmt nicht. So einen Engel wie sie gab es nicht zweimal auf dieser Erde. Ihre hellgrünen Augen funkelten fast magisch im Kerzenschein des Restaurants.

»Was machen wir jetzt noch?«, riss Sam ihn aus seinen Gedanken.

Er griff nach ihrer Hand. »Wollen wir nach unten laufen?«, schlug er vor und zog sie schon hinüber zur ausladenden Treppe, die vom obersten Stock bis in die Kelleretage führte, wo George auf sie warten würde. »Das dauert ja noch ewig, bis wir mal in den Aufzug kommen.«

Außerdem konnte er so ein paar Minuten mehr mit ihr alleine sein. Es klang egoistisch, aber er wollte sie mit niemandem teilen. Ihre gemeinsame Zeit war sowieso dadurch begrenzt, dass sie morgen schon wieder nach Deutschland flog, weil sein vollgestopfter Terminkalender nichts anderes zuließ. Also war es wohl in Ordnung, wenn er sie jede Sekunde ihres Aufenthalts hier in London für sich haben wollte.

»Also, ich habe ehrlich gesagt nicht wirklich Lust, jetzt noch feiern zu gehen«, sagte er wahrheitsgemäß auf dem Weg nach unten. In einem Club wäre er wieder nicht mit ihr allein. Er würde sich weder mit ihr unterhalten noch sie lachen hören und einfach die Zeit mit ihr genießen können.

»Du?«

Zu Hales Erleichterung schüttelte Sam den Kopf. »Nein, eigentlich nicht. Es war ein wirklich langer Tag.«

»Ich würde auch, glaube ich, lieber mit dir allein sein ...« Sofort bereute er seine voreilige Aussage. Wie musste sich das denn für sie anhören! Sie sollte doch nicht denken, dass er irgendwelche Hintergedanken hatte. Aber Sam drückte nur seine Hand und lächelte kaum merklich.

Schweigend gingen sie nach unten.

Konnte er sie fragen, ob sie mit zu ihm kommen wollte? Nicht dass er gleich wie ein Draufgänger klang und sie seine Einladung falsch auffasste! Er musste vorsichtig sein. Nein, er *wollte* vorsichtig sein und alles richtig machen, denn er konnte es nicht riskieren, sie zu verschrecken, jetzt, nachdem er sie endlich wiedergefunden hatte.

Sie waren nun in der Tiefgarage. Hale blieb unschlüssig stehen und versuchte, all seinen Mut zusammenzunehmen. Sam lehnte sich gegen ihn, als hätte sie ihr Leben lang nichts anderes getan. Sofort klopfte Hales Herz noch schneller, als es das eh schon getan hatte. Wenn er gewusst hätte, dass man so etwas fühlen konnte ...

Er schlang seinen Arm um ihre Taille und legte seine Wange auf ihren Kopf. »Möchtest du irgendwo anders hingehen?«, fragte er. »Hast du irgendeinen Wunsch?«

Oder möchtest du einfach heute Nacht in meinen Armen einschlafen und morgen früh neben mir aufwachen?

»Eigentlich nicht«, antwortete Sam. Sie klang ein wenig müde. Vielleicht sollte er ihr doch vorschlagen, zu sich zu fahren?

Bevor er aber dazu kam, ging das große Verabschieden los. Er wurde geherzt und gedrückt, als würden ihn die Crewmitglieder die kommenden drei Jahre nicht mehr zu Gesicht bekommen. Er ließ alles breit lächelnd über sich ergehen, während er aber immer Sams Lockenschopf im Auge behielt, um sich darum zu kümmern, dass es ihr auch gut ging und sie sich wohlfühlte.

Wie auf einen Schlag waren kurz darauf alle aus der Crew verschwunden, und er und Sam standen alleine da, während George wartend im Auto saß.

»Hm«, machte Hale und strich über ihre wundervoll seidigen Locken. *Jetzt oder nie.* »Sollen wir einfach zu mir in die Wohnung fahren?«

»Ja, das ist doch ein guter Vorschlag«, stimmte Sam zu, und Hale fiel ein Stein vom Herzen. Sie hatte es nicht falsch aufgefasst, sondern einfach als einen normalen Vorschlag angesehen. Sie wollte sicher genauso aus dieser tristen dunklen Garage hinaus wie er.

Hale hielt Sam die Tür des Wagens auf und rutschte dann neben ihr auf die Rücksitzbank.

»Nach Hause, George«, sagte er nur und lehnte den Kopf dann zurück. Sam rutschte nahe zu ihm und bettete ihren Kopf auf seine Schulter. Sie war sicher geschafft von diesem Tag. Er wusste nur zu gut, wie anstrengend Fliegen war, selbst wenn es sich nur um so kurze Flüge handelte. Und auch wenn sie doppelt so viel Schlaf gekriegt hatte wie er, war das immer noch zu wenig.

Ihre Finger schlangen sich ineinander, und er strich gedankenverloren über ihren Handrücken, während er das nächtliche London durch die Scheibe betrachtete. So war ihm die Stadt am liebsten. Niemand war unterwegs, um ihn zu verfolgen und zu fotografieren. Nachts war die einzige Zeit, in der er sich einigermaßen unbekümmert fühlte. Nur nachts gab es für ihn eine Chance, ungesehen und in Ruhe rauszugehen. Nicht immer gelang es, besonders dann nicht, wenn er mit den anderen Jungs unterwegs war. Sie erregten einfach zu viel Aufmerksamkeit, besonders in ihrer Heimatstadt. Aber wenn er alleine war, gelang es ihm manchmal, einen Spaziergang zu machen, ohne dass ihn jemand erkannte.

Wieder endete ihre Fahrt in einer Tiefgarage. Selbst in sein eigenes Haus musste er sich schleichen. Oder besser gesagt gerade in sein eigenes Haus, denn natürlich wusste die Presse, wo er wohnte. Und wenn bekannt war, dass er sich in der Stadt aufhielt, waren immer Fotografen vor dem Eingang positioniert. Gut versteckt zwar, aber Hale wusste genau, dass sie da waren und darauf hofften, ihn zu Gesicht zu bekommen.

Hale entließ George für den Abend, da er nicht davon ausging, ihn noch einmal zu brauchen. Es war vielleicht ein bisschen früh für diese Annahme, denn vielleicht überlegte Sam es sich doch noch anders und wollte lieber im Hotel schlafen. Aber er hoffte einfach, dass sie bleiben würde. Und wenn nicht, konnte er ihr immer noch ein Taxi rufen.

Er lotste Sam in den Aufzug und zog eine Schlüsselkarte aus seiner Tasche, die er in einen dafür vorgesehenen Schlitz oberhalb der normalen Stockwerkziffern steckte. Der Aufzug gab einen kurzen Bestätigungston von sich und setzte sich in Bewegung und brachte sie bis direkt vor die Wohnungstür – die einzige auf diesem Gang.

Hale benutzte zum Öffnen der Tür dieselbe Schlüsselkarte und vollführte eine einladende Geste, um Sam hineinzubitten. Dann zog er die Wohnungstür hinter sich zu und nahm Sam ihre Jacke ab. Er beobachtete sie, als sie seine Wohnung in Augenschein nahm. Schweigend wanderte sie durch die verschiedenen Räume und ließ sie auf sich wirken. Ihre Absätze klackerten dabei auf dem dunklen Holzboden. Ein wenig unsicher folgte Hale ihr ebenso kommentarlos.

»Ist jetzt nicht so der Wahnsinn …«, fing er entschuldigend an. Wahrscheinlich war sie enttäuscht, weil sie etwas viel Größeres und Pompöseres erwartet hatte, aber das war einfach nicht sein Stil. Er fühlte sich in sterilen Betonbunkern nicht wohl.

Sam unterbrach ihn. »Ich finde sie wunderschön.«

Sie betrachtete die Wände, die bis unter die hohe Decke voll mit Bücherregalen waren. Die Möbel waren modern, doch die unzähligen Wälzer an der Wand gaben dem Wohnzimmer, in dem sie standen, etwas Gemütliches und auch etwas Geheimnisvolles.

»Hast du die alle gelesen?«, staunte Sam, und Hale nickte.

»Fast alle, ja. Wenn man auf Tour ist, hat man mehr Zeit totzuschlagen, als man meinen würde. Ständig wartet man irgendwo darauf, dass es weitergeht.«

Auf dem Boden lagen flauschige, helle Teppiche, und vor den Fenstern waren schwere Samtvorhänge angebracht. Große, schwarze Stehlampen, deren Lampenschirme von innen golden glänzten, verbreiteten ein warmes Licht.

»Bist du oft hier?«, fragte sie und strich mit den Fingern über einen der Buchrücken.

»In der Wohnung? Leider nein«, antwortete Hale und schüttelte den Kopf, während er sich in einen der großen weißen Sessel fallen ließ. »Nicht so oft, wie ich es gerne wäre. Mein Leben findet on the road statt. Eine Stadt nach der anderen, ein Hotelzimmer nach dem anderen.«

»Das stelle ich mir schwierig vor, so ohne ein Zuhause.« Sam warf ihm einen mitfühlenden Blick zu, der ihm einen wohligen Schauer über den Rücken schickte. Von ihr fühlte er sich einfach verstanden.

Wenn er könnte, würde er sie nie wieder gehen, nicht einmal mehr nach Hause nach Deutschland fliegen lassen. Ihre Anwesenheit beruhigte ihn. Sie brachte den inneren Sturm, der in ihm herrschte, zur Ruhe. Sie brachte Farbe in sein tristes Leben, das oftmals wie ein Film an ihm vorbeizog.

»Sam, ich …«

»Du …«

Sie begannen gleichzeitig zu sprechen, stoppten beide und fingen dann an zu lachen.

»Du zuerst«, grinste Hale.

»Nein, du warst schneller«, entgegnete Sam lächelnd.

»Ach, weißt du was, mir fällt da was Besseres ein«, meinte Hale, und ehe sie sich versah, hatte er sie auf seinen Schoß gezogen und küsste sie.

Sam strich sich ihre schwarzen Locken aus dem Gesicht und hielt sich an Hales Nacken fest, damit sie nicht von seinem Schoß rutschte. Er umfasste ihre Taille mit seinen Händen und zog sie dichter an sich heran. Sams geschlossene Augenlider flatterten ein wenig, als Hale zufrieden in den Kuss seufzte. Seine Fingerspitzen malten Muster auf ihren Rücken.

Sie durfte ihn niemals verlassen. Sie war sein persönlicher Engel.

Hale stand auf und hob Sam dabei hoch. Er spürte, wie sie die Beine um seine Taille schlang und die Arme um seinen Hals. Sie war so leicht wie eine Feder. Sie küssten sich immer leidenschaftlicher, während er sie hinüber in sein Schlafzimmer trug. Über einen Bewegungsmelder gingen die Lichter an, und er dimmte sie schnell mit einer fahrigen Bewegung ab, sodass das Zimmer in einem warmen Orangeton lag.

Hale ließ Sam vorsichtig auf das Bett sinken, hielt aber trotzdem den Kontakt zwischen ihnen. Sie sahen sich tief in die Augen, und Worte waren in diesem Moment überflüssig. Ein Lächeln erschien auf Hales Gesicht, denn er konnte einfach nicht anders.

Ich bin ihr so verfallen.

Niemals im Leben hätte er damit gerechnet, sich irgendwann einmal so zu fühlen. Die Songs seiner Band handelten zum Großteil von der Liebe. Der wahren, großen, tiefen Liebe. Hale hatte ihre Texte schon immer so gesungen, als hätte er all das erlebt, was er sang, doch das hatte nie der Wahrheit entsprochen. Er hatte nicht einmal daran geglaubt, dass man so eine tiefe Verbundenheit fühlen konnte. Dass es einem wirklich passieren konnte, das Wohl einer anderen Person über das eigene zu stellen. Wenn man vierundzwanzig Stunden an sieben Tagen der Woche im Rampenlicht lebte, verlor man schnell den Bezug zur Realität und gewöhnte sich an Illusionen. Man verlor seine Emotionen und nach und nach auch seine Menschlichkeit.

Sam hatte ihm all das wieder zurückgegeben, ohne dass sie es beabsichtigt hatte. Oder es wusste. Sie war in sein Leben gekommen und hatte mir nichts, dir nichts alles durcheinandergewirbelt. Er hatte gedacht, die Sache mit Alyson ginge in Ordnung. Ein wenig PR schadete nie. Doch richtig Gedanken hatte er sich nie darüber gemacht, ob es wirklich in Ordnung war, andere dafür auszunutzen, ein wenig mehr Aufmerksamkeit zu bekommen. Er wusste, dass er von Sam noch sehr viel lernen konnte.

Hale war überwältigt davon, was in seinem Inneren vorging. Ohne dass er in der Lage dazu war, es zu verstehen, war tief in ihm etwas in Bewegung gekommen, eine Veränderung seiner selbst, die er so schnell nicht mehr stoppen konnte. Und er wollte es auch nicht, wenn er ehrlich war. Es gefiel ihm, wer er war, wenn Sam bei ihm war. Es war wieder mehr der Hale von früher, der unbekannte Typ irgendwo aus den Tiefen des Londoner Hinterlandes, der anderen Menschen vertraute und sich auf ihre Nähe einlassen konnte.

Sam vergrub ihre Hände in seinen Locken und zog ihn näher zu sich heran. Er sollte wohl nicht gerade jetzt in Grübeleien verfallen, selbst wenn sie angenehm waren. Er hatte ganz offensichtlich Besseres zu tun.

Hale legte seine Lippen gegen ihre Wangen und fragte, während sein Mund bei jedem Wort über ihre weiche Haut strich: »Bist du müde?«

Er ließ sie allerdings nicht antworten, sondern seine Lippen wanderten stattdessen über ihre Wange zu ihrem Mundwinkel und bedeckten die Wölbung, die entstand, als sie lächelte, mit zarten Küssen. Dann ihr Kinn. Dann ihre Nasenspitze. Und als Letztes ihre warmen, süßen Lippen. Hale konnte nicht genug von ihnen kriegen.

Sam schob sich langsam nach hinten aufs Bett und zog Hale mit sich. Ihr Kopf lag jetzt auf seinem Kopfkissen, und ihr Haar war wie ein dunkler Heiligenschein auf dem hellen Stoff ausgebreitet. Hale sog den Anblick in sich auf.

»Müde? Nein. Aber du siehst müde aus«, nahm sie den Gesprächsfaden, der ja eh schon ziemlich dünn war, wieder auf. »Vielleicht möchtest du ja schlafen?« Ihre Augen funkelten ihm entgegen, und ein amüsiertes Lächeln umspielte ihre Lippen.

Hale gab einen belustigten Laut von sich. Seine Hände stützte er rechts und links neben ihrem Kopf ab, damit sein Körpergewicht sie nicht zerdrückte. Sams Hände fuhren über seine Wangen. Hales Atem ging ein wenig zitternd, und sein Herz klopfte wie verrückt.

Die Gefühle, die ihn bei jedem Blick aus ihren hellen Augen durchströmten, raubten ihm schier den Atem. *Sie* raubte ihm den Atem. Womit hatte er so einen wunderschönen Engel nur verdient?

»Schlafen? So ein Unsinn«, raunte er, griff nach ihrer Hand und verschränkte ihre Finger miteinander. Ihre Lippen fanden sich wieder. Er drückte ihre Hand über Sams Kopf in die Kissen. Sie schnappte nach Luft und öffnete ihren Mund leicht. Ihr Körper bog sich dem seinen entgegen, und der Kuss wurde noch intensiver.

In Hales Kopf herrschte nichts mehr außer Feuer. Eine feurige Leidenschaft. Er fühlte sich so lebendig. So gut. So angekommen.

Sams andere Hand wanderte an seinem Rücken unter sein T-Shirt und hinterließ eine Gänsehaut auf seinem gesamten Körper. Sie ließ ihre Hand langsam über seine Schulterblätter und seine Wirbelsäule hinunterwandern.

Plötzlich entwand sie ihre andere Hand seinem Griff, drückte ihn zur Seite und schwang sich elegant auf ihn, sodass sie die Plätze tauschten und Hales Kopf in den Kissen lag. Sams Hände lagen beide an seinen Wangen. Ihre Lippen berührten sich nur ganz sanft, es war mehr die Idee eines Kusses als eine richtige Berührung. Ihr Atem strich warm über sein Gesicht, und er musste sich zwingen, vor Genuss nicht die Augen zu schließen, sondern sie weiterhin anzublicken. Er wollte sich dieses Bild einprägen, wollte sich für immer daran erinnern können, wie sie in diesem Moment aussah, so wunderschön, dass er es gar nicht fassen konnte.

Es gab Augenblicke im Leben, in denen die Zeit einfach stillzustehen schien. In denen nichts mehr wichtig war außer dem Hier und Jetzt. Genau solch einen Augenblick erlebte Hale gerade. Sam war sein Hier und Jetzt. Sam war das Einzige auf der Welt, das für ihn Bedeutung hatte. Nur sie zählte. Ihre Anwesenheit. Ihre Berührungen. Ihr Lächeln, ihre Blicke, ihre Küsse.

»Verlass mich nie …«, hauchte Hale mit belegter Stimme und schob seine Hände unter ihre Bluse.

Sam krallte sich am Kragen seines Shirts fest und zog ihn nach oben. Wortlos fuhr sie mit den Fingern die Konturen seines Gesichts nach. Bei seinen Lippen ließ sie sich besonders viel Zeit. Sie küsste seine Wange, wanderte mit ihrem Mund hinter zu seinem Hals. Ihre Hüften wiegten sich sanft vor und zurück.

Hale schloss die Augen und hielt sich an ihrer Taille fest. Ihr Körper war so warm, so weich, er machte ihn schier verrückt. Mit einem Ruck riss er ihre Bluse auf. Dass alle Knöpfe dabei absprangen, war ihm egal. Er schob sie ihr von den Schultern und warf sie achtlos ans Ende des Betts.

»Du kaufst mir eine neue. Oder du nähst die Knöpfe wieder an«, murmelte Sam gegen seine Lippen.

Hale war nicht in der Lage, ihr zu antworten, denn die Bewegungen ihrer Körper, die wie aufeinander abgestimmt waren, lenkten ihn zu sehr ab. Sie vernebelten seinen Kopf. Für einen kurzen Moment unterbrachen sie den Kuss, als

Hale ungeduldig Sams Tanktop über ihren Kopf zerrte und es ebenfalls beiseiteschmiss.

Vorsichtig fuhr er mit beiden Händen über ihre Schultern und ihre Arme hinab bis zu ihren Handgelenken. Sein Blick wanderte langsam über ihren Körper, und seine Augen wurden groß. Der Anblick, der sich ihm bot, überstieg alles, was er sich in seiner Fantasie ausgemalt hatte. Und er hatte sich diesen Moment oft vorgestellt, wenn er ehrlich war.

Sie trug einen schlichten schwarzen BH, aber keine Spitze dieser Welt hätte auf ihn verführerischer wirken können. Die Rundung ihrer Brüste war so perfekt, dass es ihm den Atem raubte.

Er umgriff ihre Taille und wirbelte sie herum, bis sie wieder unter ihm in all den weichen Kissen lag. Sie stöhnte auf, als er mit seiner Hand ihre Hüfte fest umfasste, und es war das schönste Geräusch, das er je gehört hatte.

Er hatte zurückhaltend sein wollen, ein echter Gentleman. Doch als sie die Augen schloss, den Kopf in den Nacken legte und sich über die Lippen leckte, war es um ihn geschehen.

26

Ich zahle dir den Inhalt eines gesamten Kleiderschranks, wenn ich dir dafür die ganzen Klamotten vom Leib reißen darf«, lachte er atemlos, und seine Augen sprühten Funken.

Sam wollte ihm antworten, dass sie das Angebot zu gerne annehmen würde, denn Klamotten konnte eine Frau nie genug haben, aber sie brachte vor Aufregung keinen Ton heraus. Sie war viel zu abgelenkt von dem unbeschreiblichen Gefühl, das Hales Hände auf ihrer Haut hinterließ. Wie er noch in der Lage war, ganze Sätze zu formulieren, war ihr ein Rätsel.

Doch zum Glück wartete er nicht auf ihre Antwort. Hale ließ sich nach unten sinken und verteilte federleichte Küsse auf Sams Bauch. So unschuldig sie auch wirken mochten, sie brachten Sam doch fast um den Verstand.

Er arbeitete sich langsam nach oben über ihre Rippen vor und hinterließ eine brennende Spur auf ihrer Haut. Sie vergrub ihre Hände in seinen Locken und zog leicht daran, als er die glatte Haut zwischen ihren Brüsten küsste. Stöhnend presste sie ihre Oberschenkel gegen seinen Körper und schloss die Augen.

Was auch immer er mit ihr anstellte, physisch und psychisch, konnte sie nicht mehr in Worte fassen. Sie hatte sich komplett auf etwas eingelassen, von dem sie keine Ahnung hatte, wie es enden sollte. Ob es enden sollte. Wie es funktionieren sollte. Jetzt, in diesem Augenblick, war es ihr jedoch egal. Alles, was sie wahrnahm, war er und sonst gar nichts.

Es fühlte sich so richtig an.

Es durfte einfach nicht enden. Niemals.

Sams Hände fanden den Saum von Hales Shirt, und sie zog es ihm mit einer fließenden Bewegung über den Kopf. Für einen Moment nahm sie sich die Zeit und schmachtete seinen Oberkörper an. Mit leicht zittrigen Fingern strich sie über seine gebräunten Bauchmuskeln, die ihr schier den Atem raubten. Hale küsste sie wieder, als ob es um Leben und Tod ginge. Seine Zunge strich über Sams Unterlippe. Der Kuss wurde langsamer, weicher, intensiver. Irgendwann hielt Hale inne und ließ seine Lippen weiterhin an Sams ruhen.

»Du bist so wunderschön«, flüsterte Hale und strich dabei mit der Hand über ihren nackten Rücken. »So wunderschön …«

Seine Hand wanderte zu ihrer Hüfte und spielte mit dem Saum ihres Slips. Dort, wo er sie berührte, brannte ihre Haut lichterloh. Seine Lippen fanden wieder den Weg zu ihren, und Sam schmiegte sich eng an ihn. Ihre Haut schien förmlich zu knistern, wenn sie über seine strich. Ein elektrischer Schlag nach dem anderen. Es machte abhängig, sie konnte nicht genug davon kriegen.

Ihr Verlangen nach ihm war so groß. Noch nie hatte ein Mann sie so fühlen lassen. Sie konnte sich nicht erinnern, jemals eine solche Anziehung gegenüber einem anderen Menschen empfunden zu haben. Wenn sie jetzt daran dachte, wie sie sich bei Nico gefühlt hatte, hätte sie am liebsten laut aufgelacht. Das war nicht vergleichbar, nicht einmal ansatzweise.

Nichts in der Welt ließ sie sich so lebendig, so schön fühlen wie Hales Nähe, seine Blicke, seine Küsse, seine Berührungen.

Seine Lippen brachten sie dazu, dass sie alles um sich herum vergaß. Er trieb sie binnen weniger Minuten in den Wahnsinn.

Erst als er abermals sanft über ihre Hüftknochen strich und dann mit seinen Fingern langsam ihren Slip nach unten schieben wollte, zuckte sie ein wenig zurück. Sie wollte nichts überstürzen. Keiner von beiden sollte im Nachhinein etwas bereuen.

»Entschuldige«, flüsterte Hale, dem Sams kleine Regung natürlich nicht entgangen war. Seine Finger strichen über ihren Bauch und wanderten nach oben zu ihrer Wange. »Ich habe mich von dem berauschenden Gefühl mitreißen lassen und …« Er rang nach Worten. »Wir haben alle Zeit der Welt, Sam.« Sein Blick traf auf ihren. »Ich möchte wenigstens ein einziges Mal in meinem Leben etwas richtig machen.« Er wickelte sich eine ihrer schwarzen Haarsträhnen um den Finger. »Außerdem«, ein wenig verlegen schlug er die Augen nieder, »habe ich eh keine Kondome hier.« Er grinste etwas verhalten. »Ich bin auf Damenbesuch nicht wirklich vorbereitet, um ehrlich zu sein. Eigentlich kommt hier nie jemand hin.«

Sam musste lächeln, weil es sie rührte, wie verlegen er war. Sie hätte nicht gedacht, dass jemand wie er überhaupt verlegen sein konnte, doch in ihrer Gegenwart schien es ihm nicht so leichtzufallen, seine sonst so coole Fassade zu wahren.

Es sprach eindeutig für ihn, dass er nicht mit Besuch rechnete. Und er hatte auch offensichtlich nicht geplant, Sam direkt an die Wäsche zu gehen. Wahrscheinlich war er nicht einmal davon ausgegangen, dass sie mit in seine Wohnung kommen würde.

Um ihm zu zeigen, dass alles in Ordnung war, beugte sie sich nach vorne und drückte ihre Lippen auf seinen Mund. Sie fuhr mit der Hand über seine Schulter, seinen Arm hinab bis zu seiner Hand.

»Wir haben alle Zeit der Welt«, wiederholte Hale nuschelnd an ihren Lippen, und Sam lächelte leicht in den Kuss hinein und nickte.

»Willst du noch ein wenig fernsehen?«

»Klar, gern.« Sie kuschelte sich an ihn, und Hale strich gedankenverloren über ihr Haar. Er zog die Decken hinauf, damit sie nicht fror. Nebenbei ließ er den Fernseher laufen, auch wenn keiner der beiden wirklich draufschaute oder zuhörte. Sie genossen einfach die Gegenwart des anderen.

»Ich habe im rechten Schrank im Badezimmer übrigens Zahnbürsten«, murmelte Hale irgendwann verschlafen. »Ich habe immer einen ganzen Vorrat, wegen der Touren und so weiter.«

Sams Augen waren jedoch schon fest geschlossen, und sie atmete gleichmäßig und tief ein und aus.

Als Sam am nächsten Morgen aufwachte, ließ sie ihre Augen zunächst geschlossen. Sie spürte die zwei starken Arme, die sich um ihre Taille geschlungen hatten und somit verhinderten, dass sie sich auch nur einen Millimeter vom Fleck bewegen konnte, und genoss die Geborgenheit. Zu jeder anderen Zeit hätte sie sich eingeengt gefühlt, doch das hier war anders als alles, was sie kannte. Bei jedem Atemzug, den Hale tat, verursachte der Luftstrom, der über Sams Nacken fuhr, eine neue Gänsehaut auf ihrem Rücken. Sie wollte nicht aufstehen. Sie wollte für immer hier bei ihm liegen bleiben.

Doch natürlich musste sie ausgerechnet jetzt ganz dringend ins Badezimmer. Vorsichtig löste sie seine Arme von sich und schlüpfte aus dem Bett. Hale rührte sich kurz, wachte aber nicht auf. Hingerissen nahm sie sich noch einen kurzen Moment Zeit, ihn zu betrachten. Sein Gesicht sah im Schlaf so entspannt aus. Ein Lächeln stahl sich unwillkürlich auf ihre Lippen, und sie beugte sich noch einmal vor, um ihm ein paar wirre Strähnen aus der Stirn zu streichen und vorsichtig mit den Fingerspitzen seine Wangenknochen nachzuziehen. Hale seufzte im Schlaf, und Sams Magen schlug bei dem leisen, zufriedenen Geräusch einen Rückwärtssalto vor Glück.

Jetzt musste sie aber wirklich das Bad aufsuchen.

Nachdem sie sich frisch gemacht und sich mit einer von Hales unzähligen – er hatte nicht übertrieben – Zahnbürsten die Zähne geputzt hatte, schlich sie auf Zehenspitzen in die Küche, um sich einen Kaffee zu machen.

An einer Pinnwand in der Küche entdeckte sie einen Zettel mit einem WLAN-Code. Sie holte ihr Handy aus ihrer Tasche im Flur und nahm es mit zurück zur Kaffeemaschine. Während das Gerät vor sich hin brummte und ihren Kaffee aufbrühte, loggte sie sich in Hales Internet ein, woraufhin ihr Handy anfing, pausenlos zu vibrieren, weil es zu viele Nachrichten empfing.

Die aktuellste war von Caro.

Sam, google mal nach Hale und lies dir die neuesten Artikel durch …

Im ersten Moment war Sam sich nicht sicher, ob sie das wirklich tun sollte. Sie wusste doch langsam, was sie von den Presseberichten rund um Hale halten sollte.

Aber wenn Caro ihr das schrieb, konnte sie immerhin davon ausgehen, dass sie nicht wie Jana hoffnungslos übertrieb.

Seufzend ließ sie sich auf einen Barhocker vor dem Frühstückstresen nieder und kam dem Wunsch ihrer besten Freundin nach. Was sie daraufhin fand, gefiel ihr nicht sonderlich gut. Das Internet war voll mit Bildern von ihr und Hale, wie sie gestern in der Tiefgarage des Restaurants ins Auto stiegen, um von George zu Hales Wohnung gebracht zu werden. Sam war Gott sei Dank nur von hinten zu sehen, doch für sie machte das keinen Unterschied.

Ihr Magen drohte zu rebellieren, und sie ließ ihr Handy kraftlos auf ihren Schoß sinken. Benommen starrte sie hinunter auf den dunklen Holzboden und schnappte dann nach Luft.

Sie wollte gar nicht lesen, was geschrieben wurde. Sie wollte es nicht wissen. Trotzdem wanderte ihr Blick nach unten zum immer noch leuchtenden Display, und die großen schwarzen Buchstaben sprangen ihr unbarmherzig ins Auge.

Da ist sie wieder! Hale Silver (25) wieder mit mysteriöser Schönheit gesehen worden! Wie lange seine Affäre wohl diesmal halten mag?

Sam hörte für einen Moment auf zu atmen. Selbst wenn sie wusste, dass die Person, die diesen Artikel verfasst hatte, sie nicht kannte, traf sie der Inhalt trotzdem mitten ins Herz. Sie wurde in eine Reihe mit zahllosen Frauen gestellt, mit denen Hale in den vergangenen Monaten gesichtet worden war. Außer Alyson erkannte sie sogar eine weitere Frau auf den verwackelten Fotos der Bildergalerie. Es war Liz, die Visagistin der Band.

Auch wenn ihr dadurch klar sein sollte, dass keines dieser Fotos irgendetwas zu bedeuten hatte, da die Paparazzi weder wussten, wer Liz war, noch, dass die Sache mit Alyson nur ein PR-Schachzug war, schnürte es ihr doch die Kehle zu.

Mit eiskalten Fingern tippte sie auf den nächsten Artikel.

Schon wieder die Nächste, Hale? Wer das diesmal wohl ist?

Die Kommentare unter den Artikeln waren das Erniedrigendste, was Sam je hatte lesen müssen. Beleidigte Fans ließen all ihre Wut an ihr aus, lästerten über ihre Klamotten und ihre Figur.

Sam legte den Kopf in den Nacken und schloss die Augen.

312

Sie konnte das nicht. Sie konnte es nicht ertragen, dass die ganze Welt über sie und ihr Liebesleben sprach. Dafür war sie nicht geschaffen. Sie wollte sich nicht täglich in den Klatschblättern zerfetzen lassen. Sie würde nie in der Lage sein, diese Dinge einfach auszublenden, wie Hale es offensichtlich tat.

Ihre Sicht verschwamm, als ihr bittere Tränen in die Augen traten, und sie sah von ihrem Handy auf. Sie hatte es gleich gewusst. Von Anfang an. Egal, wie hingezogen sie sich zu Hale fühlte, die Aufmerksamkeit der ganzen Welt würde sie zerstören. Das würde niemals funktionieren.

Ihr Unterbewusstsein hatte sie nicht umsonst ständig gewarnt. Es war niemals auch nur eine hauchdünne Chance vorhanden gewesen, dass das zwischen ihnen klappen konnte, denn mit diesen skandalgeilen Reportern rund um den Globus, die ihr alle zusahen, konnte Sam nicht leben. Die Welt kannte sie noch nicht einmal richtig, und jeder wartete schon darauf, sie verbal im Internet zerfleischen zu können.

Sie musste so schnell wie möglich weg von hier. Weg von Hale. Das war das Beste. Solange sie noch konnte. Solange es ihr noch nicht vollends das Herz zerreißen würde.

Sam rutschte vom Barhocker und wischte sich mit dem Saum von Hales T-Shirt, das sie noch immer trug, die Augen trocken. Sie wollte nicht weinen, und sie würde nicht weinen. Sie würde mit erhobenem Haupt gehen, denn sie traf die richtige Entscheidung. Geflissentlich ignorierte sie ihr Herz, das von Sekunde zu Sekunde mehr schmerzte. Selbst atmen tat weh. Blinzeln. Denken.

Sie konnte nicht gehen. Sie konnte nicht. Aber sie musste.

»Sam? Bist du schon lange wach?«

Verschlafen kam Hale um die Ecke getapst und gesellte sich zu ihr in die Küche. Sie konnte nicht antworten. Sie musste nun etwas hinter sich bringen, das wahrscheinlich so sehr wehtun würde, wie noch nie etwas in ihrem Leben geschmerzt hatte. Sie würde nicht nur sich selbst verletzen, nein, sie würde vor allem ihm wehtun, und dafür hasste sie sich jetzt schon.

Der kalte Fußboden brannte an ihren Fußsohlen, aber sie rührte sich keinen Millimeter.

»Alles okay?«, fragte Hale besorgt, als er Sams Gesichtsausdruck sah. »Sam?«

Sie ging wortlos an ihm vorbei hinüber ins Schlafzimmer. Hale folgte ihr und stand ratlos in der Tür, während Sam nach ihren Sachen in dem aufgewühlten Bett suchte. Sie zog sich ihre Hose, Socken und Schuhe an.

»Sam, was machst du da?«

Sie zog sich ihre Lederjacke über und schluckte schwer. *Nicht weinen, Sam, nicht weinen.*

»Was ist los?«

Sie blieb direkt vor ihm stehen und sah ihm in seine dunkelgrünen Augen, die für sie immer ein Ruhepol gewesen waren. Sie spiegelten das Meer wider. Das weite, schöne Meer, in dem man sich treiben lassen konnte.

Aber selbst hier, in diesen geschützten vier Wänden, konnte Sam sich nicht entspannen oder zur Ruhe kommen. Selbst hier würde sie sich immer verfolgt und in eine Art goldenen Käfig gesperrt fühlen.

»Es tut mir leid, Hale«, flüsterte Sam und schlug die Augen nieder.

»Was tut dir leid?« Er klang alarmiert, hilflos, ängstlich und verzweifelt zugleich. Es brach ihr das Herz.

Sam brauchte einen Moment, bis sie in der Lage war, etwas zu sagen. »Alles«, brachte sie mühsam hervor. »Das alles hätte niemals passieren dürfen. Pass auf dich auf, Hale, und mach's gut.«

Ein Finger legte sich unter ihr Kinn, doch Sam trat einen Schritt zurück. Sie ertrug es nicht, wenn er sie jetzt berührte.

Es erinnerte sie nur daran, wie wundervoll er war. Und dass sie ihn nicht verlassen wollte, es aber musste.

»Was meinst du damit?« Hales Stimme brach am Ende seiner Frage, weil er genau wusste, was die Antwort darauf war.

»Ich kann das nicht. Dieses ständige Aufpassen, was man tut. Dass die Presse mein Privatleben an die Öffentlichkeit zerrt und alles kommentiert. Die scheinen mehr über mich zu wissen als ich selbst! Ich kann das einfach nicht. Es tut mir so leid, ich …«

Sie wusste nicht, was sie sonst noch sagen sollte. Eine ihrer dunklen Locken war ihr ins Gesicht gefallen, und Hale streckte zaghaft die Hand aus, um sie beiseitezustreichen.

Sam wich erneut aus, und er ließ seine Hand enttäuscht sinken. Sie konnte ihm nicht in die Augen blicken, konnte es nicht ertragen, ihn leiden zu sehen. Sie drehte den Kopf zur Seite, denn der Drang, ihn anzuschauen, war größer als die Angst vor dem Ausdruck in seinen wunderschönen Augen.

Plötzlich spürte sie zwei Hände, die sich an ihre Wangen legten und ihren Kopf wieder nach vorne drehten.

»Geh nicht«, flüsterte Hale, und ehe sie sich versah, küsste er sie. Erst ganz sanft und vorsichtig, dann fordernder. Das Feuer zwischen ihnen würde niemals erlöschen. Unwillkürlich öffnete Sam ihre Lippen ein Stück und drängte ihren Körper näher an Hales. Sie wusste, dass es falsch war, was sie gerade tat, aber diesen letzten Kuss musste sie noch mitnehmen. Er würde sich ihr für immer bis in alle Ewigkeit ins Gedächtnis brennen. Diese Erinnerung würde sie am Leben halten und ihr immer wieder sagen, dass es die wahre, tiefe Liebe wirklich gab.

Hale murmelte etwas gegen ihre Lippen, was sie nicht verstand. Seine Hände wühlten in ihren Locken, und Sam musste ein paar Tränen unterdrücken. Ihre Finger strichen über seine Wangen, spürten die Bartstoppeln und fuhren weiter zu seinem Nacken.

»Verlass mich nicht …«

Diesmal konnte sie deutlicher hören, was er flüsterte. Wieder dieser Satz. Ihr Herz zerbrach in tausend Stücke. Es war falsch von ihr zuzulassen, dass er sie nochmals küsste. Sie musste es beenden.

Der Kuss wurde langsamer, gefühlvoller. Bis Sam innehielt und wartete, dass Hale ebenfalls die Augen öffnete. Beide atmeten schwer. Sam legte ihre Hand an seine Brust und konnte seinen Herzschlag unter ihrer Handfläche stark und schnell spüren. Sanft schob sie ihn ein paar Zentimeter von sich.

»Es tut mir leid«, flüsterte sie erneut mit tränenerstickter Stimme und strich ein letztes Mal eine Strähne aus seinem Gesicht. Dann ging sie an ihm vorbei durch den Flur bis an die Wohnungstür.

»Sam, du kannst nicht gehen! Bitte!«, rief Hale, als er aus einer Art Starre zu erwachen schien.

»Ich muss, Hale, ich muss!« Sams Stimme wurde ebenfalls lauter, und sie drehte sich zu ihm um, als er den Gang entlanglief, um ihr zu folgen. »Ich kann nicht bleiben! Das schaffe ich einfach nicht! Ich muss weg!«

Ihre Augen sprühten Funken der Verzweiflung, und ihre Hand lag auf der Klinke der Tür.

»Bitte geh nicht … Du kannst mich nicht alleine lassen, jetzt da ich dich endlich gefunden habe … Sam!«

»Geh zu Alyson, die freut sich wenigstens über die Aufmerksamkeit der Presse«, war das Letzte, was sie sagte, bevor sie verschwand.

Während sie die Treppen nach unten rannte, bereute sie ihren letzten Kommentar zutiefst. Aber jetzt war es zu spät. Für alles. Sie hatte etwas sagen wollen, das ihn verletzte, damit er sie gehen ließ, und sie hatte es geschafft.

Bitte lass mich einfach nur sterben ...

Je mehr Treppen sie nach unten hastete, desto größer wurde der Wunsch in ihr, sich einfach umzudrehen und zu ihm zurückzukehren. Doch dann erschienen vor ihrem inneren Auge wieder die Schlagzeilen. Böse Worte, sensationsgeile Redakteure – und das, obwohl Sam doch gerade erst in Hales Leben getreten war. Wie würde es sein, wenn sie es wirklich miteinander versuchten?

Sam wollte es sich gar nicht ausmalen.

Sie konnte den Schmerz gar nicht in Worte fassen, der sie überrollte und erdrückte. Sie musste hier einfach nur weg. Endlich stieß sie die Tür des großen Hochhauses auf, und ihr schlug die kalte Herbstluft entgegen, als sie losstürzte.

Ein Taxi hielt neben ihr an, und sie ließ sich dankbar auf dem Rücksitz nieder. Sie nannte den Namen des Hotels, in dem sich noch ihre Sachen befanden. Wie in Trance ließ sie sich dorthin fahren und ging durch die Eingangshalle zum Aufzug, während der Fahrer draußen auf sie wartete, um sie anschließend zum Flughafen zu bringen.

Sam hatte das Gefühl, dass sie gleich zusammenbrechen würde. Krampfhaft klammerte sie sich an den Taxisitz und schloss die Augen.

Aber es nützte nichts. Hales Gesicht verfolgte sie, wie er im Gang seiner Wohnung stand und ihr hinterherrief. Wie er sagte, dass sie nicht gehen durfte. Dass sie ihn nicht alleine lassen sollte.

Gott, wie oft konnte ein Herz an einem einzigen Morgen zerbrechen?

»Wir sind da, Miss.«

Irritiert sah Sam auf. »Wie bitte?«

»Wir sind da. Am Flughafen.« Der Taxifahrer schenkte ihr ein warmes Lächeln. Er hatte schon nach wenigen Minuten gemerkt, dass es Sam nicht gut ging und ihr nicht nach Reden zumute war. Er hatte daraufhin jeden der üblichen Versuche, mit seinem Fahrgast ins Gespräch zu kommen, unterlassen und war sogar so rücksichtsvoll gewesen, das Radio mit der fröhlichen Popmusik auszustellen, auch wenn er gar nicht ahnen konnte, wie wichtig diese kleine Geste war. Nicht auszudenken, was es in Sam angerichtet hätte, wenn ausgerechnet jetzt ein Song von *Secret Light* gelaufen wäre.

»Oh, ja. Danke.« Sam erkannte das große Glasgebäude vor sich wieder. Irgendwie hatte sie die Fahrt hierhin überhaupt nicht mitbekommen. Stetig waren ihr die Tränen über die Wangen gelaufen, und sie hatte, ohne etwas zu sehen, aus dem Fenster gestarrt.

Der Taxifahrer stieg aus und stellte Sams Koffer neben den Wagen. Dann hielt er ihr die Tür auf, da sie sich noch immer nicht gerührt hatte. Wie benommen kletterte sie aus dem Auto und suchte nach ihrem Portemonnaie, bis ihr auffiel, dass sie ja gar keine britischen Pfund dabeihatte.

»Nehmen Sie auch Euro?«, fragte sie verzweifelt und hielt dem Fahrer den europäischen Schein entgegen.

»Nein, Miss, eigentlich nicht, ich ...« Doch als er sah, dass sich Sams Augen wieder mit Tränen füllten, schüttelte er resigniert den Kopf und gab nach. »Ausnahmsweise. Haben Sie einen guten Flug, Miss, und Kopf hoch, sonst sieht man Ihr hübsches Gesicht nicht«, verabschiedete er sich mit einem nachsichtigen Lächeln.

Sam nickte bloß und merkte nicht einmal, wie der Mann sich abwandte und den nächsten Fahrgast begrüßte. Sie dachte an gar nichts mehr, ihr Kopf war vollkommen leer. Sie fühlte auch nichts mehr, nur ein dumpfes Pochen, dort, wo der Schmerz gesessen hatte, bevor er ihr Fassungsvermögen letztendlich überstieg.

Nichts war mit dem hier vergleichbar. Nicht ihre Wut, als sie die Fotos von Nico mit diesen anderen Frauen im Bett gesehen hatte; nicht ihre Enttäuschung, als sie Zeuge des vermeintlichen Kusses zwischen Hale und Alyson geworden war. All das war noch irgendwie in Worte zu fassen gewesen, irgendwie begreiflich. Jetzt aber hatte ihr Gehirn den Dienst quittiert, hatte alle Emotionen ausgeschaltet, weil es wusste, dass sie sie nicht würde ertragen können. Unterbewusst fürchtete sie sich vor dem Moment, in dem sie aus ihrer Starre aufwachen und endgültig mit der Realität konfrontiert werden würde. Der Realität, dass sie sich jeden Weg zurück selbst verbaut hatte, um das, was in ihrem Leben noch normal war, vor dem Irrsinn zu schützen, in den sie sich beinahe gestürzt hätte.

Zu Hause schloss Sam die Zimmertür hinter sich ab, weil sie keine ungebetenen Gäste haben wollte, nicht einmal Caro.

Sie schälte sich aus ihrer Lederjacke und ließ sie achtlos neben sich zu Boden fallen.

Erst jetzt wurde ihr klar, was sie eigentlich anhatte.

Sein T-Shirt.

Im Eifer des Gefechts hatte sie sich einfach ihre Jacke übergeworfen und nicht darauf geachtet, dass sie noch immer das T-Shirt trug, das er ihr zum Schlafen gegeben hatte.

Sofort kroch sein Geruch in ihre Nase, und ihr Herz – oder besser gesagt das, was davon noch übrig war – zog sich schmerzhaft zusammen. Sie erinnerte sich an das Bild der aufgerissenen Bluse auf Hales Bett, die Knöpfe überall verstreut, und daran, wie er sie angesehen hatte. Sie schnappte mit zugeschnürter Kehle mühsam nach Luft und riss sich das Shirt vom Leib.

Mit Jogginghose und dickem Pulli kroch sie in ihr Bett. Ihr Handy vibrierte zum wiederholten Male, und sie angelte es sich aus ihrer Tasche.

Sie hatte zwanzig entgangene Anrufe und dreiundzwanzig ungelesene Nachrichten. Von ihm.

Sam, bitte, geh ran!

Das war die letzte Nachricht, die ihr angezeigt wurde.

Sie schloss die App, ohne die anderen Nachrichten zu lesen.

27

Sam?«

Keine Antwort.

»Sam, bitte mach endlich die Tür auf. Sonst lasse ich Leo kommen, und er muss sie für mich aufbrechen!«

Caros Stimme klang inzwischen nicht mehr verständnisvoll und vorsichtig, sondern regelrecht verzweifelt. Sie war am späten Nachmittag von der Arbeit wiedergekommen und hatte wohl festgestellt, dass Sams Sachen im Flur standen, von ihr selbst aber keine Spur zu sehen war. Sam hatte gehört, wie sie ihren Namen rief, doch als sie auf die abgeschlossene Zimmertür gestoßen war, hatte sie offenbar nicht so recht gewusst, was sie tun sollte. In ihrer Wohngemeinschaft hatte es nie verschlossene Türen gegeben.

Sam, die in ihrem Bett lag, stellte sich taub. Sie hatte die Decke bis über beide Ohren gezogen und die Augen fest geschlossen. Sie bildete sich ein, dass sie, wenn sie möglichst lange einfach regungslos dalag, irgendwann zu Staub zerfallen würde. Der Gedanke gefiel ihr. Ihrer besten Freundin und diversen andere Menschen würde diese Idee allerdings sicher nicht zusagen.

»Samantha! Ich meine es ernst! Jetzt komm endlich aus deiner Höhle raus! Ich kann doch nichts dafür, dass die Klatschpresse dich interessanter als alles andere auf der Welt findet!«

Grummelnd schob Sam die Füße unter der Decke hervor und bewegte sich in der Geschwindigkeit eines Faultiers aus ihrem warmen, weichen Bett. Sie drehte den Schlüssel im Schloss herum und blinzelte in das Licht der Flurlampen, nachdem sie die Tür einen Spalt geöffnet hatte.

Caro schubste die Tür ganz auf und fiel ihrer besten Freundin um den Hals.

»Es tut mir alles so leid! Es tut mir so leid, ich habe so sehr gehofft, dass ihr das hinkriegt und dass das funktioniert und ...« Sie brach ab, weil sie nicht wusste, was sie sonst noch hintendran hängen sollte. Worte konnten das, was passiert war, eh nicht mehr gutmachen. Alles, was Caro tun konnte, war, für Sam da zu sein. Sie zu umarmen, sie festzuhalten, ihr die Taschentücher zu reichen.

Sam ließ sich in die Umarmung fallen und schloss die Augen. Sie weinte inzwischen nicht mehr. Es tat einfach nur noch weh. So sehr weh.

»Es tut so weh ...«, flüsterte sie in Caros blonde Mähne.

Die nächsten Minuten standen die beiden jungen Frauen da und hielten einander fest. Caro strich ihrer besten Freundin wortlos über den Rücken.

»Sein Blick ... Wie er mich angesehen hat, als ich gegangen bin ...« Sams Stimme war nur ein heiseres Flüstern. Sie löste sich von Caro und schniefte. »Ich kriege den Anblick nicht mehr aus dem Kopf, Caro. Ich habe nicht nur mein Herz gebrochen, sondern auch seins, als ich gegangen bin. Inzwischen weiß ich nicht einmal mehr, ob es das Richtige war. Im einen Moment denke ich, es war das Richtige, und im nächsten Moment denke ich mir, dass es vielleicht doch geklappt hätte. Dann fällt mir aber wieder ein, wie schrecklich ich schon diese paar Schlagzeilen fand und wie sehr sie mich fertiggemacht haben, und dann denke ich wieder, dass es wohl doch das Richtige war, so weh es auch tut!« Die Worte sprudelten einfach so aus Sams Mund heraus, als hätten sie nur darauf gewartet, endlich ausgesprochen zu werden. Und so war es auch. Sie musste sich alles von der Seele reden, sonst würde sie bald den Verstand verlieren.

Caro griff nach ihrer Hand und zog sie in die Küche. Dort verfrachtete sie Sam auf einen der Stühle und begann mit ihrem Verhör. »Der Reihe nach, Sam, ich verstehe kein Wort. Was ist passiert?«

Sam wollte gar nicht daran denken, wie perfekt die Zeit in London gewesen war. Es kam ihr vor wie ein Traum, den sie erlebt hatte. Ein Traum, aus dem sie am liebsten nie wieder aufgewacht wäre. Sie seufzte und vergrub das Gesicht in den Händen.

»Es war alles perfekt, Caro. Ach was, perfekter als perfekt! Das Konzert, der ganze Abend, die Nacht … Aber als ich am nächsten Morgen diese Artikel gesehen habe, bin ich einfach ausgeflippt. Ich habe mir vorgestellt, dass das jetzt immer so weitergehen würde, dass wir auf Schritt und Tritt verfolgt würden, und habe Panik bekommen. Ich habe mir meine Sachen geschnappt und bin einfach weg.«

Caro schüttelte voller Mitleid den Kopf. »Ich hätte dir nicht schreiben sollen. Wenn du das nicht gesehen hättest …«

»Nein, Caro, es war richtig von dir. Hätte ich noch länger in dieser Illusion gelebt, wäre es mir noch viel schwerer gefallen. Wieso muss das eigentlich mir passieren? Kann ich mich nicht einfach in einen normalen Typen verlieben? In so jemand wie deinen Christopher? Das wäre doch mal was! Aber nein, es muss entweder ein Mistkerl sein oder ein Weltstar! Super, Sam! Wenn schon, denn schon, oder?«, regte Sam sich über sich selbst auf und raufte sich die Haare.

»Aber, Sam, das kann man sich doch nicht aussuchen!«

Doch Sam schnaubte nur verächtlich. »Ich glaube, ich gehe wieder in mein Bett. Da bin ich aufgeräumt.« Sie stand auf und warf Caro einen warnenden Blick zu. »Falls Jana aufkreuzen sollte, ich bin unpässlich. Wirklich. Erzähl du ihr einfach, was los ist. Falls sie in mein Zimmer einbrechen will, halt sie bitte mit allen Mitteln und Wegen davon ab, okay? Ich zähle auf dich, Ca.«

Caro nickte stumm, und Sam verließ mit schlurfenden Schritten die Küche. Janas Geplapper würde sie nicht aushalten können. Sosehr sie ihre Cousine auch liebte, manchmal war ihr Mundwerk doch ein wenig zu viel.

Als sie wieder in ihrem Bett lag, stöhnte sie einmal laut auf. Jetzt, da sie wieder lag, wollte sie lieber stehen. Sobald sie aber stand oder saß, wollte sie sich wieder in ihrem Bett verkriechen. Was sollte sie nur tun?

Da fiel es ihr ein. Natürlich. Es gab nur eins, was ihr im Moment ein wenig helfen konnte.

Sam rappelte sich wieder auf und zog sich um. Eine dunkelblaue Leggings und ein schwarzes bauchfreies Top. Schnell band sie sich ihre wirren Locken zu einem Dutt zusammen und griff nach ihrem Handy.

Das Einzige, was ihr jetzt noch ein wenig Halt geben konnte, war das Tanzen.

Sam war froh, dass an einem Mittwoch spätnachmittags meist niemand im Sportraum im Keller war. Sie schloss ihr Handy an die Anlage an und drehte die Musik für ihr Warmup bis zum Anschlag auf. Der Bass ließ den Fußboden vibrieren, und Sam lockerte erst einmal ihre Muskeln, die total verkrampft waren. Der Stress und vor allem der Liebeskummer taten ihr auch körperlich nicht gut, nicht nur seelisch. Sie spürte ein Stechen im Rücken, als sie anfing, sich langsam zu dehnen und die ersten Drehungen zu machen.

Erst nach einer Zeit, die Sam wie eine Ewigkeit vorkam, wurde ihre Atmung gleichmäßiger. Ihre Gedanken drehten sich zunächst langsamer, dann irgendwann überhaupt nicht mehr, und ihre Haut wurde endlich wieder ein wenig wärmer. Sie hatte gefroren, seit sie seine Wohnung in London verlassen hatte.

Sam tanzte alle Choreografien, die möglichst viel Energie kosteten. Sie schwitzte wie schon lange nicht mehr, worüber sie dankbar war. Die Anstrengung vernebelte ihre Gedanken und legte sich wie ein Pflaster über den Schmerz.

Während der paar Stunden, die sie im Keller verbrachte, fühlte sie sich wieder menschlich. Sie fühlte sich sogar gut, wenn man nicht bedachte, was für Gedanken sie gerade ausgeschaltet hatte.

Sie fühlte sich gut.

Sie fühlte sich innerlich wieder im Gleichgewicht. Zumindest so lange, wie die Musik lief und ihre Muskeln in Bewegung waren.

Die Zeit verging wie im Flug. Eine Stunde nach der anderen wirbelte sie durch den Raum und tanzte sich den Kummer von der Seele.

Sam strich sich nach dem Ende einer Choreografie ein paar nasse Haarsträhnen aus ihrer glühenden Stirn. Es folgte ein Song, den sie nicht kannte. Sie hatte Ilonas Playlist angemacht – so weit waren sie auf der Liste wohl bisher noch nie gekommen. Sam ließ die ersten fünfzehn Sekunden des unbekannten Musikstücks auf sich wirken. Es war zwar eine Ballade, aber sie hatte trotzdem viele rockige und basslastige Elemente.

Sam schloss die Augen und ließ sich von der Musik führen. Sie tanzte ihre ganz eigene Art des Contemporary Dance, für die sie in ihrer Tanzschule bekannt war. Ohne sich auch nur einmal im Spiegel anzusehen, weil sie die Augen weiterhin geschlossen hielt, bewegte sie sich die nächsten Minuten zu dem schönen Song, der einerseits kräftig und andererseits auch verletzlich klang. Wenn man sie im Nachhinein gefragt hätte, was sie getanzt hatte, wäre sie nicht dazu in der Lage gewesen, eine Antwort darauf zu geben.

Als der Song endete, ging Sam in die Knie und neigte den Kopf nach unten. Sie öffnete die Augen und atmete ein paar Mal tief durch.

Sie fühlte sich besser. Wirklich.

Sie ging hinüber zu ihrem Handy und zog den Stecker aus der Anlage. Mit langsamen Schritten stieg sie die Stufen nach oben zu ihrer und Caros Wohnung empor. Sie achtete weiterhin immer nur auf ihre Atmung.

Ein, aus. Ein, aus.

Wortlos ging sie an ihrer besten Freundin vorbei und weiter ins Badezimmer.

Es ging ihr wirklich besser. Sie war sich sicher, dass sie die richtige Entscheidung getroffen hatte. Sie hatte sich selbst geschützt, und nichts sollte im eigenen Leben wichtiger sein als man selbst. Ihr Kopf hatte verstanden, was Sache war, nur ihr Herz weigerte sich noch ein wenig. Aber das würde sich schon noch im Laufe der Zeit ändern. Hoffentlich.

Sam schlief in dieser Nacht äußerst schlecht. Sie warf sich hin und her, murmelte wirre Sachen und schreckte alle paar Minuten auf. Sie starrte durch ihr finsteres Zimmer, ließ sich im nächsten Moment zurück nach hinten fallen und war schon wieder eingeschlafen.

Als sie morgens um fünf endgültig aufwachte, fühlte sie sich wie gerädert. Sie konnte nicht einmal die Augen richtig offen halten.

Wie gerne würde ich jetzt in seinen Armen liegen …

Okay, stopp. Sam runzelte die Stirn und setzte sich auf. So konnte das nicht weitergehen. Sie durfte sich nicht ausmalen, wie ein gemeinsames Leben mit ihm wäre. Diese Fantasie wäre eine wunderbare Zuflucht, aber wenn Sam je wieder richtig glücklich werden wollte, musste sie sie aus ihrem Kopf verbannen.

Um sich abzulenken – denn schlafen würde sie eh nicht mehr können –, griff sie nach ihrem Handy, das auf dem kleinen Nachttisch lag, und surfte durch die verschiedenen Apps. Dadurch, dass es frühmorgens war, gab es natürlich nicht viel Interessantes zu sehen.

Also öffnete sie den Internetbrowser und googelte das Erste, was ihr in den Sinn kam.

Hale Silver.

Herrgott noch mal, was hatte sie sich gerade vor ein paar Minuten noch gesagt? Es half wohl alles nichts.

Seufzend lehnte sie sich in ihre Kissen und machte sich darauf bereit, tausend Bilder von ihm zu sehen, Hunderte mit Alyson zusammen und ein paar mit ihr selbst, auf denen sie nicht zu erkennen war.

Doch nichts dergleichen war unter den Topergebnissen.

WO IST ER? LEBT ER NOCH? HALE SILVERS (25) WOHNUNG VOLLSTÄNDIG AUSGEBRANNT!

Verwirrt wurden die Falten auf Sams Stirn tiefer. Es war zu früh, als dass sie auf Anhieb kapierte, was sie gerade las.

Wohnung vollständig ausgebrannt?

Moment …

Sie riss die Augen auf und schnappte nach Luft. Ihr Handy fiel auf ihre Bettdecke und tauchte ihr Zimmer in ein unheimliches Licht.

»Nein.« Sam wusste nicht, ob sie es nur gedacht hatte oder der tosende Sturm in ihrem Kopf zu laut war, um es zu hören.

Mit trockenen Augen starrte sie hinunter auf ihr Display. Die nächste Schlagzeile sprang ihr ins Auge.

SPURLOS VERSCHWUNDEN! WO IST HALE SILVER?

»NEIN!« Diesmal kam das Wort in einem schrillen Kreischen aus Sams Mund.

»Nein! NEIN! NEIN!«

Ihre Zimmertür flog im nächsten Moment auf, und Caro stand im Raum.

»Was ist passiert? Was ist los? Sam!«, rief sie und sprang zu ihrer besten Freundin aufs Bett. »Sam!«

Aber Sam war nicht in der Lage zu reagieren. Als wäre Caro gar nicht anwesend, tippte sie den ersten Artikel an und begann, ihn flüsternd vorzulesen.

»In der Nacht von Mittwoch auf Donnerstag kam es in London zu einem schrecklichen Ereignis. Die Wohnung des Frontmanns von Secret Light, Hale Silver, brannte vollkommen aus. Die Feuerwehr kann sich bisher noch nicht erklären, wie es zu dem Brand kam. ›Ein Nachbar von gegenüber rief uns an, aber als wir ankamen, war es leider schon zu spät‹, erklärte der Feuerwehrhauptmann uns. Die große Frage, die sich nun jeder stellt, ist … ist …« Sams Stimme verlor sich.

»Ob er in der Wohnung war«, vervollständigte Caro den Satz und starrte mit geweiteten Augen ihre beste Freundin an.

Sam konnte sich nicht mehr bewegen. Ihre Muskeln waren wie eingefroren.

»Du musst ihn anrufen!«

Das ließ sie sich nicht zweimal sagen. Ruckartig kam sie wieder im Hier und Jetzt an und tippte mit zittrigen Fingern auf die App mit dem Telefonzeichen. Sie suchte nach ihm in ihren Kontakten und rief ihn an. Als sie sich das Handy ans Ohr drückte, schoss ihr der Gedanke durch den Kopf, dass sie gerade nichts auf der Welt so sehr wollte, wie seine Stimme zu hören.

Doch am anderen Ende herrschte Stille.

28

Sam schloss ergeben die Augen und wartete darauf, dass sich am anderen Ende der Leitung etwas tat.

»Es läutet nicht«, erklärte sie Caro, deren Blick sie begegnete, als sie ihre Augen wieder öffnete. Eine einsame Träne lief über Sams Gesicht.

»Jetzt! Verdammt. Nur eine Bandansage.« Sie wollte sich gar nicht ausmalen, was das bedeuten konnte. Sein Handy konnte einfach nur ausgeschaltet sein. Oder es war auch mit in der Wohnung verbrannt. Doch war er …?

Hör auf damit! Das ist nicht passiert!

Sam nahm das Handy vom Ohr und schüttelte den Kopf.

»Nein … Nein, das kann nicht sein, er … Das … Er …«

Caro schob sich neben Sam unter deren Bettdecke. Sie lehnte ihren Kopf gegen die Schulter ihrer besten Freundin.

»Hale …« Sam wippte leicht nach vorne und wieder zurück. Nach vorne und wieder zurück. Dabei drückte sie beide Hände gegen ihr Brustbein und starrte auf ihre Bettdecke. »Hale …«

Sie hörte Caro zitternd einatmen, dann griff sie nach Sams Handy und drückte auf Wahlwiederholung. Es herrschte erst Stille, dann kam die Computerstimme, die ihr sagte, dass der gewünschte Gesprächspartner nicht erreichbar war. Wieder Stille. Computerstimme. Stille. Computerstimme.

»Sam …«

Sam schüttelte nur stumm den Kopf und starrte weiterhin, ohne zu blinzeln, auf den tränennassen Stoff. Sie konnte nicht reagieren.

Sie keuchte leise auf und schnappte nach Luft. Anstatt Luft bekam sie aber ihre eigenen Tränen in den Mund und verschluckte sich daran. Sie hustete sich die Seele aus dem Leib und wünschte sich, einfach zu sterben. Schlaff lagen Caros Arme um ihre Schultern. Sie krallte sich an ihnen fest. Es gab nichts mehr, was man sagen konnte.

Sam krümmte sich noch mehr zusammen und kniff die Augen zu. Die nächsten Minuten regte sich keiner von beiden.

»Vielleicht war er auch unterwegs«, hauchte Caro und räusperte sich. »Vielleicht war er gar nicht in der Wohnung. Er war sicher nicht in der Wohnung«, sagte sie jetzt mit festerer Stimme und richtete sich auf. Sie zog an Sams Arm und schüttelte ihre beste Freundin leicht. »Sam, ich sage dir, er war nicht in der Wohnung.«

»Das glaube ich erst, wenn ich ein Lebenszeichen von ihm kriege«, antwortete Sam mit tonloser Stimme.

»Dann lass uns nachschauen«, schlug Caro vor und öffnete sämtliche soziale Netzwerke auf Sams Handy. Ein paar Augenblicke später schloss sie sie wieder, denn nirgends hatte Hale etwas geschrieben. Nicht einmal irgendein anderes Bandmitglied hatte etwas von sich hören lassen. Schliefen sie alle noch? Hatten sie es noch gar nicht mitbekommen? Oder äußerten sie sich mit Absicht nicht? Waren sie nicht in der Lage, etwas zu teilen, weil Hale ... weil ...

Sam konnte den Gedanken nicht zu Ende denken. Sie fühlte sich wie betäubt. Der Schmerz und die Ungewissheit hatten sie all ihrer Gefühle beraubt. Es war ein wahrer Albtraum.

Bitte lass mich aufwachen ... Bitte ...

Gestern hatte sie sich noch damit abgefunden, dass es vorbei war. Dass er niemals mehr in ihr Leben zurückkehren würde. Sie hatte sich gegen ihn entschieden, weil sie mit den Konsequenzen nicht würde leben können. Sie war sich sicher gewesen, die richtige Entscheidung getroffen zu haben, als sie aus seiner Wohnung verschwunden war. Und jetzt ...

Jetzt wünschte sie sich nichts mehr, als dass sie bei ihm geblieben wäre.

Lebte Hale noch? Wo zum Teufel war er? Wieso ließ niemand vom Management oder von der Band etwas von sich hören? Die Presse spielte verrückt, überall gab es Spekulationen, aber nirgendwo ein Dementi. Das konnte doch nicht sein! Was sollte das alles?

Und vor allem: Wie zum Henker konnte eine Wohnung so schnell abbrennen?

»Möchtest du eine Tasse Tee?«, fragte Caro hilflos.

Sam reagierte nicht.

»Sam, wir müssen jetzt warten. Wir können nichts machen, wir müssen abwarten, wann Neuigkeiten kommen.« Caro versuchte, einen klaren Kopf zu behalten. Wenigstens eine von beiden musste schauen, dass sie nicht durchdrehten. »Komm, nimm dein Handy mit, und lass uns in die Küche gehen.«

Sie saßen schweigend vor ihren Teetassen. Sam checkte alle anderthalb Minuten Twitter ab, ob jemand etwas schrieb. Inzwischen waren sie seit geschlagenen zwei Stunden wach und saßen vor ihren Handys. Draußen wurde es zögerlich hell.

»Das kann doch nicht wahr sein! Wieso kann denn niemand mal Stellung nehmen?«, brauste Sam jetzt auf und haute mit der Faust auf den Tisch, sodass die Löffel in den Tassen klirrten.

Wie aufs Stichwort erschien ein neuer Beitrag, als sie die App aktualisierte.

»Da! Da ist er doch!«, rief Caro aufgeregt und tippte auf den geteilten Text.

Hallo, Leute. Mir geht es gut. Ich war heute Nacht nicht in meiner Wohnung. Mir geht es gut, macht euch keine Sorgen.

Sams Handy rutschte aus ihrer Hand und landete auf dem Holztisch. Sie vergrub das Gesicht in ihren Händen und konnte ein paar Tränen der Erleichterung nicht zurückhalten.

Oh Gott. Er lebte. Es ging ihm gut.

»Gott sei Dank«, flüsterte sie und schloss erschöpft ihre Augen. Das alles war zu viel für sie gewesen.

Es war mittlerweile Donnerstagabend, und Sam war noch immer blass, lebensleer, wortkarg und eigentlich nur körperlich anwesend. Apathisch rührte sie mit dem Löffel durch ihren schon längst eiskalten Tee.

Sie hatte den gesamten Tag nur in ihrem Bett herumgesessen und vor sich hin gestarrt. Früh am Morgen hatte ihre Mutter angerufen und ihr für den Tag freigegeben. Auch sie hatte die Nachrichten natürlich verfolgt und konnte sich vorstellen, wie ihrer Tochter zumute war. Daher hatte Sam keinen Grund gehabt, auch nur einen Fuß vor die Wohnungstür zu setzen. Sie hatte nicht einmal in den Keller hinuntergehen wollen, um zu tanzen. Stattdessen hatte sie darüber nachgedacht, ob sie wirklich die richtige Entscheidung getroffen hatte.

Wenn sie tatsächlich nie wieder etwas mit Hale zu tun haben wollte, dann musste sie vermeiden, ständig in der Presse etwas über ihn zu erfahren. Dafür wiederum müsste sie sich von jeder Zeitschrift, jedem Fernseher und vor allem dem kompletten Internet fernhalten. Wie sollte das möglich sein? Das Geschehen von heute Nacht hatte ihr mehr als deutlich vor Augen geführt, wie schnell ihr Entschluss wieder ins Wanken kommen konnte.

Egal, wie viel Zeit verstreichen würde, Hale würde immer einen besonderen Platz in ihrem Herzen haben. Wahrscheinlich würde sie sich noch an ihn erinnern, wenn sie alt und grau war.

Manche Menschen hinterließen Spuren, auch wenn sich die Lebenswege nur kurz gekreuzt hatten, und manchmal reichten schon wenige Begegnungen, wenige Blicke, wenige Worte aus, um alles zu verändern.

Sam zweifelte daran, dass sie wirklich in der Lage war, überhaupt noch irgendeine sinnvolle Entscheidung treffen zu können.

»Willst du wirklich nichts essen?«, fragte Caro.

Sam schüttelte den Kopf und starrte weiter in ihre Teetasse.

»Bitte, Maus, iss etwas.« Sie schob den Teller mit Nudeln in Schinken-Sahne-Soße näher zu Sam hin. »Du hast schon seit über vierundzwanzig Stunden nichts mehr gegessen!«

»Ich mag nicht«, bekam sie gerade so heraus, zog den Teller jedoch trotzdem zu sich heran. Caro würde nicht lockerlassen, also aß sie widerwillig, ohne irgendetwas zu schmecken.

»Danke«, flüsterte ihre beste Freundin und drückte ihr einen Kuss auf die Haare, bevor sie die Küche verließ. Christopher war zu Besuch, und die beiden hätten sicherlich gern den größeren Fernseher im Wohnzimmer benutzt, aber Caro spürte genau, dass Sam jetzt keine Gesellschaft ertragen konnte, und hatte ihren Schwarm vorübergehend in ihrem Zimmer einquartiert.

Sam ließ die Stirn auf die Tischplatte neben den Teller sinken und schloss die Augen.

Das Feuer in Hales Wohnung hatte sie aufgewühlt, und beinahe hätte sie alle guten Vorsätze über den Haufen geworfen und wäre, so schnell es ging, zu ihm geflogen, doch da sich ihre schlimmsten Befürchtungen nicht bestätigt hatten, blieb ihr nichts anderes übrig, als zu dem Plan zurückzukehren, den sie vor dem Unglück gefasst hatte.

Sie wollte sich gar nicht ausmalen, wie es ihm gerade ging. Sein gesamter Besitz war zerstört worden. Sein großes Himmelbett, die weißen Sessel im Wohnzimmer, all die Bücher, die seinem Zuhause, das nie wirklich sein Zuhause gewesen war, ein ganz besonderes Feeling verliehen hatten.

Es musste so schrecklich für ihn sein.

Ich sollte mir darüber keine Gedanken machen. Ich sollte nicht mehr an ihn denken. Komm schon, Sam.

Sie musste über Hale hinwegkommen.

Und er machte es ihr zum Glück gerade sehr leicht, denn seit sie ihn nach der Meldung über den Brand vergeblich versucht hatte zu erreichen, war er auf keine ihrer Nachrichten oder verpassten Anrufe eingegangen und hatte sich nicht bei ihr gemeldet.

Es brach Sam das Herz, und zugleich war sie froh darüber, weil sie wahrscheinlich sofort weich geworden wäre, wenn sie seine Stimme gehört oder seine Entschuldigungen und Beteuerungen gelesen oder gehört hätte.

Doch sie musste an sich selbst denken, das hätte sie schon viel früher tun sollen. Sie war nicht bereit für ein Leben, das von der Öffentlichkeit ausgeschlachtet wurde.

Die Hauptsache blieb, dass sie ihm nie wieder begegnen durfte.

Dann würde alles gut werden.

Sie hob den Kopf von der Tischplatte und ließ den Blick in der Küche umherschweifen.

Leere.

Stille.

Erdrückende Leere und ohrenbetäubende Stille.

Ob er auch an sie dachte?

Sie überprüfte ihr Handy bestimmt zum tausendsten Mal an diesem Tag.

Nichts.

Sicher dachte er nicht an sie. Schließlich hatte er vorhin in seinem Entwarnungstweet geschrieben, dass er die Nacht nicht zu Hause verbracht hatte. Wo war er denn gewesen? Bei Alyson? Bei irgendeiner anderen x-beliebigen Frau aus dem Heer, das ihm hinterherrannte? Es mangelte ihm sicher nicht an Ablenkung.

Gott, wieso tat es nur so weh …

Sie seufzte. Sosehr sie sich auch einredete, dass es das Beste für alle war, wenn er sich nicht meldete, zerriss es ihr doch das Herz, wenn sie daran dachte, wie schnell er sie anscheinend überwunden und vergessen hatte.

Kein Rückruf, keine Antwort auf ihre panischen Nachrichten, ob er noch lebte und ob es ihm gut ging. Nur ein allgemeines Lebenszeichen für die Presse und all seine Fans auf Twitter, Instagram und Co., aber nichts, was auch nur ansatzweise nach einer versteckten persönlichen Botschaft an sie geklungen hätte.

Sie würde ihm nicht wieder schreiben, das hatte sie sich fest vorgenommen, trotzdem starrte sie sehnsüchtig auf das Display und wünschte sich heimlich, dass etwas passierte. Sie wollte einfach nicht wahrhaben, dass er sie schon vergessen hatte.

Müde vom Nichtstun erhob Sam sich und schlurfte in ihr Zimmer. Eigentlich war es noch viel zu früh, um schlafen zu gehen, und wahrscheinlich würde sie wieder ab vier Uhr morgens wach liegen, aber sie wollte endlich damit aufhören, alle fünf Minuten auf ihr Handy zu schauen, und die Bilder des brennenden Hauses aus ihrem Kopf kriegen.

Sie erwachte mitten in der Nacht mit Kopfschmerzen und fühlte sich noch ausgelaugter als zuvor. Mechanisch wanderte ihre Hand zum Nachttisch und tastete darauf herum, bis sie ihr Handy fand. Es war erst kurz nach drei.

Sie hatte keine großen Hoffnungen, dass sich in der Zwischenzeit irgendetwas getan hätte, und doch konnte sie nicht anders. Sie musste nachsehen, so müde sie auch war.

Hale hatte spätabends noch ein Foto des abgebrannten Hauses auf Twitter gepostet. Die Fassade war komplett schwarz, viele der Fenster waren unter der Hitze zersprungen. Fast meinte Sam, den beißenden Geruch wahrnehmen zu können. Einige Zeilen zum Brand standen unter dem Bild:

Am Mittwochmorgen habe ich alles verloren, was mir wichtig war. Aber ich hole es mir heute zurück.

Sam runzelte die Stirn. War sie noch so verschlafen, dass sie die Tage durcheinanderbrachte? Oder war Hale durch das Unglück verwirrt? Es hatte doch Donnerstagmorgen gebrannt. Mittwoch war sie ja noch in London …

Sie riss die Augen auf, plötzlich hellwach, und setzte sich kerzengerade auf. Er meinte nicht den Brand! Niemand würde so einen Tag verwechseln. Am Mittwochmorgen hatte *sie* fluchtartig seine Wohnung verlassen! Und plötzlich konnte sie sich auch gut vorstellen, was er mit »zurückholen« meinte.

Oh Gott, bitte lass es nicht von vorne losgehen!

Sam sprang aus ihrem Bett, als wäre der Teufel höchstpersönlich hinter ihr her, und schob die Türen ihres Schranks auf. Nein, das konnte nicht sein, er konnte jetzt nicht herkommen!

Sam hatte den Wink mit dem Zaunpfahl überdeutlich verstanden. Es war schließlich nicht das erste Mal, dass er hierherflog, um ihr zu folgen.

Aber das konnte er nicht tun! Das ging nicht! Sie war doch gerade dabei, über ihn hinwegzukommen! Er durfte hier nicht auftauchen!

Sie warf wüst ein paar Dinge durch ihr Zimmer, Klamotten, Schuhe, Jacken. Einige Sachen landeten in der Tasche, die auf ihrem Bett lag, andere daneben. Sie achtete nicht darauf.

Ohne hineinzusehen, zog sie den Reißverschluss zu, schulterte die Tasche und griff noch nach ihrem Ladekabel, das neben dem Bett hing.

Hals über Kopf verließ sie die Wohnung. Nur ein einziger Zufluchtsort war ihr in den Sinn gekommen, an dem er sie nicht finden konnte, wohin er ihr nicht folgen konnte.

Sie musste weit weg sein, bevor irgendjemandem auffiel, dass sie verschwunden war, damit niemand versuchen konnte, sie aufzuhalten.

29

Sie hatte es wirklich getan.

Sie musste über sich selbst den Kopf schütteln. Das war nun sogar für sie eine wirklich zu verrückte Aktion.

Langsam drehte Sam sich einmal um die eigene Achse. Es war ein herrliches Gefühl, so in dem Tumult unterzugehen, der um sie herum herrschte. Genau deswegen liebte Sam diesen Ort so sehr. Es gab keine Tages- oder auch Nachtzeit, zu der das Leben hier nicht zu pulsieren schien.

Aber trotzdem ... Was hatte sie sich eigentlich dabei gedacht? Nicht viel, wenn sie ehrlich war. Eher gar nichts.

»Oh Gott, Sam«, knurrte sie und warf den Kopf in den Nacken, schloss die Augen und lauschte dem Großstadtlärm.

Dem Millionenstadtlärm.

Dem Lärm von New York.

Sie war kurzerhand nach New York geflogen.

Zu ihrem Vater.

Oder besser gesagt hatte sie vor, zu ihrem Vater zu fahren, momentan stand sie allerdings noch am Flughafen JFK, nur bewaffnet mit einer Sporttasche, in der sich ein paar Klamotten und die nötigsten Kosmetika befanden, die sie in Windeseile heute Morgen hineingeworfen hatte.

Sie hatte es wirklich getan. Sie war Hals über Kopf zum Münchner Flughafen gefahren und hatte sich ein Last-Minute-Ticket nach New York gekauft. Ihr Konto ächzte zwar, aber das kümmerte sie gerade herzlich wenig.

Sie hatte ausgerechnet über London fliegen müssen, da es keinen Direktflug gab. Während der dreieinhalb Stunden Aufenthalt, die sie dort hatte verbringen müssen, hatte sie pausenlos mit dem Gedanken gespielt, vielleicht einfach dortzubleiben. Hale war schließlich in München – zumindest laut der kryptischen Ankündigung –, also konnte sie ihm in London schlichtweg nicht begegnen. Aber sie wollte nicht in dieser Stadt bleiben. Was sollte sie hier schon, außer sich auf Schritt und Tritt an ihn erinnern lassen?

Also war sie weitergeflogen. War ins nächste Flugzeug gestiegen und hatte sich stetig dabei gefragt, was bloß in sie gefahren war.

Jetzt stand sie hier, mitten im Gedränge, und doch noch nicht richtig angekommen, und all diese Bedenken waren vergessen.

Ein leichtes Grinsen stahl sich das erste Mal seit einer gefühlten Ewigkeit auf ihr Gesicht, und ihr Blick klarte sich wieder für das Leben, das überall um sie herum stattfand.

Sie atmete tief durch und entspannte ihre verkrampften Schultern. Sie war wieder hier. In ihrer Lieblingsstadt. Sie liebte New York über alles. Seit ihr Vater die ganze Familie das erste Mal hierhin eingeladen hatte, damit sie sahen, wo er lebte und arbeitete, hatte sie ihr Herz an diese Metropole verloren.

Bei dem Gedanken an ihre Familie durchzuckte sie kurz das schlechte Gewissen. Sie hoffte, dass man sich in München nicht allzu große Sorgen um sie machen würde. Sie hatte in ihrer Eile nicht einmal eine Nachricht hinterlassen, und ihr Handy befand sich im Flugmodus, seit sie losgefahren war. Sie hatte verhindern wollen, dass Caro oder ihre Mutter sie anriefen und doch noch umzustimmen versuchten. Trotzdem war ihr Vater sicher schon darüber informiert, dass Sam nicht mehr da war, immerhin war ein halber Tag vergangen, seit sie aufgebrochen war.

Dass sie aber hierher abgehauen war, konnte natürlich niemand ahnen. Sie hätte auch irgendwo in München sein und sich dort verkriechen können. Dass sie einen solchen Dachschaden hatte und direkt auf einen anderen Kontinent flüchten würde, nahm zu Hause bestimmt keiner an.

In New York war es jetzt erst Nachmittag, und ihr Vater arbeitete auch freitags bis in den Abend hinein, sodass sie noch ein wenig Zeit hatte, bevor sie sich eventuell seiner Standpauke stellen musste. Bis dahin wollte sie sich erst einmal keine Gedanken über die Folgen ihrer überstürzten Aktion machen. Das würde schon früh genug kommen, da war sie sich sicher.

Sam zog den Riemen ihrer Tasche höher auf die Schulter und setzte sich in Bewegung in Richtung der Züge. Sie musste wieder einmal schmunzeln, als sie den Namen der Linie las, die sie ein Stück weit in die Stadt hereinbringen würde: Jamaica, benannt nach dem Stadtteil in Queens, der die Endhaltestelle des Zuges war. Strandfeeling würde zwar im herbstlichen New York nicht aufkommen, aber trotzdem amüsierte sie dieser Umstand, seit ihr Vater sie das erste Mal darauf hingewiesen hatte, dass man vom JFK-Flughafen aus in unter zwanzig Minuten nach Jamaica fahren konnte.

Als sie endlich vor der Tür des Gebäudekomplexes stand, in dem ihr Vater ein schickes kleines Apartment bewohnte, kramte sie den Ersatzschlüssel aus der Tasche, den er ihr als symbolisches Geschenk bei ihrem ersten Besuch gegeben hatte. Er sollte Sam verdeutlichen, dass ihr seine Tür immer offen stehen würde, auch wenn er wohl kaum davon ausgegangen war, dass sie verrückt genug war, um davon wirklich einmal Gebrauch zu machen.

Alles hier sah genauso aus, wie man es sich in New York vorstellte. Die rote Backsteinfassade und die gewaltigen Feuertreppen, die sich an den Gebäuden emporschlängelten, erinnerten Sam noch immer an zahllose Filme, die sie gesehen hatte. In Wirklichkeit davorzustehen blieb daher immer irgendwie surreal.

Sie schloss die große Eingangstür im Erdgeschoss auf und steuerte auf den Aufzug zu. Unwillkürlich fragte sie sich, ob sie wohl jemals wieder einen Fahrstuhl würde betreten können, ohne daran zu denken, dass ihr ein solches Ding Hale zweimal vor der Nase weggeschnappt hatte. Im Hotel war sie es gewesen, die im Aufzug stand, als sich die Türen schlossen, im Sender war er von der Kabine verschluckt worden.

Das ist doch albern. Ein Aufzug ist ein Aufzug und kein Monster mit bösen Absichten!

Irgendwann würde es bestimmt einfacher werden, das auch einzusehen.

Ihr Vater war wie erwartet noch bei der Arbeit, und Sam hatte die wunderschöne Wohnung für sich. Sie war klein, was bei den Mietpreisen in New York nicht überraschte, aber sehr gemütlich eingerichtet, und vor allem roch sie so vertraut, dass Sam sofort das Gefühl hatte, zu Hause angekommen zu sein.

Sie lächelte, ehe ihr schlagartig wieder einfiel, dass in Deutschland noch immer niemand wusste, wo sie eigentlich steckte. Sie musste dringend ihre Mutter und Caro anrufen.

Sofort verschwand ihr Lächeln und machte einem Stirnrunzeln Platz. Diese Telefonate konnten durchaus unangenehm werden.

Sie brachte ihre Sachen schnell in das Gästezimmer neben dem Bad und ließ sich dann auf die breite Fensterbank des großen Fensters im Wohnzimmer nieder. Von hier aus hatte man einen tollen Blick auf das bunte Treiben in den belebten Straßen von Manhattan.

Sie legte ihr Handy auf ihren Oberschenkel und stützte das Kinn in die Hand. Sie hatte ein ungutes Gefühl bei dem Gedanken daran, zu Hause anzurufen, immerhin war es in Deutschland jetzt schon recht spät. Aber sie wusste natürlich, dass ihre Mutter mittlerweile schon durchdrehen musste. Und Caro. Und Jana. Und Leo.

Mit einer kurzen Handbewegung schaltete sie den Flugmodus des Handys aus. Kaum hatte es sich automatisch mit dem WLAN der Wohnung verbunden, hörte es auch schon gar nicht mehr auf zu vibrieren. Alle vier hatten unzählige Male versucht, sie anzurufen, und Unmengen an Nachrichten geschrieben.

Sie seufzte, und ihr Finger schwebte eine Zeit lang unschlüssig über dem kleinen Telefonsymbol, ehe ihr einfiel, dass sie ja auch das Telefon ihres Vaters benutzen konnte, der einen Sondertarif nach Deutschland hatte.

Sie suchte es minutenlang, bis sie es endlich in der Küche unter einer noch ungelesenen Zeitung fand. Versehentlich warf sie einige Seiten zu Boden, als sie nach dem Hörer griff. Sie bückte sich, um die Seiten wieder aufzuheben – und sah plötzlich Hales Seitenprofil an, das niemand anderem als ihr selbst zugewandt war. Das Foto von den EMAs.

Sie schluckte, und ihre Hand verkrampfte sich, sodass das Zeitungspapier zerknitterte. Ein Stich durchfuhr ihr Herz, und sie stützte sich nach Luft schnappend an der Tischplatte ab.

Schnell vergrub sie die Zeitungsseite unter den anderen, damit sie ihn – und sich – nicht mehr anschauen musste.

Leider hatte sie die Überschrift trotzdem gelesen. Sie hatte genauso unfreundlich geklungen wie alle anderen davor.

Die ganze Welt wartete offenbar nur darauf, dass man etwas Aufregendes über die neue Flamme von Hale Megastar Silver zu lesen bekam, um ihr irgendetwas Skandalöses anzudichten. Selbst hier in Amerika. Sie war nur heilfroh, dass bisher noch niemand herausgefunden hatte, dass sie das Mädchen auf den Bildern war. Es war immer nur von einer unbekannten Deutschen die Rede.

Sam hoffte sehr, dass das auch so blieb. In München konnten sie jedenfalls suchen, bis sie schwarz wurden – sie würden sie nicht finden.

Ein hämisches Grinsen stahl sich auf ihr Gesicht, das jedoch schnell wieder beiseitegewischt wurde, als sie hinunter auf das Telefon blickte, das sie immer noch in der Hand hielt.

Sie riss sich von der Zeitung los und tigerte zurück ins Wohnzimmer, wo sie sich auf der cremefarbenen Couch niederließ und die Nummer ihrer Mutter wählte. Sie musste nicht lange warten, bis jemand am anderen Ende abhob.

»Ferroni?«

Im ersten Moment stockte sie, als sie Leos Stimme hörte. Hatte er etwa nicht gesehen, dass die Nummer ihres Vaters im Display stand?

»Hi, Leo«, sagte sie kleinlaut und zog die Knie an die Brust, als ob sie sich vor der Schimpftirade schützen wollte, die jetzt bestimmt gleich auf sie hinabhageln würde.

Für den Bruchteil einer Sekunde herrschte Totenstille, doch dann rief Leo so laut, dass Sam vor Schreck zusammenzuckte: »SAMANTHA MARINA FERRONI!«

»Ja, so heiße ich.« Sie fuhr sich mit der Hand müde über die Augen und dann durch die Haare, während sie ihren Blick über die New Yorker Straßen im Spätnachmittagslicht schweifen ließ.

»Wo zum Teufel steckst du? Wenn ich dich in die Finger kriege, mache ich Hackfleisch aus dir!«

Das war nun selbst für ihren Bruder eine ungewöhnlich drastische Aussage. Er musste wirklich sehr wütend sein.

»Ich … Ähm …«, druckste sie herum und zwirbelte nervös eine Haarsträhne zwischen ihren Fingern. »Hast du nicht aufs Telefon geschaut, als du abgehoben hast?«

Er zögerte einen Moment, irritiert von der unerwarteten Frage. »Nein. Wieso?«

Sam hörte ein kurzes Rascheln, als Leo das Telefon vom Ohr nahm und auf das Display schaute. Sie biss sich auf den Daumennagel und wartete auf den nächsten Ausbruch.

»Du bist in *New York*? Hast du eigentlich einen Komplettschaden? Alle machen sich hier Sorgen um dich, und du bist in *Amerika*?«

»Ja, ich weiß …«, gab Sam kleinlaut zu, bis ihr plötzlich klar wurde, dass ihr Bruder sie gerade wie ein kleines Kind behandelte. Sofort erwachte der Trotz in ihr.

»Ich bin einundzwanzig Jahre alt, Leo, ich kann ja wohl machen, was ich wi-«

»Natürlich kannst du machen, was du willst, aber nicht ohne Bescheid zu sagen!«

»Ja, ist ja okay, und jetzt schrei mich nicht so an!« Sie fing an, im Wohnzimmer ihres Vaters auf und ab zu gehen.

»Ist das Sam?«, hörte sie die Stimme ihrer Mutter im Hintergrund, bevor diese sich den Hörer schnappte. »Schatz, ich bin fast gestorben vor Sorge! Wieso bist du in New York?«

»Es tut mir leid, Mom, ich …«

Ein erneutes Rascheln, als würde der Hörer wieder weitergegeben, dann erklang Caros vorwurfsvolle Stimme am anderen Ende der Leitung. »Wenn du wieder hier bist, bring ich dich um, ich schwör's dir, Samantha!«

»Ich hab dich auch lieb, Carolina«, gab Sam brummend zurück.

Nun fehlte eigentlich nur noch Jana im Chor, und wie aufs Stichwort mischte sich auch die Stimme ihrer kleinen Cousine in das Durcheinander, als Caro auf Lautsprecher stellte und alle wild durcheinanderredeten: »Was ist passiert, Sam?«

»Es kann ja sein, dass …« Ihre Mutter, um Verständnis bemüht.

»Du hättest wenigstens einen Zettel hinlegen können!« Caro, eindeutig stinksauer.

»Wahnsinn, so eine Geldverschwendung!« Leo, der in dieser Situation mit vollkommen unangebrachtem Pragmatismus reagierte.

»Okay, es reicht!« Sam hätte am liebsten den Telefonhörer gegen die Wand geschmettert. »Ich hab's kapiert, okay? Ich habe kapiert, dass ich Mist gebaut habe! Aber es ist mein

Leben und meine Sache, und ich kann machen, was ich will. Und wenn ich zu meinem Vater fliegen will, dann tue ich das eben!«

»Kann mir mal jemand erklären, was überhaupt los ist? Wieso fliegst du Hals über Kopf nach Amerika, ohne auch nur einem von uns Bescheid zu sagen?« Zum Glück klang ihre Mutter nicht wütend, aber die Sorge in ihrer Stimme setzte Sam noch mehr zu.

Sie hörte auf, im Raum herumzuwandern, und setzte sich wieder ans Fenster. Langsam wurde es dunkel draußen, und ein leichter Nieselregen setzte ein. Sam seufzte. Sie hatte sich wirklich nicht fair verhalten, und ihr Ausbruch tat ihr bereits jetzt leid.

»Er ist wieder in München«, sagte sie leise.

»Ach du meine Güte.« Auch wenn Sam sie nicht sehen konnte, wusste sie ganz genau, dass ihre Mutter sich gerade vor Schreck hingesetzt hatte. »Woher weißt du das?«

»Um ehrlich zu sein, vermute ich es nur. Er hat etwas geschrieben, das so klang. Aber nach allem, was in den letzten Tagen passiert ist, nach den EMAs, dem Presserummel, nach dieser verrückten Nacht in London ... Ich konnte nicht anders, ich musste einfach raus. Weg von allem. Weg von ihm ... Selbst wenn es vielleicht gar nicht stimmt und ich es nur falsch interpretiert habe.«

Im Hintergrund waren mittlerweile alle verstummt, nur ihre Mutter sprach noch. »Ich kann dich verstehen, Schatz. Liebe kann so wehtun.«

»Danke, Mom«, flüsterte Sam, und Tränen traten ihr in die Augen. Es tat so gut zu hören, dass ihre Mutter ihr nicht böse war, doch gleichzeitig sprach sie etwas aus, vor dem Sam sich mehr als alles fürchtete. Wenn sie akzeptierte, dass Alessandra recht hatte, dann musste sie sich auch eingestehen, dass ihre Gefühle für Hale echt waren und sie sie nicht loswerden würde, nur weil sie den Kontinent verließ.

»Was hast du jetzt vor?«, schaltete sich Caro ein.

»Weiß nicht«, gab Sam ehrlich zu. »Ich werde wohl mein Handy ausschalten und versuchen, mich von allem fernzuhalten. Ich möchte hier einfach ein wenig abschalten und einen freien Kopf kriegen.«

»Und wann kommst du zurück?«, fragte Leo.

»Keine Ahnung.« Sam hoffte, dass nun nicht das nächste Donnerwetter über sie hereinbrechen würde.

»Hast du keinen Rückflug gebucht?« Leo klang regelrecht fassungslos.

»Ähm … Nein.«

Innerlich zählte sie bis drei, da sie sich sicher war, dass nach einer kurzen Schreckensphase wieder alle auf einmal auf sie einreden würden, aber stattdessen hörte sie Caro plötzlich schallend loslachen.

»Ein One-Way-Ticket nach New York! Samantha Ferroni, das ist so bescheuert und gleichzeitig so typisch für dich! Immer musst du übertreiben!«

Sam konnte gar nicht anders, als in das erlösende Gelächter miteinzufallen. Sie wusste, dass die Situation nicht besonders lustig war, aber alle waren so angespannt, dass es einfach guttat, über irgendetwas lachen zu können.

»Ich liebe dich auch, Ca. Danke.«

Nach und nach verabschiedeten sich alle. Ihre Mutter bat sie noch, sich umgehend bei ihrem Vater zu melden, der im Büro saß und sicher krank vor Sorge war, ehe sie ins Bett ging. Ihr war die Erleichterung deutlich anzuhören, sie hatte sich wohl schon auf eine schlaflose Nacht eingestellt.

Leo war noch verabredet, gab aber noch schnell eine Süßigkeitenbestellung auf. An einige Sachen kam man in Deutschland nur sehr schwer dran, und Leo war süchtig nach dem Zeug, Sportstudent hin oder her. Und auch Caro wollte nach Hause und Jana auf dem Weg bei ihren Eltern absetzen.

Sam fuhr sich mit der Hand über die Stirn, als sie aufgelegt hatte. Das war ja besser verlaufen, als sie gedacht hatte.

Jetzt musste sie wirklich dringend ihren Vater anrufen, da hatte ihre Mutter schon recht.

»Ferroni?«, meldete er sich und klang dabei ein wenig skeptisch, schließlich hatte ihm die Nummer seiner eigenen Wohnung auf dem Display entgegengestrahlt.

»Hallo, Papa ...«, murmelte Sam leise und rechnete mit dem nächsten Donnerwetter.

»Sam.« Es war keine Frage. Und es schwang auch keine Überraschung in seiner Stimme mit. »Oh Mann.«

Mehr sagte er im ersten Moment nicht. Sam wartete schweigend für ein paar Sekunden.

»Ich habe irgendwie im Gefühl gehabt, dass du hier bist«, schob Maurizio jetzt hinterher. »Nachdem du verschwunden warst und dich so lange nicht gemeldet hast, dachte ich mir schon, dass du auf dem Weg hierher bist.«

»Wie, du hast damit gerechnet?«, fragte Sam äußerst verblüfft.

»Sam, du bist mir so ähnlich, das weißt du doch. Aber was ist denn überhaupt passiert?«

»Kann ich dir das später erzählen?«, entgegnete Sam ein wenig erschöpft.

»Natürlich. Ich komme, sobald es geht, nach Hause.«

»In Ordnung. Tut mir leid, Papa, dass ich hier so reinplatze ...«, murmelte sie verlegen. Nun fiel sie auch noch ihrem Vater zur Last.

»Du bist hier immer willkommen, und das weißt du auch! Deswegen hast du doch den Wohnungsschlüssel, Schatz. So, jetzt muss ich aber auflegen, damit ich bald nach Hause zu meiner Ausreißertochter kommen kann!«

Sam lächelte bei seiner Wortwahl und verabschiedete sich von ihm. Langsam nahm sie das Telefon vom Ohr und legte es auf den Tisch. Sie sah auf die Uhr und stellte fest, dass es inzwischen fast sechs war. Es wunderte sie, dass sie noch gar keinen Jetlag hatte. Zu Hause in Deutschland war es jetzt kurz vor Mitternacht, aber sie war immer noch putzmunter, obwohl sie mitten in der Nacht aufgestanden war und einen anstrengenden, langen Flug hinter sich hatte.

Sie steuerte auf die offene Küche zu, die nahtlos an das helle Wohnzimmer anschloss, und entschied sich dazu, für ihren Vater ein Willkommensessen zu kochen.

Ein Blick in den Kühlschrank zeigte ihr zwar, dass er dringend wieder einmal einkaufen gehen musste, aber für Spaghetti Bolognese würde es gerade noch reichen. Hackfleisch fand sie keines, daher würden sie sich mit der vegetarischen Variante begnügen müssen.

Sam drückte auf den Knopf des Radios und drehte die Musik voll auf.

Sie schaltete komplett ab, ließ einfach los und genoss die Klänge in ihren Ohren und den Geruch in ihrer Nase, der nun durch die ganze Wohnung strömte.

Sie summte alle Lieder mit, wie es so ihre Art war, und deckte den Tisch, während die Nudeln im Topf und die Soße in der Pfanne köchelten.

Währenddessen tanzte sie durch die Wohnung und sprühte geradezu vor Ideen für eine neue Choreografie. Hier in New York zu sein, weit weg von allem, wirkte Wunder auf ihre geschundene Seele.

Sie goss gerade die Nudeln ab, als sie hörte, wie sich der Schlüssel in der Wohnungstür im Schloss drehte.

Ihr Herz fing sofort an, schneller zu schlagen, und ein nervöses Grinsen schlich sich auf ihr Gesicht. Sie hatte ihren Vater schon so lange nicht mehr gesehen! Und sie war wirklich gespannt auf seine Reaktion.

Sie blieb in der Küche stehen und wartete darauf, dass er seine Schuhe und Jacke ausgezogen hatte und hereinkam.

Und da war er.

Er kam um die Ecke, schwer beladen mit einer riesigen Einkaufstüte – der leere Kühlschrank war ihm nach ihrem Anruf wohl auch wieder eingefallen –, und strahlte bis über beide Ohren, als er seine Tochter sah.

Ihm rutschte die Tüte aus der Hand, und sie landete mit einem lauten Scheppern auf dem Boden.

»Hallo, Papa«, sagte Sam atemlos und schlitterte über das Parkett, um ihm in die Arme zu springen. Sie schloss ihre Arme um seinen Hals und spürte, wie ihre Füße vom Boden abhoben, als er sie hochriss.

»Sam«, murmelte er leise.

Urplötzlich traten ihr die Tränen in die Augen und liefen über ihre Wangen. Sie schluchzte leise vor sich hin, während sie geborgen in seiner Umarmung in der Luft hing. Wenn es nach ihr gegangen wäre, hätte die Welt jetzt stehen bleiben können.

Er strich ihr sanft über den Rücken und setzte sie vorsichtig wieder ab, um sie ansehen zu können. Sie hatte ihn so vermisst!

»Was machst du bloß für Sachen, Sam?«

»Na ja …« Sam verzog das Gesicht, fand aber keine Worte, um die vertrackte Situation kurz und verständlich zu erklären.

Ihr Vater lächelte nur nachsichtig und umarmte sie noch einmal kurz. Er kannte sie einfach viel zu gut. Er wusste, dass sie ihm erzählen würde, was los war, aber dass sie ein wenig Zeit und Anlauf brauchen würde. Deswegen ließ er das Thema fallen und bückte sich, um die Einkaufstüte aufzuheben.

»Hoffentlich ist nichts kaputtgegangen«, meinte Sam besorgt, als sie ihm half, die Sachen wieder zusammenzusammeln.

»Wird schon alles okay sein. Und du hast ja schon gekocht! Es riecht himmlisch!«, antwortete er und räumte die Lebensmittel in den Kühlschrank.

Sam grinste überglücklich, und es fühlte sich an, als wären ihre Sorgen wie weggespült. Sie wusste, dass alles bald wieder über sie hereinbrechen würde, aber daran wollte sie jetzt nicht denken, wenigstens für einen kurzen Moment nicht.

Sie schnappte sich den Topf mit den Nudeln und ging zum Esstisch. Ihr Vater folgte ihr mit der Soße, und beide setzten sich und schlemmten, während Sam von zu Hause erzählte. Maurizios Augen leuchteten, als er die Neuigkeiten von seiner Familie erfuhr, und der Abend verging wie im Fluge.

»Es hat wirklich hervorragend gemundet, Fräulein Ferroni, ganz exquisit. Sie sollten in Erwägung ziehen, eine Kochkarriere anzustreben!« Er näselte in übertriebenem Hochdeutsch, als er sich kokett den Mund an seiner Serviette abtupfte.

Sam musste lauthals über seine affektierte Geste lachen und hätte sich beinahe an dem letzten Bissen verschluckt, den sie noch im Mund hatte. Sie grinste ihn breit über den Tisch hinweg an und konnte in diesem Moment gar nicht glauben, dass sie wirklich hier bei ihm saß.

»Ich habe dich so vermisst«, sagte sie leise und lächelte ihn dabei mit tränenfeuchten Augen an.

»Du weißt gar nicht, wie ich euch alle drei vermisse ...«, murmelte er als Antwort und seufzte. Sein Blick wurde ein wenig besorgt und trüb, als er das sagte.

»Manchmal denke ich, es war ein Fehler, diese Stelle anzunehmen. Ich hätte damals einen neuen Job suchen sollen, anstatt hierherzuziehen.«

»Der Zug ist schon abgefahren«, versuchte Sam, die Stimmung ein wenig aufzuhellen. Natürlich war es wahnsinnig schwierig für die gesamte Familie gewesen. Sam hatte es ihrem Vater damals wirklich übel genommen, dass er nach Amerika gegangen war. Sie hatte es persönlich genommen und getobt wie eine Verrückte, weil sie das Gefühl hatte, er würde die Familie alleine zurücklassen. Aber irgendwann hatte sie verstanden, dass man so eine Chance annehmen musste, wenn sie einem geboten wurde.

»Und jetzt erzähl mir endlich, wieso du hier bist.«

Sam seufzte. Der Augenblick hatte früher oder später kommen müssen, aber ihr wäre es lieber gewesen, wenn sie noch etwas Schonfrist gehabt hätte.

»Also ...«, fing sie an und rang nach Worten. Wie sollte sie nur erklären, was in ihr vorging? Er kannte einen Teil der Geschichte ja zum Glück bereits, sodass sie nicht ganz von vorn anfangen musste. Aber wie sollte sie jetzt weitermachen?

Kurzerhand stand sie auf und holte die Zeitung aus der Küche, die sie vorhin runtergeworfen hatte. Sie ließ sich auf die Couch fallen und hielt ihm wortlos den Artikel über sie und Hale entgegen, als er ihr hinterherkam. Ihr Vater runzelte die Stirn, setzte sich und begann zu lesen.

»Erzähl«, war alles, was er sagte, als er fertig war.

»Ich weiß gar nicht, was ich sagen soll«, murmelte sie mit matter Stimme und schloss seufzend für einen Moment die Augen. »Manchmal habe ich das Gefühl, dass alles nur ein Traum war ... oder eine Fantasie ... ein Hirngespinst, und es ist alles eigentlich gar nicht wirklich passiert ... und dann spüre ich wieder, wie weh es tut und ... und dann ...«

»Jetzt schalt doch mal einen Gang runter, Schatz, ich komme überhaupt nicht mehr mit!« Besorgt warf Maurizio seiner Tochter einen mitfühlenden Blick zu und legte den Arm um ihre Schulter. Sam rutschte zu ihm hinüber, zog die Beine auf die Couch und legte den Kopf auf die Schulter ihres Vaters.

»Ich habe mich in Hale Silver verliebt, Papa«, sagte sie mit Tränen in den Augen. »Ich liebe ihn.«

Jetzt war es raus. Der eine Satz, der in ihren Ohren so unglaubwürdig klang, war ausgesprochen, und sie konnte ihn nicht wieder zurücknehmen.

Sam schloss ergeben die Augen, doch das konnte die Tränen, die ihr über die Wangen rollten, nicht aufhalten.

Es war klar, dass sie so fühlte. Jedem war es klar, der sie in den letzten Wochen erlebt hatte. Aber es war etwas anderes, wenn sie es laut aussprach, ihr Innerstes nach außen kehrte, ihren verletzlichsten Punkt offenbarte. Sie hatte sich vor diesem Satz immer gefürchtet, hatte sich bis jetzt nicht einmal getraut, ihn zu denken.

Diese Offenbarung vor ihrem Vater schnürte ihr den Hals zu wie eine Schlinge. Jetzt konnte sie es nicht länger leugnen.

Sie liebte ihn. Mit jeder Faser ihres Körpers. Mit jedem Herzschlag, den sie spürte.

»Es geht einfach nicht«, flüsterte Sam und verbarg das Gesicht in ihren Händen. Sie lauschte ihrem Herzschlag für ein paar Sekunden, der vor sich hin stolperte, während ihr Vater ihr beruhigend über das Haar strich. Was hatte ihr Herz in den letzten Wochen nicht alles aushalten müssen!

»Bist du dir sicher? Die Liebe findet sonst doch immer einen Weg.« Seine Stimme war ruhig und unendlich sanft.

»Es geht einfach nicht, Papa. Ja, ich liebe ihn, aber das macht das Ganze doch auch nicht besser oder leichter, im Gegenteil! Wer sagt mir, dass er es ernst mit mir meint? Wer sagt mir, dass ich nicht von den Fans in der Luft zerfleischt werde, von der Presse, von der ganzen Welt? Hast du dir schon mal überlegt, wie es wäre, einen Weltstar zu daten? Das muss doch die Hölle sein! Man sieht sich so selten, dauernd liest man in den Zeitungen und Magazinen, mit wem er wo schon wieder gesehen wurde oder wer alles von diesen ganzen anderen wunderschönen, begehrten Weltstars für ihn schwärmt … Das ist doch nicht auszuhalten!«

Verzweifelt fuhr sie sich durch ihre wirren Locken und schloss die Augen.

»Es geht einfach nicht. Glaub mir, ich wünsche mir nichts sehnlicher, als dass es funktionieren könnte, aber das würde es nicht.«

»Das kannst du doch gar nicht wissen, Schatz. Was macht dich da so sicher?«

»Das sagt mir mein gesunder Menschenverstand. Ich musste die Notbremse ziehen und hierherkommen, sonst wäre ich wahnsinnig geworden. Verstehst du das?« Sie sah zu Maurizio auf, der bei ihren Worten leicht mit dem Kopf nickte.

»Ja, auf der einen Seite verstehe ich dich gut«, antwortete er. »Aber wenn dir wirklich so viel daran liegen würde, von ihm wegzukommen, dann hast du die Notbremse eigentlich etwas zu spät gezogen, meinst du nicht?«

»Was willst du damit sagen?«

»Nun, du hast ihn bereits sehr nah an dich herangelassen. Und bei all diesen Missverständnissen, die euch und euer Kennenlernen begleitet haben, hast du immer gehofft, alles würde sich aufklären und zum Guten wenden, habe ich recht?«

»Ja, aber …« Sam hatte ein ungutes Gefühl bei der Richtung, in die sich das Gespräch entwickelte. Es hatte sie so viel Kraft gekostet, diesen Entschluss überhaupt zu fassen und einen Strich unter die Sache zu setzen, dass sie sich nicht sicher war, wie viele Zweifel sie aushalten würde, ehe ihre Entscheidung wieder wie ein Kartenhaus in sich zusammenfiel.

»Eben. Die Vernunft ist ein guter Berater – normalerweise. In Herzensangelegenheiten bringt sie uns aber oft dazu, etwas zu tun, was unser Herz eigentlich nicht will. Weil wir Angst haben. Aber oftmals liegt genau da, wo die Angst ist, auch der richtige Weg.«

Die Worte ihres Vaters trafen sie mit einer Wucht, auf die Sam nicht vorbereitet war. Erst nach einer gefühlten Ewigkeit und vielen Tränen, die ihr die Wangen hinuntergerollt waren, hatte sie sich wieder weitestgehend beruhigt.

Maurizio sah sie einfach nur an und sagte nichts.

Sie nahm es ihm nicht übel, sie wusste ja schließlich auch nicht, was sie noch sagen sollte.

Nach einer Weile zog er sie wortlos wieder zu sich herüber, und sie schmiegte sich erneut in seine Arme. Die Geborgenheit, die er ausstrahlte, tat Sam unendlich gut.

»Bleib einfach eine Zeit lang hier, Schatz. Dein Studium geht ja erst in zwei Wochen wieder los. Bleib hier und werde dir klar darüber, was du willst. Keiner drängt dich zu irgendetwas. Okay?«

»Danke, Papa«, flüsterte sie. »Ich hab dich lieb.«

Er drückte ihr einen Kuss auf den Scheitel, und für einige Minuten verharrten sie schweigend, doch irgendwann konnte Sam ihr Gähnen nicht mehr länger unterdrücken. Es war Nacht geworden, und jetzt, nach all den Geständnissen und Gefühlsbekundungen, machte sich endlich auch der Jetlag bemerkbar. Sam war vollkommen zerschlagen.

»Ich sollte mich langsam bettfertig machen«, murmelte sie schlaftrunken an der Schulter ihres Vaters, der sich daraufhin von ihr löste.

»Brauchst du irgendetwas?«

»Nein, danke, ich habe alles dabei. Ich ziehe mich nur eben schnell um.«

Im Gästezimmer bezog sie schnell ihr Bett und wühlte dann in ihrer Sporttasche nach ihren Schlafshorts. Sie schlüpfte hinein und kramte dann nach einem Shirt. Als sich ihre Finger um ein weiches Stück Stoff schlossen, hielt sie den Atem an.

Es war dort.

Sie konnte es sogar riechen.

In ihrer Eile musste sie heute Morgen auch Hales T-Shirt eingepackt haben, ohne nachzudenken.

Langsam zog sie es jetzt am Ärmel aus der Tasche und hielt es in ihren zittrigen Fingern. Der Stoff war weich und schmiegte sich an ihre Haut, als wüsste er, wie sehr sie sich nach dem Besitzer sehnte.

»Lass das«, knurrte sie, als ungebeten wieder Erinnerungen an die Nacht in Hales Wohnung vor ihrem geistigen Auge auftauchten.

Sie waren so schön, dass sie am liebsten weiter in ihnen geschwelgt hätte, doch gleichzeitig schmerzten sie so sehr, dass Sam meinte, ihr Herz müsse in tausend kleine Scherben zerspringen.

Sie wollte zu ihm. Unbedingt. Sie konnte sich ein Leben ohne ihn nicht vorstellen. Sie wollte es auch nicht. Aber das nützte alles nichts. Er blieb ein Star und sie nur ein normales Mädchen, das sich in seiner Welt nie zurechtfinden oder gar einen festen Platz haben würde.

Sie schluckte die Tränen hinunter, die ihr in die Augen treten wollten, und presste ihr Gesicht in das Shirt. Der Geruch war überwältigend. Es duftete so sauber, nach frisch gewaschener Wäsche und zu Hause. Es duftete nach ihm, nach seiner Nähe.

Auch wenn sie wusste, dass es keine gute Idee war, zog sie das T-Shirt trotzdem an. Wenn sie ihm schon nicht wirklich nah sein konnte, so wollte sie ihn doch wenigstens auf diese Art bei sich haben, auch wenn es bescheuert war und wehtat.

Sie tigerte zurück ins Wohnzimmer und setzte sich neben ihren Vater auf die Couch. Er sah sich irgendein Football-Spiel im Fernsehen an und las währenddessen Zeitung.

»Papa«, sagte Sam, einer plötzlichen Eingebung folgend, »kann ich bei dir einziehen?«

»Bitte was?« Ihr Vater klang völlig überrumpelt, und seine braunen Augen sahen Sam skeptisch über den Rand der Zeitung hinweg an.

»Kann ich nicht hier bei dir einziehen?«

Er wusste sofort, dass sie es ernst meinte, und ließ seine Zeitung sinken.

»Sammy, möchtest du das wirklich? Alles zu Hause zurücklassen? Mama und Leo, Caro und Jana? Ilona und das Tanzen? Dein Studium?«

»Ich kann doch genauso gut hier studieren. Ich könnte auch etwas ganz Neues anfangen. Tanzen zum Beispiel!«

»Das geht aber nicht mehr dieses Semester, erst wieder im nächsten Jahr, wenn du angenommen wirst. Du weißt selbst, wie streng die Aufnahmeprüfungen sind. Und was willst du dann ein Jahr lang hier machen, wenn du nicht studierst?«

»Arbeiten und Geld verdienen?«

»Du bräuchtest erst einmal ein Visum.«

»Das ist doch bestimmt nicht schwer zu bekommen!«

»Sam, du bist übermüdet. Lass uns solche wichtigen Entscheidungen bitte nicht mitten in der Nacht fällen – und vor allem nicht, ohne mit deiner Mutter zu sprechen.«

Sam verzog das Gesicht. Sie konnte sich vorstellen, was ihre Mutter von der Sache halten würde.

»Na gut …«, murmelte sie und gähnte herzhaft.

»Ab ins Bett mit dir, meine Liebe.«

»Okay.«

Sie tapste zu ihm hinüber und drückte ihm einen Kuss auf die Wange, dann ging sie zurück ins Gästezimmer.

Er hatte recht.

Endlich schlafen, das würde ihr guttun.

Mit dem Geruch von Hales T-Shirt in der Nase schlummerte sie sofort ein.

Spät in der Nacht schreckte Sam aus einem unruhigen Traum hoch. Nach Luft ringend setzte sie sich mit einem

Ruck auf und krallte ihre Finger in den Saum von Hales T-Shirt. Einen Moment lang wusste sie nicht, wo sie war, ehe es ihr wieder einfiel.

Du bist in New York, in Papas Wohnung, in seinem Gästezimmer. Beruhig dich, alles ist gut.

Sie ließ sich wieder nach hinten in die Kissen sinken und versuchte, ruhig ein- und auszuatmen.

In ihrem Traum hatte sie das Gefühl gehabt, verfolgt und gejagt zu werden, ohne jemals sagen zu können, von wem und weswegen. Aber die Bedrohung hatte sich so real angefühlt, dass ihr noch immer ganz mulmig zumute war. Der Traum hatte ihr genau das gezeigt, was in ihr vorging. Ihre Angst vor der Presse und den Fans. Ihre Angst davor, dass sich alle auf sie stürzen würden, wenn sie einen Fehler beging. Ihre Angst davor, dass Hale sich von ihnen beeinflussen lassen würde.

30

Guten Morgen, Maus,

ich wünsche dir einen schönen Tag! Ich habe ein wichtiges Meeting, das den ganzen Tag dauern wird, also unternimm was Tolles, ich denke an dich!
Kuss, Papa

Sam grinste und schob den Zettel zurück unter den Magneten am Kühlschrank. Es war zwar schade, dass ihr Vater sogar sonntags arbeiten musste, aber nachdem sie gestern erst den halben Tag verschlafen, sich danach noch immer müde gefühlt und deswegen kein einziges Mal die Beine aus dem Bett geschwungen hatte, fühlte sie sich heute ein bisschen besser und würde jetzt endlich durch Manhattan schlendern können. Immerhin hatten die meisten Geschäfte in New York auch sonntags geöffnet. Ihr Vater wäre von einem Shopping-Trip wohl so oder so nicht unbedingt begeistert gewesen.

»Meine Güte, jetzt halt doch mal die Klappe«, knurrte Sam genervt, als das Telefon schon zum fünften Mal klingelte. Sie ignorierte es wie die vier Male davor und tapste ins Badezimmer, um zu duschen.

Nach einem schnellen Frühstück, bestehend aus ein paar Cornflakes mit Milch und einem großen, starken Kaffee, war sie startklar. Shoppen war nie verkehrt, und gegen schlechte Laune und Trübsal half es eigentlich immer.

Sam atmete erst einmal tief ein, als sie New Yorks Straßen betrat. Sofort ging es ihr besser. Die Stadt erfüllte sie mit neuer Lebensenergie.

Ihr Handy hatte sie absichtlich auf ihrem Nachttisch in der Wohnung liegen lassen. Sie würde es nicht brauchen.

Nach ein paar Stunden war Sam um eine Hose, ein Sommerkleid (ja, es war Ende September, aber das kümmerte sie herzlich wenig), ein Paar Ballerinas und drei Tops reicher.

Sam gehörte zu den Frauen, die nicht übermäßig viele Klamotten hatten. Ihr Kleiderschrank war bei Weitem nicht so voll wie der von Caro beispielsweise, aber das war für sie vollkommen in Ordnung. Wer brauchte schon Sachen, die man eh nur einmal und nie wieder anziehen würde? Sams Schrank dagegen beinhaltete fast nur Lieblingsstücke, und die meiste Zeit über erleichterte dies ihr die Klamottenwahl ungemein. Auch die neuen Teile würden dazugehören, allein schon weil sie sie in New York gekauft hatte.

Sie hatte es wirklich geschafft, ihr Gehirn während der paar Stunden entspannten Shoppings mit einem gepfefferten Tritt irgendwohin in den Urlaub zu befördern. Sie dachte einen herrlichen Nachmittag lang nicht mehr nach und kümmerte sich nicht um ihre Sorgen und ihr zerschundenes Herz.

Beschwingt stieg sie aus der U-Bahn und schlenderte zum Wohnhaus ihres Vaters. Sie schloss die Tür auf und betrat die Wohnung. Seufzend, weil sie den gesamten Nachmittag über so viel gelaufen war, zog sie ihre schwarze Lederjacke aus und platzierte ihre Schuhe auf der Matte unter den Jackenkleiderbügeln.

Sie drehte sich, vollkommen in belanglosen Gedanken über das Abendessen vertieft, um und ging ins Wohnzimmer.

Wo sie erst einmal wie angewurzelt stehen blieb.

Regungslos.

Fassungslos.

Was …?

Nein. Das war nicht wahr. Das *konnte* nicht wahr sein.

»Hale«, keuchte sie überrascht, und ihr Herz setzte ein paar Schläge lang aus. Sie stützte sich unwillkürlich mit der Hand an der Wand ab und schnappte nach Luft. Ihre Knie drohten nachzugeben, aber sie konnte sich gerade noch auf den Beinen halten. Ruckartig schnellte ihre Pulsfrequenz nach oben in einen lebensgefährlichen Bereich, und ihr Blickfeld wurde schwarz am Rand.

Er saß da.

Auf der cremefarbenen Couch im Wohnzimmer ihres Vaters.

Er war wirklich hier.

Hier. Bei ihr. In New York.

Hier.

Sam starrte ihn einfach nur an, als würde sie einen Geist sehen, und hatte keine Ahnung, wie sie reagieren sollte. Sollte sie sich freuen? Sollte sie schreiend davonrennen?

Ihr fiel kein einziges Wort ein, das sie sagen konnte, wenn sie ehrlich war. Ihr Hirn war wie leer gefegt.

Hale erwiderte ihren Blick, ohne sich zu bewegen. Man hätte ihn auch für eine Kunstskulptur halten können. So schön und so starr.

»Was machst du hier?«, fragte Sam, als sie endlich ihre Sprache wiedergefunden hatte. Sie musste all ihre Kraft aufbringen, um aufrecht stehen zu bleiben. Sie krallte die Finger in die Lehne des Sessels, der gegenüber von dem Sofa stand, auf dem ihr Überraschungsgast Platz genommen hatte. Wie war er überhaupt hier reingekommen?

Sam starb innerlich tausend Tode. Alles in ihr schrie danach, sich in seine Arme zu werfen – und gleichzeitig überkam sie der unbändige Drang wegzulaufen, weit, weit weg von ihm, sodass er sie nie wieder verletzen konnte.

Sam stand noch immer mucksmäuschenstill da, nur das Zittern ihrer Hände verriet ihre Anspannung, als er sich erhob und einen vorsichtigen Schritt auf sie zukam.

»Hey«, sagte er sanft, fuhr sich mit der Hand durch die Haare und schlug für einen Moment die Augen nieder, bevor er den Blick wieder hob und ihrem begegnete. Er wirkte verlegen und furchtbar hilflos. »Du wusstest nicht, dass ich hier bin?«

»Woher soll ich das bitte schön wissen? Ich kann nicht hellsehen, und es klebte auch leider kein Zettel mit ›Achtung, Superstar-Alarm‹ an der Tür!«

»Hat niemand von deiner Familie angerufen?«, fragte er und biss sich auf die Unterlippe.

»Bitte?« Verwirrt runzelte sie die Stirn. »Nein«, gab sie perplex zurück und biss dann die Zähne aufeinander, als sie die Erkenntnis wie ein Keulenschlag ins Gesicht traf. Beinahe hätte sie laut aufgestöhnt. Sie hatte ihr Handy nicht mitgenommen und sich noch am Morgen über das ständig klingelnde Telefon geärgert! Aber was hatte dieser Überraschungsbesuch mit ihrer Familie zu tun?

»Woher weißt du, dass ich hier bin? Und wie kommst du hier rein? Und was machst du überhaupt hier?« In ihrem Kopf überschlugen sich die Gedanken, und sie konnte sich nicht dazu durchringen, ihren Blick von ihm abzuwenden.

Er sah aus wie immer. Schwarze Jeans, ausgetretene Stiefel, schwarzes T-Shirt. Und so schön, dass sie es gar nicht fassen konnte.

»Hiermit bin ich hier reingekommen«, antwortete er und zog einen Schlüssel aus der Hosentasche. »Sam, du hast nicht auf meine Anrufe und Nachrichten reagiert, und ich habe nicht verstanden, wieso du einfach abgehauen bist. Die Nacht war so wundervoll, und plötzlich läufst du einfach weg!«

Er fuhr sich mit beiden Händen durch die Haare und schüttelte unglücklich den Kopf. Sam stand nur da, die Arme vor der Brust verschränkt, und wusste nicht, was sie sagen sollte. Hier einfach so aufzutauchen ging eindeutig zu weit!

Als er fortfuhr, klang seine Stimme belegt, und er rieb sich immer wieder über den Nacken, als wäre ihm unangenehm, was er zu sagen hatte. »Ich war ... wütend - und verletzt. Also bin ich in eine Bar und ... na ja, ich habe wohl etwas zu viel getrunken. Das ist sonst nicht meine Art, wirklich. Als ich am nächsten Morgen wieder nach Hause kam, war meine Wohnung ausgebrannt. Ich weiß nicht, ob du das mitbekommen hast. Mein Handy hatte ich zu Hause gelassen, also ist es mitverbrannt, und ich konnte dich nicht mehr erreichen. Mir fiel daher nichts Besseres ein, als nach München zu fliegen, sobald ich alles in London geregelt hatte. Gestern bin ich dann zu deiner Mutter ins Büro gefahren. Und sie hat sich bereit erklärt, mir zu helfen.«

Er grinste sie verlegen an und präsentierte ihr seine Grübchen, aber Sam verzog keine Miene. Ihr finsterer Blick ruhte weiterhin auf seinem viel zu perfekten Gesicht, und sie wartete, dass er ihr erklärte, wieso er jetzt hier auf dem Wohnzimmerteppich ihres Vaters in Manhattan stand.

»Sie hat mir verraten, dass du hier in New York bist, und deinen Vater angerufen. Dann hat sie ihn überredet, sich mit mir zu treffen, und ich bin einfach hergeflogen, ohne darüber nachzudenken. Wir haben uns heute unterhalten, und er war schließlich einverstanden, mich hier auf dich warten zu lassen. Sam, bitte, was blieb mir denn anderes übrig, um dich zu sehen?«

Sam war fassungslos. Ihre eigene Familie war ihr offenbar eiskalt in den Rücken gefallen, obwohl sie ihnen doch gesagt hatte, dass sie extra nach Amerika geflohen war, um so viel Abstand wie nur möglich zwischen sich und Hale zu bringen!

Wütend funkelte sie ihn an, obwohl sie wusste, dass er nicht der Schuldige in dieser Angelegenheit war. Aber ihre Eltern würde sie sich später noch vornehmen. Sie brauchte auf der Stelle ein Ventil, und da niemand anderes außer ihm da war, musste er dafür herhalten.

»Gut«, fauchte sie. »Du hast mich jetzt ja gesehen, also kannst du auch wieder verschwinden.« Sie atmete einmal tief durch und ignorierte den flammenden Schmerz, der in ihrem Herzen brannte. Verdammt, er konnte hier doch nicht einfach so auftauchen! Hatte er nicht kapiert, dass sie in London gegangen war, da das zwischen ihnen, was auch immer es war, keinen Sinn hatte und sie es beenden musste? Und war es nicht Zeichen genug gewesen, dass er sie in München nicht gefunden hatte? Hatte er nicht verstanden, dass sie ihm aus dem Weg ging? Dass sie ihm nicht mehr begegnen wollte, um an ihrer Entscheidung festhalten zu können? War denn nicht einmal New York weit genug entfernt, um von ihm wegzukommen?

Sam traten nun die Tränen in die Augen. Nichts in ihrem Leben war mehr normal, und dass Hale jetzt hier vor ihr stand, erschien ihr wie ein untrüglicher Beweis dafür, dass es auch nie wieder so sein würde. Doch wieso *konnte* es nicht einfach normal sein? Wenigstens ein einziges Mal?

Schnell drehte sie Hale den Rücken zu, damit er den inneren Kampf, den sie gerade austrug, nicht an ihrem Gesicht ablesen konnte.

»Geh. Jetzt. Sofort«, zischte sie und biss sich von innen auf die Wangen. Sie wollte nicht weinen. Sie hatte schon genug geweint.

Plötzlich legte sich eine Hand auf ihre Schulter.

»Fass mich nicht an!«, fuhr sie ihn an und wirbelte herum, während sie seine Hand wegschlug. Sie konnte es nicht ertragen, wenn er sie berührte. Das machte das Ganze nur noch schlimmer. Seine Anwesenheit allein war schon unerträglich, doch das Gefühl, das seine Hand auf ihrer Haut auslöste, trieb sie in den Wahnsinn. Verstand er das etwa nicht?

Feindselig starrte sie ihn an. Ihre grünen Augen loderten, aber er blieb stehen, wo er war.

»Sam …«

»Ich habe gesagt, du sollst gehen!« Sie wich einen Schritt nach hinten aus. Wenn er so unmittelbar vor ihr stand, hatte sie keine Chance, einen klaren Gedanken zu fassen. Trotzdem war es ein Schutzmechanismus zurückzuweichen, denn jede Sekunde, die sie in seiner Nähe blieb, ließ in ihr die Bereitschaft wachsen, ein Leben lang auf klare Gedanken zu verzichten.

»Ich kann nicht mehr, Hale! Hast du nicht gelesen, was im Internet geschrieben wird? Es werden schon Wetten abgeschlossen, wie lange es halten wird, obwohl sie noch nicht einmal meinen verdammten Namen kennen!« Ihre Stimme wurde immer lauter und unverständlicher, weil sie jetzt von Schluchzern geschüttelt wurde. Sie warf verzweifelt die Hände in die Luft. »Ich kann das nicht! Ich kann das einfach nicht!«

»Mir egal, was geschrieben wird. Ich lasse dich nicht gehen.«

Mit einem schnellen Schritt war er bei ihr und ließ Sam keine Zeit, zu protestieren oder auch nur nach Luft zu schnappen, da drückte er sie auch gegen die Wand neben dem Sofa und küsste sie.

Sie sackte in sich zusammen, aber Hales Arme, die er um ihre Taille und ihren Nacken geschlungen hatte, stützten sie und hielten sie aufrecht.

Automatisch schloss Sam die Augen.

... aber nur, um sie eineinhalb Sekunden später wieder aufzureißen und ihren Kopf wegzudrehen. Sie versuchte, Hale von sich zu stoßen, aber sie hatte keine Chance gegen ihn. Er lehnte sich jetzt mit dem ganzen Gewicht seines Körpers gegen sie und drückte seine warmen, weichen Lippen gegen ihre nass geweinte Wange. Langsam ließ er seinen Mund mit sanften Küssen zu ihrem Ohr wandern.

Sam versuchte immer verzweifelter, sich von ihm loszumachen. Ihr Herz klopfte wie verrückt. Es tat beinahe physisch weh.

»Hör auf … bitte!«, keuchte sie flehend, und endlich ließ er seine Hand aus ihren Locken sinken und trat einen halben Schritt nach hinten zurück. Sie rutschte kraftlos an der Wand hinab.

Mit zitternden Fingern strich sie sich die wirren Haare aus dem Gesicht und sah zu ihm auf, auch wenn sie wusste, dass das den Schmerz nur noch vergrößern würde. Allein der Anblick seiner dunklen Augen, die schuldbewusst und unendlich traurig zu ihr hinunterschauten, bohrte weitere Messer in ihr Herz.

»Das geht nicht! Kannst du das nicht verstehen? Es geht einfach nicht!«

»Sag das nicht«, flüsterte Hale. Er verzog den Mund und fuhr sich schon wieder durch die Haare. Wie gerne sie ihm durch seine seidigen Locken wuscheln würde …

Okay, hör auf, Samantha.

Rasch wand sie den Blick ab. Sie konnte es nicht ertragen, ihn noch länger anzusehen. Sie wusste zwar, dass es das einzig Richtige war, doch das minderte den Schmerz nicht im Geringsten.

»Klar ist es nicht leicht«, räumte er ein und ließ seine Hände sinken, die nun kraftlos neben seinem Körper verharrten. »Glaub mir, es ist alles andere als einfach für jemanden wie mich, jemanden zu finden, der mich um meiner selbst willen mag. Jemanden, der eben gerade nicht einfach nur in die Presse kommen will. Aber genau so jemanden habe ich in dir gefunden. Und du verlangst jetzt von mir, das aufzugeben? Das kann ich nicht, Sam.«

Sam sah wieder vom Boden auf und konnte sein Gesicht vor lauter Tränen kaum erkennen. Er sagte genau das, was sie hören wollte, dass er nicht aufgeben würde, dass er sie nicht aufgeben konnte. Doch gleichzeitig war es auch das, was sie nicht glauben durfte. Ihre Entscheidung wackelte. Sie wurde durch die Luft gewirbelt wie ein Herbstblatt im Wind.

»Es geht nicht, Hale. Du verlangst zu viel von mir.« Ihre Stimme war nicht mehr als ein tränenersticktes Flüstern.

Sie konnte nicht mehr denken.

Sie konnte nichts mehr fühlen.

Sie war vollkommen leer.

Sam wusste, dass nur Hale diese Leere würde füllen können, doch das durfte sie nicht zulassen.

Sie umschlang ihre Knie mit ihren Armen und vergrub das Gesicht dazwischen, damit er ihre Tränen nicht mehr sehen konnte. Wenn er jetzt einfach wieder gehen würde, hätte sie vielleicht noch eine Chance, das Ganze wie einen schlimmen Traum abzutun. Wenn sie ihn einfach ignorierte, bis er es einsah, bis er aufgab?

Sie biss auf ihrer Unterlippe herum und presste die Augen fest aufeinander, als sie das Geräusch seiner Schritte auf dem Boden hörte. Zaghaft hob sie ihren Kopf und erschrak beinahe zu Tode, als sie sah, dass er unmittelbar vor ihr kniete.

Ihre Blicke trafen sich. Diesmal fehlten ihr die Kraft und auch der Wille, sich zu wehren und vor ihm zurückzuweichen.

Er legte seine Hände an ihre Wangen und strich mit den Daumen sanft drüber, um die Tränen wegzuwischen. Sam starrte in seine grünen Augen und verlor sich darin.

»Hör mir zu, Sam.« Beschwörend umfasste er ihr Gesicht, damit sie nicht wieder wegsehen konnte. »Ich weiß auch nicht, wie wir das hinkriegen sollen. Und ich habe Angst, schreckliche Angst. Davor, dass es dir meinetwegen nicht gut geht. Davor, dass ich alles falsch mache. Aber am meisten davor, dass ich dich verliere. Aber es deswegen gar nicht erst zu versuchen kommt für mich nicht infrage. Und wenn du ehrlich zu dir selbst bist, geht es dir nicht anders, oder?«

Sie brauchte nichts zu sagen. Die Antwort auf diese Frage konnte er in ihren Augen lesen.

31

Ihr Herzschlag raubte ihr schier den Atem. Seine Finger strichen weiterhin vorsichtig über ihre Wangen, als wollte er sie beruhigen. Als wollte er ihr wortlos mitteilen, dass alles gut werden würde. Im nächsten Moment schlang er die Arme um ihren Körper, und sie ließ sich mit geschlossenen Augen gegen ihn sinken. Zitternd atmete sie seinen Duft ein und wollte, dass er sie nie wieder losließ.

Ohne dass sie es richtig wahrnahm, hob Hale sie hoch, und sie schlang Halt suchend ihre Beine um seine Taille. Das Gesicht weiterhin an seinem Hals verborgen, schniefte sie leise und fragte sich unwillkürlich, wie oft ein Herz an einem Tag gebrochen werden konnte.

Hale setzte Sam auf dem Bett im Gästezimmer ab, ließ sie jedoch nicht los. Sie sah zu ihm auf. Dort, wo er ihren Hals, ihre Schultern, ihren Rücken berührte, kribbelte ihre Haut. Ein warmer Schauder nach dem anderen fuhr ihren Rücken hinunter, und sie war froh, dass sie saß, denn ihre Beine hätten sicher unter ihr nachgegeben.

»Du bist so wunderschön, weißt du das eigentlich?«

Hale musterte ihr Gesicht mit einer Aufmerksamkeit, die sie verlegen machte. Mit so viel Interesse hatte sie noch nie jemand angesehen. Unangenehm berührt drehte sie den Kopf beiseite.

»Sam …«, hörte sie ihn leise murmeln. Sein Tonfall erinnerte sie daran, wie er bei ihrem allerersten Aufeinandertreffen ihren Namen gesagt hatte. Es war Musik in ihren Ohren.

Automatisch drehte sie ihr Gesicht wieder seinem zu und blickte in seine strahlenden Augen. Sie lehnte sich ein Stück nach vorne, ohne darüber auch nur den Bruchteil einer

Sekunde nachzudenken. Er schlang erneut die Arme um sie, und sofort fühlte sie sich wieder wie zu Hause. Geborgen. Seine Wärme hüllte sie ein und gab ihr eine Sicherheit, die sie so noch nicht erlebt hatte.

Ihre Augenlider schlossen sich flatternd, als ihre Lippen aufeinandertrafen. Sie wusste, wie falsch es war, dass sie es zuließ. Sie wusste auch, dass sie es, sobald er weg war, bereuen würde, aber das war ihr egal. Sie wollte nicht einmal daran denken, dass er wirklich irgendwann gehen würde. Weg sein würde. Sie hier alleine zurücklassen würde.

Denn das war es doch, was sie von ihm verlangt hatte, was sie sich selbst und auch ihm ständig gesagt hatte. Sie wollte, dass er ging.

Nur gerade sah es nicht so aus, als würde er ihrer Bitte nachkommen.

Im Gegenteil.

Sam verstand erst jetzt, dass sie den Punkt verpasst hatte, ihn endgültig rauszuschmeißen und loszuwerden. Der Moment war an ihr vorbeigezogen, ohne dass sie die Chance dazu ergriffen hätte, war ihr durch die Finger geronnen wie feinster Sand.

Habe ich ihn mit Absicht verstreichen lassen …?

Zu der Antwort auf diese entscheidende Frage kam sie nicht mehr, denn Hales Lippen, die gerade über ihren Hals wanderten und den empfindlichen Punkt unterhalb ihres Ohres fanden, vernebelten ihr die Sinne. Sie lehnte sich zurück, bis sie sich einfach nach hinten in die Kissen sinken ließ. Hale beugte sich zu ihr herab, strich ihr ein paar Haarsträhnen aus dem Gesicht und senkte seine Lippen dann wieder auf ihre. Sams Inneres brannte lichterloh. Ihre ganze Welt bestand nur aus ihm.

Sie wälzten sich über das Bett, bis Sams Gesicht über Hales schwebte und sie sich für einen Moment einfach nur tief in die Augen sahen. Es war magisch, wie die Stille zwischen zwei Menschen mehr sagen konnte, als Worte es je vermochten. Verträumt fuhr sie mit den Fingerspitzen über seine Wange, seine Lippen. Lächelnd schloss Hale die Augen und küsste jeden einzelnen ihrer Finger.

»Wieso bist du hier …«, flüsterte sie, ließ es jedoch nicht wie eine Frage klingen. »Wieso …«

Anstatt ihr eine Antwort zu geben, schob er ihre Strickjacke von ihren Schultern und warf sie beiseite. Er zog sie näher zu sich heran und erkundete ihre Schulter und ihr Schlüsselbein mit seinen Lippen. Sein Atem strich heiß über ihre Haut, als er sie mit einer schnellen Bewegung seiner starken Arme zu Fall brachte und all ihre Mauern einriss. Überwältigt von ihren Gefühlen schloss Sam die Augen, und ihre Hände krallten sich in Hales T-Shirt.

Verrückterweise kam ihr jetzt in den Sinn, dass sie nicht einmal gefragt hatte, wie es ihm eigentlich damit ging, dass seine komplette Wohnung abgebrannt war. Er hatte jetzt weder ein Zuhause noch irgendwelche Klamotten. Wie es sich anfühlen musste, einfach alles verloren zu haben?

Der Gedanke durchzuckte sie wie ein Stich ins Herz. Hale hatte tatsächlich alles verloren. Und trotzdem war ihm nur wichtig, sie zu finden. Wenn er daran glauben konnte, dass es das wert war, wie konnte sie es dann nicht tun? Wie konnte sie nur wollen, dass er geht?

Die Antwort war so einfach. Sie lag in jedem einzelnen Kuss, in jeder Berührung, darin, wie ihr Körper auf seinen reagierte, als gäbe es nichts anderes mehr auf der Welt, das noch von Belang war. Die Antwort lag im Rhythmus ihres Herzschlags und in der alles verschlingenden Leidenschaft, die sich in ihrem Bauch ausbreitete und sie komplett in Besitz nahm.

Sie wollte es nicht. Niemals.

Verzweifelt schlang sie ihre Beine um seinen Rücken. Ihre Lippen trennten sich nur kurz, damit Hale ihr Top über ihren Kopf zerren und es beiseitepfeffern konnte. Wie zwei Ertrinkende klammerten sie sich aneinander.

Hales T-Shirt folgte ihrem Top kurz darauf. Fiebrig wanderten ihre Hände über seinen Oberkörper.

Für einen Moment hielt er inne und sah sie an. Die Welt schien stehen zu bleiben. Nichts regte sich, nicht einmal die Staubpartikel in der Luft. Ihre Blicke hatten sich ineinander verfangen. So eine tiefe Verbindung, die man nicht in Worte fassen konnte, hatte Sam noch nie gespürt. Ihre Fingerspitzen strichen über seine Arme, seine Brust und hinab zu seinem Bauch. Der Bund seiner Jeans stoppte ihre Wanderung, und sie fuhr daran entlang, ohne ihren Blick von seinem Gesicht abzuwenden. Sie genoss die Reaktionen, die sie auf seinen Zügen sehen konnte. Erst sog er scharf die Luft ein, dann schloss er die Augen.

Als ihre Hände über den Stoff seiner Jeans zu seinen Oberschenkeln und daran wieder hinaufglitten, stöhnte er zwischen zusammengebissenen Zähnen. »Fuck, was machst du mit mir?«

Als Antwort auf seine Frage vergrub sie eine ihrer Hände in seinen Locken und zog sein Gesicht zu ihr herunter, um ihn zu küssen. Ihr Körper schmiegte sich an seinen, die Finger der anderen Hand fanden seine Gürtelschnalle und öffneten sie.

»Sam, bist du dir sicher, dass du …?« Seine Zunge strich sanft über ihre Unterlippe. Er raubte ihr den Atem.

»Ja, ich bin mir sicher.«

Das Feuer in seinen Augen loderte so intensiv auf, wie sie es noch nie gesehen hatte. Ihre Hände vergruben sich in seinen Haaren, als ihre Hose achtlos beiseitegeworfen wurde. Sehnsüchtig zog sie sein Gesicht wieder zu sich heran. Selbst die wenigen Sekunden, die der Kontakt zwischen ihren Mündern unterbrochen worden war, war zu viel. Sie brauchte ihn. So sehr.

Sie schloss die Augen und ließ sich einfach fallen. Sie wollte nicht mehr denken. Sie wollte nicht daran glauben, dass es nicht gut war, was sie taten. Sie wollte sich nicht fragen, ob es besser gewesen wäre, ihn rauszuwerfen. Nichts davon hatte jetzt noch irgendeine Bedeutung für sie.

Er war so zärtlich. Sam fühlte sich wie im Himmel. Als würde sie schweben. Sie fühlte sich nicht nur körperlich, sondern auch seelisch mit ihm vereint. Es war, als könnte sie seine Gedanken in ihrem Kopf hören. Als könnte sie seinen Schmerz spüren, seine Enttäuschung, seine Leidenschaft.

Durchgehend flüsterte er ihren Namen und andere wundervolle Dinge, die Sams Herz jetzt hören wollte, während er ihren Körper mit Küssen bedeckte.

»Ich liebe dich«, hauchte er in ihren Kuss, und eine Träne rollte verstohlen Sams Wange hinab. Sie schloss die Augen und ließ ihre Hände über seinen Rücken wandern.

Später lehnte sie ihren Kopf gegen seine Brust, und er zog die weiche Daunendecke hinauf bis zu ihren Schultern, damit sie nicht fror. Während er mit der Hand sanft über ihren Rücken strich, regte sich keiner der beiden für die nächsten paar Minuten.

»Sam, geht es dir gut?«, erkundigte Hale sich irgendwann mit leiser Stimme.

Im ersten Augenblick war sie nicht in der Lage, ihm eine Antwort zu geben, denn sie wusste selbst nicht, wie es ihr ging. Jetzt hatte sich alles nochmals verändert.

»Ich weiß nicht, was ich denken soll …«, gab sie mit heiserer Stimme zu.

Sie wollte ihn so sehr. Sie wollte so sehr mit ihm zusammen sein, für immer. Aber es sprach einfach alles dagegen. Sie würde nie wieder ein normales Leben führen können, die ganze Welt würde sich das Maul zerreißen.

»Sam, hör mir zu.«

Sie zwang sich, zu ihm aufzuschauen und seinem durchdringenden Blick standzuhalten. Er rückte ein wenig von ihr weg, damit sie beide klarer denken konnten, und stützte sich auf seinem Ellbogen ab. Sam richtete sich jetzt auch ein wenig auf und zog die Decke mit sich.

Sie wartete darauf, dass er das sagte, zu dem er gerade angesetzt hatte. Doch das tat er nicht. Er sah sie einfach nur an. Betrachtete sie wie eine Kostbarkeit, die man nicht zweimal auf dieser Welt finden konnte. Er lehnte sich nach vorne, ganz langsam, um ihr die Möglichkeit zu geben, ihn von sich fernzuhalten, wenn sie es wollte. Aber dazu war es nun zu spät. Sie wollte ihn nicht aufhalten.

Der Kuss dauerte nur kurz, doch er fühlte sich so intim, so verletzlich an, dass Sams Herz für ein paar Schläge stolperte und dann erst wieder normal weiterschlagen konnte. Sie legte ihre Hand an seine Wange und strich nach hinten durch seine Haare zu seinem Nacken. Sie schloss die Augen für einen Moment und versuchte, den Tornado, der in ihrem Inneren wütete, in den Griff zu bekommen.

Sie öffnete die Augen wieder, genau in dem Moment, als seine Hand ihre Wange berührte. Seine Finger strichen über ihr Gesicht, malten ihre Konturen nach, als wäre sie eine Kunstskulptur. Der Blick seiner Augen löste alles andere in Luft auf. Es gab nichts mehr außer ihm.

Aber so konnte Sam nicht nachdenken. So konnte sie ihm die Frage, die Frage der Fragen, nicht beantworten.

Was nun?

Wenn ich das nur wüsste …

Sie lehnte ihre Stirn gegen seine und schloss die Augen. Seine Anwesenheit allein berauschte sie. Sie wusste, dass sie in ein tiefes Loch fallen würde, sobald er ging, und dass sie aus diesem Loch nicht mehr so schnell wieder herausklettern könnte. Solange er noch bei ihr war, schob sie den

Gedanken an den Abschied weit von sich. Trotzdem wusste sie, dass er lauernd wartete.

»Ich weiß nicht, was jetzt …«, hauchte sie kaum hörbar und hielt sich weiterhin mit der Hand an seiner Schulter fest.

Dieses eine Mal hatte alles verändert.

Und doch änderte es gar nichts.

Er lehnte sich zurück und löste sich von ihr. Bevor sie ihn aufhalten konnte, war er schon aus dem Bett aufgestanden und hatte sich in Windeseile angezogen. Jetzt stand er vor ihr und sah sie an. Sam fühlte sich unwohl, da sie noch immer nackt war, und schob die Füße aus dem Bett, um sich umständlich wenigstens das Top und ihren Slip wieder anzuziehen. Dann richtete sie sich auf und erwiderte seinen fordernden Blick.

Es kostete sie ihre ganze Konzentration, ihre Hände bei sich zu behalten und ihn nicht wieder zu sich herzuziehen und da weiterzumachen, wo sie vorhin aufgehört hatten.

»Sam, hör mir zu«, widerholte er eindringlich. Er fuhr sich durch seine Haare und ließ seine Hände dann sinken. »Entscheide dich. Ich brauche Klarheit. Entscheide dich, Sam.«

Ihr Herz sackte noch tiefer, als es eh schon war. Verwirrt von seinen Worten öffnete sich ihr Mund, aber sie bekam keinen Ton heraus. Was genau meinte er? Was sollte sie entscheiden? Wozu sollte sie eine Entscheidung treffen?

»Ich gebe dir Zeit bis morgen Mittag.« Seine Stimme war sanft. Er hielt sie mit seinem Blick immer noch fest und verhinderte, dass Sam sich auch nur einen einzigen Millimeter rühren konnte.

Bis morgen Mittag?

Und dann?

»Ich warte auf dem Empire State Building bis um zwölf Uhr auf dich. Wenn du dich für mich – für uns – entscheidest, dann komm zu mir. Wenn nicht … dann nicht.«

Er verzog ein wenig die Mundwinkel. Sam konnte nicht beurteilen, ob es ein Lächeln war oder eher ein frustriertes innerliches Seufzen.

Sie hatte überhaupt noch nicht verstanden, was er ihr mitgeteilt hatte. Was er versuchte, ihr mitzuteilen. Ihre Synapsen waren immer noch lahmgelegt, und es dauerte, bis sein Ultimatum bei ihr ankam.

»Ich zwinge dich zu nichts, Sam. Ich habe dir gesagt, was ich für dich fühle. Jetzt liegt es an dir. Ich würde es dir nicht übel nehmen, wenn du dich dagegen entscheidest. Es wird nicht leicht, das sage ich dir gleich. Also, ich werde auf dich warten. Komm, wenn du willst. Bitte sei dir gegenüber ehrlich. Nicht nur zu mir, sei vor allem zu dir selbst ehrlich. Ich warte auf dich. Lass dir Zeit mit deiner Entscheidung. Schlaf eine Nacht drüber. Es ist nicht einfach, dich mit jemandem wie mir einzulassen, das hast du ja jetzt selbst gemerkt. Aber bitte lass mich nicht im Unklaren. Das ertrage ich nicht.«

Sam nickte nur. Etwas anderes brachte ihr Körper nicht zustande.

Sie hatte noch immer nicht richtig realisiert, was er gesagt hatte. Sie starrte ihn nur an und regte sich kein bisschen. Ihre Muskeln schienen wie eingefroren zu sein. Genauso wie ihr Gehirn, das keinerlei Antworten oder überhaupt Wörter oder Buchstaben von sich gab.

Er kam die zwei Schritte, die sie voneinander trennten, auf sie zu und drückte ihr einen sanften, langen Kuss auf die Stirn. Dann verließ er ohne ein weiteres Wort das Gästezimmer und ließ Sam dort alleine zurück. Im nächsten Moment hörte sie wie durch eine dicke Watteschicht, wie die Wohnungstür ins Schloss fiel und er endgültig weg war. Verschwunden, ohne dass sie in irgendeiner Weise auf das Ultimatum, das er ihr gestellt hatte, reagieren konnte. Er war weg, hatte kein Handy, war nicht erreichbar.

Aber das war auch egal. Denn jetzt lag es an Sam. Jetzt musste sie eine Entscheidung treffen, von der sie wusste, dass sie sie niemals wieder rückgängig machen konnte, wenn sie sie einmal gefällt hatte.

32

Sie sackte hinunter auf ihre Knie und schlug die Hände vor ihr Gesicht. Nachdem sie eisern ein paar Minuten einfach nur auf dem Boden gekniet und konzentriert geatmet hatte, ging ihr Herzschlag endlich wieder in seinen normalen Frequenzbereich zurück.

Kraftlos saß sie am Bettrand auf dem Boden und ließ ihre Hände in den Schoß sinken. Sie lehnte den Rücken gegen das Fußende und schloss die Augen.

Entscheide dich. Ich brauche Klarheit. Entscheide dich, Sam.

Die Worte hallten in ihrem Kopf pausenlos wider. Seine Worte.

Entscheide dich.

Bis morgen Mittag.

Empire State Building.

Bis zwölf Uhr.

Entscheide dich.

»Oh Gott …«, stöhnte sie auf und fing an, an ihrem Daumennagel zu nagen. Sie ließ den Kopf in den Nacken sinken und betrachtete mit ausdruckslosen Augen die Decke.

Was soll ich denn jetzt machen?

»Verdammt, Samantha Marina Ferroni, was ist los mit dir?«, zischte sie zu sich selbst. Sie blinzelte ein paar Mal und atmete zitternd ein. Sie spürte, wie ein Schauer nach dem anderen langsam durch sie hindurchjagte. Vor ein paar Stunden war sie sich noch so sicher gewesen, dass es das Beste war, nie mehr an Hale zu denken und ihm nie mehr über den Weg zu laufen.

Natürlich wollte sie mit ihm zusammen sein, aber sie wollte ihn für sich! Sie wollte ihn nicht mit der Welt teilen, sie wollte nicht über sich lesen, ob sie zu- oder abgenommen hatte, sie wollte keine Gerüchte und Schlagzeilen. Sie wollte doch einfach nur mit ihm in Ruhe glücklich sein!

Ihr Herzschlag wurde schneller, und sie riss panisch die Augen auf. Sie hatte nur bis morgen Mittag Zeit! Bis dahin musste sie ihre Gedanken sortieren und vor allem herausgefunden haben, was das Beste für sie war! Wie sollte das denn auch nur ansatzweise möglich sein?

»Ich muss es schaffen … Irgendwie«, seufzte sie niedergeschlagen und versuchte, tief durchzuatmen. Irgendwie musste sie bis dahin einen klaren Kopf bekommen. Sie wusste, was sie wollte, aber sie wusste nicht, ob sie wirklich mit den Konsequenzen leben konnte.

Himmel noch mal, kein Wunder, dass sie langsam verrückt wurde!

Okay, sie brauchte Hilfe.

Ich muss mit Caro reden.

Umständlich rappelte sie sich auf und wäre beinahe über ihre eigenen Füße gestolpert, als sie sich auf die Suche nach dem Telefon machte.

»Wo bist du, wo bist du, wo bist du, komm schon, ich brauche dich …«, murmelte sie und brachte das gesamte Wohnzimmer durcheinander, weil sie alles hochhob, was nicht niet- und nagelfest war.

Irgendwann hatte sie plötzlich wieder die Zeitung mit dem Artikel über Hale Silver und das mysteriöse deutsche Mädchen in der Hand.

»Ach, fahrt zur Hölle, ihr blöden Klatschtanten«, grummelte sie und zerknüllte die Seite mit dem Geschwätz kurzerhand zu einem kleinen Ball und warf ihn wutentbrannt gegen die Wand.

Als ob sie der Artikel verhöhnen wollte, prallte er lautlos an der Wand ab und rollte am Boden entlang, bis er direkt vor ihren Füßen lag. Finster sah sie ihn an und musste sich zurückhalten, ihn nicht auf dem Boden mit dem Fuß zu zerquetschen

Mit zusammengezogenen Augenbrauen und fahrigen Händen fand Sam dann endlich das Telefon auf dem Küchentisch.

Seufzend griff sie danach und tippte Caros Nummer ein.

»Hm …?«, machte es am anderen Ende.

»Wow, was für eine Begrüßung, Carolina!«, kommentierte Sam und ließ sich auf einem der Küchenstühle nieder.

»Sam! Du bist es! Ich habe gar nicht genau auf mein Handy geschaut, es war einfach nur eine Nummer, die nicht eingespeichert ist!« Caro klang auf einmal hellwach, obwohl es schon nach Mitternacht in Deutschland war. »Ist alles okay? Wieso rufst du jetzt noch an?«

Sam stockte. Sämtliche Emotionen wallten wieder auf, und sie wusste gar nicht, wo sie anfangen sollte. Sie entschied sich dafür, ausnahmsweise der Reihe nach vorzugehen. »Er war hier.«

»Ich weiß.«

Selbst Caro wusste also, dass Hale zu ihr nach New York geflogen war, aber komisch, wieso wunderte sie das nicht?

»Und er … hat mir ein Ultimatum gestellt«, presste sie heraus und atmete tief ein und durch den Mund wieder aus, damit sie die Tränen zurückhalten konnte. Am anderen Ende blieb es mucksmäuschenstill. »Entweder ich komme morgen um zwölf Uhr zum Empire State Building, wenn ich mich für uns entscheide, oder ich entscheide mich dagegen und ich habe ihn heute das letzte Mal gesehen.«

Der letzte Teil des Satzes kam nur noch als ein Flüstern heraus. Sam ertrug den Gedanken nicht. Sie schloss die Augen. Es konnte nicht sein, dass sie ihn heute das letzte Mal gesehen hatte.

»Und?«, war das Einzige, das Caro fragte.

»Wie, und? Ich habe keine Ahnung, was ich machen soll!«, rief Sam aufgebracht und sprang auf. »Ich habe keine

Ahnung, was ich denken soll, was ich fühlen soll! Ich frage mich außerdem, warum meine Familie gegen mich arbeitet und ihm steckt, dass ich hier in New York bin, und ihn dann zu mir schickt!« Sie redete sich gerade in Rage und konnte gar nicht mehr aufhören. »Das ist doch allein meine Sache! Meine Entscheidung!«

»Und wieso genau rufst du mich dann an, wenn du sagst, dass das deine Entscheidung ist?«

Sam stutzte. Darauf hatte sie keine Antwort.

»Sam, hör zu. Manchmal steht man sich selbst einfach im Weg. Dann gibt es andere Leute, die einem eben ein wenig weiterhelfen. Einen Arschtritt geben, um es auf den Punkt zu bringen. Selbst du hast es manchmal nötig, dass man dir ein wenig hilft, auch wenn du dir nicht gerne helfen lässt. Du hast recht, es ist alleine deine Entscheidung, was du machst. Da sollte sich niemand einmischen. Nur denk ganz genau darüber nach, wofür du dich entscheidest. Denn die Entscheidung wird in diesem Fall dein Leben verändern.«

Sam konnte an dem ruhigen Tonfall ihrer besten Freundin erkennen, dass sie es wirklich ernst meinte und es ihr wichtig war, sich deutlich auszudrücken.

»Du hast ja recht …«, murmelte Sam und strich sich mit der Hand ein paar wirre Strähnen aus dem Gesicht. »Nur, wie soll ich denn wissen, wofür ich mich entscheiden soll?«

»Stell dir einfach die ultimative Frage«, antwortete Caro.

»Welche Frage?«, entgegnete Sam und malte mit dem Finger unsichtbare Muster auf den Holztisch.

»Ob du für ihn durchs Feuer gehen würdest. Ob er es dir wert wäre, wenn die Presse dich auseinandernimmt. Ob er dir das alles wert ist. Wenn die Antwort Ja lautet, dann weißt du Bescheid. Wenn du aber zweifelst, dann weißt du ebenfalls die Antwort. Mehr kann ich für dich nicht tun, meine Liebe. Die Entscheidung liegt alleine bei dir.«

Sam schwieg, und Tränen brannten in ihren Augen. Sie wusste Caros Rat zu schätzen, doch bei ihrer besten Freundin hörte sich das alles so leicht an.

»Danke, Ca. Danke für alles«, flüsterte Sam und legte auf. Sie ließ das Telefon zurück auf den Tisch sinken und fuhr sich mit beiden Händen durch die Haare. Am liebsten hätte sie einfach losgeschrien.

Sie lief wie eine Irre durch die Wohnung. Hin und her, hin und her. Ihre Gedanken fuhren Achterbahn, und sie war kurz davor durchzudrehen. Vor dem zerknüllten Klatschartikel blieb sie stehen und betrachtete ihn mit schräg gelegtem Kopf. Sie hatte keine Ahnung, was sie machen sollte.

Nachdenken brachte jetzt nichts, das hatte sie inzwischen kapiert. Also machte sie sich nun auf in die Küche, um sich abzulenken, indem sie kochte. Nachdem ihr Vater vorgestern eingekauft hatte, war der Kühlschrank randvoll und sie konnte sich gar nicht entscheiden, was es heute zum Abendessen geben sollte.

Hauptsache, es war etwas Kompliziertes, das all ihre Konzentration forderte.

Als ihr Vater nach Hause kam, stand das Essen schon auf dem Tisch. Sam hatte ihm per Nachricht mitgeteilt, wann es Abendessen geben würde.

»Oh, ist Hale gar nicht hier?«, fragte er ohne Begrüßung, als er seine Wohnung betrat.

Sam warf ihm einen finsteren Blick zu und stellte den Salat auf den Tisch. Dann stemmte sie die Hände in die Hüften und fixierte Maurizio.

»Was sollte das?«, fragte sie direkt.

»Was sollte was?« Ihr Vater lächelte sie unschuldig an und ließ sich auf seinen Stuhl nieder. »Oh, das sieht aber gut aus, was du da gekocht hast!«

»Papa, lenk jetzt nicht ab!« Sam wurde ein wenig sauer. »Warum habt ihr Hale gesagt, dass ich hier bin?«

»Schatz, wir wollen nur dein Bestes.«

»Ach, und mein Bestes ist, dass ihr meine Entscheidungen für mich trefft? Toll. Falls es dich interessieren sollte: Hale ist nicht hier, weil ich meine Entscheidungen gerne selbst treffe und mir dabei Zeit lasse. Und mir von niemandem reinreden lasse.« Sie ließ sich auf ihren Stuhl plumpsen und griff nach der Pfanne.

Ihr Vater sah sie erstaunt an. »Also ist er weg?«

»Siehst du ihn denn hier irgendwo? Hinter der Couch hat er sich nicht versteckt«, kommentierte Sam mit tonloser Stimme. »Er hat mir ein Ultimatum gestellt. Bis morgen Mittag habe ich Zeit, mich zu entscheiden.«

»Okay …« Mehr sagte Maurizio nicht dazu.

Sam wollte gerade auch nicht darüber sprechen, besonders nicht mit ihrem Vater, der ihr, genauso wie der Rest ihrer Familie – inklusive Caro! – in den Rücken gefallen war. Sam musste jetzt erst einmal schmollen, dann würde sie später darüber sprechen können, was vorhin passiert war.

Da es in Deutschland inzwischen schon mitten in der Nacht war, hatte sie auch nicht zu befürchten, dass jemand sie anrief.

Frühmorgens schreckte sie aus dem Schlaf auf und sah sich um. Was hatte sie gerade geträumt? Sie konnte sich nicht mehr erinnern. Hellwach ließ sie sich zurück in die Kissen sinken und vergrub das Gesicht zwischen den weichen Stoffen. Sie hatte gestern Abend noch einen Krimi im Fernsehen angeschaut, weswegen sie wohl so unruhig geschlafen hatte. Normalerweise beeinflusste das Fernsehprogramm ihren Schlaf nicht, aber gerade befand sie sich in einem Ausnahmezustand, da konnte sie wahrscheinlich sogar der Inhalt eines Werbespots durcheinanderbringen.

Sie drehte sich auf die Seite und starrte in die Dunkelheit.

Sie hatte sich immer noch nicht entschieden. Um genauer zu sein: Sie hatte die Entscheidung bislang vor sich hergeschoben. Sie hatte Angst davor. Angst, eine Entscheidung zu treffen, und Angst, die falsche Entscheidung zu treffen.

Was hatte Caro gesagt? Sie musste sich die ultimative Frage stellen.

Würdest du für ihn durchs Feuer gehen?

Würde sie? Würde sie für ihn alles aufgeben?

Sie schloss die Augen, und sofort erschien er vor ihr. Nicht nur sein perfektes Aussehen haute sie jedes Mal wieder um. Nein, es war vielmehr sein Charakter und seine Ausstrahlung. Seine Persönlichkeit.

Wenn man versuchte zu erklären, wieso man jemanden liebte, scheiterte man jedes Mal. Es war, als ob man erklären wollte, wie Wasser schmeckte. Die Liebe gab einem keine Chance, darüber zu entscheiden, in wen man sich verliebte. Man hatte keine Wahl.

Hale hatte sie jetzt vor die Wahl gestellt. Er gab ihr die Wahl zwischen einem Leben mit ihm und einem Leben ohne ihn. Aber wenn sie darüber nachdachte … Die Wahl, ob sie sich in ihn verlieben wollte oder nicht, hatte es nie gegeben. Sie hatte nie eine Wahl gehabt.

Sie richtete sich kerzengerade auf in ihrem Bett und schlang die Decke um ihre Schultern. Der Duft von Hales T-Shirt, das sie zum Schlafen trug, stieg ihr in die Nase.

Sie hatte keine Wahl.

Sie liebte ihn, egal, was kam.

Sie würde für ihn durchs Feuer gehen.

Himmel, sie würde sogar für ihn durch die Hölle gehen.

Egal, ob sie eine Fernbeziehung führen mussten, ob sie sich nur alle paar Wochen oder sogar nur alle paar Monate sahen. Egal, ob alles dagegen sprach, und egal, ob die Presse sie in der Luft zerfetzen würde, weil sie eine weitere Figur in Hale Silvers Liebesleben war.

Sie würde es allen zeigen und beweisen, dass sie zusammengehörten.

Gefühle logen nicht. Und Sams Bauchgefühl auch nicht.

Sie wusste, dass es das Richtige war. Sie hatte es schon die ganze Zeit über gewusst, nur hatte sie sich vorgemacht, dass die Entscheidung gegen ihn die vernünftigere wäre. Und selbst wenn sie damit recht gehabt hätte, wäre sie niemals glücklich geworden, denn Glück und Vernunft standen im Leben nicht auf demselben Blatt Papier.

Sie gehörten zusammen, und das würde sie ihm beweisen, indem sie in ungefähr sechs Stunden bei ihm auf dem Empire State Building stand.

Sam plumpste nach hinten in die Kissen und lächelte die Zimmerdecke an. Sie spürte, wie ihr Herz wieder kräftiger schlug. Es hatte vor Angst schon praktisch gezittert, weil es wusste, dass Sam kurz davor gewesen war, die falschen Entscheidungen zu treffen.

Doch dieses Mal nicht.

Sie hatte nie an Liebe auf den ersten Blick geglaubt.

Wie sollte man sich auch in jemanden verlieben, den man gar nicht kannte? Das ging nicht, das war lächerlich. Wenn man sich zum ersten Mal begegnete und noch nie miteinander gesprochen hatte, noch nicht einmal wusste, wie der andere hieß! Sam hatte das immer für ein romantisches Klischee seichter Liebesfilme gehalten.

Doch Hale hatte sie vom Gegenteil überzeugt.

Wieder erschienen seine grünen Augen vor ihr, und ein warmer Schauder durchfuhr sie vom Scheitel bis in den kleinen Zeh. Sie konnte diese besondere Verbindung zwischen ihnen sogar jetzt spüren, obwohl er nicht einmal in ihrer Nähe war. Sie konnte es spüren, und es war unbeschreiblich. Sie konnte es nicht in Worte fassen, und das war auch in Ordnung so. Man konnte so etwas nicht erklären, man musste es selbst erlebt haben, um es verstehen zu können.

Er hatte sie vom Gegenteil überzeugt.

Es gab Liebe auf den ersten Blick.

Es gab sowohl die große Liebe als auch Liebe auf den ersten Blick.

Sie existierten beide.

Sam wusste gar nicht, was sie mit den nächsten Stunden anfangen sollte, während sie noch warten musste. Wieso hatte Hale ihr nicht gesagt, ab wann er auf dem Gebäude auf sie wartete, sondern nur, bis wann? Dann hätte sie vielleicht sofort dort aufkreuzen können!

Um sich abzulenken, schlich sie in die Küche und machte Frühstück. Mit einem großen Becher Kaffee und einer weichen Decke setzte sie sich in das Fenster im Wohnzimmer und schaute der Stadt unter ihr dabei zu, wie sie langsam erwachte.

»Guten Morgen«, trällerte sie, als ihr Vater aufgestanden war und in der Küche auftauchte, um einen Kaffee zu trinken und dann zur Arbeit zu fahren.

»Huch, da hat jemand aber gute Laune?«, kommentierte er überrascht, und ein Lächeln spielte um seine Lippen, als er Sam einen Kuss aufs Haar drückte.

»Ja, das kannst du laut sagen«, antwortete sie breit grinsend.

»Dann kann ich mir ja ausrechnen, wie deine Entscheidung ausgefallen ist«, meinte Maurizio und sah seine Tochter mit einem weichen Blick an. »Wir sehen uns später wieder, meine Kleine. Bis dann, und pass auf dich auf!«

»Tschüss, Papa!«

Die nächsten Stunden drehte Sam beinahe durch, während sie durch die Wohnung tanzte und sich die Zeit damit vertrieb, ein wenig Staub zu wischen und filmreif mit dem Staubsauger Tango und Salsa zu tanzen.

Beinahe hätte sie gar nicht gehört, wie das Telefon klingelte.

»Hallo, Mom!«, rief sie in den Hörer und erreichte jetzt erst die Stereoanlage, sodass sie die Musik leiser drehen konnte.

»Oh. Hi, Sam, mit dieser euphorischen Begrüßung hätte ich im Moment nicht gerechnet«, kam es erstaunt von der anderen Seite der Leitung zurück.

Sam lachte ausgelassen und ließ sich auf der Couch nieder, nur um im nächsten Augenblick wieder aufzuspringen und weiter herumzulaufen, als hätte sie Hummeln im Hintern. »Ja, ich werde hinfahren und mich für uns entscheiden«, erklärte sie ihrer Mutter, und ihre Stimme wurde ein wenig normaler, ein wenig ruhiger. »Ich kann ohne ihn einfach nicht sein, Mom. Ich würde für ihn alles tun, ohne Wenn und Aber. Ganz einfach. Ich habe lange genug gebraucht, um das endlich zu kapieren, aber jetzt weiß ich es. Deswegen muss ich jetzt gleich auch los.«

»Na, das freut mich jetzt aber sehr zu hören. Ich hoffe, dass du dann mit dieser Entscheidung glücklich wirst«, meinte Alessandra, und Sam war sich sicher, dass ihre Mutter lächelte.

»Das werden wir sehen.« Sie sah auf die Uhr und stellte erstaunt fest, dass sie nun wirklich losmusste, schließlich wusste sie nicht einmal, wie lange sie überhaupt zum Empire State Building brauchen würde!

»Oh, ich muss los! Ich melde mich später! Ich hab dich lieb, Mom!« Ohne auf eine Antwort zu warten, legte sie auf und rannte in das Gästezimmer, um ihre Jacke zu holen. Auf einem Bein hüpfend versuchte sie gleichzeitig, ihren rechten Schuh und ihre Jacke anzuziehen. Sie hetzte nach draußen und blinzelte in die helle Mittagssonne. Wow, was für ein Wetter! Die letzten Tage hatten dicke graue Wolken den Himmel eingenommen, und zwischendurch hatte es auch ein wenig genieselt. Umso schöner war es nun, dass die Sonne sich endlich einmal wieder blicken ließ.

Sam joggte in Richtung Subway. Wieso genau sie sich jetzt so einen abhetzte, wusste sie auch nicht. Sie war einfach zu aufgekratzt, und außerdem wollte sie auf gar keinen Fall zu spät kommen!

Unten bei der Haltestelle stützte sie ihre Hände in die Seiten und versuchte, wieder zu Atem zu kommen. In sechs Minuten kam die nächste U-Bahn. Ungeduldig mit dem Fuß wippend wartete sie, bis das blöde, ratternde Ding um die Ecke kam.

Das waren die längsten sechs Minuten meines Lebens.

Den Weg von der Subway-Station bis zum Empire State Building rannte sie wieder wie eine Verrückte und setzte ihren Hindernislauf von vorhin fort, obwohl sie noch mehr als eine Stunde Zeit hatte.

Sie blickte im Rennen nach oben, konnte aber logischerweise nichts erkennen, schließlich war die Plattform irgendwo in über dreihundertsiebzig Metern Höhe.

Plötzlich hörte sie etwas laut quietschen und hupen. Sie riss ihren Blick von dem hohen Gebäude los und war gerade noch geistesgegenwärtig genug, um in einem großen Satz zur Seite zu springen. Im gleichen Moment krallte sich eine Hand in ihren Oberarm und riss sie zur Seite.

»Bist du verrückt geworden, Mädchen?«

Sam war wie erstarrt. Mit glasigem Blick sah sie den schreienden Taxifahrer an, der ihr aufgebracht einen Vogel zeigte und dann davonbrauste. Sie atmete schnaufend ein und aus, während sie sich umsah.

Sie stand am Rand einer vierspurigen, stark befahrenen Straße und war dem Taxifahrer gerade tatsächlich einfach so vors Auto gelaufen.

Himmel, sie konnte froh sein, dass jemand sie zurückgerissen hatte!

Sam blickte zu ihrem Retter auf und sah in das faltige Gesicht eines grauhaarigen, nett aussehenden Rentners, der ihren Oberarm immer noch umfasst hielt, als hätte er Angst, dass sie gleich wieder losstürzen und auf die Straße rennen würde.

»Ist alles in Ordnung, Miss?«, fragte er sie in einem gepflegten, etwas nasalen Englisch und sah Sam besorgt aus seinen wasserblauen Augen an. Sie nickte nur, da sie vor Schreck kein Wort herausbrachte, und atmete einmal tief durch.

»Können Sie alleine stehen?«, fragte der Mann und ließ Sam vorsichtig los, als sie abermals nickte, und trat respektvoll einen Schritt nach hinten, damit er nicht mehr so nah bei ihr stand.

»Danke«, wisperte sie aus tiefstem Herzen und sah ihn mit weit aufgerissenen Augen und erstarrten Gesichtszügen an. Das war alles, was sie jetzt herausbrachte.

»Nichts zu danken, Miss! Das war wirklich, wirklich knapp. Sie sollten besser auf die Straße schauen, nicht zum Empire State Building!«

»Ich weiß …«, gab sie lahm zurück und strich sich ein paar wirre Haarsträhnen aus der Stirn.

»Dann ist ja gut. Haben Sie noch einen schönen Tag, Miss!«

»Danke, den werde ich haben«, murmelte sie und sah ihm hinterher, wie er in dem Straßengetümmel verschwand. »Den werde ich haben«, wiederholte sie noch einmal für sich selbst, und ein breites Lächeln schlich sich auf ihre Lippen. Sie drehte den Kopf wieder rüber zum Empire State Building und sah nach oben.

Ich komme, Hale!

Er war dort und wartete.

Eine Wolke schob sich vor die Herbstsonne, und sie konnte jetzt ungefähr ausmachen, wo sich die Besucherplattform befand. Schnell ging sie hinüber zur Ampel, über die sie eigentlich schon vorhin hätte gehen sollen, wenn sie nicht nach oben gestarrt hätte, und stellte sich in die drängelnde Menschenmenge, die ebenfalls ungeduldig wartete, um die Straße überqueren zu können. Sam kramte in ihrer Tasche, während sie wartete, bis die Ampel grün wurde, und holte ihren Geldbeutel heraus.

Scheiße.

Sie hatte nur noch knapp drei Dollar.

Ungelogen. Drei. Dollar. Drei verdammte Dollar!

Tja, damit wirst du nicht weit kommen, Samantha.

Sie hatte zwar noch um die hundertfünfzig Euro in ihrem Geldbeutel, aber die nützten ihr in den USA herzlich wenig.

Ihr Blick sprang fahrig hin und her, und ihr Hirn versuchte verzweifelt, eine Lösung für das Problem zu finden. Nur gab es die natürlich nicht.

Verdammt!

Als sie endlich die Straße heil überquert hatte – blieb sie wie angewurzelt stehen.

Nein.

Das konnte nicht wahr sein!

Sam atmete schnappend ein, und ihr fielen fast die Augen aus dem Kopf.

Das nächste Problem wartete schon auf sie.

Das Geld hatte Sam schon wieder vergessen. Das würde sie jetzt eh nicht mehr brauchen.

Mit wackeligen Schritten ging sie auf das Schild zu, das sich links neben der Eingangsdoppeltür des Empire State Building befand. Sie legte ihre zitternde Hand auf das Schild – es war kein Albtraum. Es war die Realität.

Die Realität, die ihr mit der Faust ins Gesicht schlug, denn dort stand:

EMPIRE STATE BUILDING – HEUTE FÜR BESUCHER GESCHLOSSEN.

»Ihr wollt mich doch verarschen!?«, knurrte sie, und ihr Herz klopfte wie verrückt. »Wieso sollte das denn bitte geschlossen sein? Das Empire State Building ist nie geschlossen!«

Sie ging ein paar Schritte nach hinten, rempelte dabei natürlich unzählige Leute an, die sie alle wüst beschimpften, und betrachtete das Schild mit weit aufgerissenen Augen. Ihre Knie fingen an zu zittern.

Nein, das konnte nicht wahr sein!

Mit gerunzelter Stirn fixierte sie das Schild. Ihre gute Laune und Euphorie waren wie kleine Rauchwölkchen verpufft. Mit forschen Schritten ging sie auf den Eingang zu und die Stufen nach oben. Direkt vor der Glastür blieb sie stehen und starrte mit zusammengekniffenen Augen in den Eingangsbereich.

Wieso sollte das Gebäude für Besucher heute geschlossen sein? Das ergab überhaupt keinen Sinn! Wo war die Begründung für die heutige Schließung? Hale war dort oben! Er wartete dort auf sie! Sie *musste* hinauf! Es *musste* offen sein!

»Miss, kann ich Ihnen behilflich sein? Das Gebäude ist für Besucher heute geschlossen, bedaure«, ertönte eine Stimme schräg hinter ihr, und sie drehte sich um, um einen uniformierten, ziemlich finster aussehenden Mann zu entdecken, der rechts neben dem Eingang stand. Sam blickte genauso finster zurück.

»Miss? Haben Sie mich gehört? Können Sie mich verstehen?«

»Ja, ja, natürlich kann ich das«, gab Sam tonlos zurück. Sie starrte wieder in das Innere des Empire State Building.

Es war geschlossen.

Für Besucher geschlossen.

Aber warum?

Und wo war dann bitte Hale?!

Wieso zur Hölle war sein Handy in seiner Wohnung verbrannt und sie konnte ihn deswegen nicht erreichen! Wieso hatte er sich noch kein neues zugelegt! Dass er wichtigere Sachen im Kopf hatte, ignorierte sie jetzt geflissentlich. Am liebsten hätte sie dem Schicksal eine gepfeffert. Und zwar so richtig fest. Was sollte das denn bitte schön?

»Miss, wären Sie bitte so freundlich und würden mir antworten?«

Himmel, wenn der Kerl mich noch einmal Miss nennt, springe ich ihm ins Gesicht und kratze ihm die Augen aus!

Sam war einfach nicht dazu in der Lage, die Tatsache, dass sich jetzt schon wieder etwas zwischen sie und Hale stellte, zu akzeptieren. »Ich muss da hoch«, versuchte sie in möglichst ruhigem, sachlichem Ton zu erklären und sah den Sicherheitstypen durchdringend an.

Er starrte jedoch bloß noch finsterer zurück. »Das geht nicht, weil -«

»Ja, weil geschlossen ist, ich weiß, ich kann lesen!«, platzte es patzig aus ihr heraus, und sie funkelte ihn so böse an, als wäre er persönlich schuld daran, dass das Empire State Building heute geschlossen hatte.

»Richtig, das haben Sie gut erkannt, Miss.«

Okay, ganz ruhig, Sam. Nicht ausflippen. Nicht ausflippen.

Sie atmete tief durch und zählte innerlich bis zehn.

»Wissen Sie, Sir, ich MUSS da hoch. Ganz dringend. Ganz, ganz, ganz dringend!«

Er schürzte die Lippen und schüttelte leicht den Kopf. »Sie können da aber nicht hoch.«

Sie drehte sich von ihm weg und starrte auf den Boden. Warum hatte sie überhaupt angefangen, mit ihm zu diskutieren? Das ergab doch eh keinen Sinn! Es war geschlossen und fertig. Eigentlich musste sie ja auch gar nicht hoch, schließlich konnte Hale auch nicht dort sein, wenn geschlossen war. Er war irgendwo anders. Die Frage war bloß, wo um alles in der Welt er steckte!

»Warten Sie«, sagte der Security-Angestellte jetzt nachdenklich, und Sam drehte sich misstrauisch zu ihm um.

»Ja⸮«

»Sind Sie Sam⸮«

33

Wie bitte?!«, fragte sie mit großen Augen, und ihr fiel vor Überraschung die Kinnlade nach unten.

Woher kannte er ihren Namen, verflixt?

»Heißen Sie Sam?«, wiederholte er seine Frage und sah sie erwartungsvoll und auch irgendwie hoffnungsvoll an.

»Ähm … ja … eigentlich schon?«, gab sie zurück und ließ es eher wie eine Frage als eine Aussage klingen.

Im nächsten Moment verlor sie den Boden unter den Füßen. Mr Uniform hatte sie kurzerhand in die Luft gehoben und umarmte sie stürmisch. Plötzlich schaute er alles andere als finster drein.

»Gott sei Dank!«, rief er aus und setzte die überrumpelte Sam wieder ab. Er strahlte sie an, und sein Lächeln blendete sie schon regelrecht.

Okay, ich verstehe nur Bahnhof.

Verwirrt sah sie ihn an und trat erst einmal einen Schritt nach hinten. Der Kerl war ihr wirklich nicht geheuer.

»Ich dachte schon, Sie kommen nicht! Oh, Gott sei Dank!« Er zog Sam am Arm zum Eingang des Gebäudes. »Mr Silver hat uns das Empire State Building Ihretwegen sperren lassen«, erklärte er Sam, während er sie zum Aufzug bugsierte. Sie stolperte vor ihm her und hatte Mühe, ihr Hirn wieder auf Vordermann zu bringen, um das zu kapieren, was er ihr gerade erzählte.

Hale hatte *was* getan?

Sie liefen an zwei Angestellten vorbei, die hinter dem Tresen in der Eingangshalle saßen. Sams Begleiter lächelte sie an, und die eine fragte quietschend: »Ist das Sam?«

»Ja!«, antwortete er, und die beiden Frauen fingen lauthals an zu schnattern, in die Hände zu klatschen und zu hyperventilieren. Das alles ging an Sam vorbei wie ein Traum im Schnelldurchlauf. Als hätte jemand auf die Vorspultaste gedrückt. Mr Uniform bugsierte sie in einen noblen Aufzug, drückte auf die Zahl 86 und trat aus dem Aufzug hinaus.

Er lächelte sie jetzt freundlich an und sagte: »Danke, dass Sie gekommen sind, Sam. Glauben Sie mir, Sie haben das Richtige getan.«

Sam konnte nicht einmal mehr antworten, da hatte sich die Aufzugstür schon lautlos geschlossen und das Ding setzte sich in Bewegung.

Da hat sich mein Mangel an amerikanischem Bargeld ja jetzt auch erledigt.

Aber was hatte Hale getan? Er hatte das Gebäude einfach schließen lassen?

Sie lehnte sich an die Fahrstuhlwand und atmete einmal tief durch. Dann fuhr sie sich mit den Händen durch die Haare, zog das Haargummi heraus und entwirrte die Knoten in ihren langen Locken.

Langsam, ganz langsam sickerte die Realität zu ihr durch, und sie kapierte endlich, was hier gerade abging.

Hale hatte das Empire State Building, eines der allerwichtigsten Gebäude der Welt, sperren lassen. Ihretwegen.

Okay, er hatte nur die Besucherplattform sperren lassen, die Leute selber arbeiteten im Gebäude natürlich noch ganz normal weiter – aber trotzdem! Sie war sprachlos.

Inzwischen war sie im 23. Stock angekommen.

Sie war wirklich hier.

Im Aufzug des Empire State Building.

Sam lächelte und wischte sich unter den Augen entlang. Sie weinte das erste Mal seit Ewigkeiten Freudentränen. Glückstränen.

56. Stock.

Sie kam ihm immer näher.

Sie musste zugeben: Sie war wirklich aufgeregt, noch aufgeregter, als sie es heute früh und eigentlich den gesamten Vormittag über gewesen war. Richtig, richtig aufgeregt. Ihr ganzer Körper kribbelte, und sie lächelte so sehr, dass ihre Wangenmuskulatur anfing wehzutun.

68. Stock.

Es ging hoch hinauf. So hoch hinauf, wie sie sich gerade fühlte. Es war der reinste Gefühlshöhenflug. In weniger als zwei Minuten würde sie ihm gegenüberstehen.

Und dann war alles im Reinen. Alles im Lot.

Wenn das Herz an etwas hing, dann musste man dafür kämpfen. Man musste jedes Mal wieder aufstehen, wenn man fiel. Und weiterkämpfen. Am Ende würde alles gut werden, und wenn es noch nicht gut war, dann war es noch nicht das Ende. Sie lächelte immer noch.

Es ergibt alles einen Sinn.

Dieser Gedanke schoss ihr durch den Kopf, als sich die Aufzugstüren öffneten und sie vom Anblick Manhattans von oben erschlagen wurde. Sie trat hinaus auf die Plattform, und sofort fuhr der Wind durch ihre Haare.

Langsam drehte sie sich einmal um die eigene Achse und saugte den wunderschönen, atemberaubenden Anblick von New York im strahlenden Sonnenschein in sich auf.

Dann drehte sie sich Richtung Sonne, die sie blendete, und blinzelte ein paar Mal, damit sie die einzige Person ansehen konnte, die sich außer ihr noch hier oben befand.

»Hi«, erklang seine raue Stimme, und eine Gänsehaut fuhr sanft über ihre Arme. Sie kniff immer noch die Augen zusammen, weil er direkt vor der Sonne stand, sodass sie ihn nicht direkt ansehen konnte, sondern nur seine Silhouette sah.

»Hi«, antwortete sie leise und blieb an Ort und Stelle stehen. Sie war wirklich nervös.

Langsam fuhr sie sich mit der Hand durch die Haare, um sie zu bändigen, weil der Wind sie um ihren Kopf wirbeln ließ.

Endlich ging Hale einen Schritt zur Seite, sodass sie ihm ins Gesicht blicken konnte. Sofort sprangen ihr die Grübchen auf seinen Wangen in die Augen, und ihr Lächeln vertiefte sich.

Sie ging ein paar Schritte auf ihn zu.

Die Zeit war stehen geblieben. Die Welt war stehen geblieben. Das ganze Universum stand still.

Die Sonne schien ihr ins Gesicht, und es kam ihr vor wie in einem Film. Freudestrahlend lächelte sie ihn an.

Langsam kam Hale Schritt für Schritt auf sie zu. Sam konnte nicht sagen, ob es für sie das Ganze nur noch perfekter machte oder ob es sie vor lauter Spannung beinahe sterben ließ, dass er sich Zeit ließ und alles dadurch in die Länge zog. Geduld war doch noch nie ihre Stärke gewesen. Sie betrachtete ihn aufmerksam und sog seinen Anblick in sich auf, verewigte ihn in ihrem Herzen. In ihrem Gedächtnis. In ihrer Seele.

Hale.

Ihr Hale.

Sie hielt es jetzt nicht mehr aus, konnte nicht mehr länger warten und stürmte auf ihn zu. Sie sprang in seine Arme, und er hob sie sofort hoch. Sam schlang ihre Beine um seine Hüfte und ihre Arme um seinen Hals, und er vergrub sein Gesicht in ihren wilden, aufgewühlten Locken. Mit einem Arm umfasste er ihren Rücken, um sie festzuhalten, während die andere Hand zu ihrem Hinterkopf wanderte und er seine Finger sanft in ihre Haare flocht.

Sam wusste nicht, wie lange sie so verharrten. Es hätten Minuten sein können, Stunden, Jahre, Jahrtausende, aber vielleicht waren es auch nur ein paar Sekunden.

Sie hatte keine Ahnung. Sie hatte jegliches Zeitgefühl verloren. Alles, was zählte, war, dass sie hier in seinen Armen war. Keine Missverständnisse, kein Liebeskummer, keine Tränen. Endlich stand sie sich nicht mehr selbst im Weg.

»Du bist gekommen«, flüsterte er heiser, und Sam verstärkte ihren Griff um seinen Hals. Sie war nicht in der Lage zu antworten.

Nach einer endlosen, perfekten Ewigkeit ließ er sie langsam runter, und sie blieb direkt vor ihm stehen. Der Kontakt zwischen ihnen brach keine einzige Sekunde ab.

Sam sah die ganze Zeit zu ihm auf und blickte in seine intensiv grünen Augen. Sie funkelten im Licht der hellen Sonne wie zwei Smaragde.

»Natürlich bin ich gekommen«, antwortete sie jetzt endlich und ließ ihre Hand über seine Wange wandern. Ihre ganze Handfläche kribbelte, als sie seine warme Haut berührte.

»So klar war das nicht«, gab er schmunzelnd zurück, aber Sam unterbrach ihn.

»Hale, hör mir zu«, sagte sie ernst. »Ich habe von Anfang an versucht, mich dagegen zu wehren. Ich meine, rein theoretisch war es mehr als unmöglich, dass wir uns nach diesem Zusammenstoß an der Tiefgarageneinfahrt noch einmal treffen würden.«

Er nickte. »Haben wir aber trotzdem.« Er grinste noch mehr.

»Du weißt nicht, wie fertig mich die ganze Sache gemacht hat …« Ihr Blick wurde ein wenig glasig, aber sie riss sich zusammen. Die Zeiten für Tränen waren nun vorbei. Nichts davon zählte mehr für ihre Gegenwart, das lag alles in der Vergangenheit.

»Alles, was passiert ist, ist so surreal. Erst das Treffen an der Tiefgarage, dann bei meiner Mom im Sender. Dann im Hotel, die EMAs … Ich war einfach nur überfordert. Überfordert von der Welt, von dir, von allem. Ich wollte mit allem abschließen. Aber dann kamst du zurück und hast meine Pläne durchkreuzt. Ich konnte es nicht fassen. Ich war bei dir in London, alles war wunderbar, aber die ganzen Schlagzeilen und Artikel und Mutmaßungen und Anschuldigungen …« Ihre Stimme verlor sich. »Das klingt alles wie ein Film.« Sie lachte und ließ den Blick über die leere Plattform streifen.

Es war wirklich wie im Film. Das hatte Caro schon damals ganz am Anfang zu ihr gesagt. Mehrmals. Nur hatten sie damals nicht mit einem Happy End gerechnet.

»Manchmal dreht das Leben die besten Filme«, meinte Hale und strich mit beiden Händen über ihre Wangen, um ihre Haare davon abzuhalten, in ihren Mund und ihre Augen zu wehen. »Und du bist hier.« Er lächelte sie an und zog ihr Gesicht sanft zu sich.

Doch Sam hob abwehrend den Zeigefinger in die Höhe und sagte: »Eigentlich bin ich noch nicht fertig.«

Er verdrehte gekünstelt die Augen, woraufhin sie ihm die Zunge rausstreckte, was er mit einem Kuss auf ihre Stirn quittierte. Sam liebte diese kleinen Gesten. Sie waren das, was eine Liebe vollkommen und einzigartig machte.

»Also«, fuhr sie fort und versuchte mühevoll, ihre aufgewühlten Gedanken zu ordnen. Doch er hatte sie aus dem Konzept gebracht. Was hatte sie noch sagen wollen? War es wichtig gewesen? Wieso genau vertrödelte sie hier ihre Zeit mit Monologen, wenn sie den wundervollsten Mann der Welt küssen konnte? Sie wusste es nicht.

»Also?«, fragte er erwartungsvoll und legte den Kopf schief.

Sam musste lachen, als er sie so ansah. Sie schüttelte den Kopf und schlang ihre Arme um seinen Hals. »Ich bin hier«, flüsterte sie. »Und ich werde nicht gehen.« Ihre Augen funkelten, während sie das mit leiser, sanfter Stimme sagte.

»Damit kann ich leben«, wisperte er zurück und beugte sich zu ihr herunter. Als seine Lippen auf ihre trafen, schlossen sich ihre Augen automatisch.

Sie war angekommen.

Sie war hier, bei ihm, geborgen, beschützt, zu Hause. Hier gehörte sie hin. Sam spürte, wie ihr ein paar Tränen über die Wangen liefen. Bevor sie sich versah, hatte Hales Mund ihre Lippen verlassen und küsste die salzigen Spuren weg.

»Nicht weinen, Baby«, murmelte er. Hale ließ seine Lippen langsam von ihrer Wange zu ihrem Mund zurückwandern. Als er sie küsste und sie seine Zunge an ihrer Unterlippe spürte, hob er sie wieder hoch und zog sie ganz fest an sich. Sams Herz war kurz davor, vor lauter Glück zu zerspringen, und ihre Seele schwebte in einer gänzlich anderen Sphäre. Endlich war sie mit sich selbst im Reinen.

Sie hätte später nicht sagen können, wie lange sie dort oben gestanden und sich geküsst hatten, doch als sie sich irgendwann von ihm löste, war die Sonne bereits ein ganzes Stück weitergezogen. Sam lehnte ihre Stirn gegen seine Brust, und er schlang die Arme ganz fest um ihren Körper. Für eine ganze Weile sagte keiner von beiden ein Wort, und genau das machte den Augenblick perfekt.

Er war vollkommen.

»Und jetzt?«, fragte sie leise in die angenehme Stille hinein und drehte den Kopf, sodass sie in sein Gesicht sehen konnte.

»Das fragst du noch?«, erwiderte Hale, aber wartete erst gar keine Antwort ab. Stattdessen zog er sie wieder zu sich und küsste sie leidenschaftlich. Sam schnappte nach Luft und krallte ihre Hände in sein Sweatshirt. Sofort wurden ihre Knie weich, und die Schmetterlinge in ihrem Bauch vollführten wilde Pirouetten. Seine sanften Küsse brachten sie zur Ruhe und erdeten sie, doch wenn er sie so an sich presste und fordernd mit ihrer Zungenspitze spielte, wusste sie gar nicht mehr, wo ihr der Kopf stand. Er ließ seine Finger über ihren Rücken nach unten wandern, fand einen Weg unter ihre Jacke und ergriff ihre Taille.

»Hale«, murmelte sie erstickt an seinen Lippen.

»Hmmm?«, machte er, ohne den Kuss zu unterbrechen.

Sam musste grinsen. Sie wollte ihm sagen, dass sie hier nicht bleiben konnten, dass sie dringend irgendwohin gehen mussten, wo sie ungestört waren, aber er biss ihr sanft in die Unterlippe, und sie vergaß, was ihr gerade noch so wichtig erschienen war.

Hale drängte sie gegen die Brüstung und zerrte mit ungeduldigen Fingern am Reißverschluss ihrer Jacke. Sie wollte ihm nah sein, so viel näher noch als jetzt. Sofort.

»Hale«, sagte sie diesmal etwas deutlicher, weil sie es für eine halbe Sekunde schaffte, ihre Lippen von seinen zu lösen.

»Samantha«, entgegnete er und erforschte ihren Hals mit seiner Zunge. Sam hatte Probleme weiterzuatmen. Sie spürte schon den Sauerstoffmangel in ihrem Gehirn. Sie zog ihren Kopf mit einem Ruck nach hinten, sodass sie ihn ansehen konnte.

»Es ist wirklich wunderschön hier oben«, räumte sie grinsend ein, »aber wir sollten woanders hingehen.«

»Ach, ich habe das Ding für den gesamten Tag sperren lassen«, winkte Hale mit einem schelmischen Zwinkern ab. »Theoretisch könnten wir also durchaus hierbleiben und ...«

»Jetzt komm schon«, sagte sie und lachte. Auch wenn sie die Vorstellung, ihn direkt hier auf dem Empire State Building zu verführen, durchaus reizte. Allerdings sah es alles in allem nirgendswo wirklich bequem aus, und Sam wollte sich Zeit nehmen.

»Na gut. Sollen wir zu euch fahren? Da müssten wir ja eigentlich ungestört sein, oder?«

Das verheißungsvolle Funkeln in seinen Augen ließ sie die lange Fahrt dorthin verfluchen, doch sie nickte und ließ sich in einen letzten leidenschaftlichen Kuss sinken, ehe sie nach seiner Hand griff und ihn zum Aufzug zog.

Kaum dass sich die Türen hinter ihnen geschlossen und der Fahrstuhl sich in Bewegung gesetzt hatte, drückte Hale sie sofort gegen die Marmorwand, und seine Lippen trafen auf ihre.

»Wie lange braucht das Ding noch mal nach unten?«, fragte er atemlos an ihrem Hals, und wieder schob sich seine Hand unter ihre Jacke, ihr Top, streichelte über ihren Bauch und ihren Rücken.

»Nicht lang genug«, keuchte sie und schob ihn von sich.

Schnell richtete sie ihre zerzausten Haare und ihre Kleidung, damit nicht direkt jeder in der Eingangshalle erahnen konnte, was sie gerade am liebsten im Fahrstuhl getan hätten.

Als das *Pling* im Erdgeschoss ertönte und die Türen sich öffneten, standen beide sittsam – allerdings ziemlich verschlagen grinsend – nebeneinander. Nur Sams gerötete Wangen verrieten ihre Ungeduld.

Die Leute, die sich in der Eingangshalle befanden, nickten ihnen wissend zu, und kaum dass sie an ihnen vorbeigegangen waren, fingen sie alle an zu tuscheln. Sam sah zu Hale auf, und er verdrehte nur die Augen. Sie musste sich ein Lachen verkneifen.

Kurz vor dem Ausgang blieb Hale noch einmal stehen und zog seine Hand aus ihrer. Sam drehte sich verwundert um und beobachtete, wie er ein Halstuch aus der Hosentasche zog und es sich wie ein Einbrecher über Mund und Nase band. Dann zog er sich die Kapuze über den Kopf und die Schultern nach oben, sodass sein halbes Gesicht verschwunden war.

»Mal sehen, wie lange ich unerkannt bleibe«, murmelte er gedämpft durch das Tuch und seinen Pulli.

Sam fand den Anblick sehr gewöhnungsbedürftig. »Ist das wirklich nötig?«, fragte sie, obwohl sie die Antwort bereits kannte. Die erste Konfrontation mit der Realität, für die sie sich entschieden hatte, fühlte sich seltsam an, doch sie beschloss, zumindest im Moment keinen weiteren Gedanken daran zu verschwenden.

»Pass auf, demnächst musst du auch so rumlaufen«, meinte Hale und umarmte sie von hinten. »Als Freundin von Hale Silver hat man es nicht leicht. Allerdings hat man das Empire State Building für sich alleine, es gibt also auch Vorteile.«

Freundin.

Bei seinen Worten überlief sie eine Gänsehaut. Laut ausgesprochen zu hören, dass sie nun zusammen waren, machte es plötzlich zur Wirklichkeit. Er wusste wahrscheinlich gar nicht, wie viel ihr dieses eine kleine Wort bedeutete.

Sam drehte sich in seinen Armen um und gab ihm einen Kuss zwischen die Augenbrauen – einer der wenigen Flecke, die nicht von Tuch oder Kapuze bedeckt waren. Dann zog sie ihn mit sich nach draußen.

»Danke für alles«, verabschiedete Sam sich von Mr Uniform, der noch immer vor dem Eingang stand und irritierten Touristen zu erklären versuchte, wieso sie nicht auf die Plattform konnten. Als er sie und Hale sah, zeigte sich sofort Erleichterung auf seinem Gesicht. Lächelnd antwortete er: »Ach, es war mir ein Vergnügen, Miss. Ich helfe einer so jungen Liebe doch immer gerne auf die Sprünge.« Er packte sich das Schild unter den Arm und rief den Wartenden zu, dass sie nun überraschenderweise doch nach oben konnten. Ein verwundertes Raunen ging durch die Menge, als die Touristen versuchten, sich einen Reim auf die Situation zu machen, aber Hale zog Sam schnell weiter zum nächsten Taxi, damit nicht doch noch jemand seine Maskerade durchschaute.

Als sie vor der Haustür standen, hielt Sam inne und drehte sich zu ihm um. »Sollten wir dir nicht erst mal noch ein paar Sachen besorgen?«, fragte sie ihn und sah ihn an.

»Was für Sachen?«, fragte er zurück und blickte verwirrt drein. Er hatte sich jetzt das Tuch von Mund und Nase gezogen und drückte ihr sofort einen Kuss auf die Stirn. Er ließ seine Lippen dort liegen, und Sam spürte seinen warmen Atem auf ihrer Haut.

»Na ja, du hast ja gar nichts mitgebracht. Brauchst du nicht ein paar … T-Shirts oder so?«, präzisierte sie ihre Frage und steckte ihre Hände in die Bauchtasche seines Sweatshirts.

»Ich glaube, das kann noch einen halben Tag warten. Ich würde jetzt ehrlich gesagt lieber aus dem aktuellen T-Shirt raus, als neue kaufen zu gehen.« Der tiefe, leidenschaftliche Blick, den er ihr zuwarf, sprach Bände.

Sam errötete leicht, konnte aber nicht leugnen, dass sie ihn gerade ebenfalls ohne T-Shirt bevorzugen würde. »In Ordnung«, flüsterte sie und steckte mit zittrigen Fingern den Schlüssel ins Schloss. Hoffentlich würde ihr Vater heute nicht ausnahmsweise einmal doch früher von der Arbeit nach Hause kommen!

Doch zum Glück war die Wohnung leer, als sie hineingestolpert kamen.

»Na, wen haben wir denn da!«, erklang eine Stimme ein paar Stunden später von der Wohnungstür aus. Sam hatte gar nicht gehört, dass ihr Vater hereingekommen war. Hale und sie lagen entspannt auf der Couch und sahen fern. Dass sie dies erst seit etwa zehn Minuten taten, nachdem sie es endlich aus dem Gästezimmer geschafft hatten, sah man ihnen hoffentlich nicht auf den ersten Blick an. Maurizio lächelte beiden mit seinem strahlendsten Lächeln entgegen.

»Hallo, Mr Ferroni«, sagte Hale, rappelte sich auf und schüttelte ihm die Hand. »Schön, Sie wiederzusehen.«

»Die Freude ist ganz meinerseits!«, sagte Maurizio mit einem verschwörerischen Grinsen. »Ich bin heute mal mit

Kochen dran, in einer guten halben Stunde können wir essen. Du isst doch mit, oder?«, fragte er an Hale gerichtet, während er sich seines Mantels entledigte.

»Klar, gerne!«

»Okay, aber seid so gut und lasst mich hier in Ruhe werkeln. Ich rufe dann nach euch, wenn das Essen fertig ist!«

»In Ordnung«, sagte Sam und drückte ihrem Vater einen Kuss auf die Wange. All ihre Wut über die Einmischung ihrer Familie in ihre Angelegenheiten war verflogen. Was hätte sie nur getan, wenn sie sich nicht über ihren Willen hinweggesetzt und Hale geholfen hätten? Sie wollte es sich gar nicht ausmalen. Wahrscheinlich hätte sie den größten Fehler ihres Lebens begangen.

Sam zog Hale ins Gästezimmer, und er ließ sich seufzend rücklings aufs Bett fallen, während Sam die Tür schloss. Zufrieden brummend machte er die Augen zu, während sie sich bäuchlings neben ihn sinken ließ und ihm mit der Hand die Haare von seiner Stirn zurückstrich. Er öffnete seine Augen wieder einen Spalt, und das Grün blitzte sie schelmisch an. Er drehte sich auf die Seite und griff hinter Sam.

»Das ist übrigens ein schönes Shirt«, meinte er, und seine Grübchen strahlten ihr entgegen, als er das T-Shirt unter Sams Nase hielt, das sie aus London mitgenommen hatte. Wenn sie es nicht trug, lag es unter ihrem Kopfkissen. Hale musste es aufgefallen sein, als sie vorhin das Bett durcheinandergebracht hatten. Ein Lächeln stahl sich auf ihre Lippen.

»Nicht wahr, finde ich auch«, antwortete sie und griff nach dem Shirt, das mittlerweile eindeutig in ihren Besitz übergegangen war, und verbarg ihr Gesicht darin.

»Hey, da werde ich jetzt allen Ernstes eifersüchtig auf mein eigenes blödes Shirt!«, ertönte Hales empörte Stimme, und Sam schmunzelte. Im nächsten Moment wurde ihr das T-Shirt entrissen, und er schleuderte es ans Fußende des Bettes.

»Ey!«, rief sie, aber weiter kam sie nicht, denn er hatte sie schon zu sich herübergezogen und brachte sie mit seinen Lippen zum Schweigen.

Sam ließ sich vollkommen in den Kuss fallen. Seine Zunge strich sanft über ihre Unterlippe, und sie öffnete ihren Mund, um sie einzulassen. Hales Hände vergruben sich in ihren Locken, während ihre Finger Muster auf seinen Rücken malte.

Langsam ließ sie ihre Hände unter sein Sweatshirt und sein T-Shirt wandern. Hale richtete sich auf, ohne den Kuss zu unterbrechen, und zog Sam auf seinen Schoß. Sie klammerte sich an seine Schultern, damit sie nicht das Gleichgewicht verlor. Sofort umfingen sie seine starken Arme. Ihre Augenlider flatterten. Ihre Fingerspitzen glitten über seine Wangen und über seinen Dreitagebart.

»Halt«, flüsterte sie gegen seinen Mund, als er begann, ihr Shirt ihren Rücken nach oben zu schieben. Sams Haut brannte dort, wo seine Hände sie berührten.

»Stopp«, sagte sie jetzt nachdrücklicher und lachte leise. Sie griff nach seinen Handgelenken und versuchte, sie festzuhalten. Blöderweise hatte sie keine Chance. Hale hielt sie nun fest und verteilte kleine Küsse auf ihrem Hals.

»Hale, mein Vater ist direkt nebenan. Außerdem wird er uns gleich zum Abendessen rufen«, erinnerte sie ihn atemlos. Sie brauchte ihre volle Konzentration dafür, die Augen offen zu halten und Hales Gesicht mit ihrem Kinn von sich zu schieben. Endlich bekam sie auch wieder ihre Hände frei.

Ein wenig schmollend sah er sie an, was Sam zum Lachen brachte. Sie rutschte von seinem Schoß herunter und verflocht ihre Hände miteinander.

»Sag mal, Hale«, sagte sie und sah zu ihm auf, »ich habe eine Frage, deren Antwort mich wirklich brennend interessiert!«

Hale strich eine Locke hinter ihr Ohr und betrachtete sie mit erwartungsvoll hochgezogenen Brauen. »Eine Frage?

Stell sie mir, du kleines, neugieriges, wunderschönes Wesen«, sagte er dann und gab ihr einen sanften Kuss.

Sam strich mit den Fingerspitzen über seine Wangen und ließ ihre Hand dann zu seinen Lippen wandern, um ihren geschwungenen Lauf nachzuzeichnen. »Was hast du damals eigentlich dort gemacht? In der Tiefgarageneinfahrt, meine ich. Wo wir uns das erste Mal getroffen haben?«

Sein Grinsen vertiefte sich, und er ließ sich zurück in die Kissen sinken. Er lachte ein wenig und meinte: »Das ist eine ganz schön dämliche Geschichte.« Er schnaubte belustigt und verdrehte die Augen. Sam saß im Schneidersitz neben ihm. So konnte sie ihn perfekt betrachten. »Diese Tiefgarageneinfahrt, wie du sie immer nennst, führt gar nicht zu einer Tiefgarage. Es ist eine Einfahrt, durch die man als Künstler direkt ins Innerste der Olympiahalle fahren kann. Kurz bevor wir damals mit unserem Van reingefahren sind, meinte Alfie, dass er ganz besonders witzig sein muss, und hat mir meinen Ring geklaut. James hat die ganze Sache dann noch gepusht und Alfie getriezt, und der hat dann kurzerhand meinen Ring aus dem Fenster geworfen.«

Sam konnte sich ein Lachen nicht verkneifen. »Wie erwachsene Männer das so machen, hm? Und dann musste der arme kleine Hale ganz alleine nach seinem Ring suchen«, meinte sie glucksend.

»Dafür habe ich dann, nachdem ich ihn gefunden hatte«, er hielt seine Hand hoch und präsentierte ihr den Ring, »die schönste Frau dieses Universums getroffen. Also war es wohl doch wieder irgendwie ganz in Ordnung.«

Lächelnd fuhr er durch ihre Locken und strich ihr dann vom Ohr bis zum Kinn mit der Hand entlang. Er hinterließ eine brennende Spur auf ihrem Gesicht, und sie atmete zitternd ein.

»Weißt du was?«, fragte er plötzlich und zog sich den Ring vom Finger. »Ich schenke ihn dir.«

Sam konnte gar nicht reagieren, da hatte er ihn ihr schon in die Hand gedrückt und einen Kuss auf ihre Lippen gepflanzt. Sie öffnete den Mund, um dagegen zu protestieren, aber er drückte sanft seinen Zeigefinger auf ihre Lippen. »Versuch's erst gar nicht, Sam, er gehört jetzt dir. Er soll dich immer an diesen einen Moment erinnern.«

Er verflocht seine Finger mit ihren, und Sam spürte das kühle Metall zwischen ihren Fingern.

»Ich werde eine Kette dafür brauchen. Er ist mir ja viel zu groß«, sagte sie, noch immer unsicher, ob sie dieses Geschenk wirklich annehmen konnte. Der Ring schien Hale viel zu bedeuten.

Als Antwort beugte er sich nach vorne und umfasste ihr Gesicht mit beiden Händen. »Die holen wir dir. Morgen. Zusammen mit meinen T-Shirts.« Er grinste, strich schnell ihre Haare hinter ihr Ohr und drückte seine Lippen fest auf ihre, damit sie nicht mehr widersprechen konnte. Seine Hände wanderten zu ihrer Taille, und er zog sie wieder an sich heran. Sam schob ein Bein zwischen seine, um ihm noch näher zu sein, und schlang ihre Arme um seinen Hals. Hale drehte sie herum, sodass er über ihr war und sein Gewicht rechts und links neben ihrem Kopf mit seinen Unterarmen abstützte. Sam löste sich langsam von ihm und sah ihm tief in seine Augen. Sie ließ ihre Hände durch seine Haare wandern, dann strich sie ihm über seine Wangen bis zu seinem Nacken und lächelte.

»Ich liebe dich«, flüsterte sie sanft.

Das strahlendste Lächeln, das sie bei Hale Silver jemals gesehen hatte, erschien jetzt auf seinem Gesicht.

»Und ich liebe dich«, antwortete er genauso leise und legte im nächsten Moment seine Lippen wieder auf ihre, als sie gleichzeitig ihre Augen schlossen.

ENDE

Danke!

Wow. Ich weiß gar nicht, wo ich anfangen soll. Dieses Buch und ich sind inzwischen schon einen langen Weg gemeinsam gegangen und jetzt wurde »Heartdance« bei einem Verlag veröffentlicht. Hätte mir das jemand vor drei Jahren prophezeit, hätte ich wahrscheinlich nur ungläubig lachend den Kopf geschüttelt.

Ohne einige Leute wäre ich jetzt nicht hier, wo ich bin.

Als Erstes geht mein Dank an Jana. Meine Lieblingscousine. (Ja, ja, ich weiß, ich habe nur eine ...) Danke, dass du mir gegen meinen Willen eine gewisse Boyband nähergebracht hast. Danke, dass ich dich (natürlich überspitzt) in meinem Buch als kleiner Wirbelwind einbauen konnte. Danke, dass du für meine übersprudelnde Fantasie immer ein offenes Ohr hast und dass du einfach du bist.

Mirka. Mein Lübbe-Engel. Himmel, was wäre ich ohne dich? Danke für alles, was du für mich im letzten Jahr getan hast. (Und das war eine Menge! Inklusive der Lektion, dass Satzzeichen keine Rudeltiere sind!!! – Sorry, das musste jetzt sein.) Ich glaube, ich hätte nirgends eine bessere, liebere und zuverlässigere Lektorin finden können.

Danke an Oma – meinen größten Fan –, an Jule und an Lucie.

Mein besonderer Dank jedoch geht an dich. Ja, genau dich! Du hast das Buch gelesen, und dafür danke ich dir. (... und vielleicht kanntest du es ja schon aus dem Internet?)

P.S.: Zu guter Letzt Danke an einen gewissen H. S., ohne den dieses Buch niemals entstanden wäre. ;-)

Die Community für alle, die Bücher lieben

Das Gefühl, wenn man ein Buch in einer einzigen Nacht verschlingt – teile es mit der Community

In der Lesejury kannst du

- ★ Bücher lesen und rezensieren, die noch nicht erschienen sind
- ★ Gemeinsam mit anderen buchbegeisterten Menschen in Leserunden diskutieren
- ★ Autoren persönlich kennenlernen
- ★ An exklusiven Gewinnspielen und Aktionen teilnehmen
- ★ Bonuspunkte sammeln und diese gegen tolle Prämien eintauschen

Jetzt kostenlos registrieren: www.lesejury.de
Folge uns auf Facebook:
www.facebook.com/lesejury